전기문학의 이해

전기문학의 이해

전기문학의 이해

전기문학의 이해

# 전기문학의 이해

김 용 덕

도서출판 역락

전기문학에 대한 관심은 지금으로부터 20여 년 전쯤 상당히 활발하게 일어나 연구 결과가 발표되기 시작했다. 이때까지도 전과 소설에 대한 장르 구분이 모호하였고 전에 대한 독자적 유형에 대한 인식도 확립되지 못하였었다. 그래서 전기문학에 대한 개론서의 필요성을 느끼고 『한국전기문학론』이라는 연구서를 간행한 바 있다.

그 후 나는 전기문학 연구에 더 매진하지 못하고 민속학에 흥미를 느껴 '민속사전'의 편찬에 몰두하게 되어 쉽사리 헤어 나오지 못하였다. 그 결과 『한국민속문화대사전』을 2004년에 출산하는 기쁨을 맛보기는 했으나 사전 편찬 작업을 하는 동안에도 내내 본향이라 할 고소설과 전기문학에 대한 생각의 끈을 놓지 못하고 안타깝게 바라보면서 연연하였다. 이제 사전 편찬의 작업이 끝나고 보니 오랜 동안 친정에 오지 못했던 출가한 딸이 손때 묻은 고향집의 기둥을 어루만지는 심정으로 잘못된 곳을 수정하고 보완하여 이 책을 간행하게 되었다.

아직도 전기문학에 대한 연구는 20년 전 보다 크게 진척이 이루어지지 못했다고 생각된다. 문학연구의 관점은 서구적 연구 방법론이 지배적이고, 장르 개념도 그 틀에서 벗어나지 못하고 있기 때문이다. 전기문학은 우리문학사에서 엄연히 커다란 비중을 차지함에도 불구하고 독자 영역을 확보하지 못한 채 소설의 아류 내지는 일부로 편입되어 연구되고 있는 실정이다. 이를테면 조선시대의 심성가전은 우리 전기문학이 피워낸 소중한 열매인데 그 열매를 맛보고 음미하는 마당이 제대로 마련되지 못하다 보니 남의 집 잔치 마당 한켠에 끼어서 주목받지 못하는 보릿자루 처지가 되었다. 앞으로 전기문학의 연구가 더 많이 이루어져야 비로소 한국문학사는 구겨진 곳 없이 윤기 흐르는 옷으로 다시 지어질 것이다.

이 책의 구성은 제1부에서 전기문학의 역사적 맥락을 짚어보고자 했다. 전기의 개념과 유형, 초기 전기의 양상을 살펴보고 가전의 출현과 발전 과정도 살폈다. 그리고 일부 연구자에 의해 소설로 언급되고 있는 허균과 연암의 전을 중심으로 문집에 실려 전하는 전을 소설로 분류하는 견해에 대해 문제를 제기했다. 다음으로 개화기에 성행했던 전기문학과 구활자로 간행된 전기소설에 대해서도 고찰하였다. 제2부는 전기의 영향을 받아 형성된 조선조 전기소설에 대한 유형, 인간상, 창작의식 등 문학사적 위상을 고찰하였다. 제3부는 전기관계 문헌 자료를 한양대 사학과 이완재교수와 공동으로 조사하여 정리한 것이다.

이러한 과정을 거쳐서 책을 간행하면서 한글세대에 맞도록 한자말은 되도록 쉬운 우리말로 바꾸려고 노력하고 책의 이름도『전기문학의 이해』로 바꾸었다. 아쉬운 점은 새로운 원고를 더 보충하지 못한 채 급히 재판을 서두른 점이다. 이제 불경의 '돌아온 탕아' 고사처럼 뉘우치고 깨달아 다음에는 새로운 면모를 보이도록 노력할 것을 약속한다.

끝으로 요즘 출판계가 정말 어려움에 봉착해 있는데도 흔쾌히 출판을 맡아주신 도서출판 역락의 이대현 대표님과 책이 나오기까지 세심히 애써 준 이동철 박사에게도 감사드린다.

2006년 12월
김 용 덕

# ▌목 차

| 제3부 | **전기관계 문헌자료**

# 제 1 부

# 전기문학의 사적 전개양상

# 전기의 개념과 유형

## 1. 전기의 개념

傳記는 傳과 記의 합성어이다. 그러므로 전과 기에 대해서 살펴볼 필요가 있다. 먼저 전은 그 발생이 옛날 중국 교육의 여섯 가지 부분인 六藝(禮·樂·射·御·書·數)와 때를 같이 한다.[1] 육예는 모두 역사에 근거를 두고 있으며 합리적이어서 제왕들에게 치세의 典範이 되었다. 전의 연원은 구체적으로 육예의 하나였던 『春秋』로부터 비롯된다. 『춘추』는 그 내용이 隱微한 글로 표현되어 있으므로 난해하여 이해하기가 어렵기 때문에 左丘明이 미묘하게 표현된 언어를 해득하고 처음과 끝의 맥락을 탐구하여 『春秋左傳』을 펴냈는데, 그것이 바로 전 양식의 창조다. 그래

---

1) "傳記之書 其流已久 蓋與六藝先後雜出", 章學誠, 『文史通義』, 內篇 五, 傳記, 台北 : 華世出版社, p.155.

서 유협은 『文心雕龍』에서,

> 傳은 轉이다. 경전의 내용을 전수받아 내용을 해석하고 더하여서 후세에 전해 주었으니 이른바 성인이 지은 저작에 날개가 되고 역사서의 선구가 된 것이다.2)

라고 하였다. 이 말에 따르면 전의 처음 의도는 경전의 뜻을 해석하여 후세에 전하는데 있었다. 杜預도 『춘추좌전』의 서문에서,

> 장차 배우는 자로 하여금 일의 처음과 끝 그리고 가지와 잎을 찾아 그 궁극의 근본을 알게 한 것이 『춘추좌씨전』이다.3)

라고 하였다. 이처럼 전을 태동하게 한 경전이 우주의 기강과 인륜을 밝히는 글로서 덕과 지위가 있는 성인이 지은 글이라면, 전은 이러한 경을 해석하여 후세에 전수하는 글이었다. 그래서 예로부터 '聖經賢傳' 즉, 성인이 지은 바는 經이고 현자가 지은 바는 傳이라 하였다. 공자와 같은 이도 덕은 있으되 신화시대 성인의 반열에 들지 아니하므로 그가 지은 글은 경이라고 불릴 수 없었다. 따라서 『논어』나 『효경』도 모두 經이라 하지 않고 傳이라 하였으며, 易의 『繫辭傳』도 大傳이라고 부르는데 그쳤다.4) 『詩傳』『書傳』『繫辭傳』 등은 모두 경의 사례를 담은 依經起義한 傳일 뿐이다. 그런데 공자의 글을 경으로 부르게 된 연유는 공자를 존경한 나머지 후세의 유학자들이 지은 전과 구별하기 위해서였다.

---

2) 劉勰(저), 崔信浩(역), 『文心雕龍』, 서울 : 현암사, 1975, p.65.
3) "將令學者 原始要終 尋其枝葉 究其所窮", 杜預, 『春秋左傳』序, 이석호 역주, 서울 : 평범사, 1979, p.34.
4) "大抵爲典爲經 皆是有德有位綱紀人倫之所制作, 今之文藝是也, 夫子有德無位, 則述而不作, 故論語孝經皆爲傳而非經, 而易繫亦止稱爲大傳, 其後悉列爲經, 諸儒尊夫子之文, 而使之有以別於後孺之傳記爾", 장학성, 앞의 책, p.155.

다음 記는 傳과 혼용하여 쓰이다가 후대에 와서 구분하게 되었다. 章學誠은 그의 『文史通義』에서 전과 기를 구분하여 다음과 같이 말하고 있다.

> 옛날 사람의 글은 일정한 틀이 없어서 경과 사 또한 구분되지 않았다. 『春秋左傳』『春秋公洋傳』『春秋穀梁傳』 등 세 전은 전이라 하였으되 경에 의거하여 의를 일으켰으니 기라 해야 옳고, 周官經(周禮)과 禮經(儀禮)에도 전이 있어서 경을 설명하여 행해지도록 하였으니 전이라 해야 옳다. 그 후 분파가 나뉘어 근대에 이르러 비로소 인물에 대하여 기록한 글을 전이라고 하고 사적에 대하여 서술한 글을 기라 하였다.5)

위에서 말한 인물을 중심으로 기술한 전은 사마천의 『사기』로부터 비롯되었다. 그래서 徐師曾은, 『文體明辯序說』에서 전은 한나라 사마천의 『史記』로부터 '列傳'이 창시되어 한 인물의 시종을 기술하였다고 했고, '記'는 사건을 기술한 글로 그 글은 敍事를 위주로 삼는다6)하여 전과 기를 구분하여 설명하고 있다.

이상에서 한 인물의 생애를 기록한 글을 傳이라 하고, 한 사건의 전말을 묘사한 글을 記라 하며, 傳은 轉授의 뜻이 강조되고 記는 解釋의 뜻이 강조되고 있음을 확인할 수 있다. 그러나 고문헌에서 한 인물의 시말을 서술한다 하더라도 서사적 성격을 완전히 배제할 수 없기 때문에 '記'라 한 것도 있으며, '傳'이라 한 것도 있고, '傳記'라고 함께 부른 경우도 있다. 傳은 또 記 외에 誌・志・識・紀 등으로 쓰기도 하였는데 誌・志・識・紀・記의 다섯 글자는 음과 뜻이 서로 상통하였으며 원래 한 글자였다고 한다.7) 그래서 초기의 문헌 가운데는 인물 중심의 기술이 아

---

5) "古人文無定體, 經史亦無分科, 春秋三家之傳 各記所聞 依經起義 雖謂之記可也. 經禮二戴之記 各傳其說 附經而行 雖謂之傳可也. 其後支分派別 至於近代 始以錄人物者區爲之傳 敍事蹟者區爲之記", 장학성, 윗책, p.155.
6) 徐師曾, 『文體明辯序說』, 台北 : 長安出版社, p.153, p.145.

닌 사건 중심의 서술인 경우에도 전이라는 명칭이 사용된 흔적을 발견할 수 있다. 이를테면 혜초의 『往五天竺國傳』은 인도의 5개국을 순례한 서사적 기행문이며, 신라의 『殊異傳』은 어떤 인물의 시종을 기술하지 않고 그 인물의 일화 한두 토막을 짧게 소개하는데 그치고 있다. 후대에 와서도 徐居正은 여러 잡다한 일화들을 모아 『太平閑話滑稽傳』이라고 제목을 붙였는데 이는 『사기』 열전의 「滑稽傳」에서 그 맥을 찾을 수 있다. 사마천도 열전에서 인물 중심의 서술 형태인 傳을 창시했으면서도 전대의 영향을 받아 〈龜策列傳〉 〈貨殖列傳〉 〈匈奴列傳〉 〈滑稽列傳〉 등에서는 사건이나 행위 중심의 일화를 서술하고 있다.


## 2. 전기의 유형


　앞에서 전기는 시대를 따라 여러 가지 유형으로 발전하면서 전개되었음을 살폈다. 그 가운데서도 획기적 변화를 가져오게 한 것이 사마천의 『史記』 속에 있는 '列傳'이다. 『史記』 열전도 한 인물의 생애를 기술함으로써 성인의 말씀인 경의 의리를 밝히려는 전의 정신을 이어받고 있다. 사마천이 창시한 '列傳體'는 班固의 『漢書』 이래로 역사를 기술하는 정사의 체재로 굳어졌다. 이러한 역사서의 열전은 역사적 사실이 아니면 지을 수도 없고 입전의 대상도 높은 벼슬에 오른 이름 있는 사람인 達官名人이라야 했다. 또 열전을 지을 자격도 史官에 한하였으며 사관이 아닌 문사들은 다만 나무 심는 사람이나 흙일하는 사람 등 신분이 낮은 사람들의 行狀 밖에 짓지 못하였다.8) 그러다가 경전 해석을 전문으로 삼는

---

7) "按 志記識紀誌五子 古代意義相通 實爲一字", 王元, 『傳記學』, 牧原叢刊 19, 臺灣 : 牧原出版社, p.3.
8) "古之爲達官名人傳者 史官職之. 文士作傳 凡爲圬者種樹者之流已. 其人旣稍顯 卽

학문이 쇠퇴하고 문인 학사들의 개인 문집이 성행하여 사람과 사건에 대해 기록하는 글들이 여기저기 등장하면서 사관과 같은 전문인들이나 지을 수 있는 열전체 형태의 전과 기라는 이름을 함부로 쓰기에 이르렀다.9)

이처럼 사관이 아닌 사사로운 개인의 입장에서 지은 전에 대해 吳訥은 小傳·家傳·外傳이 있다고 하였다. 사관이 입전하는 대상이 높은 벼슬을 지내고 이름을 날린 유명인들이라면, 개인들이 입전대상으로 삼는 사람은 충효가 있거나 재주와 덕이 뛰어났으되 세상에 널리 알려지지 않은 사람 또는 미천한 서민이지만 훌륭히 법도를 잘 지켜 모범이 되는 사람으로 이들의 사적이 인멸될 것을 염려해서 전을 짓기도 한다는 것이다.10) 한편 徐師曾은 이러한 발전된 전의 양상을 4품으로 분류하고 있다. 사마천이 처음 짓기 시작한 『사기』의 열전 외에 산속이나 시골에 묻혀 살아 덕이 있으되 드러나지 않아 뒷날 사람들이 본받을 만한 사람, 글 잘하고 그림을 잘 그리는 재주가 있는 사람, 우의와 골계로 지은 전들도 있다 하였다. 그는 이것을 史傳·家傳·托傳·假傳이라고 부르고 있다.11)

그런데 우리의 경우 이 명칭을 그대로 쓰게 되면 발음상의 혼동이 염

---

不當爲之傳 爲之行狀.” 吳與 王文濡 校註, 『古文辭類纂評註』 書目.

9) “後世專門學衰 集體日盛 徐人述事 各有散篇 亦取傳之名 附於古人傳記之傳家之義爾. 明自嘉靖以後 論文各分門戶 其有好爲高論者 력輒言傳乃史職 身非史官豈可爲人作傳!”, 章學誠, 앞의 책, p.156.

10) “厥後世之學士大夫 或値忠孝才德之事 慮其湮滅弗白 惑事跡雖微而卓然可爲法戒者 因爲立傳以垂于世 此小傳家傳外傳之例也”, 吳訥, 『文章辨體序說』, 台北 : 長安出版社, p.49.

11) “傳者傳(平聲)也. 紀載事迹 以傳於後世也. 自漢司馬遷作史記創爲列傳 以紀一人之始終 以後世史家卒莫能易. 嗣是山林里巷 或有恩德而弗彰 或有世人可法 則皆爲之作傳以傳其事寓其意 而馳騁文墨者間以滑稽之術雜焉 皆傳也. 故今辨而列之 其品有四 一曰史傳正變二體 二曰家傳 三曰托傳 四曰假傳 使作者有考焉”, 徐師曾, 앞의 책, p.153.

려된다. 중국과 다르게 우리는 假傳과 家傳의 소리가 같기 때문이다. 假傳은 이미 문학의 갈래로 굳어져 있으므로 바꾸기 어렵고 家傳을 다르게 불러야 한다. 다시 말하면 개인적으로 가문의 조상이나 스승 등 주변의 인물을 대상으로 사사로이 짓는 형태의 家傳은 私傳으로 바꾸어 불러야 한다. 그렇게 되면 또 史傳과 私傳이 충돌을 일으키게 되는데 史傳은 『史記』에서 本紀·世家·表·書 등과 함께 열전이라고 독립된 편차의 이름으로 분류하고 있으므로 그 이름을 그대로 쓰면 될 것이다. 결국 전기의 유형은 徐師曾의 분류와 한국식 한자 발음의 편의를 고려하여 列傳·私傳·托傳·假傳의 4품으로 분류할 수 있다. 이제 이 분류에 따라서 그 성격과 특징을 하나씩 살펴보기로 하겠다.

## 2.1 열전

열전이라는 말 속에는 『사기』에서 여러 사람의 전을 차례로 나열하여 싣는다는 의미가 있다. 열전은 正史의 한 부분으로서 史官이 짓는 공식적인 正傳이다. 『사기』에는 〈管晏列傳〉〈伍子胥列傳〉처럼 〈○○列傳〉이라고 전마다 표기하고 있으므로 정사에 수록된 敍人術事의 열전이라는 말은 이미 유형분화를 표시하는 의미를 갖는다. 열전은 종래에 있었던 左傳·詩傳·書傳·繫辭傳 등 依經起義한 전과 다르게 叙人述事의 독특한 양식으로 인식하고 있으므로 전의 한 갈래로 분류하는데 무리가 없다.

열전의 입전 대상은 이미 높은 벼슬을 지냈거나 역사적으로 이름이 널리 알려진 사람으로서 후세에 戒世懲人하고 褒貶하는데 전범이 될 만한 인물이다. 그래서 사마천은 『사기』 열전의 제일 처음에 〈伯夷列傳〉을 내세우고 있다. 이것이 시사하는 바는 인간의 본성을 드러내고 동양의 정신사에 지대한 영향을 끼진 義理의 본연을 주장하려는 의도라고 읽을

수 있다. 사마천은 〈伯夷列傳〉의 自序에서,

> 말세에는 누구나 이해를 다투되 오직 伯夷叔齊만은 한결같이 義를 존
> 중하여 나라를 양보하고 굶어 죽어 천하가 그를 칭송하였으므로 〈伯夷列
> 傳〉을 제일 먼저 짓는다.(末世爭利 維彼奔義 讓國餓死 天下稱之 作伯夷
> 列傳 第一)

라고 하였다. 사마천은 『사기』의 열전에서 이처럼 의리뿐 아니라 갖가지 분야에서 특출한 행적을 남긴 70여 명의 사람들을 입전의 대상으로 삼아 전을 지었다. 이들은 학자나 정치가는 물론 자객·유협인·점술인·장사꾼에 이르기까지 매우 다양하다. 또 70권의 열전 중에는 성격이나 활약상에 따라 1인 1편으로 전을 짓기도 하였지만 2인 1편, 또는 여러 명을 1편에서 다루기도 하였다. 『사기』의 영향을 받은 반고의 『한서』에서는 한 인물을 한편의 전으로 하면서 비중이 큰 인물은 상중하로 나누어 전을 짓기도 하였다. 김부식도 『삼국사기』에서 1인 1편을 원칙으로 하되 2인 1편(張保皐 鄭年 密友 紐由)으로 된 것, 형제(驟從 附 兄逼失 弟夫果)와 아버지 아들 손자(蓋蘇文 附 子 男生 男建 男産 孫 獻誠)까지 된 것도 있다. 특히 김유신은 상·중·하의 셋으로 나누어 41권에서 43권까지 나누어 실을 만큼 큰 비중을 두어 싣고 있다. 『고려사』 열전에서도 1인 1편을 위주로 하되 그 자손 중에 현저한 자가 있을 때에는 부가하여 실었다.

열전의 입전 의식은 공적 가치를 드러내고 선을 표창하고 악을 징계하는 데 두고 있다. 선악을 비판하는 이른바 역사기술의 春秋筆法은 사관의 기본 정신이었다. 공자는 『춘추』에서 성공과 실패의 사실을 들어서 비판하였고 국가의 존망을 입증하여 선악의 규범을 분명히 했다. 사악을 적발하여 규탄하는 일이야말로 훌륭한 사관의 直筆이었다.[12] 김부식은

『삼국사기』에서 열전을 짓게 되는 의도를 따로 밝히는 서문에 해당하는 '自序'를 편마다 짓지 않고 있다. 대신 『삼국사기』 서문격인 「進三國史表」에서 이러한 의도를 드러내고 있다.

　　　옛 기록은 문자가 거칠고 잘못 되고 사적이 빠져 없어진 것이 많아서 임금과 제후의 선악이나 신하의 충성됨과 사악함이나 국가의 안위나 인민의 난을 다스린 일 등을 모두 잘 드러내 뒷사람들에게 경계를 권할 수 없다. 마땅히 사가가 되는데 필요한 세 가지 장점을 갖춘 인재를 얻어 한 나라의 역사를 이룩하고 이를 만세에 남겨 주는 교훈으로 삼아 해와 달과 별처럼 밝히고 싶다.

　김부식은 사마천처럼 개별 열전마다 자서를 붙이지 않고 있으므로 이 「진삼국사표」에 포괄적으로 열전의 작전 의식도 드러내고 있다고 하겠다.
　다음 열전의 기본 구성은 趣意部(自序) – 行蹟部(本傳) – 評結部(論贊)의 3단 형식이다. 『史記』 열전에는 열전의 맨 앞에 '太史公自序'를 두고 있다. 이 자서에서 사관은 그 인물에 대해 전을 짓는 동기와 의도를 밝힌다. 그러므로 자서는 취의부라 할 수 있다. 인물에 대한 직접 기술은 그 다음에 전개되는 행적부에서 한다. 행적부에는 '가계 출생 – 성장 학업 – 활동 업적 – 죽음 후손'의 순으로 기술한다. 마지막 평결부는 전의 형식상 가장 특징적인 부분이다. 열전도 史書의 일부이므로 사서가 갖추어야 할 필수요건인 史論이 빠질 수 없다. 이것이 바로 論贊이다.13) 『삼국사기』에는 포폄을 목적으로 하는 유교 윤리적 평가와 예론을 중심으로 하는 31측의 논이 있다.14) 논찬은 史官의 史觀을 반영하는 곳이다. 역

---

12) 유협, 앞의 책, pp.65~70.
13) 논찬을 評結 總評 結尾 終結部 등으로 부르는 경향이 있는데 이는 史書의 공식 용어인 論贊이라는 용어를 사용하는 것이 타당하리라 본다. 논은 일반 사실에 대한 사관의 평론이며 찬은 국왕에 대한 평론이다.

사의 편찬자가 역사를 기술할 때 역사적 사실의 취사선택이나 서술의 체재 및 분류 등에서도 역사관을 간접적으로 반영하지마는 가장 직접적으로 주관을 나타내는 곳은 바로 이 논찬이다.

끝으로 주목되는 바는 열전의 문학성이다. 이미『사기』열전에서부터 이 문학성은 드러나 있다.

열전에서 드러나는 첫 번째 문학성은 인간상의 창조다. 곧『사기』열전은 단순히 역사적 사실을 기술하거나 개인의 사적을 모아 놓는데 그치지 않고, 한 인간의 고뇌와 생생한 삶의 단면을 묘사하고 상징적으로 표현하여 개성적인 인간상을 창조하고 있다. 대화를 인용한다던지 장면을 구체적으로 묘사하여 긴장감을 고조시키고 있는 점은 후대에 출현하는 소설의 형성에 영향을 끼쳤다고 보지 않을 수 없다. 사마천은『사기』열전의 제2권 〈菅晏列傳〉에서 菅仲과 鮑叔이라는 두 인간의 아름다운 교우관계를 묘사하고 있다. 반면에 〈孫臏列傳〉에서는 인간성의 다른 면인 잔인한 두 친구의 교우관계를 대조적으로 묘사하여 보여 주고 있다. 나머지 열전에서도 등장하는 인물과 사실은 단순히 '사실의 전달 수단'을 넘어서는 의미를 갖도록 묘사와 대조 상징 등 문학적 장치를 통해서 전을 기술하고 있다. 아무리 미천한 사람의 일이라 하더라도 그 생애와 행적을 사관의 입장에서 기술하고 평함으로써 처세의 대의를 밝히고 후세에 귀감이 되도록 감동적 인간상을 창조하고 있다.

두 번째로 주목해야 할 문학성은 주제 의식이 분명히 드러난다는 점이다. 고대에는 문학이 도를 구현하는 방편으로서 기능을 할 수 있어야 했다. 동양적 문학관은 文以載道에 있었다. 유가의 문학관에서 문학은 서구의 영향을 받은 현대의 문학관과 달리 심미적인 예술로 인식되지 않았다. 문학은 어디까지나 도에 이르는 수양의 수단으로서 이바지해야 한

---

14) 신형식,『삼국사기연구』, 서울 : 일조각, 1981, p.362.

다는 가치 기준이 동양적 인문주의의 주된 의식이었다. 열전에 입전된 인물의 선정 기준에 이미 이러한 의지가 반영되어 있음은 물론이며, 이들 인물을 통해서 주장하는 사관의 주장은 자서와 평결부에 간접 혹은 직접적으로 표현되어 있다. 열전에서 사관이 드러내는 戒世性이라든가 勸善懲惡의 형질은 후대의 소설문학에 그대로 전해지고 있기도 하다.

  세 번째는 내용의 허구성에서 열전의 문학성을 찾을 수 있다. 역사는 義를 귀하게 여기므로 史實에 입각하여야 하며, 文에 의하여 이루어 져야한다는 것이다.15) 그런데 역사가 사실에 바탕을 두어야 함에도 불구하고 의를 너무 강조한 나머지 사실을 변조하거나 허구적 사실을 삽입시키는 경우를 생각 할 수 있다. 그래서 『사기』 열전이 너무 허구의 방향으로 흐른 폐단을 지적하는 다음과 같은 비판이 나오게 된다.

> 세속에서는 기이한 것을 좋아한 나머지 사실을 돌아보는 일도 없이 간접적으로 들은 일들을 훌륭하게 생각하여 쓰거나 먼 시대의 일을 기록하는 데 그 흔적을 상세히 기록하려고 든다. 여기서 정상적인 방법을 버리고 이단적인 입장을 취하게 되고 傍說을 천착하여 舊史에 없는 것이 나의 사서에는 전한다고 자랑하게 된다. 이러한 태도가 잘못 전하는 본원이 되고 과거의 기술에 커다란 해독이 된다.16)

  이 지적은 바로 『사기』 열전을 비롯한 사서가 허구에 빠지고 변조될 가능성을 가지고 있음을 말한 것이다. 세속에서 기이한 것을 좋아한 나머지 이단적인 입장을 취함으로써 와전의 본원이 되고 착각과 혼란을 가져오게 할 수 있다고 지적한 부분은 곧 역사의 허위성을 지적한 것이다. 이 허위성이 허구성과 관련될 가능성을 열어놓은 통로가 된다. 문학의

---

15) "史所貴者義也 而所見者事也 所憑者文也", 章學城, 「文史通義」 史德.
16) 유협(저), 최신호(역), 『문심조룡』, 서울 : 현암사, 1975, p.69.

허구성은 작위적인 점이 다르기는 하더라도 허구성의 출발은 사실에서 벗어나는 허위로부터 출발하는 것이다. 서양에서도 역사의 이해와 지식의 전달을 위해서는 역사 기술에서 허구적 요소가 개입됨은 필수불가결하고 지적한다.17)

『삼국사기』 열전에도 허구적 요소가 매우 강하게 나타나 있다. 그것은 구전되던 설화를 토대로 열전을 입전하였기 때문이라고 여겨진다. 〈金庾信傳〉을 제외한 나머지 대부분의 전에서는 단일 사건이나 두세 가지 일화만으로 전을 구성하면서 世系를 알 수 없다고 하였다. 가문의 계통을 알 수 없다고 한 것은 입전 당시 확실한 문헌에 의존하지 않고 구전에 의존했음을 간접적으로 대변한다. 설화에서는 구체적인 연대를 말하기도 하지마는 그 인물의 연대기적 사실보다는 어떤 기억될만한 가치 있는 사건 한둘의 사실 때문에 생명력을 가지고 전승되는 것이다. 『삼국사기』에서 중요한 사건을 중심으로 기술하면서 그 출생에 대한 사실을 확인하지 못하고 있는 점은 설화를 바탕을 입전하고 있으며, 설화를 바탕으로 기술한 열전은 이미 문학적 허구성에 깊이 들어와 있음을 입증하는 것이다. 또한 비극적 구조를 갖는 특징도 전설의 비극적 구조를 그대로 수용하고 있기 때문이라고 판단된다. 비교적 문헌에 의존하여 입전하였다고 밝힌 〈金庾信傳〉에서도 태몽이 나오는데 이는 고소설에서 일반적으로 묘사되는 태몽과 구분할 수 없다. 물론 반드시 說話→傳이라는 공식은 성립하지 않는다. 오히려 전으로부터 설화가 유전될 수 있는 가능성도 생각할 수 있다. 설화와 전과 소설은 상호 영향을 주면서 생명력을 유지했다고 판단된다.

---

17) 차하순, 『역사와 문학』, 서울 : 서강대출판부, 1981, p.6.

## 2.2 사전

사전은 사관이 아닌 문인 또는 학사들이 사사로운 입장에서 지은 전이다. 공식적인 입장에 있는 사관이 공적인 인물을 표창하고 선악을 포폄하기 위해 지은 열전과 입전의 태도가 다른 것이다. 堯典·舜典과 같은 경전이나 本紀·世家·列傳과 같은 사서는 공적인 글이지마는 墓表·墓誌銘·行狀·家傳은 사적인 글이라고 구분한다.[18)]

사전이 대두하게 된 배경은 경전을 해석하고 그 뜻을 새기던 解經學이 쇠퇴하고 문인 또는 학사들이 사사로이 전을 짓게 되면서부터다. 공적인 전을 지을 수 있는 사관은 한정되어 있으므로 사관에 오르기 위한 문장수업의 과정에서 전문가들이 쓰던 전의 뜻을 취하여 그들의 표현 욕구를 충족할 수 있었다. 한편 가문의 명예를 빛내기 위해 후손이 조상의 전을 짓거나 특별히 문장가에게 부탁하여 전을 남기려 한 것도 사전 출현 배경의 하나다. 이를테면 李穡의 〈鄭氏家傳〉 鄭以吾의 〈星州高氏家傳〉은 가문의 부탁을 받고 지은 사전이다. 李崇仁의 〈草屋子傳〉과 李穡의 〈宋氏傳〉〈崔氏傳〉〈草溪鄭顯叙傳〉〈白氏傳〉〈朴氏傳〉〈吳氏傳〉 權近의 〈儒生裵尙廉傳〉〈司宰少監朴强傳〉은 친분 관계나 사적의 인멸을 우려해서 전을 짓는다고 밝히고 있다. 그밖에 李奎報의 〈盧克淸傳〉〈裵烈婦傳〉과 鄭道傳의 〈鄭沈傳〉은 표창할만한 행동을 기리어 지은 전이다.

이처럼 문사들에 의해 지어지는 사전은 문체가 화려한 데로 흘러서 전 본래의 문체로부터 벗어나기 일쑤다. 입전 대상은 열전의 대상이 될 만한 공적인물은 아니더라도 세속에 묻혀 살아서 덕이 있어도 드러나지 않거나 그 업적이 인멸될 것이 염려되는 인물이다. 또는 보잘 것 없는

---

18) "所以記人子 經如堯典 舜典, 史則本紀世家列傳, 皆記載之公者也. 後世紀人之私者曰墓表曰墓誌銘曰行狀曰家傳" 曾國潘, 『經史百家雜抄序例』傳狀類.

미천한 신분이더라도 후세 사람이 본받을만한 인물을 대상으로 삼았다. 따라서 입전의식도 열전과는 다를 수밖에 없다. 우선 열전은 공적가치를 실현시킨 인물을 표창하고 반대되는 인물을 폄훼하여 지배자가 현존 질서를 유지시키려는데 있다. 그러나 사전은 공적으로 표창 받을 만큼 위대한 업적을 남기지도 못했더라도 그에게서 긍정적 가치를 발견하여 부각시키려는데 있다. 사전을 짓는 작자는 열전의 공식적 제약의 틀에서 벗어나 자유스럽고 다양하게 입전태도를 가질 수 있는 장점도 있다. 사전을 짓는 데는 연보나 행장들 기초로 비교적 사실에 입각하여 짓는 것이 일반이지마는 조상의 업적을 찬미하려는 경향에서 업적을 과장하거나 문체가 화려하게 흐르는 경향을 띠게 되는 것이다. 이러한 경향은 전기문학을 발전시키는 한 동력이 되기도 하였다.

사전의 형식적 특징은 열전의 형식을 그대로 답습하고 있다. 인물전의 모태는 사마천의 『사기』 열전에 있기 때문에 열전의 3단 구성형식을 따르고 있는 것이다. 그래서 평결부인 논찬에서 전을 지은 사람을 밝히면서 그 인물을 통해 세태를 평하거나 후세에 교훈으로 삼을 만한 규범을 제시하기도 한다. 열전은 사관의 직책을 가진 사람이 짓는 관계로 "太史公曰" "史臣曰 …"처럼 사신이 짓는다고 말하는데, 사전에서는 許筠의 〈南宮先生傳〉에서 "許子 曰 …"처럼 성을 밝히거나, 蔡齊公의 〈李忠伯傳〉에서 "樊巖子曰 …"처럼 호를 쓰기도 한다. 성씨나 이름을 밝히는 대신 일반 역사서의 논찬처럼 "贊曰 …"로 하거나 柳得恭의 〈柳遇春傳〉에서처럼 바로 찬자의 견해를 간략하게 나타내기도 한다. 어떻든 간에 사전의 형식도 열전의 형식을 그대로 답습하고 있으며 변형된 경우라도 형식의 잔재를 찾아볼 수 있다. 개인들의 문집에 실린 대부분의 충신 효자 열녀나 조상에 대한 전들은 거의 사전이라고 보아도 무리가 없다.

## 2.3 탁전

서사증은 그의 『문체명변서설』에서 탁전에 대한 설명하기를 "어떤 일을 통해서 우의한다"고 했다.[19] 현실의 부조리와 모순을 풍자하기 위해서 특정인의 행적을 통해 우의하기도 하지마는 우의하고자 하는 바에 맞추어 가상의 사람을 내세우고 행적을 꾸미기도 한다. 다시 말하면 '가계-출생-업적-죽음-후손'처럼 틀에 박힌 한 인물의 일대기적 서술보다 어떤 특정한 행위를 통한 우의로서 교훈을 주려한 점이 사전의 특징이다.

따라서 탁전의 구성 형식은 전의 기본 틀에서 크게 벗어나지는 않지마는 다소 파격적일 수 있다. 열전이나 사전에서는 비교적 행적이 분명한 인물의 행적을 정확히 기술하여 후세인에게 세상을 경계하는 교훈과 몸을 보호하는 지혜를 주려고 한다면 탁전은 풍자적 우언적 필법으로 입전하여 교훈을 주려고 한다. 열전에서는 인물 전체를 부각시켜 칭찬하거나 폄하하여 권선징악의 깨우침을 주려고 하는데 목적이 있는데, 탁전에서는 인물 전체가 아닌 중요한 사건이나 행위 한둘을 집중적으로 조명하게 된다. 그리고 행위나 사건의 뒤에 감추어진 의미에 초점을 맞춘다.

이를테면 燕巖 朴趾源의 〈兩班傳〉이나 〈穢德先生傳〉에서 연암의 의도는 양반이나 예덕선생의 생애를 표창하고 드러내려는 데 있지 않고 탁의의 도구로 인물을 등장시키고 있을 뿐이다. 또 양반이나 예덕선생이라는 존재가 실존했는지 아닌지가 중요한 것이 아니기 때문에 그들의 행위는 연암의 의중에서 행해진 허구의 행위일 수 있다.

탁전에 입전되는 대상은 열전이나 사전과 다르게 대개 평범한 인물이거나 오히려 하층민일 경우가 많다. 사관이 공적인 입장에서 達官名人을 선별하여 입전하는 열전이나, 개인이 사전에서 충효열이 뛰어난 가문의

---

19) "以傳其事寓其意", 徐師曾, 『文體明辯序說』, 台北 : 長安出版社, 傳條.

조상이나 주변인을 선별하여 입전하는 것이 아니다. 세상에 태어나 여러 제약으로 뜻을 제대로 펴보지 못하고 숨어사는 隱逸之士나 지위가 낮고 직업이 미천하더라도 재주가 뛰어나고 따뜻한 인정미를 베푼 사람들이 탁전의 대상 인물이 된다. 柳本學이 〈金光澤傳〉에서 서술하고 있는 다음 말은 그러한 사실을 적절히 표현하고 있다.

> 위항인들 중에 기이한 재주와 우뚝 솟은 절개가 없지 않으나 끝내 묻혀서 전하지 못한 자 또한 얼마나 많겠는가. 그렇다면 이 어찌 체건 광택 부자만이 그러하겠는가. 이에 대해 거듭 슬퍼하며 애석함을 금치 못하므로 기록해 둔다.[20]

김광택의 아버지 체건은 왜놈의 劍術을 배우고자 왜관에 노예로 들어가 몰래 神劍術을 배우고, 그 아들 광택 또한 신술을 배워 나라에 충성하였으나 인정받지 못하고 불우한 생애를 마친 사람들이다. 그래서 만일 재주에 알맞게 나라에 썼더라면 반드시 변방에 공을 세울 사람이었다(若用當其才則是必立功邊儆之士)고 유본학은 아쉬워한다. 탁전은 이처럼 기이한 재주를 지녔으되 능력을 인정받지 못한 채 죽어간 안타까운 인물을 통해서 당시 사회 제도의 모순이나 비리를 우의의 수법을 통해 표현하고자 한다.

탁전이 출현하고 발전하는 과정을 검토하면 탁전의 특징이 더 잘 드러난다. 탁전의 효시는 東方朔의 〈非有先生傳〉에서 비롯되고, 頑籍의 〈大人先生傳〉과 陶潛의 〈五柳先生傳〉으로 맥을 이어왔다. 이들 전은 自傳的 托傳이다. 다시 말하면 자신을 객관화시켜 그들의 처세 윤리관이나 신념 등을 나타내려 하였다. 그 뒤 韓愈가 제3의 인물인 미천한 사람들

---

20) "夫委巷人 有奇才異節 而泯滅無傳者又何限 豈獨體乾光澤也哉 重爲嗟惜焉", 柳本學, 〈金光澤傳〉, 『問菴文集』 上卷.

을 입전대상으로 떠올려 〈坊子王承福傳〉을 짓고, 柳宗元이 〈梓人傳〉〈種樹郭橐駝傳〉을 지어 타인의 전을 통해 실상은 자기의 평소 생각을 나타내었다. 그러니까 앞의 동방삭 완적 도잠이 직접 자기의 호를 쓰는 등 自傳的 托傳을 지었다면, 이와 달리 한유는 타인의 전을 통해 자기의 생각을 표현한 他傳的 托傳이라고 하겠다. 이처럼 탁전은 자전적 탁전으로부터 연원하여 차츰 타전적 托傳으로 발전하여 갔다. 그러면서 그 대상 인물이 미장이 목수 역관과 같은 미천한 신분이나 뛰어난 재주를 지니고 있음에도 불구하고 인정받지 못한 불평지사, 또는 기이한 이적을 행한 인물로 범위를 확대시켜 나갔다.

　우리나라에서도 최초의 탁전은 자전적 托傳인 이규보의 〈白雲先生傳〉으로부터 출발한다. 뒤에 崔瀣의 〈猊山隱子傳〉이 있고 조선 후기에 오면 李鈺 潭庭　燕岩에 이르러 꽃을 피운다. 이규보나 최해의 탁전이 자전적 탁전이므로 자신을 객관화시켜 처세 윤리관을 표방했다면, 조선 후기에는 타전적 탁전으로 확대되어 제3의 인물을 대상으로 삼으면서도 실상은 작가의 처세 윤리관을 반영하려는 의지가 강하다. 따라서 문인들의 전을 분석하면 탁전으로 분류할 수 있는 전들이 많을 것으로 생각된다. 許筠의 5편의 전과 李瀷의 〈東方一士傳〉, 燕岩의 초기 9전, 李鈺의 〈申啞傳〉〈成進士傳〉〈蔣奉事傳〉, 최근세 卞榮晚의 〈施賽傳〉 등은 모두 타전적 탁전으로 분류할 수 있는 전들이다. 李鈺이나 燕岩의 전에 나오는 인물들은 실존 인물이라 하더라도 항간에서 이미 설화 화 된 후에 입전된 인물들이다. 한 예로 연암의 〈廣文子傳〉은 광문이라는 거지의 일화를 문객으로부터 듣고 지었으며, 〈金神仙傳〉 역시 金弘基라는 실존 인물의 설화적 내용을 바탕으로 전을 지었다.

　托傳의 특징 중 하나는 그 제목에서도 찾을 수 있다. 탁전이 열전이나 사전과 구분되는 요건은 작전자의 주관이 문면에 더 강하게 드러나는 점인데, 그 제목에 사람의 이름을 쓰는 경우도 있지마는 그 사람의 직업이나 풍자하고자 하는 주제를 강조한 제목을 쓰는 경우가 많다. 담정의 〈捕虎妻傳〉〈索囊子傳〉〈賈秀才傳〉이나 변영만의 〈施賽傳〉은 그 행위와 관련시켜 그 제목을 붙이고 있다. 李漢의 〈嚬笑先生傳〉 燕岩의 〈兩班傳〉〈穢德先生傳〉은 주인공의 하는 일이나 사건으로부터 제목을 붙이고 있다.

탁전은 다른 전보다 문학적 변용이 훨씬 용이한 점이 있다. 왜냐하면 托傳의 작가는 임의대로 자기가 주장하고자 하는 바에 적합인 인물을 선정할 수 있고, 대상 인물의 생애를 정확히 기술해야할 부담도 없으며, 연보나 행장이 없이 떠도는 이야기나 전설적 소재만으로도 입전할 수가 있기 때문이다. 따라서 작자는 그의 생각과 의지대로 인물의 성격이나 행위를 강조하거나 과장할 수 있는 허구성이 개입될 여지가 많다. 이러한 특징이 탁전을 소설과 혼동하게 하는 요인이 된다. 한 예로 연암의 전을 한문소설로 분류하는 것도 바로 탁전의 이러한 특징에서 기인한다.

## 2.4 가전

가전은 사물을 의인화하여 寓諭의 수법으로 지는 가상적 전기다. 작가는 우유법을 씀으로써 말하고자 하는 본뜻을 직유보다 오히려 효과적으로 이해시킬 수 있다. 이처럼 사물을 빌어 본의를 말하는 법을 莊子는 우언이라 하였다. 우언은 다른 사물을 차용하여 寓意하기 때문에 자기의 의견을 직설적으로 나타내지 않고도 오히려 강하게 전달하는 장점이 있다. 莊子에 따르면 아버지가 자기 아들을 중매 서지 못하는 까닭은 아버지로서 자기 아들을 칭찬하는 것이 다른 사람이 하는 것만 못하기 때문이다.21) 가전은 의인화된 사물을 열전체 형식에 맞추어 입전함으로써

---

21) "寓言十九藉外論之 親父不爲其子媒 親父與之 不若非其父者也", 『莊子』, 卷二十

戒世懲人의 효과를 극대화 하려는 교술적 문학양식이다.

가전의 효시는 당나라 韓愈의 〈毛穎傳〉으로 보는데 姚鼐의 『古文辭類纂』에서 이글을 嬉戲之文인데 그 체제가 傳體라 하였다.22) 그리고 陳寅恪도 이글이 『사기』를 모방하여 지었는데 유희적인 글로 사람을 감동시키는데 있어서 유별하다고 평하였다.23) 吳訥도 『文章辨體』에서 迂齊의 말을 인용하여 韓退之의 〈毛穎傳〉은 골계의 글이며 열전의 변체가 변한 것이라고 하였다.24) 그러므로 가전의 원류는 열전에 있으되 그 체제는 正傳이 아니라 變體의 전이라는 사실을 확인 할 수 있다.

가전의 문체는 앞에서도 잠시 보았듯이 골계적 성격을 갖는다. 徐師曾은 맘 내키는 대로 글 쓰는 馳騁文墨者들이 간혹 골계로 지은 잡문을 가전이라고 보았고,25) 李奎報도 친구인 李允報 〈無腸公子傳〉을 평하는 자리에서 韓退之의 〈毛穎傳〉과 비교하여 누구의 전이 더 뛰어난지 알 수 없다고 극찬하면서 그 문체가 嘲戲之文으로 되었다고 극찬하였다.26)

이상에서 가전의 특징은 골계적 해학적 풍자적인 열전체 형식의 글임을 확인할 수 있다. 골계 해학 풍자는 모순이거나 사리에 맞지 않거나 어리석은 행위 등을 은유적으로 비판 조롱함으로써 직접적인 비판으로부터 야기될 수 있는 筆禍를 모면할 수 있다. 작가는 비판하고자 하는 대상과 유사한 사물을 등장시켜 가탁된 사물의 모순과 비리를 꼬집어 원래 의도한 비판의 대상을 풍자한다. 따라서 가전의 목적은 이 같은 풍자

---

七. 寓言.

22) "莊昌黎毛穎傳嬉戲之文其體傳也", 『古文辭類纂』, 序目.

23) "毛穎傳者 昌黎模擬史記之文 蓋以古誠作小說 而未能成功者也… 毛穎傳則純爲遊戲之筆 感人之程度本應有別"陳寅恪, 『元白詩箋證稿』.

24) "若退之毛穎傳 迂齊謂以文滑稽 而又變體之變者乎", 吳訥, 『文體明辯序說』, 臺北 : 長安出版社.

25) "馳騁文墨者間以滑稽之術雜焉皆傳也…曰假傳", 徐師曾.

26) "予友李允報…其若無腸公子傳嘲戲之作 若與退之所著毛穎下邳相較吾未知孰先孰後", 李奎報, 『東國李相國集』, 卷二, 「李史官允甫詩跋尾」.

를 통해서 독자를 각성케 함으로써 교훈을 주려한다. 가전의 원류는 『사기』의 열전에 있고, 『사기』는 『춘추』의 정신을 이어받아 역사의 옳고 그름을 가려 천하의 의표로 삼을만한 사실들을 정리하였다. 그러므로 가전도 『사기』 열전의 입전정신을 이어받아 계세징인의 교훈을 주려한다.

가전이 열전에 기원하므로 그 형식도 열전의 형식을 그대로 답습하려는 경향이 있다. 다만 가전에서는 입전의 동기를 밝히는 서두인 취의부가 생략되고 곧 바로 행적부로부터 시작하는데, 행적부를 전개하는 과정에서 전을 짓게 되는 의도와 목적을 충분히 달성할 수 있기 때문에 오히려 취의부를 두는 것이 부자연스럽기 때문이다. 가전 구성의 또 하나 특징은 가계를 밝히는 과정에서 역사와 관련된 고사를 인용하는 필법이다. 이는 사물의 행적을 역사적 사실처럼 보이는 효과를 가져 오기 위함이다. 그리고 조상을 대개 높은 벼슬을 지낸 인물이나 隱逸之士의 후예로 꾸민 것은 주인공의 현재 처신을 풍자 비판하기 위함이거나 선조의 남긴 자취를 지키지 못하고 욕되게 살아가는 행위 또는 사회적 모순 때문에 불우해질 수밖에 없는 시대적 부조리를 드러내기 위함이다.[27] 또 가전의 서두에서 시조를 말하면서 고사를 인용하는 까닭은 전의 기본 틀에서 빼놓을 수 없는 가계를 설정하기 위한 방편이다. 가전의 입전의식은 처음부터 풍자정신에서 출발하였으므로 유학자들은 그들이 즐겨 쓰고 익숙해 있는 문체인 傳記體를 변형시켜 세태를 풍자하거나 자기가 세상을 보는 견해를 논리적으로 설득하려는 방편으로 삼았다. 그리하여 그들이 풍자하고자 하는 의도에 맞도록 사물을 의인화 한 허구적인 가전을 창조하고 즐겨 짓게 되었다.

그러나 가전의 허구와 소설의 허구는 근본적으로 다른 점이 많다. 소설의 허구는 인과관계에 의한 필연적인 허구라야 한다. 그런데 가전의

---

27) 안병설, 「가전에 대한 이견산고」, 『명지어문학』 제7집, 명지대국문과, 1973.

허구는 필연성에 의해 줄거리가 유기적으로 구성되지 못하고 작가가 해박한 지식을 동원하여 자의적으로 전개한다. 작가는 역사적 기록이나 고사 중에서 사물의 특성과 주장하려는 목적에 적합한 내용을 인용하면서 능숙한 필치로 얽어 나간다. 가전을 짓는 동기는 전의 본래 정신인 경의 해석과 전수라는 기능보다 문인들의 단순 취향을 충족시키는 데에 더 표현 동기가 강한 문학양식이다. 그래서 가전은 문인들의 문장수업 과정에서 그 방편으로 활용되었던 듯하다. 崔滋의 『補閑集』에는 李奎報가 李允甫의 〈無腸公子傳〉을 읽고 그에게서 사관의 능력이 있음을 평가했다고 하였다. 문순공이 〈麴秀才傳〉을 지은 것은 약관시절이었다고 하니 문장수업기이고, 이윤보가 〈麴秀才傳〉을 본받아 〈無腸公子傳〉을 지은 것은 과거에 급제한 초기의 일이었으니 아직 사관으로서 문장력을 인정받기 전이다.28)

가전은 고려조에 성행하였고 조선조까지도 널리 지어졌다. 문학사에서 가전에 대한 평가는 논자에 따라 다양하다. 초기에는 설화에서 소설로 넘어가는 과도기적 문학양식으로 이해하거나 본격적인 소설로 보려는 태도가 주류를 이룬다.29) 이러한 관점은 가전에 대한 문학양식에 대해서 정확히 인식하지 못하고, 가전에 고사를 많이 인용하면서 전개에서 인과관계가 필연적이지 못하므로 설화에서 소설로 넘어가는 중간단계로 인식하고 있었던 듯하다.

가전의 구성 방법은 사물에 대한 해박한 지식을 자랑하면서 고사를 끌어와 능숙한 필치로 엮어나간다. 가계의 소개에는 고사를 인용하는데

---

28) "文順公… 弱冠時作麴秀才傳 李史官允甫初登時筆效之 亦無腸公子傳 公見之而 甚喜 每唱於士林間 曰近得能文者 李允甫眞良史才也.", 崔滋, 『補閑集』 卷中.

29) 金起東, 『李朝時代小說論』, 서울 : 精研社, 1959, pp.131~152. 趙潤濟, 『韓國文學史』, 서울 : 探究堂, 1968, pp.104~105. 張德順, 『韓國文學史』, 서울 : 동화문화사, 1977, p.153. 金光順, 「韓國 擬人文學의 史的 系譜와 性格」, 『語文學』, 제16,17호, 1967.

이 때 고사의 설화적 허구성은 세계의 창조로 발전하는 것이 아니라 단순히 의인화하기 위한 수단에 지나지 않는다. 한 예로 〈淸江使者賢夫傳〉의 경우 거북에 관련된 글에 대해서 지식이 없으면 작품의 이해가 어렵고 그 맛을 느낄 수 없다. 제목부터 스토리의 종결에 이르기까지 거의 전편에 걸쳐서 諸子百家書에 있는 고사나 설화에 의거하고 있으며, 26개의 에피소드는 약 40개의 이질적 고사들을 조합하여 평면적으로 엮은 編綴的 허구성일 뿐이다.30) 이처럼 가전은 기존 지식의 이해가 작품 이해에 영향을 미칠 뿐 아니라 의인화한 등장인물의 행위, 사건과 사건이 유기적이지 못하다. 따라서 구성은 소설의 인과율에 의한 구성과는 차이가 있다. 결론적으로 가전을 미성숙 단계의 소설이라거나 본격 소설의 한 양식으로 보려는 태도는 재고를 요한다고 하겠다.

이상에서 가전이 설화로부터 소설로 발전되어가는 과도기의 문학양식이 아니며, 소설의 전단계가 아니라 독자적인 전의 한 유형으로서 완성된 문학양식임을 확인하였다. 가전이 소설로 이행해가는 불완전한 양식이 아님은 이미 소설이 성숙단계였던 조선조에도 〈楮生傳〉(李詹), 〈抱節君傳〉(丁壽崗), 〈朱將軍傳〉(宋世琳), 〈灌夫人傳〉(成汝學), 〈郭索傳〉(權鞸) 〈氷壺先生傳〉(張維), 〈女容國傳〉(安鼎福), 〈花史〉(林悌), 〈花王傳〉(李頤淳) 〈管子虛傳〉(李德懋), 〈烏圓傳〉(柳本學), 〈却老先生傳〉 등 사물을 의인화한 가전과 〈慵夫傳〉(成侃), 〈睡鄕記〉(南孝溫), 〈天君傳〉(金于顒), 〈愁城誌〉(林悌), 〈天君演義〉(鄭泰齊), 〈義勝記〉(林泳), 〈天君實記〉(鄭琦和), 〈南靈傳〉(李鈺) 등 心性을 의인화한 가전으로 발전하면서 가전의 독자적 영역을 확대시켜 존속하고 있는 점에서도 확인할 수 있다.

---

30) 曺喜雄, 「假傳의 編綴性」, 『嶺南語文學』, 1974.

# 제 2 장

# 초기 전기의 양상

## 1. 전기의 유입

우리나라 전기문학의 형성과 발전도 중국의 영향을 무시할 수 없다. 우리나라에 한자 및 先秦文學이 들어온 것은 漢四郡 설치 전후부터다. 그 후 신라가 통일을 이룩한 전후로 西漢〔前漢〕東漢〔後漢〕 및 三國과 六朝의 여러 문학이 주로 『文選』을 통하여 들어오고, 통일신라와 고려에 걸쳐서는 唐詩文學이 유입되어 우리문학사에 영향을 주었다. 고려 중엽부터 宋의 시학과 비평문학이 유입되어 고려문학의 모범이 되었고, 조선 초기부터는 소설문학이 본격적으로 들어와 우리나라 소설문학의 발달을 촉구하였다. 소설문학은 중국의 전한 때부터 성립되어 後漢·三國·兩晉·南北朝를 거쳐 唐나라 때에 진보를 보이고 宋·元·明을 거치는 사이 발달하였으나 우리는 조선 초에 이르러서야 소설의 수용과 발달을 가

져왔다.1)

한자의 전래와 더불어 문학도 수입되었음은 이론의 여지가 없다. 『삼국사기』 고구려본기 소수림왕 2년(서기372년)조에, "태학을 세워 자제를 가르쳤다.(立太學敎育子弟)"는 기록으로 보아 4세기에 고구려는 학교 교육을 실시하였음을 알 수 있다. 신라도 國學을 설치하고 교육을 실시하여 인재를 등용하였는데 당시의 교육내용을 알기위해 그 내용을 살펴보면 이렇다.

> 국학은 예부에 속하였는데 신문왕 2년(682)에 설치하였다. 경덕왕이 대학감이라 고쳤고 혜공왕이 다시 국학이라고 하였다. … 교수하는 방법은 주역·상서·모시·예기·춘추좌씨전·문선으로 나누어 그것을 수업 과목으로 삼았다. 조교 한 사람을 두고 예기·주역·논어·효경 또는 춘추좌전·모시·논어·효경 또는 상서·논어·효경·문선을 교수하였다. 학생들은 3품으로 출세하는데, 춘추좌씨전이나 혹은 예기 또는 문선을 읽어 그 뜻에 능통하고 겸하여 논어·효경에 밝으면 상품으로 삼고, 곡례·논어·효경을 읽은 사람을 중품으로 삼고, 곡례·효경을 읽은 사람을 하품으로 삼았다. 만약 5경·3사·제자백가서에 겸하여 능통한 사람은 이를 촉탁하여 등용하였다.2)

이 글에서 보면 『春秋左傳』과 특히 5경〔역경·시경·서경·예기·춘추〕와 3사〔사기·한서·후한서〕 제자백가에 능하면 특채하여 등용하였다 하는데 『春秋』『春秋左氏傳』『史記』『漢書』『後漢書』 등은 모두 역사서로서 전기에 접할 기회가 많았으리라 본다.

따라서 고구려 영양왕 11년(서기 600년) 태학박사 이문진이 『留記』 100권을 간추려 지었다는 『新集』 5권이나 신라 진흥왕 6년(서기 545년)

---

1) 文璇奎, 『韓國漢文學』, 서울 : 二友出版社, 1980, pp.17-19.
2) 김부식, 『삼국사기』 권제 38, 잡지 제 7, 직관 상.

에 거칠부가 편찬한 『國史』나 백제 근초고왕 때 고흥이 편찬한 『書記』와
『日本書紀』에 인용된 『百濟記』『百濟本紀』『百濟新撰』 등 역사서에는
열전과 같은 형태의 글이 실리지 않았다고 단정하기 어렵다. 왜냐하면
사마천 이후에 모든 역사서가 『史記』를 전범으로 하여 역사서를 편찬했
기 때문이다.


## 2. 전기의 시대적 전개


　우리나라 전기의 초기 양상을 짚어볼 수 있는 자료는 극히 희소하다.
삼국시대의 전기로서는 慧超스님의 『往五天竺國傳』을 다행히 접해 볼
수 있고, 崔致遠의 〈唐大薦福寺故寺主翻經大德法藏和尙傳〉(一名, 華嚴宗主
賢首國師傳)과 〈釋利貞傳〉〈釋順應傳〉의 일부가 전하고 있다. 그리고 문
헌상에 그 이름만 전하는 전기로는 김대문의 〈高僧傳〉〈鷄林雜傳〉〈花
郎世紀〉가 있다.3) 다음 고려조에 들어와서 〈殊異傳〉의 일부가 산견되며
〈均如傳〉〈海東高僧傳〉이 있고, 『삼국사기』 열전에 이르러서 전기는 본
격적인 발전을 보인다. 고려 중기에 가전이 등장하고 고려 말에 와서는
개인들의 문집에서 많은 사전이 발견되며, 조선조에 이르러서 전기는 그
양적 질적 확충을 가져오게 된다. 그러다가 한자문화의 퇴조와 함께 최
근세 개화기에 이르러서 전기는 새로운 양상을 보이고 있다. 여기서는
초기의 전기문학을 중심으로 검토하기로 하겠다. 고려 중기에 나타난 가
전과 고려 말부터 개인문집에 실리는 사전 및 탁전, 그리고 개화기 전기
에 대해서는 항목을 달리해서 고찰하기로 한다.

---

3) “金大問, 本新羅貴門子弟 聖德王三年 爲漢山州都督 作傳記若干卷 其高僧傳 花郎
　　世紀 樂本 漢山記猶存”, 『三國史記』 卷 第四十六, 列傳第六, 强首崔致遠薛聰.

## 2.1 왕오천축국전

慧超스님의 〈往五天竺國傳〉은 그 원본이 아직 발견되지 않았다. 지금 전하는 것은 1908년 프랑스 동양학자 펠리오〔P.Pelliot〕가 중국 감숙성 돈황 천불동에서 앞뒤가 잘려나간 두루마리로 된 필사본을 발견하고, 그것이 혜초스님의 〈往五天竺國傳〉이 틀림없다고 발표하였다. 그 다음 해인 1909년 청나라의 羅振玉과 1911년 일본의 후지다〔藤田豊八〕 및 1915년 일본의 다카스키〔高楠順次郎〕 등에 의해 연구되고 독일의 폭스〔W.Fuchs〕에 의해 독일어로 번역되었다. 우리나라에는 1943년에 비로소 崔南善이 『삼국유사』를 펴내면서 그 부록에 〈往五天竺國傳〉을 신고 해제를 붙여 간행함으로써 소개되었다.4)

이제 혜초스님의 〈往五天竺國傳〉에 대해 내용을 개관하면서 이 전의 특징을 알아보기로 한다. 혜초스님은 인도를 순례하면서 바다로 갔다가 육지로 돌아왔다. 혜초스님이 해로로 가서 인도에 상륙한 곳이 기록에는 나타나지 않아 알 수 없으나 여행 순서로 보면 중국의 남쪽 광주에서 배를 타고 남지나해를 지나 동부 인도로 들어갔음이 틀림없다. 스님은 먼저 나체의 나라를 구경하는 데서부터 기록을 시작한다. 그리고 곧 이어서 석가가 입멸한 구시나국을 구경하고 남쪽으로 파라나시국을 지나 동쪽으로 왕사성 곧 최초의 사원을 세웠던 곳을 유람하고 다시 남쪽으로 석가가 도를 이룬 부다가야를 거쳐서 서북쪽으로 발을 돌려 중천축국으로 들어갔다.

스님은 이 중천축국의 4대 靈塔을 구경한 뒤 석가의 탄생지인, 지금 네팔 룸비니까지 가서 두루 살펴보고 다시 남천축국으로 향하여 그곳의

---

4) 崔南善, 「慧超往五天竺國傳」, 『三國遺事』 附錄 및 元義範, 「往五天竺國傳解題」, 『韓國의 古典 百選』, 新東亞, 1969.1.

진경에 빠진다. 여기서 스님은 서북으로 다시 방향을 돌려 서천축국을 둘러 동북쪽으로 북천축국 자란다라국〔闍蘭達羅國〕을 방문한다. 이어 서쪽으로 방향을 돌려 지금의 파키스탄인 탁샬국〔吒社國〕을 지나 신두고라국〔新頭故羅國〕으로 간다. 다시 북천축국으로 북향하여 지금의 캐시미르 지방인 가시미라국〔迦葉彌羅國〕을 둘러보고 북쪽의 大勃律 小勃律을 구경한다. 이후 서북쪽으로 지금의 파키스탄인 〔建駄羅國〕을 지나 북쪽으로 우리아나국〔烏長國〕과 拘衛國을 지나간다. 그리고 간다라국으로부터 서쪽으로 지금의 아프카니스탄에 해당하는 람파카국〔覽波國〕을 니나 서쪽으로 카피스국〔罽賓國〕과 자부리스탄국〔謝颶國〕을 거쳐 바미얀국〔犯引國〕에 도착한다. 여기에서 북쪽으로 가서 지금의 아프카니스탄과 소련의 접경 지대인 쿠카리국〔吐火羅國〕으로 간다. 다시 서쪽으로 페르시아〔波斯〕를 지나 小拂臨國과 大拂臨國의 풍문을 듣는다. 또 투카라국 북쪽, 安國·曹國·史國·石騾國·米國·康國·跋賀那國 등에 대해서 듣는다. 이들 나라에서는 불교는 모르고 조로아스터교를 믿으며, 어머니의 자매를 아내로 맞아들이고, 또 투카라·카피스·바미얀·자부리스탄 등에서는 형제가 몇 명이 되든지 공동으로 아내를 둔다는 풍습이 있음을 알았다고 한다. 그는 투카라국에 오래 머무르면서 서쪽과 북쪽의 진기한 여러 나라 풍습에 대해서 듣게 되고, 다시 동쪽으로 길을 잡아 지금의 파미를 공원에 위치했던 胡蜜國을 지나고 다시 북족으로 識匿國을 거쳐 葱嶺을 지나서 지금 중국땅인 葱嶺鎭 곧 渴飯檀國에 도착한다. 스님은 다시 동쪽으로 카시가르〔疏勒〕를 지나 龜玆國, 곧 당나라 서안 도호부가 있는 현재 쿠차〔庫車〕에 도착한다. 이 때가 서기 727년 11월 상순이었으며, 여기서부터 동쪽은 누구나 다 아는 중국 본토이므로 더 기술하지 않는다고 하였다.

이상에서 보는 바와 같이 이 글은 혜초스님이 인도 지방을 여행하면서 보고 들은 이야기들을 기록한 기행문이다. 이 이름을 처음 밝힌 당나라 스님 慧林이 지은 『一切經音義』에서 『慧超往五天竺國傳』이라고 전이라는 이름을 붙였으나 어떤 인물을 중심으로 그 생애를 기록한 전기는 아니다. 엄밀히 구분하자면 사실을 기록한 글이므로 『慧超往五天竺國』라고 이름을 붙일 수는 있을 법하다. 옛날에 傳과 記에 대한 구분이 뚜렷하지 않고 혼용해서 쓰던 사실을 확인할 수 있는 일면이다.

## 2.2 최치원의 승전들

최치원이 지은 스님들의 전기는 현재 확인 되는 것만 모두 3편이다. 〈唐大薦福寺故寺主翻經大德法藏和尙傳〉(一名, 華嚴宗主賢首國師傳)과 〈釋利貞傳〉〈釋順應傳〉이 기록상으로 확인되는데 뒤의 두 편은 『동국여지승람』에 일부분이 인용되어 전한다. 먼저 줄여서 〈賢首國師傳〉이라고 불리는 승전은 『大正新修大藏紀』 제50권 史傳部에 실려 전한다. 최치원은 이 전을 지으면서 서두에서 다음과 같이 전에 대한 양식적 특징을 언급하고 있어서 주목된다.

> 옛적부터 전의 형식이 같지 아니하여 먼저 그 결과를 통괄한 뒤에 그 원인을 펴기도 하고, 혹은 첫머리에 성명을 표시한 뒤에 끝에서 공적과 강하고 곧음을 기록하기도 한다. 그렇기 때문에 태사공이 언제나 대현을 위하여 백이숙제나 맹가 같은 분들의 전을 지을 때는 첫머리에 들은 바를 썼다. 그런 뒤에야 비로소 그의 행한 일을 나타냈는데, 이것은 다름이 아니라 덕행은 높았지만 보록이 다르기 때문이다.5)

---

5) "古來爲傳之體不同 或先統其致 後鋪所因 或首標姓名 尾縮功烈 每爲大賢如伯夷叔齊孟軻輩立傳 必前冠以所聞 然後始著其行事 此無他德行旣峻 譜錄宜異故爾", 崔致遠(著), 崔濬玉(編), 『崔孤雲先生文集』下, 서울 : 寶運閣.

그리고 글의 말미에서 다시 전의 의의를 함축적으로 말하고 있다.

> 역사라는 것은 시키는 것이다. 좌우의 사람에게 붓을 잡혀 기록하게
> 하는 것이요, 전이라는 것은 옮기는 것이니 경전의 뜻을 옮겨서 전수하
> 는 것이다. 전은 비문에 간략하게 기록된 바를 넓혀서 뒷사람들에게 전
> 하여 주는 것이다.6)

최치원은 이처럼 전이라는 양식에 대해 깊은 이해를 가지고 있었으므로 그의 승전들도 『사기』의 열전체를 본받아 지었음을 알 수 있다. 따라서 최치원이 지은 〈賢首傳〉의 체재는 앞머리에 취의부에 해당하는 곳에서 전을 짓는 동기를 쓰고, 본전은 모두 10과로 나누어 행적을 말한 다음, 마무리의 평결부인 논찬에서 이 전을 짓는 데에 부족함과 변명 등 겸양의 말과 감회를 적고 있다.

그런데 행적부인 本傳에서 열전체와 달리 분과별로 나누어 전개하고 있는 점이 독특하다. 이는 경전의 구성 체제가 대개 분과별로 엮어지는 데서 영향을 받은 듯하다. 고려 초에 입전된 『균여전』의 체제도 10門으로 되어있는데, 이러한 현상은 당시 승전들이 갖는 공통적인 특징이다. 중국의 승전인 『高僧傳』『續高僧傳』『梁高僧傳』『宋高僧傳』들도 모두 10과로 나누어서 주제별로 인물을 안배하고 있다. 승전들이 10과 체제를 유지하는 원류는 『화엄경』의 十玄義에서 찾을 수 있다. 따라서 〈華嚴寺主賢首國師傳〉도 華嚴十玄義의 영향을 받았다고 이해된다.7)

---

6) "史者使也 執筆左右 使之記也. 傳者轉也 轉授經旨 傳廣碑略 轉授於後", 앞의 책, 같은 곳.
7) 一然스님의 『三國遺事』도 불경 구성의 체계인 10玄義 체제와 중국 고승전의 영향을 받았다고 생각되는데, 승전 체제를 모방하여 과마다 奇異 義解 塔像 등 제목을 달면서 9과로 구성하고 있다고 해석할 수 있다.

〈賢首傳〉10과의 내용은 다음과 같이 구성되어 있다.

> 제1과　족성의 광대한 마음(族姓廣大心)
> 제2과　유학에 몹시 깊은 마음(遊學甚深心)
> 제3과　중이 됨에 법도에 어긋나지 않는 마음(削染方便心)
> 제4과　강연에 견고한 마음(講演堅固心)
> 제5과　전하고 번역함에 간단없는 마음(傳譯無間心)
> 제6과　저술에 열중하는 마음(著述折伏心)
> 제7과　몸을 닦는데 즐거워하고 기뻐하는 마음(修身喜巧心)
> 제8과　속세를 제도함에 분별하지 않는 마음(濟俗不二心)
> 제9과　가르침에 거리낌 없는 마음(垂訓無礙心)
> 제10과　죽음에 원만하고 밝은 마음(示威圓明心)

다음 〈釋利貞傳〉과 〈釋順應傳〉은 모두 『동국여지승람』에 일부가 인용
되어 전한다. 우선 〈釋利貞傳〉의 인용된 부분은 다음과 같다.

> 최치원 〈석이정전〉에 말한 바를 살펴보면, 가야산 산신 正見母主가
> 천신 夷毗訶에게 정감되어 대가야왕 腦窒朱日과 금관국왕 腦窒靑裔 두
> 사람을 낳았다. 뇌주주일은 즉 伊珍阿鼓王의 별칭이요, 청예는 즉 首露
> 王의 별칭이라 한다. 그러나 이것은 가락국의 옛 사기에 실린 알 여섯
> 개에서 화하여 낳았다는 말과 함께 모두 허황하여 믿을 수 없다.[8]

또 〈釋順應傳〉의 인용부분은 다음과 같다.

> 대가야국 월광태자는 정견의 십 세손이요 아버지는 異腦王이다. 이뇌
> 왕이 신라에 구혼하여 이찬 比枝輩의 딸을 맞다가 태자를 낳으니 즉
> 이뇌왕은 뇌질주일의 8세손이라 하나 역시 상고할 수 없다.[9]

---

8) 『東國輿地勝覽』卷之二十九 高靈縣 建治沿革條.

『東國輿地勝覽』에서 최치원이 지은 전을 인용했다면 인용된 부분은 극히 일부분 일 테고 전체로 보면 전으로서 일정한 형식을 갖추었을 것이다. 앞의 〈賢首傳〉이 무려 9000여 자에 이르므로 다른 스님들의 전도 상당한 길이의 격식을 갖춘 승전이었을 것이라고 추측하는 것이 어렵지 않다. 〈균여전〉의 서문에 보면 최치원이 〈의상전〉을 지었다10)고 한 것처럼 이밖에 다른 전기가 더 있었을 것이라고 추정은 되나 아직까지 발견되지는 않고 있다.

## 2.3 수이전

『수이전』은 삼국시대의 志怪說話를 모은 설화집이다. 이 책의 저자에 대해서는 崔致遠 朴仁亮 金陟明 등으로 다른 주장이 있다. 현존하는 『殊異傳』의 逸文은 모두 13편인데 이들을 연대순으로 보면 다음과 같다.

① 고려 고종 2년(서기1215년)에 覺訓이 지은 『海東高僧傳』에 인용된 〈阿道傳〉

② 고려 충렬왕 11년(서기1285년)에 一然이 지은 『三國遺事』에 인용된 〈圓光法師傳〉

③ 조선 성종 때 成任(서기 1417-1481년)의 『太平通載』에 인용된 〈寶開〉와 〈崔致遠傳〉

④ 조선 성종 때 徐居正(서기1420-1488년)의 『筆苑雜記』에 인용된 〈燕烏郎〉

⑤ 조선 성종 때 완성된 『三國史節要』에 인용된 〈昔脫解王〉과 〈善德女王〉

⑥ 조선 선조 때 權文海(서기1534-1591년)의 『大東韻府群玉』에 인

---

9) 위 책, 같은 곳.
10) 赫連挺, 〈大華嚴首座圓通兩金大師均如傳〉序.

용된 〈首揷石枏〉〈竹筒美女〉〈老翁化狗〉〈仙女紅袋〉〈虎願〉〈心火
繞塔〉

〈阿道傳〉은 『삼국유사』 권3 흥법조 〈阿道基羅〉에도 거의 같은 내용이
실려 있다. 『해동고승전』의 〈阿道傳〉에도 원문 서두에서 "박인량의 〈수
이전〉을 상고해 보면(若按朴仁亮殊異傳)"이라는 구절이 있다. 〈원광법사전〉
은 『삼국유사』 권4 의해조 〈圓光西學〉에 실려 있다. 이 전은 원광법사
가 당나라에 유학 갈 때의 이적을 소개하고 있다. 〈보개〉도 『삼국유사』
권3 탑상조 〈민장사〉에 실려 있는 내용과 거의 같다. 이 전의 내용은 관
음보살 영험을 소개한 데 지나지 않는다. 〈최치원전〉은 〈수이전〉 가운데
내용이 가장 길다. 그러나 최치원의 행적보다는 雙女墳에서 두 女鬼와
주고받은 시를 중심으로 전개했다. 『대동운부군옥』의 〈선녀홍대〉는 〈최
치원전〉의 앞뒤를 생략하고 선녀와 화답한 글만 실었다. 이 〈최치원전〉
은 후대에 출현하는 고소설 〈최치원전〉의 모티프가 되는 까닭에 서로 대
비해 볼 수 있는 작품이다. 〈석탈해〉는 『삼국사기』 권1 신라본기 〈탈해
이사금〉조와 『삼국유사』 권1 〈탈해왕〉조에도 같은 내용이 실려 있다.
〈연오랑〉은 『삼국유사』 권1 〈연오랑세오녀〉조에도 같은 내용이 실려 있
다. 〈수삽석남〉은 신라 때 崔伉이라는 사람의 재생설화다. 〈선덕여왕〉은
『삼국사기』 권5 신라본기 〈선덕왕〉조와 『삼국유사』 권1 〈선덕왕지기삼
사〉조에도 들어있다. 〈죽통미녀〉와 〈노옹화구〉는 김유신에 얽힌 짧은 설
화들이다. 〈심화요탑〉도 짧은 志鬼說話다. 〈호원〉은 『삼국유사』 권5 〈김
현감호〉조에 이 글보다 더 자세한 내용이 실려 있다.

이상에서 『수이전』의 내용은 특이하고 별난 이야기이며, '○○전'이라고
는 했지만 어떤 인물의 연대기적 기록이라기보다 단순한 에피소드 한 둘
을 모아놓은 것에 지나지 않는다. 그러므로 〈수이전〉은 전기의 초기에
傳과 誌·紀·志·錄·記를 혼용해서 쓰던 시대의 문체 의식이 아직 잔

존한 상태의 제명이라고 볼 수 있다. 특히 〈보개〉〈연오세오〉〈석탈해〉〈선덕여왕〉〈죽통미녀〉〈노옹화구〉〈호원〉〈선녀홍대〉는 그나마 짧은 단편적인 일화들이다.

## 2.4 균여전

〈균여전〉은 고려 문종 29년(서기1075년) 赫連挺이 찬술하였다. 해인사의 고려대장경보판 〈大華嚴首座圓通兩金大師均如傳〉에 들어있는 〈균여전〉은 11수의 사뇌가를 간직한 '향가'의 보고로 학계의 관심이 집중된 반면, 정작 작전자의 의도에 호응하는 전체적인 '전기'로서의 관심은 등한하였다. 〈균여전〉의 체재는 앞뒤에 서문과 발문이 있고 내용은 10개의 항으로 구성되어 있다. 앞의 서문은 전기의 일반 형식에서 취의부에 해당한다. 이 서문에서 〈균여전〉을 짓는 동기를 이렇게 밝히고 있다.

> 화엄경의 10만 게가 처음 신라에서 시작된 것은 의상 때문이며, 고려에서 널리 퍼진 것은 균여 때문이다. 〈의상전〉은 최치원에 의해 지어졌으나 〈균여전〉은 없어서 수행하는 이들이 애석하게 여기고 나 또한 애석하게 여겨왔다.[11]

본문에 해당하는 행적부는 10개의 門으로 나뉘어 짜여 있으며, 맨 앞의 初門에는 균여대사가 탄생할 때의 신령스러웠던 설화적 내용을 기술하고 있다. 부계와 모계를 밝히고 어머니가 한 쌍의 봉황을 꿈꾸고 잉태한 뒤 7개월 만에 낳았을 때 용모가 추해서 길에 내다 버렸더니 까마귀가 날개를 덮어 보호했다는 기아 모티프 신화소를 차용하고 있다.

---

11) 赫連挺, 〈大華嚴首座圓通兩金大師均如傳〉 序.

> 스님이 탄생하자 용모가 너무 추해서 비할 데가 없었다. 부모는 기뻐
> 하지 않아 길거리에 버렸더니 두 마리 까마귀가 날개를 잇대어 아기의
> 몸을 덮어 주었다. 길손이 이상한 광경을 보고 그 집을 찾아가 자세히
> 일러주니 부모는 뉘우치고 거두어 길렀으나 그 모습만은 숨겼다. 이에
> 상자 속에 넣어두고 젖을 먹이다가 두서너 달 후에야 동네 사람들에게
> 보였다. 스님은 강보에 있을 때 화엄경의 게를 잘 읽고 아버지가 말로
> 가르쳐준 것도 열에 하나라도 잊음이 없었다.[12]

이러한 내용은 이른바 영웅의 일생에서 영웅들이 탄생하는 장면과 일
치한다. 〈균여전〉의 구성이 이처럼 영웅의 일생 구조를 갖는 것은 이미
설화로 굳어져 전해오던 이야기를 토대로 혁연정이 이 전을 지었음을 시
사한다. 제2문과 제3문은 출가와 수학하면서 뛰어난 재주를 보여주었다
는 내용이다. 제4문에서는 남북으로 갈린 화엄종을 통합하고 교리를 세
워 宗旨를 정한 공덕을 말하고 있다. 제5문에서는 불경의 해석과 저술
을 남긴 업적을, 제6문에서는 이적을 행한 신이한 감통의 내용을 기술
하였다. 제7문과 제8문에서는 노래로 세상을 교화한 사뇌가 11수와 崔
行歸의 漢譯詩를 실어 향가 해독과 연구에 큰 도움을 주고 있다. 제9문
과 제10문에서는 마구니를 항복받고 생사에 자재한 대사의 면모를 기술
하고 있다. 이 역시 비현실적이고 경이로움을 보여주는 설화적 내용이
다. 전의 끝에는 後跋을 붙였는데 이 부분은 전의 일반 형식에서 평결부
인 논찬에 해당한다. 신통함과 상서로운 감응으로 인연에 따라서 세계에
두루 法輪을 굴리고 행한 이적을 볼 때 옛날의 덕이 큰 스님들과 비교하
더라도 균여대사가 월등하다고 볼 수 있다. 맨 앞의 서문과 끝의 발문은
전기에서 취의부와 평결부를 두는 전형적인 모습과 일치하는 형식이다.
이상에서 〈균여전〉은 열전의 체재를 그대로 본떠서 지은 전이며, 당

---

12) 赫連挺, 〈大華嚴首座圓通兩金大師均如傳〉 初降誕靈驗分者.

시 중국에서 유행하던 僧傳의 영향을 받아 지었음을 알 수 있다. 赫連挺
은 이 전기를 지어서 행자들에게 보여줌으로써 경계로 삼고자 했다. 대
사의 이적 에피소드를 삽입한 것은 불교 포교를 위한 영험 설화의 성격
을 띠고 있기도 하다. 또 영웅의 일생에 부합하는 출생 모티프와 활동
및 업적을 일대기적으로 전개하고 있는 형식은 뒤에 출현하는 고소설과
도 무관하지 않음을 보여준다.

### 2.5 해동고승전

『해동고승전』은 고려 고종 2년(서기 1215년)에 覺訓이 왕명을 받들어
편찬한 스님들의 전기다.13) 편찬자인 각훈에 대해서는 자세한 기록이
없어서 알 수 없으나 그에 대한 단편적인 기록은 여러 곳에서 확인된다.
李仁老·崔滋·李奎報의 글에서 보이는데 특히 이규보와는 서로 교제가
깊었던 듯하다.14)

『해동고승전』은 아쉽게도 유통분 2권만 전하고 있으나 이 보다는 훨
씬 많은 분량이 있었을 것이다. 아마도 당시 중국의 승전들을 참고하였
다면 10과 체제로 되어있지 않았을까 하는 추정을 해볼 수 있다. 중국
의 『梁高僧傳』『唐高僧傳』『續高僧傳』『宋高僧傳』이 모두 10과로 분과
되어 편찬되었기 때문이다.15) 더구나 『해동고승전』의 서문격인 論에서
중국의 승전들에 대해서,

---

13) 序頭에 "京五冠山靈通寺住持敎學賜紫沙門臣覺訓奉宣撰"이라 하였다.
14) "華嚴月師少從自號高陽醉髡作詩有賈島風骨", 李仁老, 『破閑集』.
　　 "華嚴月座餘事亦深於文章有草集傳士林嘗撰海東高僧傳", 崔滋, 『補閑集』 卷下.
　　 李奎報의 詩〈覺月師用東坡詩韻各賦〉, 『東國李相國集』 卷十一,〈次韻文禪師哭
　　 覺月首座〉 卷十六.
15) 『梁高僧傳』의 十科目은 譯經 義解 神異 習禪 明律 遺身 誦經 興福 經師 唱導이
　　 며, 『宋高僧傳』은 譯經 義解 習禪 明律 護法 感通 遺身 讀誦 興福 聲德으로 되
　　 어 있다.

> 살펴보건대 옛날 梁·唐·宋의 세 나라 고승전에는 譯經편을 두었으
> 나 우리나라는 불경을 번역한 일이 없으므로 이 科는 두지 않는다.16)

라고 언급하고 있으므로 각훈이 이들 전을 이미 보았고 그 영향을 받았으리라고 추정하는 것은 무리가 아니다. 『해동고승전』의 유통편은 중국의 승전에는 그 명칭이 없으므로 역경편 대신으로 두었을 것으로 보인다. 왜냐하면 역경은 불교를 수입하고 포교하기 위해서 산스크리트어를 한자로 번역하였다는 말인데 유통이라는 말도 불교의 포교라는 관점에서 보면 비슷한 의미를 가지기 때문이다. 우리나라는 중국에서 이미 한문으로 번역된 불경을 유입하여 포교하였으므로 順道 義淵 曇始 摩羅難陀 阿道 墨胡子 法空 法雲(卷一)과 覺德 知明 圓光 安含 阿離耶跋摩 惠業 惠輪 玄恪 玄遊 玄大梵(卷二) 등 중국과 우리나라를 넘나들며 불교를 유통시킨 스님들을 모아서 입전하고 있는 것이다.

『해동고승전』의 구성은 맨 앞에 그 科를 두게 된 연유를 밝히는 論이 있고, 다음에 개별 인물에 대한 전을 싣는 방법으로 전개하고 있다. 지금 볼 수 있는 유통편도 앞에 論이 있고, 論에서 이편을 두는 취의를 밝히고 있다. 그리고 각 개별 전에서는 "000은 00사람이다."처럼 간단한 출생지를 밝히고 이어서 그의 俗姓과 世系를 첨가하는 人定記述부터 시작한다. 다음 행적부는 대개 그의 성품이나 자질을 언급한 다음 업적을 소개하였다. 업적의 소개는 대부분 역사적 사실이 인멸되었으므로 두드러진 행적 한 둘을 들어 높은 뜻을 기리는 열전의 변체와 같은 議論文 성격을 띠고 있다. 따라서 전의 기술 형식은 사실에 충실하기보다 그 행적의 두드러짐이나 영험 또는 이적을 부각시키고 있다.

이와 같은 까닭은 첫째, 전을 지을 당시 근거가 될 만한 문헌이 없으

---

16) "按古梁唐宋三高僧傳皆有譯經 以我東朝無飜譯之事 故不存此科也.", 『海東高僧傳』 卷一, 論.

므로 전해오는 구전에 의지하여 전승된 설화를 바탕으로 지었기 때문이다. 그래서 영험담이나 단편적인 행적을 그대로 나열하면서 기술했다. 둘째 이유는 승전의 특성에서 찾을 수 있다. 승전은 인물 그 자체도 중요하지만 더 넓게는 입전의 목적이 포교라는 숨겨진 명분을 가져야 한다. 각훈은 서두에서 불법의 유통이 어려운 고난을 치른 대가가 있으므로 이 전을 지어 후세에 鑑戒로 삼고자 한 뜻을 드러내고 있다. 그러므로 유통편의 인물은 1권에서 불교를 유입시켜 불법의 터를 닦은 스님들이 주로 입전되고, 2권에서는 외국에 유학하여 구도의 어려움을 겪거나 국내에서 불교를 중흥시킨 스님들을 입전했다.

『해동고승전』구성의 특징 중 또 하나는 구성의 말미에 거의 '贊曰…'로 시작하는 논찬을 두고 있는 점이다. 이는 『해동고승전』이 전의 골격을 유지하려는 경향을 보여주고 있으며, 전기로서 전통적인 전의 맥을 잇고 있는 문학사적인 의의가 있다.

## 2.6 삼국사기 열전

열전은 紀傳體 史書의 필수 편목으로서 인물의 전기이다. 『삼국사기』 열전은 현재 전하고 있는 가장 오래된 열전이다. 뿐만 아니라 문학적인 측면에서도 중요한 의의를 갖는다. 그동안 소설의 근원설화로서 문학적 가치가 논의되지 않은 바는 아니지만 열전에 대한 문학적 가치 규명에 대해서는 보다 면밀히 다각적으로 검토되어야 할 것이다.

『삼국사기』 열전을 입전 대상 인물의 성질에 따라 분류하면 名將 名臣 學者 忠義 孝子 烈女 隱逸 技藝 叛臣 逆臣 등 10가지 유형이다. 어떤 전의 경우는 두 가지 유형 중 어느 항으로 분류하더라도 무방한 경우가 있기도 하다. 예를 들면 〈金庾信傳〉의 경우 명장과 명신 중 어느 곳으로 분류할 수 있다. 金富軾은『삼국사기』열전에서 〈김유신전〉뿐 아니라 모든 열전을 통해서 忠 義 信 烈 孝 등 유교적 덕목을 표방하여 국민적 단합을 꾀하려하고 있다고 여겨진다. 그런 인물 중에서도 위국충절의 강렬한 국가의식을 가장 역설하고 있는데 69명의 인물 중 21명이 충의의 인물인 것만 보아도 알 수 있다.[17]

특히 김부식은 〈金庾信傳〉을 통해서 이러한 의지를 드러내려 하고 있음을 알 수 있다. 왜냐하면 다른 전들 보다 〈金庾信傳〉의 비중이 월등히 커서 전체 열전 10권 가운데 上·中·下로 나누어 3권이나 차지하고 있기 때문이다. 〈金庾信傳〉에 이러한 비중을 둔 까닭은 무엇 때문일까 하는 의문에 부딪친다. 거기에는 여러 가지 복합적 요인이 작용하고 있을 텐데 김유신과 김부식에게서 그 실마리를 찾을 수 있다.

우선 김유신에서 찾아보면 그는 신라를 통일하는데 공을 세운 사람으로서 신라인들의 뇌리에서 지워지지 않는 영웅 상을 가지고 있는 신화적 인물이다. 김부식이 〈金庾信傳〉을 지을 당시까지도 그에 대한 인식은 변하지 않고 전해졌던 듯하다.

> 김유신은 곧 우리나라 사람들이 이를 칭송하여 지금까지도 없어지지 않고 있다. 사대부로부터 초동에 이르기까지 이 사실을 알지 못하는 사람이 없으니 곧 그는 사람됨이 보통 사람과 다른 점이 있는 것이다.[18]

> 열전에 묘사된 김유신은 사실적인 모습 보다 초월적 모습을 보이고 있는데, 이것은 입전 당시 이미 그가 전설적 인물로 세상에 알려져 있었기 때문이다. 김부식이 〈김유신전〉에서 말하고 있는 다음 내용에서 그것

---

17) 위국충절을 강조하기 위해 역으로 이용한 叛臣(倉助利, 淵蓋蘇文)과 逆臣(弓裔, 甄萱)들의 전과 다른 전 속에서 부수적으로 다루고 있는 인물들을 포함시키면 그 비중은 더 늘어난다.
18)『三國史記』列傳,「金庾信」下.

을 확인할 수 있다.

　　유신의 현손인 신라의 김사랑 장청이 유신의 행록 10권을 지어 세상
에 전하였는데 자못 만들어낸 이야기가 많으므로 이를 추려서 가히 쓸
만한 것만 뽑아 이 전기를 만들었다.[19)]

　현손이 지은 행록에 이미 허구적 내용이 있다는 사실을 김부식이 인
식하고 있었다는 고백은 역설적으로 설화적 내용을 수용할 수밖에 없었
던 사정을 말해주고 있는 것이다.
　김부식은 김유신을 전략전술에 뛰어난 智將으로서 신의와 군신의 의
리를 지키고 滅私奉公한 爲國忠節의 충신으로 묘사하고 있다. 김부식의
입장에서 김유신을 이렇게 묘사할 수 밖에 없었던 사정은 당시의 시대적
요청이 반영된 결과이기도 하다. 귀족사회의 갈등과 분열에 따른 국가의
식의 상실을 우려한 김부식 일파는 때마침 妙淸의 亂을 정벌하고 명분을
정착시키기 위해서『삼국사기』를 편찬하였던 것이다. 그 중에서도 사관
의 역사의식을 가장 강하게 피력할 수 있는 열전을 통해서 忠 義 信 烈
孝의 유교 덕목을 강조할 수 있는 인물을 입전의 대상으로 삼았음을 알
수 있다.
　다음『삼국사기』열전의 구성 형식을 살펴보기로 하자. 열전의 구성
은 일반적으로 취의부 - 행적부 - 평결부의 3단 구성이 정형이다. 그런데
『삼국사기』열전에서는 이러한 정형을 따르지 않고 취의부가 생략되고
평결부의 논찬도 거의 없는 변체를 따르고 있다.『사기』열전에서 사마
천은 취의부에 '太史公自序'를 반드시 두고, 이어서 행적부와 평결부인
논찬을 반드시 붙이고 있는데,『삼국사기』열전에서 이러한 정형을 가진
전은 없다. 논찬이 붙어있는 전은 金庾信 乙支文德 張保皐 石于老 金欽

---

19)『三國史記』列傳,〈金庾信傳〉下.

運 淵蓋蘇文 弓裔 甄萱 등에 국한하였다.

논찬을 두고 있는 열전을 통해서 김부식이 특히 어떤 역사인식을 가지고 있었는지, 왜 그 인물을 입전의 대상으로 삼았는지를 짐작할 수 있는 측면도 있다. 史官이 史書를 편찬할 때 사실의 취사선택이나 서술 체재 및 분류에서 史觀을 반영하며, 직접적으로 주관을 표명하는 곳은 논찬이기 때문이다. 『삼국사기』에는 31則의 논찬이 있는데 포폄을 목적으로 한 유교 윤리적 평가와 중국 중심의 예론으로 일관되어 있다.20) 이들 유교적 윤리관에 따른 31則의 사론은 결국 역사를 교훈의 지표로 삼는 태도이다. 열전의 논찬에서도 주로 왕의 덕치와 신하의 도리 또는 백성의 윤리를 말하고 있다.

김부식은 〈金庾信傳〉의 논찬에서 당나라의 李絳이 헌종에게 한 말을 인용하여 임금의 덕치 기준을 제시하고 있다.

> 간사하고 아첨하는 자를 멀리하고 충성스럽고 정직한 자를 내세우고, 대신과 더불어 말할 때 공경하고 신임하여 소인들이 참여하지 못하게 하고, 어진 사람과 사귈 때는 친하게 하고, 예의로써 대우하여 불초한 사람들이 참여하지 못하게 하라.21)

임금과 신하의 도리에 대해서는 〈蓋蘇文傳〉의 논찬에서 개소문의 대역을 들어 역설한다.22) 그리고 일반 백성들의 윤리에 대해서는 安錄山과 郭汾陽의 고사를 인용하여 張保皐와 鄭年의 의리를 칭송함으로써 백성에게 윤리의 지표를 제시한다.

---

20) 高柄翊, 「삼국사기에 있어서의 역사 서술」, 『김재원박사 회갑논총』, pp.9~16.
21) 『三國史記』列傳, 〈金庾信傳〉下.
22) "蘇文亦才士也. 而不能以直道奉國 殘暴自肆 以至大逆", 『三國史記』列傳, 「蓋蘇文」

> 장보고는 과연 그를 죽이지 않았으니, 이는 사람으로서 떳떳한 정의
> 라고 할 것이다…저들에게는 다름 아니라 인의의 마음과 잡된 마음이 아
> 울러 있었는데, 잡된 마음이 이기면 곧 인의는 소멸될 것이고 인의가 이
> 기면 잡된 마음이 소멸될 것이다. 저 두 사람의 인의의 마음은 모두 잡
> 된 마음을 이겼고, 또 명철로써 뒷받침한 까닭으로 마침내 성공하였던
> 것이다.23)

이상은 임금 신하 백성의 도리를 밝혀 각기 지켜야 할 의무와 윤리규
범을 제시하고 교훈으로 삼고자 한 김부식의 역사인식이라 하겠다.

끝으로 『삼국사기』 열전에서 검토할 문제는 문학성이다. 『삼국사기』
열전은 사료로서의 인식이 컸기 때문에 문학적인 측면에서의 관심은 소
홀하였다. 이제 전기문학이 제 자리를 찾아 정립하려면 『삼국사기』 열전
에 대한 문학적 측면의 검토가 이루어져야 한다. 열전이야 말로 우리 전
기문학의 뚜렷한 기준을 제시할 이정표이기 때문이다.

열전 일반에 대한 국문학적 관심은 일찍이 소설의 근원설화라는 차원
에서 이해되기 시작했다. 열전은 객관적 서사물이면서 史官의 역사의식
이 개입되므로 주관적 자율성을 갖는다. 이런 측면에서 열전의 문학성
논의는 자연스럽게 받아들여질 수 있다. 그러한 근거는 첫째, 『삼국사기』
열전을 입전할 때 문헌의 인멸로 대부분 인물설화를 모태로 삼고 있다는
점에서 찾을 수 있다. 둘째, 역사적 사실 기록이라는 차원을 넘어서 인
간상을 부조하려고 허구화의 영역을 넘나들고 있는 점이다. 열전의 구성
이 한 둘의 에피소드 중심이며, 인물과 상황의 묘사를 위해 대화를 인용
하거나 대립과 갈등의 극복 과정을 설정하는 등 문학적 장치를 활용하고
있다. 셋째, 열전이 역사물로서 우리 민족의 문화의식 속에 생명력을 가
지고 오늘날까지 살아있다는 점이다.

---

23) 『三國史記』 列傳, 「張保皐 鄭年」.

이상, 우리 문화사에서 초기에 나타난 전기를 중심으로 전기문학의 양상을 살폈다. 그 결과『왕오천축국전』과『수이전』을 제외한 최치원의 승전들과『균여전』『해동고승전』『삼국사기』 열전은 전기의 본래적 성격에 충실한 전기라는 사실을 확인하였다. 이들 전기는 뒤에 출현하는 여러 형태의 전기에 영향을 미쳤으리라 여겨진다. 따라서 이러한 전기 가운데서도 특히 그 비중이 큰 假傳과 개인들의 문집에 실려 전하는 私傳 및 托傳 그리고 개화기에 새로운 형태로 유행했던 전기문학을 좀 더 구체적으로 고찰하고자 한다.

# 제 3 장

# 가전의 출현과 발전

## 1. 가전 출현의 배경

　우리나라의 가전의 효시는 고려시대 林椿의 〈麴醇傳〉으로 알려져 있다. 고려시대에 가전이 출현하게 되는 요인은 여러 가지가 있는데 그 중 하나는 무신의 난으로 문신들이 江湖山林에 隱遁逃避한 데서 찾을 수 있다. 李仁老·吳世才·趙通·皇甫沆·咸淳·李湛之 등은 晉나라 竹林七賢을 모의한 詩酒朋黨을 형성하여 隱逸自適 하였으며, 세상에서는 이들을 江左七賢이라고 불렀다. 이들과 처지가 같은 문인들은 시와 술로 세월을 보내면서 실의를 달래고 세태를 풍자하며, 인생의 교훈을 깨우쳐 줄 수 있는 가전과 같은 글을 짓기에 이르렀다. 그리하여 작품의 전개 과정에서 고사나 역사적 사실을 인용하면서 이러한 풍자적 의식을 직설적인 正言이 아닌 隱喩的 표현을 통해 나타냈던 것이다.

당시의 시대상을 반영하고 있는 고려시대의 가전 작품을 통해 이러한 사정을 짐작할 수 있다. 최초의 가전인 〈국순전〉의 작가 임춘은 무신의 난으로 불우한 생애를 마친 사람이다. 『고려사』 열전에서 그의 불우한 생애를 이렇게 말하고 있다.

> 椿의 字는 耆之요 西河人이니 문장으로써 세상에 드날렸다. 누차 과거에 급제하지 못하고 정중부의 난에 온 가문이 화를 만났다. 椿이 몸을 빼어서 겨우 죽음을 면하였으나 窮乏하게 天死하였다.[1]

임춘은 이러한 처지에서 무신들의 跋扈를 寓意로 풍자한 가전이라는 문학양식을 비로소 이 땅에 싹틔웠다.

〈麴醇傳〉의 국순은 분수에 넘치는 권세를 누리며 신하의 도리를 다하지 못하고 방자하게 굴다가 후손도 없이 마침내 병으로 비참하게 죽는다. 작품에 그려진 이러한 내용은 곧 당시의 武臣들을 풍자하고 일깨우기 위한 諷諭라고 볼 수 있다. 작전자의 의식을 반영한 평결부의 "史臣曰…"로 시작하는 논찬을 보면 그러한 사실을 확인할 수 있다.

> 집에 돌아와 갈증 병이 심하게 들어 하루 저녁에 죽었다. 아들은 없고 아우 淸이 뒤에 당나라에서 벼슬하여 內供奉에 이르고 자손이 번성하였다. 史臣은 말한다. "麴氏의 조상이 백성에게 공이 있고 淸白을 자손에 끼쳐 甔이 周나라에 있듯이 향기로운 덕이 하늘에 미쳤으므로 이제 할아버지의 풍이 있다 하겠다. 그러나 醇이 挈瓶의 지혜로 甕牖에서 일어나 일찍이 金甌의 뽑힘을 만나 술통과 도마에서 서로 담론하면서, 옳은 것을 드리고 그른 것을 배척하는 힘이 없어 왕실이 어지러움에 빠져 엎어져도 붙들지 못하여, 마침내 천하의 웃음거리가 되었으니 巨源의 말이 족히 믿을 만하다."　　　　　　　　　　　　　林椿 〈麴醇傳〉

---

1) 『高麗史』 列傳, 卷101, 「林椿」.

그의 다른 작품인 〈孔方傳〉 역시 당시의 시대를 풍자하고 있다. 이 작품의 배경은 중국이며 공방의 사람됨과 성품을 중국의 고사로부터 인용하여 묘사하고 있다. 이처럼 중국과 고사를 인용하는 것은 직언으로 인한 필화를 모면하기 위함이다. 이 작품도 당시의 정치적 세태를 풍자하면서 재화를 탐하는 보편적인 인간의 약점을 교묘히 드러내 경계를 삼고 있다. 논찬에서 드러나는 작의를 보면 幸臣들의 행패를 이렇게 풍자하고 있기도 하다.

> 사신은 말한다. "남의 신하가 되어 두 마음을 품고 큰 이득을 좇는 자를 어찌 충신이라 이를 것인가. 방이 법을 물려받고 주인을 만나 정신을 모으고 마음을 도사려 약속을 지킴으로써 적지 않은 사랑을 받았으니, 마땅히 이익을 일으키고 해악을 덜어서 그 은혜를 갚아야 함에도, 비를 도와 권세를 부리면서 사사로이 당을 세웠으니, '충신은 경계를 벗어나는 교유가 없다는 도리에도 어그러진 자이다'라 하였다. 방이 죽자 그 무리가 다시 南宋에 등용되어 쓰이면서 정권을 쥔 이에게 아부하여 도리어 올바른 사람들을 모함하였다. 비록 좋고 나쁜 이치는 저 아득하고 깊은 곳에 있다 하더라도 만약 元帝가 貢遇의 말을 받아들여 다 죽여 버렸다면 후환을 없앴을 것이다. 그러나 못하게 억눌러 막아 후세에 폐단을 끼치게 하였으니, 어찌 일보다 말이 앞서는 자는 늘 미덥지 못함이 걱정이라 하지 않겠는가?"
>
> 林椿 〈孔方傳〉

이규보도 술을 의인화 하여 〈麴先生傳〉이라는 가전을 지었다. 그런데 이규보는 임춘과 관점을 다르게 하여 醇을 무조건 폄하하지 않고 오히려 그가 덕과 맑은 재주로 정사를 잘했다고 공을 들어 칭찬하고 있다. 한때 나라의 기강을 어지럽힌 죄가 있으나 늦게 깨달아 충절을 지켜 천수를 다했다고 긍정적으로 마무리 하고 있다.

　　사신은 말한다. "麴氏는 본래 농가 출신으로 흐뭇한 덕과 맑은 재주로 성스러우며, 임금의 심복이 되어 나라의 정사를 잘 하고 임금의 마음을 기름지게 하여 태평 얼근한 공을 이루었으니, 장하도다. 임금의 총애가 극에 달했을 때는 나라의 기강을 어지럽혀 비록 화가 아들에게 미쳤으나 유감은 없다 할 것이다. 그러나 족함을 알고 스스로 물러나 늦게 절조를 지켜 천수를 다 누리고 세상을 마쳤다. 易에 이르기를 '기미를 보아 이루어 나간다' 하였으니 성에 거의 가깝도다."

李奎報 〈麴先生傳〉

　　이러한 의식은 현실을 도피하고 세태를 비판적으로 보면서 살았던 임춘과 현실에 적극 참여하면서 살았던 이규보의 상반된 생애를 통해서도 대비시켜 볼 수 있어서 흥미롭다. 현실에서 임춘과 처지가 달랐던 것만큼이나 가전에서 술을 의인화한 입장에도 차이가 난다.

　　이상에서 임춘과 이규보가 동일한 소재인 술을 의인화한 가전을 통해서 가전이 등장하게 되는 배경을 찾아보려 하였다. 가전은 이처럼 작가가 처해있는 당시대의 여러 모순을 직설적으로 비판하지 않고 은유의 수법을 빌어 풍자하기에 적합한 문학양식이다. 작가는 가전을 통해서 그의 해박한 지식을 은근히 자랑하고, 倫理觀과 經世觀을 피력하거나 또는 破閑의 수단으로 삼기에도 좋은 이점을 지니고 있는 독자적인 문학의 한 유형이다.

## 2. 고려시대의 가전

　　지금까지 알려진 고려시대의 가전 작품은 林椿 〈麴醇傳〉〈孔方傳〉, 李奎報 〈麴先生傳〉〈淸江使者玄夫傳〉, 李允甫의 〈無腸公子傳〉, 眞覺國師

의 〈竹尊者傳〉〈氷道者傳〉, 釋息影庵의 〈丁侍者傳〉, 李穀의 〈竹夫人傳〉, 李瞻의 〈楮生傳〉 등 모두 10편이다. 다만 李允甫의 〈無腸公子傳〉은 이름만 보이고 작품은 발견되지 않았다. 기존의 문학사에서 이들에 대한 인식은 설화와 소설의 과도기적 문학양식이라거나 한걸음 나아가 불완전한 초기 소설의 형태로 보려는 태도가 주류를 이루었다. 여기서는 이러한 기존의 잘못된 견해를 비판하면서 가전이 독자적인 전기체 문학양식의 하나라는 사실을 입증하려 한다.

먼저 고려시대 가전의 형식상의 특징을 보면, 이들 가전이 열전에서 파생된 변체이므로 그 원형인 열전의 형식을 그대로 답습하면서 약간씩의 변화를 보이고 있다. 林椿의 〈麴醇傳〉은 열전의 3단 구성형식인 '취의부 – 행적부 – 평결부'에서 취의부가 생략되었다. 우리나라의 경우 『삼국사기』나 『고려사』 같은 정사조차도 열전에서 취의부를 생략하고 있는 특징이 있다. 특히 가전은 현실의 모순을 직설적으로 고발하는 글이 아니라 완곡법을 쓴 우언의 표현법을 쓰기 때문에 열전에서처럼 사관의 입전취의를 밝히는 부분이 오히려 글의 장애요소로 작용할 가능성이 있다. 따라서 작자는 그의 의식이나 의도를 직접 드러내기보다 내용의 전개를 통해서 은유적 방법으로 표현할 수밖에 없다.

구체적으로 작품의 분석을 통해서 이러한 모습을 살펴보자. 〈국순전〉은 행적부에서 열전처럼 가계를 기술하는데 옛날의 고사를 끌어다가 장황하게 전개하고 있다. 열전의 서두에 소개되는 가계는 일반적으로 역사적 내용을 통해서 기술하는데 이는 가전의 태생적 본향이 史書에 있음을 무의식 중에 드러내는 결과다. 이미 독자들이 익숙한 역사적인 내용을 끌어다 씀으로써 무의식 중에 역사 인식을 전제로 작품에 접근하는 공감을 이끌어 내려는 의도라고 하겠다. 그리고 논찬부에서 역시 열전체를 모방하여 "史臣曰…"처럼 사관의 말을 빌어서 작자의 주장을 내세우고 있다.

〈공방전〉에서도 가계를 비교적 길게 서술하고 있다. 그리고 행적부는 方의 위인·성질·재치를 중국의 역사와 고사를 인용함으로써 중국의 貨幣史를 한눈으로 보듯이 묘사하였다. 이렇게 역사적 사실을 들면서 작품을 전개하였으므로 독자들의 기존 역사지식을 활용하게 되어 작품이 훨씬 실감 있고 흥미 있게 전개되었다. 그리하여 독자들은 쉽게 작품에 빠져들며 작품을 통한 주제의 전달이 한결 쉬워진다는 이점을 충분히 살리고 있는 것이다.

林椿과 더불어 대표적인 가전의 작가로 李奎報가 있다. 그의 작품은 〈麴先生傳〉과 〈淸江使者玄夫傳〉이 있다. 〈麴先生傳〉은 임춘의 〈麴醇傳〉처럼 술을 의인화한 작품이다. 술을 의인화한 임춘의 〈麴醇傳〉이 이미 지어졌는데도, 이규보가 다시 〈麴先生傳〉을 지은 동기는 詩文에 대한 자부심이 강했던 그가 당대에 문장으로 세상을 떨친 임춘의 〈麴醇傳〉을 압도하는 작품을 쓰려 한 야심의 발로라고 여겨지기도 한다.2) 그는 뿐만 아니라 최초의 탁전인 〈白雲居士傳〉을 지어 선구적 업적을 남기기도 하였다.

〈麴先生傳〉의 구성 역시 전기의 일반 형식에서 벗어나지 않는다. 그러나 〈麴醇傳〉과 다른 점은 行蹟部에서 故事를 많이 인용하지 않고 작자가 허구적인 내용을 많이 이끌어서 전개하고 있는 점이다. 이런 면에서 이규보의 전은 한걸음 진보한 면모를 보여준다. 〈麴先生傳〉이 임금과 중신을 풍자하였다면 〈淸江使者玄夫傳〉은 일반적인 사회생활을 하는 데 따르기 쉬운 실수를 경계하고 있다. 당시의 시대상과 관련지어 생각한다면 혼탁한 사회일수록 신중히 처신하라는 권계가 된다. 이 전은 『莊子』 外物篇과 『史記』 열전의 〈龜策列傳〉에서 고사를 인용하고 있다.

---

2) 安秉高, 「假傳에 대한 異見續攷」, 『明知語文學』 제8집, 明知大 國文科, 1976.

게〔蟹〕를 의인화한 李允甫의 〈無腸公子傳〉은 이규보의 『東國李相國集』 및 崔滋의 『補閑集』에 작품명과 내용에 대한 평이 보인다.

> 나의 벗 李史官 允甫가 일찍이 저술한 詩·賦와 雜著 50여 편을 소매 속에 넣어 가지고 와서 보였다. 내가 다 읽고 나서 곧 돌려보내려 할 때 말하기를, '彬彬하도다, 文彩의 갖춤이여. 詩는 風人의 체격에 맞고 賦는 騷人의 회포를 머금었으며, 그 無腸公子傳 등의 嘲戱의 작품 같은 것은 만약 退之의 저적인 毛穎·下邳와 서로 비교한다 해도 나는 누가 앞서고 누가 뒤질 것을 알지 못하겠노라. 자네가 그렇지 못하다면, 내 어찌 함께 벗을 하였을 것이며, 또 내가 자네를 몰라본다면 자네는 이미 머리를 돌리고 등을 지며, 하루 열 번 내 집 문을 지나더라도 끝내 한 번도 돌아보지 않았을 것이다. 그러나 자네와 더불어 사귀지 않았을지라도 그 문장이야 어찌 덮어 두겠는가' 하였다.3)

〈無腸公子傳〉이 韓退之의 〈毛穎傳〉과 비교하더라도 우열을 가리지 못할 정도라고 평한 점으로 미루어 걸작이었음을 짐작할 뿐이다.

다음 고려시대 가전에서 주목할 만한 것은 승려들이 지은 佛僧 假傳이 남아 전한다는 사실이다. 이 같은 佛僧들의 가전에는 息影菴의 〈丁侍者傳〉과 眞覺國師의 〈竹尊者傳〉 및 〈氷道者傳〉이 있다. 〈丁侍者傳〉은 인재가 적재적소에 등용되어 쓰이지 못하는 세태를 풍자하고 있다. 마찬가지로 〈竹尊者傳〉과 〈氷道者傳〉도 세태를 풍자하는 데 초점이 놓인다기보다 수도자가 갖추어야 할 교훈을 대나무와 얼음의 의인화로 깨우쳐 주

---

3) "予友李史官允甫, 以嘗所著詩賦雜著五十餘篇, 袖而來示之, 予讀旣將還之曰, 彬彬乎交彩之備也. 詩挾風人體, 賦含騷客之懷, 其若無腸公子傳等嘲戱之 作若與退之所著毛穎下邳相較, 吾未知孰生孰後也, 子不爾則吾何以與之友也, 予不知子則子已廻首背馳, 雖一日十過吾門, 終不一枉顧也, 雖然寧不與子交, 其文可蓋耶", 李奎報 『東國李相國集』 卷21 〈李史官允甫詩跋尾〉, "文順公……能謙下於人 凡存一善 必褒 若出己右弱冠時作 麴秀才傳 李史官 允甫初登第效之 亦作無腸公子傳 之而 甚善每唱於詞林間曰……近得能文者 李允甫眞良史才也", 崔滋, 『補閑集』.

고 있다.

스님이면서 가전을 남긴 眞覺國師와 息影菴은 李奎報와 거의 같은 시기의 고승이었으므로 초기 가전의 형성에 영향을 크게 끼쳤다고 여겨진다. 특히 이들 佛僧 假傳들은 일반적인 가전의 형식과 다소 차이를 나타내는데 評結部에서 “史臣曰” 투의 史官의 입을 빌어 평하는 형식을 취하지 않고 漢詩 형태로 된 佛贊 투의 贊을 붙이고 있는 점이 다르다. 또 전을 전개한 서술 상황도 그 시점이 다른 작품들은 3인칭인데 이들 佛僧 假傳은 1인칭으로 되어 자연스럽게 話者와 論贊者를 일치시키고 있다. 따라서 〈丁侍者傳〉의 경우 작품의 전개는 丁侍者가 息影菴을 찾아와 문안드리는 사건으로부터 시작되어 丁侍者와 나〔息影菴〕의 대화로 줄거리가 엮어진다. 〈竹尊者傳〉과 〈氷道者傳〉도 일반적인 전의 논찬처럼 “史臣曰…”과 같이 사관의 입을 빌어 평하는 형식을 취하지 않고 불경의 偈頌이나 佛贊의 형식을 취하고 있음은 마찬가지다.4) 또 이들 전의 내용은 禪問答 형식으로 전개하면서 수도승이 갖추어야 할 몸과 마음가짐을 깨닫도록 유도한 方便法을 쓰고 있는 점도 뛰어나다.

다음은 시대를 내려와서 고려 말기에 李穀의 〈竹夫人傳〉과 李詹의 〈楮生傳〉이 있다. 李穀은 고려 말의 신흥 유학자로서 청신한 이념을 표방한 학자였다. 그러므로 李斯의 焚書坑儒와 같은 문인 선비들이 희생당

---

4) “無衣子亦於已丑年冬, 有詩贊曰……我愛竹尊者, 不容寒暑侵, 年多彌勒節, 日久益虛心, 月下弄淸影, 風前送梵音, 皓然頭戴雪, 標致生叢林, 其子有玉板長老, 東坡器之之輩, 嘗訪之, 飽參而去云”. 釋慧諶『曹溪詩集』,〈竹尊者傳〉, 李家源『麗韓傳奇』(서울 : 友一出版社, 1981.)에서 재인용.
　“贊曰……或謂 公平生簡嚴, 不喜接衲, 卒世無嗣, 悲夫. 是大不然, 覩相而悟, 不言而信, 潛通暗證者, 不可勝計, 大振霜華雪竇之道, 未有如此公者, 惜乎, 其所短者, 惡熱而已. 然趨炎赴熱, 道者所忌, 不足爲悲. 因系之頌曰”
　　月窟風恬露凝掛, 藍田日暖烟生玉. 千般世喩況難成, 嗟嘆咏歌之不足.
　　明似日兮峻似山, 寒於水兮瑩於玉. 忽然崩倒示無常, 警世老婆心已足.
　釋慧諶,『曹溪詩集』,〈氷道者傳〉, 위의 책, 같은 곳.

한 역사를 들어서 武斷政治를 꼬집고 있다. 여기서 풍유되고 있는 바는 竹夫人[忠臣]의 강직함을 헐뜯어 참언으로 소임을 뺏은 종이를 간신으로 비유하여 역시 절의를 지킨 충신이 후대까지 칭찬받음이 마땅하다는 논리를 펴 보이고 있다. 〈楮生傳〉 역시 현실을 풍자한 작품이다. 작가 李詹은 고려 말에서 조선 초에 걸쳐 예문관 대제학까지 지낸 文士였다. 그는 恭愍王 때 문과에 급제하고 권신들을 탄핵하다가 10년간이나 귀양살이를 하기도 할 만큼 강직하고 투철한 선비였다. 작품에서도 그러한 강직한 성품이 다음과 같이 잘 표현되어 있다.

> 그는 성질이 본시 정결하여 武人을 좋아하지 아니하며 즐겨 文士와 더불어 노니는데, 中山 毛學士[붓]가 그 契友로서 매양 친하게 놀 새, 비록 그 얼굴이 점찍어 더럽혀도 씻지 않았다. 학문은 천지·음양의 이치를 통하고 聖賢·性命의 근원을 통달하며 諸子百家의 글과 異端·道敎에 이르기까지 모조리 기억하지 못하는 바가 없었으며 미미한 것까지도 역력히 볼 수 있었다. 漢나라가 선비를 策으로 시험할 새, 生이 方正科에 응하여 드디어 말씀을 올리기를, '고금의 書契가 흔히 대쪽[竹簡]을 엮고 겸하여 흰 비단을 사용하오나 둘 다 불편하오니, 臣이 비록 두텁지 못하나, 청컨대 참 마음으로 대신하고자 하옵나니, 만일 효과가 없거든 먹칠 하옵소서' 하였다.[5]

그리고 이어서 "王安石이 권세를 부려 春秋의 학문을 즐기지 않아 그것을 가리켜 찢어져 떨어진 朝報라 하니 生이 옳지 않다고 주장하다가 드디어 배척되어 쓰이지 않았다" 한 것은 조정에 간언하다가 귀양 간 자신의 처지를 비유하고 있는 듯하다. 한편 論贊에서도 중국의 고대 역사

---

5) "性本精潔, 不喜武人, 樂與文士遊, 中山毛學士其契友也, 每狎之, 雖點汚其面, 不拭也, 學而通天地陰陽之理, 達聖賢生命之源, 以至諸子百家之書, 異端寂滅之敎, 無不記識, 微之班班可見, 漢策士, 以方正應科, 逐上言曰自古書契, 多編竹簡, 兼用繪帛, 并不便, 臣雖不腆, 請以心冒代之, 始其不效, 請墨之". 李詹 〈楮生傳〉.

를 통해서 人選의 잘못으로 나라가 망한 사실을 예로 들면서 경계하고 있다. 李詹이 〈楮生傳〉을 易姓革命 이후에 지었다고 본다면 고려가 망한 사실을 풍자하였다고도 볼 수 있다.

이상에서 고려시대의 가전은 우리 문학사에 또 하나의 새로운 양식을 탄생시킨 의미를 갖는다. 특히 고려의 무신정권은 가전을 태동시키기에 좋은 배경으로 작용하였다. 그리하여 문인들은 세태를 풍자하는 가전을 남기게 되었다. 이러한 가전은 조선조에까지 명맥이 이어지면서 조선조에 와서는 가전의 새로운 경지가 열리게 되는데 이것이 이른바 心性假傳이다. 이제 조선조 가전의 한 특징이라 할 수 있는 심성가전을 중심으로 살펴보기로 한다.


## 3. 조선시대의 가전


조선조의 가전에서 먼저 짚고 넘어가야 할 중요한 사실은 가전의 입전 대상이 事物과 心性으로 나누어지는 점이다. 고려조에서는 단순한 대나무나 술과 같은 주변의 일상적인 사물이 대상이 되었으나 조선조에 와서는 마음 작용인 心性을 假託한 擬人體 假傳이 성행하기에 이른다. 이와 같은 현상은 조선조의 학문이 性理學에 근간을 두고 심성을 탐구한 것과 같은 맥락에서 이해된다. 심성을 의인화함으로써 추상적인 설명보다 심성을 이해시키고 심성수양의 방법을 제시하는 데 더 효과적일 수 있으며, 아울러 치국의 도를 일깨우는 효과도 거둘 수 있어서 유학자들 사이에 심성가전은 여러 모로 환영받았던 듯하다. 더구나 소설을 배격하던 이 시대에 가전은 史書의 필법을 그대로 이어받고 있으므로 단순한 破閑의 잡기로 인식되지 않고 정통적인 문학의 양식으로 인정되기도 하였으므로 소설과 달리 가전에서는 거리낌 없이 자신의 이름을 밝히고 있기도 하다.

이 같은 심성 가전류의 공통적 특징은 마음이 몸을 지배하는 심리현상을 제왕이 나라를 다스리는 데 비유하여 치국의 도를 풍자하기도 하고, 한편 역으로는 직접 몸과 마음을 다스리는 도리를 깨우쳐 줄 수도 있어서, 이중적인 장치를 통한 풍자의 효과를 거둘 수 있는 데 있다. 이러한 심성가전에 해당하는 작품은 成侃(1427~1456)의 〈慵夫傳〉, 南孝溫(1454~1492)의 〈睡鄉記〉, 金宇顒(1540~1603)의 〈天君傳〉, 林悌(1549~1587)의 〈愁城誌〉, 鄭泰齊(1612~1669)의 〈天君演義〉, 林泳(1649~1696)의 〈義勝記〉, 鄭琦和(1766~1849)의 〈天君實記〉 등이 있다.

먼저, 〈慵夫傳〉에서 의인화의 대상은 심성의 게으름이며, 이규보의 〈慵風〉과 관계가 있다고 밝혀진 바 있다.6) 그런데 후대의 심성가전이 心學의 수양에 관한 성리학적 이론을 배경으로 삼고 있는 점에 비추어 볼 때, 이 〈慵夫傳〉은 그와 같은 정통 성리학과는 관련이 없는 듯하다. 왜냐하면 게으름〔慵性〕이 현상으로 나타난 氣質的인 면이며, 부지런함〔勤須子〕이 게으름을 일깨우려는 理性的인 면으로 보아 氣〔慵夫〕와 理〔勤須子〕의 갈등으로 그려지고 있으므로 朱子의 학설과는 대립되기 때문이다. 그렇다면 成侃은 아직 그와 같은 理氣哲學에 깊은 관심을 가지고 이 작품을 구성한 것이 아니라 단순히 인간의 게으름과 부지런함을 대립시켜 묘사함으로써 각성을 촉구하려는 의도를 가지고 있었다고 볼 수 있다. 내용면에서 이 작품에 영향을 끼쳤다는 이규보의 〈慵風〉에서는 주색의 유혹을 물리치고 慵病을 고친 후 仁義의 門으로 나간다고 평면적으로 허구화하여 경계를 삼고 있는데, 〈慵夫傳〉에서는 慵夫가 일단은 주색의 유혹에서 허겁지겁 빠져나와 게으름 병을 고친다고 좀 더 극적인

---

6) 安秉凅, 「假傳에 대한 異見散攷」, 『明知語文學』 제7집, 明知大 國文科, 1975.3.

구성을 보이고 있다. 또 〈慵風〉에서는 客을 등장시켜 전개하고 있으나 〈慵夫傳〉은 勤須子라는 구체적인 대상 인물을 대립시켜 등장시킴으로써 주제를 선명히 하고 있는 점도 발전적인 면모라 하겠다.

다음 〈睡鄕記〉는 꿈의 세계〔睡鄕〕를 두루 돌아보고 꿈의 세계를 동경하여 쓴 가전이다. 줄거리의 절반 이상은 꿈과 관련된 중국의 고사를 인용하면서 열거하였다. 〈睡鄕記〉의 내용은 중국 고사 속의 華胥國이나 槐安國·羅浮村·北辰·楚陽臺 등을 眠魔〔졸음〕의 안내로 두루 유람하고 돌아오니 노비들이 서로 욕지거리하며 다투고, 처첩은 서로 자리다툼으로 질투하고, 친척들은 불화하며 벗들은 서로 배척하는 현실 세계라는 줄거리이다.

이 작품에서는 이처럼 꿈과 현실을 대비시켜 현실의 추악한 면을 드러냄으로써 경계를 삼고자 한 작가의 의도를 읽을 수 있다. 특히 生六臣의 한 사람이었던 南孝溫(1454~1492)이 작가라는 점을 고려한다면 작품 속에서 槐安國의 명분을 중히 여기는 군신관계라거나 行伍가 정연한 군대의 질서 등은 세조의 왕위찬탈과 관련시켜 현실을 풍자하는 의식이 개입되었을 수도 있다는 생각을 갖게 한다.

또 이 작품에서는 天君이라는 말이 나오는데 아직 주인공은 못되더라도 후대에 나타나는 天君系 心性假傳의 한 실마리를 보이고 있는 점도 평가해야 할 것이다. 천군계 심성가전에서 천군이란 마음을 뜻하는데 이 말은 『荀子』의 '天論篇'에서 起源하며7) 范浚의 『心箴』에서도 보인다.8) 이처럼 마음을 천군이라 하여 君主에 비유한 것은 마음이 신체의 각 기관을 움직여서 행동하게 하므로 수양에도 도움을 주기 위함이다. 천군을 의인화한 최초의 작품은 〈睡鄕記〉인데 여기서는 아직 주된 인물로 등장

---

7) "耳目口鼻各有接, 而不相能也. 夫是之謂天官, 心居中虛, 以治五官, 夫是之謂天君 聖人淸其天君, 正其天官". 『荀子』, 〈天論〉.
8) "君子存誠, 克念克敬, 天君泰然, 百體從令". 范浚, 〈心箴〉.

하지 못하고 결말에 가서 천군에게 물어서 시비를 가려 세상에 경계가
되도록 삼가 기록한다고 하였을 뿐인데, 金宇顒(1540~1603)의 〈天君
傳〉에 와서는 천군이 주인공으로 등장한다.

〈天君傳〉은 金宇顒이 27세 때〔명종 21년, 1566〕 스승인 曺植이 〈神
明舍圖〉를 그린 뒤 그림에 대한 설명을 전으로 짓게 하여 지은 心性假傳
이다. 〈神明舍圖〉는 性命에 대한 공부를 도표로 체계화한 것인데 여기서
神明은 程子의 〈心學圖〉에서 몸의 主宰인 마음을 말한다. 앞에서 荀子는
마음을 천군이라 하였는데 그의 〈解蔽篇〉에서는 마음이 形體의 군주로
서 神明의 주인이라고 하였다.9) 또 『淮南子』의 〈原道訓〉에서는 마음이
五臟의 주인인데10) 또한 몸의 근본이요 몸은 나라의 근본이라고11) 하
여 마음은 육신이 존재하는 기틀이 되며 육신을 지배하는 군주로서 정신
작용의 주체로 파악하여 性情을 統攝하는 상위 개념으로 천군이라고 불
렀다.

金宇顒의 〈天君傳〉은 천군이 천상에서 하강하여 지상을 다스린 후 다
시 천상으로 승천한다는 순환구조를 가지고 있는데 이는 일반 고소설의
구조와 일치한다. 그러나 이 작품을 한편의 소설이라고 보았을 때 상당
한 문제점을 내포하고 있다. 왜냐하면 〈天君傳〉은 그 도입부가 너무 길
어서 균형을 이루지 못하고, 충신형 인물과 간신형 인물을 등장시켰으나
이들의 갈등을 충분히 그리지 못하고 있다. 이러한 사실은 작가가 이 작
품을 한편의 소설로 형상화하기 위해서 갈등구조를 극대화시킨 것이 아
니라 性情作用의 이해를 돕기 위하여 단순히 소설적인 기법을 원용하고
있기 때문이다. 따라서 이 작품은 소설이기 이전에 가전이라는 측면에서
먼저 접근해야 그 본질적인 면을 이해하는데 무리가 없게 된다. 작품의

---

9) "心者形之君也, 而神明之主也, 出令而無所受令自禁也". 『荀子』, 〈解蔽篇〉.
10) "心者五臟之主也". 『淮南子』, 〈原道訓〉.
11) "心者身之本也, 身者國之本也". 『淮南子』, 〈泰族訓〉.

전체적인 구조 또한 전의 구조 그대로이다. 그래서 결말의 論贊은 "太史公曰"로 시작되어 전형적인 열전의 형태를 답습하고 있다. 따라서 〈天君傳〉은 가전의 영역을 확대 발전시켜 심성을 의인화했을 뿐 아니라 여기에서 묘사하고 있는 주인공 천군과 천군을 둘러싼 충신 형 인물 및 간신형 인물은 다음에 지어지는 천군계 심성가전에서 동일한 이름이거나 혹은 다른 이름으로 바뀌어서 계속하여 등장하는 점에서 그 문학사적 의의는 크다고 하겠다.

다음으로 천군을 주인공으로 하는 가전에 〈愁城誌〉가 있다. 이 작품은 林悌(1549~1587)의 작품으로 〈天君傳〉보다 약 배에 가까운 4,600여 자이다. 이 글 역시 작가가 四端·七情·五官을 잘 다스려 中和를 이루어 存心養性해야 한다는 心學에 관한 견해를 소설의 기법을 빌어서 쓴 心性假傳의 하나이다. 그런데 이 〈愁城誌〉에서는 存心養性하는 道學의 이해에 못지않게 당시의 당쟁으로 혼란한 사회현실을 강하게 풍자하고 있기도 하다. 곧 작품의 내용 중에서 천군의 무능을 폭로한 대목이 상당 부분을 차지하고 있는데 이는 어쩌면 宣祖의 무능과 당시의 사회상을 고도의 필치로 풍자하고 있는지도 모른다. 결국 이 글은 제목과 관련하여 그 내용도 술로써 울분을 씻게 된다고 끝맺음으로써 林悌 특유의 기발한 풍자와 기상을 보이고 있다.

이 작품을 가전이라는 입장에서 분석하면 작가가 가전을 강하게 의식하고 있음을 발견하게 된다. 우선 작품 전체의 분위기와 구조가 가전에서 출발하고 있으며, 다음으로 그 표현법 역시 가전적인 서술상황을 보여준다. 천군이 愁城에 싸여 곤경에 처해 있을 적에 그를 구해준 麴襄이라는 장수는 곧 술을 의인화한 인물이다.

그 사람의 가문 내력은 穀城 출신으로 麴生의 아들이며 이름을 襄이
라 하고 字를 太和라 하였다. 그는 아버지의 風味를 깊이 지녔는데 그
선대에는 일찍이 屈原과 더불어 틈이 있었고 혹은 두 阮氏·嵇氏·劉氏
와 더불어 竹林에 놀기도 하고 白衣로 元亮을 潯陽에서 찾은 이도 있었
다. 또한 李白과 賀知章이 金龜를 저당하여 마침내 생사를 같이하는 굳
은 친교를 맺었고 그 뒤에는 큰 벼슬을 살아서 이름을 더럽히기는 했으
나 본심은 아니었다. 이제 襄이 다만 淸虛를 숭상하고 의리를 좋아해서
淸濁에 버리는 바가 없고 부인을 가까이 하지만 尊俎에 折衝하는 기상이
있으니 공손히 생각건대 그 사람의 좋은 점을 취하는 것이 현명한 임금
의 사람 쓰는 방법이다.12)


여기서 술과 관계 깊은 사람들을 연관시켜 서술하고 있는 점은 우리
가전의 효시라 볼 수 있는 〈麴醇傳〉과 이규보의 〈麴先生傳〉, 그리고 다
른 사물 가전에서 그 사물의 내력을 의인화하여 소개하고 있는 표현법과
동일하다. 또 한 작품 가운데에서 주인옹이 孔方[돈]을 추천하고 孔方이
麴襄을 꾸짖는 것, 毛穎[붓]을 보내어 麴襄을 三州大都督驅愁大將軍으
로 삼아 愁城을 토벌하게 하는 것 등에서 돈을 의인화한 〈孔方傳〉과 붓
을 의인화한 〈毛穎傳〉을 떠올리지 않을 수 없다. 다만 이 〈愁城誌〉는 이
제까지의 列傳體 가전을 本紀體 가전으로 바꾸고 回章體를 도입하여 뒤
에 나오는 〈天君演義〉 등 演義體 假傳의 길을 열어 준 공로는 높이 평가
해야 한다.

〈天君演義〉는 모두 31회의 回章體로 演義體 小說을 모방하고 있다.
그러므로 이 작품은 그 본원은 가전이면서 표현에서 소설적 기법을 원용

---

12) "其漢係出穀城, 麴生之仔, 名襄, 字太和, 深有乃父風味, 其先曾與屈原有隙, 或
有與兩阮嵇劉, 爲竹林之遊者, 或有以白衣, 訪元亮於潯陽者. 李白以金龜爲質,
卒與爲死生之交, 其後卽以買爵事, 小累淸名, 而亦非其本心也, 今襄 但尙淸虛好
浮義, 於淸濁無所失, 多近婦人, 然有折衝尊俎之氣, 伏念取其所長, 明君用人之
方." 林悌, 〈愁城誌〉.

하고 있는 천군계 가전의 하나다. 이 작품의 제목에 演義라는 말을 쓰고 있음은 당시 중국에서 들어온 演義小說의 영향을 받은 것으로 여겨진다. 이 글의 서문을 쓴 鄭泰齊(1612~1669)는 〈天君演義〉가 假託되고 誇張되더라도 史氏의 衍義를 모방해 본연심으로 돌아가게 하는 유가의 공부에 도움을 준다고 하였다.13) 그래서 그는 이 작품을 직접 소개하지 않고 退溪의 〈心統性情圖〉와 程子의 〈心性圖〉를 글의 첫머리에 먼저 소개하였다. 따라서 이 작품도 경전 가운데서 심성에 관계되는 내용을 열거하면서 道學 공부에 도움을 주고자 한 심성 가전의 하나임을 알기에 어렵지 않다. 서문에서는 이 당시에 가전과 소설을 구별하고 있음도 확인할 수 있다.

> 근래에 소설 잡기가 세상에 참으로 많이 퍼져 있다. 그 중에 드러난 것을 말하자면 중국으로부터 들어온 剪燈新話・艷異篇이 있고 우리나라에서 나온 것은 鍾離胡盧・禦眠楯 등이 있다. 이들은 귀신이나 괴이한 이야기가 아니면 모두 남녀가 만나는 이야기이다. 그래서 諸史에 미치지 못함이 멀다.14)

〈天君演義〉의 내용은 이 작품 이전에 나온 〈睡鄕記〉〈天君傳〉〈愁城誌〉 등에 나오는 인물과 내용이 모두 망라되어 있기 때문에 이들 가전을 참고하여 재구성한 듯하다. 그 중에서 〈愁城誌〉와 내용이 유사한 부분은 제1회부터 제4회까지와 제7회, 제17회, 제22회 등이고 〈天君傳〉과 내용이 비슷한 대목은 제8회이며, 〈睡鄕記〉와 내용이 비슷한 대목은 제15

---

13) "設辭假稱……其法則倣史氏衍義, 而其說則本儒家工夫也". 鄭泰齊, 〈天君演義〉 序.
14) "近來小說雜記 行於世者固多 而以其中表 著者言之 來自中國者 剪燈新話 艷異篇 出於我東者 鍾離胡盧 禦眠楯等書 非鬼神 怪誕之說則 皆男女期會之事 其不及諸史遠矣". 위의 책, 같은 곳.

회이다.

〈天君演義〉와 더불어 〈天君本紀〉와 〈天君實錄〉이 있다. 〈天君本紀〉는 鄭琦和(1786~1840)의 작이다. 이 전은 천군의 30년 동안 치적을 編年體로 엮었다. 이는 공자가 말한 '三十而立'이라는 말에 근거하여 학문의 기초를 확립하기까지의 과정을 한 나라의 기틀을 확립하는 것으로 은유하여 紀傳體 역사서를 모방해서 가전으로 엮은 것이다. 작가는 이 〈天君本紀〉를 지은 의도를 총론에서 心學의 연원을 밝히는 데 두고 있음을 역설하고 있다. 결국 이 작품은 그 내용이 權近의 〈入學圖說〉이나 退溪의 〈心統性情圖〉, 程子의 〈心學圖〉와 같은 성리학의 심성론을 근간으로 心統性情의 이론을 나름대로 정리하여 가전체로 전개한 것이다.

그리고 이 전은 그 형식에 있어서도 史書의 本紀體를 襲用하고 있다. 本紀는 왕족의 사적을 기술하는 것으로 사마천의 『사기』130편 중 12편이 여기에 해당하는데, 그 형식은 유래의 설명, 연도별 설명, 그리고 史論으로 구성된다. 〈天君本紀〉도 이러한 구성과 일치한다. 그리고 연도마다 "史臣氏曰…"이라고 史論을 첨부하고 있다. 이러한 체재는 작가가 역사서를 강하게 의식한 흔적이며 특히 가전이라는 전기체 형식에 맞추어 이 글을 지었음을 입증하는 것이기도 하다.

다음 〈天君實錄〉역시 心經正學을 이해하도록 하기 위해서 지은 가전이다. 이 전은 水西가 지은 跋文에 창작 동기가 잘 나타나 있다.

> 옛날 東岡 金宇顒이 天君傳을 지었고 선조인 上舍 石嵌公이 軀書를 편찬하였는데 天君傳은 너무 간략함이 염려되고 軀書는 너무 번잡하게 보여서 이들을 절충하여 모아서 한 편을 이루었다.15)

---

15) "昔東岡金先生著天君傳 族先祖上金石嵌公 編軀書 而傳恐太煩 書涉太畧 乃參互折衷 裒成一通", 『水西集』卷之五, 〈天君實錄〉跋.

그리고 아울러서 이 〈天君實錄〉의 가치에 대해서도 평하고 있다.

> 晋의 乘과 楚의 檮杌과 魯의 춘추와 같은 의의가 있다. 軀殻 안 方寸
> 속에 종묘와 백관의 富와, 岳瀆과 사방의 모임과, 남쪽으로 향하여 손을
> 공손히 하는 위치와 역대의 치란한 자취에서 이것으로 인물의 옳고 그름
> 과, 義利의 剖判함과 妖氣를 환하게 소제하고, 중국을 회복하는 공이 책
> 을 열면 환하게 손바닥을 가리키는 듯하니, 실로 聖學의 방향을 가리키
> 는 것이고 왕도의 귀감이라. 그것이 세상 교화에 도움됨이 어찌 적다고
> 하겠는가.16)

이 〈天君實錄〉은 〈天君傳〉과 〈軀書〉를 절충하였으므로 그 구성이나
등장하는 인물 명 또한 일치함을 볼 수 있다. 그리고 천군을 둘러싸고
충신형 인물과 간신형 인물의 대립 갈등 양상을 보이는 구조도 같다. 다
만 〈天君傳〉에 등장하지 않는 인물이 새로이 등장함으로써 작품의 구성
이 복잡하게 전개되는 점은 다르나 근본적으로 心統性情의 논리에 따라
心學의 공부에 도움을 주고자 한 면은 상통한다. 이 밖에 천군을 주인공
으로 삼으로면서도 작품의 제목을 주제나 소재로부터 차용한 심성 가전
에 〈義勝記〉와 〈南靈傳〉이 있다.

〈義勝記〉는 林泳(1649~1696)의 작이다. 이 전의 내용 역시 마음을
다스리는 것을 천군이 치세하는 것으로 假託하여 전개하였다. 내용은 다
음과 같다.

천군이 왕위에 올라 덕이 넓어서 백성들은 태평을 칭송했다. 그런지 3

---

16) "晋乘楚杌 同一義於魯之春秋也 軀殼之內 方寸之中 宗廟百官之富 岳瀆四方之會
   南面垂拱之位 歷代治亂之迹 以至人物臧否 義利剖判 廓掃妖氣 恢復神州之功 開
   卷瞭然如指諸掌 實聖學之指南 王道之龜鑑也 其有補於世敎 曷云小哉". 위의 책,
   같은 곳.

년 뒤에 天君은 덕을 잃고 도적이 침범하여 황야로 도망가 10년 동안 천하를 떠돌았다. 그때 惺惺翁[17]이 나타나 도적을 물리치고 천군을 다시 왕위에 오르게 하였다. 천군은 惺惺翁을 총리의 자리에 앉히고 孟浩然[18]이라는 인재를 등용하여 도적을 치라고 명하였다. 孟浩然이 義馬를 타고 충신의 갑옷을 입고 인의의 방패를 들고 진군하여 도적을 평정하였다. 그러나 몇몇 남은 도적을 섬멸하려 할 때 惺惺翁이 문덕을 베풀어 도적을 귀순하도록 권하여 그에 따랐으나 남은 도적은 항복받지 못했다.

이상과 같은 내용을 통해서 보듯이 마음을 다스리는데 있어서 공경·호연지기·충성·인의와 같은 덕목으로 하면 온전한 道學에 나아갈 수 있음을 깨우쳐 주려는 의도로 이 작품을 입전했음을 알 수 있다. 특히 제목에서 암시하듯이 '敬以直內'하는 儒家의 심신수양법을 중시하고 호연지기를 강조하여 정의가 승리한다는 의식을 엿볼 수 있다. 결국 이 작품의 주제는 정의의 승리를 강조한 도학의 수행방법이라고 하겠다.

다음 李鈺의 〈南靈傳〉은 역시 심성가전의 유형에 들기는 하되 지금까지의 心性假傳들과는 다소 차이가 있다. 우선 주인공이 이제까지의 가전에서는 마음 곧 천군으로 되어 있었으나 여기서는 愁心이라는 도적과 대결하는 南靈〔담배〕로 되어 있는 점이다. 그러므로 이 가전은 사물가전과 심성가전을 조화시킨 독특한 면모를 갖기도 한다. 그리고 앞에서 천군을 주인공으로 하는 가전이 주로 의도하는 바가 심신수양의 방법을 주제의식으로 삼고 있는데 비해서 이 〈南靈傳〉은 단순히 담배를 빌어서 愁心을 덜어낸다는 뜻을 풍자적으로 표현한 것이다.

---

17) 惺惺은 敬의 擬人化다. "敬是常惺惺法". 『上蔡語錄』.
18) 孟子가 말한 浩然之氣의 擬人化다. "吾善養吾浩然之氣". 『孟子』, 〈公孫丑〉.

## 4. 결 론

이상에서 가전의 형성과 그 발전 형태에 대해서 고찰하였다. 우리나라의 가전은 고려조 林椿의 〈麴醇傳〉을 효시로 하여 주로 사물을 의인화한 사물가전이 성행하다가 조선조에는 한편으로는 사물 가전이 지어지면서 중국에서도 그 유례를 찾아볼 수 없는 독특한 가전인 마음을 의인화한 이른바 심성 가전이 성행하기에 이르렀다. 이러한 심성 가전이 창출된 배경에는 조선조에 성리학이 성행했던 학문적 영향이 크게 작용한 결과라고 여겨진다.

이러한 가전 중에서 사물을 의인화한 가전의 성격은 주로 세태를 풍자 비판하고 처세훈을 鑑戒로 삼는다면 심성 가전은 存心養命과 心經正學의 한 방편으로 활용하고자 하였다. 작가는 의인화된 사물이나 심성의 특성을 들어서 세태를 풍자하거나 심학 공부에 이해와 깨우침을 주고자 한다. 이들 가전은 모두 의인화와 은유법을 빌어서 표현하며 풍자하려는 정신이 강조된다. 그리고 그 구성의 방법은 소설적인 문체, 특히 심성 가전에서는 演義小說體를 원용하고 있는 점으로 미루어 소설의 영향이 컸음을 말해 준다. 그렇다 하더라도 가전을 단순히 소설이라고 보는 데는 좀 더 충분한 검토가 있어야 하리라 본다.

지금까지의 분석 결과에서 보듯 이들 가전은 쉽게 소설로 규정하려는 데는 상당한 거부감이 따른다. 즉 이들 가전은 전통적인 전기에서 파생된 한 유형으로서 독자적인 성격을 지닌 채 조선 말기까지 소설과는 별개의 장르로 존립해 왔던 문학사적인 위상에서도 드러난다. 설령 가전의 구성이 소설적인 구성법을 취한다 하더라도 작가와 독자가 소설이라는 의식으로 대하지 않았다는 사실을 염두에 두어야 하리라 본다.

따라서 이러한 문제를 포함한 가전에 대한 장르규정이 좀 더 심층적으로 논의되어야 할 것이다. 여기서는 가전이 소설인가 아닌가 하는 문제보다 이러한 논의를 위한 예비적 단계로 가전을 전기문학이라는 시각에서 그 발전 양상과 성격을 고찰하는데 치중하였다.

# 제 4 장

# 문집소재 전의 고찰
#### - 허균과 연암의 전을 중심으로 -

## 1. 서 론

전은 독자적인 한문양식의 하나다. 그런데 우리 문학사에서는 일부의
전을 소설로 취급하고 있다. 이는 아마도 天台山人이 『朝鮮小說史』에서
가전을 '假傳體小說'이라 부른 이후부터가 아닌가 한다. 그래서 가전이
설화와 소설을 연결하는 과도기적 형태라거나 소설이라고 보는 견해가
거듭 되었다.[1] 그러나 전을 소설의 영역에 포함시키기 전에 두 서사 양

---

1) 金台俊, 『朝鮮小說史』(서울 : 學藝社, 1925), p.74.
　　申基亨, 「假傳體文章論考」, 『국어국문학』 제15,17호, 국어국문학회, 1956.12.
　　趙潤濟, 『韓國文學史』(서울 : 東國文化社, 1957), p.105.
　　朴晟義, 『韓國古代小說史』(서울 : 日新社), p.139.
　　金光淳, 「韓國擬人文學의　史的　系譜와　性格」, 『語文學』 16,17집, 語文學會,
　　1967.5.

식의 성격·개념·관련성 등에 대한 면밀한 검토가 선행되어야 할 것이다.

문학사에서 전은 전대로 소설은 소설대로 독자적인 영역을 확보한 채 서로 영향을 주고받으면서 존속되어 왔다. 두 양식은 서로 어느 한쪽을 포괄하거나 종속하는 관계가 아니다. 다만 후대에 등장하는 소설이 한 인물의 일대기적 구성을 취한다거나 〈○○○전〉이라는 표제를 씀으로써 전의 형향을 입었다고 볼 수는 있다. 더구나 소설의 서사구조와 전의 서사구조는 서로 공통성을 가질 수 있는 유사 양식이므로 혼동을 줄 우려가 많다. 실제로 한 편의 작품을 두고 전인가 소설인가를 확연히 구분할 수 없는 경우도 있을 수 있다. 전과 소설을 확연히 구분하면서 서사양식 전반에 걸친 상호관계를 검토하여야 할 것이다.

본고에서는 우선 전과 소설의 구분을 어렵게 하는 작품을 실증적으로 검토함으로써 문제의 핵심에 접근하고자 한다. 개인들의 문집에는 시와 더불어 유학자들이 쓴 여러 글들이 전하는데 그 가운데 傳狀類도 한 편목을 차지한다. 이들 전 가운데는 홍미를 끄는 전들이 있어서 소설로 취급되기도 하는데 그 대표적인 사례가 許筠과 燕巖의 전이다. 이 두 사람은 문학사적으로도 중요한 위치를 차지하므로 자연스레 이들의 문집에 실린 전장류가 소설사 연구에서도 관심을 끈 것으로 생각된다. 그리고 이 두 사람의 글은 다른 사람의 글보다 그 문채가 뛰어나서 더욱 관심을 끌었을 것이다. 그러나 이들의 전에 대한 장르적 성격이 소설로 인식되는 오류를 저지르고 있다. 따라서 이 글에서는 문집에 실려 전하는 전이

---

李家源, 『韓國漢文學史』(서울 : 民衆書館, 1972).
鄭鉒東, 『古代小說論』(서울 : 螢雪出版社, 1975.3), pp.310~323.
張德順, 『韓國文學史』(3판, 서울 : 同和出版社, 1984.8).
李廷卓, 『韓國寓話文學硏究』(서울 : 二友出版社, 1982).
曺壽鶴, 「假傳體小說考」, 『中國語文學』 제4집, 영남대 중국어문학회, 1982.5.
安秉尙, 「傳의 文學的 變容」, 『韓國學論集』 第2輯, 國民大 韓國學硏究所, 1979.

소설이 아닌 독자적 문학양식이라는 사실을 규명하고자 한다. 그렇게 된다면 허균이나 박지원의 전을 보는 시각이 달라져야 할 것이다. 나아가서 다른 문인들의 전들까지 포함하는 전양식에 대한 관심의 비중도 달라져야 할 것이다.


## 2. 전과 소설

　소설의 개념을 한 마디로 정의하기란 어렵다. 시대에 따라 서구에서조차도 romance, novel, short story, fiction 등으로 다양하게 쓰이었다. 우리의 경우도 예외가 아니어서 처음에는 街談巷語, 道聽塗說이라는 뜻이 18~19세기에 와서 '架空虛構之說'에 의해 진실성을 추구하는 서사물이라는 개념으로 바뀌었다.2) 이러한 상황을 염두에 두고 작품의 형식과 작가의 의식 및 독자의 수용자세, 그리고 작품의 내용을 유기적으로 고려하면서 전과 소설의 장르적 기준을 마련하고자 한다.3)

　먼저 작품의 내용이다. 소설과 비소설의 구분에서 단순히 허구성만을 기준으로 삼을 때 사실과 허구의 고증 문제가 따른다. 사실을 존중하는 역사에서조차 이해와 지식 전달을 위해서는 허구성이 필수 불가결한 요소라고 지적한다.4) 그러나 역사서술이 소설처럼 허구적이어서는 안 된

---

2) 조동일, 『한국소설의 이론』(서울 : 지식산업사, 1977), p.77.
3) 로버트 슐즈에 의하면 소설의 장르를 별개의 것으로 느끼는 이유는 독서 과정과 창작 과정이라는 두 가지 기본적 본성이 있기 때문이다. 창작과정이란 작가 자신이 알고 있는 창작 형식을 통해서 작품을 구성한다는 것이며, 모든 작가는 이미 시도된 바 있는 형식의 전통 속에서 글을 쓰되 그 성취 결과도 전통에 의해 측정된다고 하였다. 독서 과정 역시 전통의 구속을 받아, 독자는 독서를 시작할 때 먼저 장르를 지정하며, 독서하는 동안에도 똑같은 방식으로 다른 작품과의 유사성에 의해 그 작품의 본성에 접근한다는 것이다. 崔翔圭(譯), 『現代小說의 理論』(서울 : 大邦出版社, 1984), pp.6~7.

다는 비난은 오랜 동안 계속되었다.5) 동양에서도 역사의 허구성에 대한 비판이 일어났던 것은 마찬가지다.6) 결국 역사에 허구가 개입된다 하더라도 역사가 사실을 통한 진실을 지향하는 점은 변할 수 없다. 전 역시 역사로부터 분파하여 독자적 영역을 구축하며 발전하여 왔으므로 사실의 진실을 존중하려는 태도를 견지한다.

전이 사실을 존중하려는 태도는 연암이 '許生譚'을 통해 〈許生傳〉을 입전하지 못한 사연을 통해서 알 수 있다.7) 전 중에서도 托傳은 作傳者가 잘 아는 경우도 있을 수 있으나 대부분 흥미를 느낀 인물 전설이 소재가 되므로 여러 전설 중 어느 하나를 택하거나 임의로 변조할 가능성을 예상할 수 있다. 托傳은 설화성과 상상력의 개입을 허용하는 성격이 있기 때문이다. 그러나 전이 기술되는 근본 主旨나 人物 자체는 허구적 상상력에 의해 창조될 수 없다.8) 그런가 하면 전의 내용 중에서는 사실 그 자체에 이미 자아와 세계가 서로 용납할 수 없는 관계를 심각하게 문제 삼는 대결 양상을 띠는 경우가 있을 수 있다. 그러한 예로 李恒福의 〈柳淵傳〉은 살인 사건에 얽힌 소재 그 자체가 이미 소설적 긴장을 자아내는 갈등 요소를 충분히 간직하고 있는 전이다.

그러므로 전과 소설의 장르적 특징을 변별하는 데는 작가가 어떤 의식을 가지고 작품을 지었는가 하는 면을 돌아볼 필요가 있다. 여러 편의 전을 남기고 있는 李瀷이나 李德懋는 모두 소설에 대하여 부정적인 태도를 보인 유학자들이다. 이익은 〈星湖僿說〉에서 "수호전을 지은 사람은 반드시 陰賊의 마음이 있었을 것이다.(水滸傳…余謂作是書者 其必有陰賊之心

---

4) 車河淳, 『歷史와 文學』, 인문연구논집, 서강대학교, 1981, p.6.
5) 李相信, 「역사와 문학과의 관계」, 『文學과 歷史』(서울 : 民音社, 1982.4).
6) 劉勰, 崔信浩(譯), 『文心雕龍』(서울 : 玄岩社, 1975), pp.64~70.
7) 이 문제는 燕巖의 傳을 다루면서 다시 검토하겠다.
8) 金惠淑, 「傳·書事·野談의 대비적 고찰」, 『판소리고전문학연구』(서울 : 아세아문화사, 1983), p.607.

乎)"라 하였고, 李德懋도 〈士小節〉에서 "연의소설이 간사하고 음란한 것을 가르치니 보지도 말고 자제들에게 읽혀서도 안 된다.(演義小說 作奸誨淫 不可接目 切禁子弟 勿使看之)"라고 하였다. 성호 이익은 그러면서도 〈東方一士傳〉, 〈睆溪傳〉, 〈友溪傳〉 같은 우의가 깔린 逸士傳을 남기고 있다. 이덕무도 가전인 〈管子虛傳〉을 비롯하여 〈銀愛傳〉, 〈金申夫婦傳〉, 〈看書痴傳〉 등 10여 편의 전을 남기도 있다. 이항복도 〈柳㵫傳〉을 소설이라고 생각하고 입전하지는 않았다. 임금이 이항복에게 柳㵫獄事의 전말을 기록하게 한 것은 전을 지어 경계를 삼고자 함이지 소설을 지으라고 명한 것은 아니다. 이처럼 소설에 대해 부정적 태도를 가진 유학자들이 소설을 짓는다는 것은 있을 수 없는 일이다. 그러나 전은 소설이 아니기 때문에 서슴없이 지었고 그들의 문집에 실어서 이름을 밝힐 수 있었다. 소설에 작가의 이름을 밝히지 않은 점과 대조적이다.

전과 소설의 구분 요건 중 또 하나 특징은 그 형식의 차이점이다. 전은 되도록 전통적인 傳形式을 답습하려 한다. 그리하여 전의 기본 틀인 趣意部〔序文〕→行蹟部〔家系・出生・成長・學業・活動・業績・죽음・死後〕→評結部〔論贊〕의 형식을 갖추고 있다. 이 형식은 『사기』 열전에서 비롯되었는데 후대에 오면서 취의부가 흔히 생략된다. 그 까닭은 작전 동기를 밝히는 취의부를 굳이 두지 않아도 행적부와 논찬부에서 작전 취의를 용해시켜 나타낼 수 있기 때문이다. 어떻게 보면 취의부는 평결부와 중복되는 느낌을 주기도 한다. 결국 서문인 취의부는 『사기』처럼 공적인 문체에서 그 인물을 입전하게 된 당위성을 변명하기 위한 구실을 할 뿐이다. 그래서 사사로이 짓는 私傳・假傳・托傳은 공식적인 변명을 요하지 않으므로 굳이 취의부를 두지 않는다. 결국 후대의 전에서는 취의부는 없더라도 평결부는 거의 두고 있는데 이는 작가가 처음부터 전을 의식하고 작전하였다는 증거가 된다. 논찬의 "太史公曰…" "史臣曰…" "外

史氏曰…"과 같은 형식은 이들 전이 열전에서 발전한 혈통임을 스스로 드러내는 특징이다. 간혹 어떤 전의 경우에는 논찬이 "史臣曰…"식의 사론을 빌지 않고 작전자의 생각을 문장 속에 용해시켜 "噫…" "嗚乎…" "余…"로 나타내거나 객관화시켜 독자의 판단에 맡기는 발전된 형식을 취하는 경우도 있다.

이상에서 살펴본 바와 같이 전과 소설의 차이점을 내용·작전 의식·작품 구성의 형식을 유기적으로 관련시켜 고찰함으로써 드러낼 수 있다고 본다. 전 중에서도 소설과의 구분을 모호하게 하는 전은 탁전이다. 그런데 문집에 실려 있는 수없이 많은 전을 모두 검토할 수 없으므로 소설로 다루어지고 있는 허균과 연암의 탁전을 중심으로 분석함으로써 문집소재 전의 성격을 알아보는 준거로 삼고자 한다.


## 3. 허균과 박지원의 작품 검토


### 3.1 허균이 지은 전들


허균의 전은 그의 문집 『惺叟覆瓿藁』 卷八, 文部 五에 실려 있다. 그중 〈嚴處士傳〉, 〈張山人傳〉, 〈南宮先生傳〉, 〈蔣生傳〉은 주인공의 사적이 뚜렷하지는 않으나 모두 실존했던 인물이 확인되며, 〈蓀谷山人傳〉도 그의 스승이었던 蓀谷 李達을 입전한 것이다. 이 다섯 편의 전은 논자에 따라 소설로도 취급하고 있으나9) 그의 〈홍길동전〉만큼 논의의 대상이

---

9) 許筠의 傳은 小說로 다루는 태도는 散發的으로 發見되며 崔三龍 교수의 『韓國初期 小說의 道仙思想』(서울 : 螢雪出版社, 1982)에서는 보다 본격적으로 다루었다. 趙東一 교수도 허균의 작품을 傳이면서 소설인 이중의 성격을 가졌다고 보았다. 「조선 후기 소설사의 전개」, 『國文學硏究의 方向과 課題』(서울 : 새문사, 1985).

되지는 못하는 듯하다. 그 까닭은 〈홍길동전〉이 가진 의미가 너무 크기 때문에 그 그늘에 가려 미처 관심이 가지 않는다기보다 이 전들 스스로가 갖는 소설적 한계 때문이다. 바꾸어 말하면 이 전들을 바로 소설로 취급하려고 했을 때 소설로서의 구성 또는 인물의 묘사 등에서 〈홍길동전〉에 훨씬 못 미치는 결점을 안고 있기 때문이다. 한글 소설인 〈홍길동전〉이나 한문 다섯 편의 전이 한 작가의 작품임에도 불구하고 이처럼 현저한 차이를 보이고 있는 현상을 어떻게 설명할 것인가? 허균이 다 같이 소설을 짓는다는 의식을 가지고 지으면서 한글 소설과 한문 소설을 따로 생각해서일까? 그렇지는 않을 것 같다. 문집에 실린 漢文 전은 허균이 한문 양식의 하나인 傳을 짓는다는 의식을 가지고 지었고, 〈홍길동전〉은 이야기 곧 小說을 짓는다는 의식에서 지었기 때문이다.

허균의 전이 전 고유의 전통을 잇고 있다는 사실은 먼저 작품의 구성 형식을 분석하면 증명되리라 생각된다. 그의 다섯 편의 전들은 모두 전통적인 전의 형식을 그대로 답습하고 있다. 먼저 〈嚴處士傳〉의 구성 형식을 보면 일반적 전처럼 "嚴處士名忠貞江陵人也"라고 가계를 간단히 소개한 뒤 父를 일찍 여의어서 집안이 가난하자 몸소 나무하고 물을 길어 홀어머니에게 효도하였다는 효행을 부각시켰다. 그리고 끝에 "外史氏曰…"로 시작되는 논찬에서 다시 그의 효행을 贊하고, 재주가 있어도 지위에 오르지 못한 채 이름이 인멸되는 선비가 많음을 슬퍼한다고 작가의 주관을 덧붙였다.

다음 그의 스승인 蓀谷 李達의 전인 〈蓀谷山人傳〉도 전 형식에 충실했다. 그 서두를 보면, "蓀谷山人李達字益之 雙梅堂李詹之後 母賤不能用於世 居于原州蓀谷以自號也"라고 李達의 가계 및 인적 사항을 간단히 소개하고 곧 이어 "達少時於書無所不讀 綴文甚富爲漢史學 官有不合集去之"라고 人定記述을 덧붙였다. 계속해서 이달의 뛰어난 詩才를 칭찬하는 내용을 중심으로 전개한 뒤 역시 말미에 "外史氏曰…"로 시작되는 논찬을 두었다. 특히 이달의 시를 이태백의 시에 비유한 太史 朱之蕃과 石洲 權韠의 평을 먼저 내세운 다음 "此二者豈妄言者耶. 噫! 達之詩信奇矣哉"라고 대가들의 평을 인용하여 한층 신뢰도를 높이는 贊을 붙이고 있다.

다음 〈蔣生傳〉은 인물 소개에 "不知何許人也"라 하여 가계를 알지 못한다 하였다. 기록이 없어 가계가 불분명한 경우에 전에서 흔히 쓰는 수법이다. 사서인 『삼국사기』 열전에서조차도 이런 경우가 많다. 그러니 이와 같은 표현이 인물을 허구화하기 위한 방법은 아니다. 이런 표현법은 구전 설화를 근거로 하여 작전할 때 흔히 쓰인다. 구전 설화는 구전자의 취향에 따라 어느 부분이 강조되기도 하고 축소되기도 하며 탈락되는 등의 변이가 일어날 수 있다. 그 인물의 행위 자체가 관심거리이므로 구전되는 과정에서 가계나 출생 등에 관한 사실은 잊혀 진 채 전승 될 가능성이 높다. 그리하여 때로는 사실적 인물과는 전혀 다른 인물로 변해버리거나, 다른 유사 설화의 에피소드가 개입되어 재편성될 가능성도 생각할 수 있다.

〈蔣生傳〉은 허균이 당시에 유행하던 장생에 관한 인물전설에 긍정적 흥미를 느끼고 입전하였다고 보여 진다. 왜냐하면 다른 문헌에도 장생 이야기가 전하고 있기 때문이다. 현종 때 洪萬宗의 『海東異蹟』, 순조 때 劉在建의 『里鄕見聞錄』, 李源命의 『東野彙輯』, 金鑢의 『潭翁遺藁』에도 각각 전하는데 세부사항이 서로 일치하지 않는다. 김려의 〈蔣生傳〉은 장생 이야기를 『稗史』와 『海東異蹟』에서 읽었다 하였으므로 각각 다른 경로를 통해 듣고 전을 지었음을 알 수 있다. 그런데 다 같이 전의 형식을 취하고 있는 허균과 김려의 전에서 두 사람이 장생을 보는 태도가 서로 다르게 나타나 있다. 허균은 다만 협사들의 신이한 행위에 관심을 표명하고 있는데,10) 김려는 그의 求乞 · 殺人 · 幻術에 대해 못마땅하게 여기고 금수와 같으니 칭찬할 만하지 못하다고 혹평하였다. 덧붙여 〈平凉子傳〉을 읽고 장생과 같은 무리가 정말 있음을 두려워한다고 하여 부정적인 태도를 보이고 있다.11) 김려와 달리 허균이 장생에게 긍정적인 눈을 돌린 까닭은 말미의 "余少曰…"로 시작되는 논찬에서 엿볼 수 있다. 곧 그는 젊어서 협사들과 어울려 놀며 농담을 할 정도로 친하면서 그들의 기예를 보았다.12) 그래서 나름대로 판단하기를 "아! 그 신이함은 곧 예로부터 이르는 劍仙者가 아니겠는가?"라고 스스로 놀라며 호기심을 나타내고 있다.

허균이나 김려의 전에서 모두 장생의 죽은 날을 정확히 기록하려 하고 있는 점은 전의 사실적 근거를 중시하려는 태도이다.13) 이들 전에서 장생과 관련된 일화를 나열하여 소개하고 있는데 그칠 뿐 사건의 필연적 연계성을 찾아볼 수 없는 점은 다른 설화집인 『里鄕見聞錄』, 『海東異蹟』, 『東野彙輯』 등과 동일하다. 그러니 허균의 〈蔣生傳〉만을 따로 구분해서 소설이라고 내세울 만한 근거를 찾기란 어렵다.

이 같은 異人을 입전한 작품에 〈張山人傳〉과 〈南宮先生傳〉이 있다. 張山人과 관련되는 설화는 『海東異蹟』과 『於于野談』에도 보인다. 『於于野談』의 것은 太醫 楊禮壽 이야기를 하면서 짧게 소개하였고, 『海東異蹟』의 것은 허균의 전을 그대로 인용하고 제목만 張漢雄이라고 바꿔 쓰고 있다. 그리고 말미에 楊禮壽의 『醫經要覽』은 다 張山人으로부터 배운 것

---

10) "噫! 其神矣卽古所謂劍仙者流耶"『惺叟覆瓿藁』 卷之八 六部五, 蔣生傳.

11) "鳴乎 生其古劍仙者流耶 方生之始也, 爲口技, 乞系諸娼妓間, 何其鄙也, 及其挾鬢結客, 殺偸兒, 如探囊中丸, 何其壯也, 其終也, 藏身幻化, 浮游嶺海之表, 又何其靈且奇也, 蓋生抱奇才, 曹人倫之變, 故爲自苦自放, 以解其悲愁鬱結而已也. 然不能誠格于父, 不能成家道, 頹然與禽獸同羣, 無足稱也. 然聞其事, 未及見人也. 及讀犀園平凉子傳 益瞿然矣. 夫世固有若蔣生者"『薄翁遺藁』 第六冊, 丹良稗史.

12) "余小狎游俠邪與之諧謔甚親悉一覿其技".

13) 金惠淑, 앞의 글, p.608.

이라는 견해를 덧붙이고 있다.14)

張山人은 부친으로부터 물려받은 『玉樞經』과 『運化玄機』라는 도술서를 읽고 귀신을 부리고 병을 고칠 수 있었는데 지리산에 들어가서 異人을 만나 煉魔法을 전수받았다. 그가 왜적의 칼을 맞고 죽을 때 피가 흰 기름과 같고 천둥이 울리며 화장했을 때 서광이 3일 동안 비추고 舍利가 나왔다는 등의 이야기는 이 전이 야담에 근거하고 있음을 보여주는 증거다. "사람들은 그가 검해 되었다고 한다.(人謂劍解也)"고만 인용할 뿐 장산인의 인간적 면모에 대하여 더 논급하지 않고 있어서 단순히 장산인의 仙術에 관심을 가지고 그 이야기를 소개하는 정도에 그치고 있다. 그러므로 내용 중에 자아와 세계의 대결이라거나 필연적 인과관계로 결구되는 소설적 특징은 보이지 않는다.

앞의 두 전과 같은 취향의 작품인 〈南宮先生傳〉의 南宮斗도 실존했던 인물이다. 이 전도 남궁두가 선술을 배우기 위해 수련하는 과정을 그리고 있다. 결국 수련의 중도에서 실패하고 마는 비극적 상황으로 끝나지만 鍊丹하는 과정을 자세히 기술하고 있다. 『海東異蹟』〈權眞人〉에서도 유사한 이야기가 실려 있고 『海東傳道錄』에도 權眞人의 仙脈이 밝혀져 있다. 이 전은 다른 전에 비하여 장편인데 남궁두의 연단 과정을 그리는 과정이 상세하기 때문에 길어졌다.

허균이 그의 鍊丹 과정을 보지 않고도 상세히 그릴 수 있었던 것은 그 자신이 선도에 관심을 가지고 몸소 수련하였기 때문이다. 『海東傳道錄』에는 허균이 韓無畏라는 도사를 만나 그가 이인임을 알고 同宿하기를 청하여 다음과 같이 선술의 방법을 물었다 한다.

---

14) "太醫楊禮壽嘗撰 醫經要覽 其稱張氏 醫方云者 卽張漢雄也, 或云楊之神法, 多得 張山人云". 洪萬宗, 『海東異蹟』張漢雄條.

허균이 원접사 종사관 시절에 무외는 순안에서 훈도로 있었다. 허균
은 그가 이인임을 알고 함께 묵기를 청하며 선술에 대하여 물었다. 무외
는 말하기를 '선도를 배우려면 음모와 비계를 써서 죄없는 사람을 형살
하지 말고, 속이지 말며, 재물을 경영하지 말며, 항상 마음을 청정하게
하고, 여색을 가까이 하지 말라'고 했다. 일설에는 무외가 오대산에 들어
가 연단하여 선화하였다 한다. … 무외가 균을 경계한 말은 허균의 심술
이 마침내 음비하고 남을 기만하고 속이며 탐내고 음란하여 그 몸을 망
칠 것을 이미 알고 무외가 경계하여 말했다고 한다.15)


그런데 『海東異蹟』〈柳亨進〉 조에는 허균이 한무외를 만나지 못한 것
으로 되어 있다. 『海東異蹟』에는 柳亨進·張山人·張漢雄의 이야기를
無名氏集에서 인용하였다고 밝히고 있는데 홍만종은 허균의 이름이 빠
진 문집을 보았거나 아니면 허균의 글을 필사한 누군가의 문집으로부터
옮겨 적은 듯하다. 이렇게 보면 〈柳亨進〉 조도 허균의 작임을 알 수 있
다. 다만 〈柳亨進〉 조는 전의 형식에서 많이 벗어나 있다. 서두에 가계
나 人定記述이 없고 論贊도 없으며 內院菴 住持인 元闍梨로부터 韓無畏
와 柳亨進에 대해서 듣고 의주 聖闍寺에서 기술하였다고 이야기를 들은
경위를 중심으로 전개하였다.16) 그러니 한 개인을 초점으로 전개하지도
않았고 단편적인 설화를 채록한 데에 지나지 않으므로 완전한 한 편의
전으로서 그의 문집에 채택되어 실리지 못한 듯하다.

이처럼 〈張山人傳〉, 〈蔣生傳〉, 〈南宮先生傳〉의 경우도 자아와 그가 처

---

15) "許筠爲遠接使從事官時 無畏爲順安訓導 筠知其爲異客 要共宿 同學仙之方 無畏
日 爲仙之道 勿作陰謀秘計刑殺 無辜勿欺誣人 勿營財見窮困人物惜財 常淸淨無
近女色玩好 無畏鰥居四十年 因一家窘乏 辱身爲訓導 以救朝夕 年八十無症坐化
葬於順安後五六年 所親者 遇於香山 顔色不老問日 人言公化 何容顔勝昔 無畏日
傳之此謬也 一說無畏入五臺山 煉丹解化云 蓋無畏戒筠之言 切中筠之心術 其已
知筠之終 以陰祕欺誣貪湦之喪其身也". 『海東傳道錄』.
16) 〈柳亨進〉 條는 더 엄격히 분석하면 書事體에 해당된다. 書事體에 관해서는 燕巖
의 〈廣文者傳〉을 분석하면서 논하겠다.

한 세계의 서로 용납할 수 없는 상호 관계를 전 속에서 뚜렷이 부각시키려 한 소설이라 보기에는 미흡하다. 그보다 허균의 개인적인 취향의 문제라고 보고 싶다. 그 까닭은 이 세 사람이 모두 道仙的인 이인들이라는 점이다. 자아와 세계가 서로 용납할 수 없는 대결을 구현하는데 공교롭게도 異人術士들만을 등장시켰다고 보지는 않는다. 또 이 전들은 소설이 되기 위한 대결의 발전적 행동도 결여되어 있다. 같은 인물을 다룬 李晬光의 『芝峯類說』과 柳夢寅의 『於于野談』을 비교하였을 때에도 소설과 비소설의 뚜렷한 징표는 발견되지 않는다. 다만 허균이 저들보다 연단 및 실패 과정을 구체적으로 묘사하고 있는 점은 허균 자신이 관심을 가지고 있던 문제이기 때문이며 소설을 만들기 위한 의도적 기법은 아니다.

그러나 세 편의 전은 허균의 道仙的 취향과 선망이 빚어낸 전일뿐이다. 허균은 그가 심취했던 신선사상과 그 방면의 인물을 立傳 대상으로 삼았다. 허균은 仙道에 관심을 가지는 정도에서 지나 몸소 鍊丹을 시도했음이 『海東傳道錄』에 나타나 있다. 또 문집 권20의 文部 17 尺牘에는 辛亥 2월에 宋天翁이라는 道士에게 보낸 글에 『紫陽』, 『海瓊』, 『致虛』 등 眞人의 書를 읽고 단학의 비결은 알았으나 단에 필요한 스승과 도반을 오랫동안 얻지 못함을 안타까워한다고 하였다.17) 앞에서 본 『海東異蹟』의 〈柳亨進〉 조에도 그가 신성을 동경한 면모가 잘 나타나 있다. 또 〈蔣生傳〉에는 그가 어릴 때부터 俠客들과 친했고 그들과 해학을 즐기며 그들의 재주를 친히 보았다고 하였다.

이상 허균의 전에 입전된 인물들은 세속에서 뜻을 펴지 못하였으나

---

17) "少時悅讀抱朴子 以爲飡金服石 亦可致仙及見紫陽海瓊致虛諸眞人書 則自失者久之 凡丹在同類所合可以入眞精氣神三寶 奚外求乎 然必得明師良友相規切可與之道 今之世 任師友之責者非君 而誰唯以累臣下獲近左右爲恨耳 須以口訣形牘中幸甚."

뛰어난 재능을 가지고 살던 사람들의 이야기이다. 그래서 逸士小說이라 불리기도 한다.18) 그러나 허균이 이러한 인물들에 관심을 가진 것은 〈蓀谷山人傳〉의 경우는 자기의 스승이었기 때문에 지은 私傳이며 〈嚴處士傳〉의 嚴處士도 그의 효행이 뛰어났으므로 흔히 사전의 입전 대상이 될 수 있는 인물이다. 개인 문집에 실린 전의 대부분은 효자·열녀와 같은 세상에 감계가 될 만한 인물들의 전이다. 옛날의 문인들이 효자·열녀·충신들의 전을 짓는 일은 흔히 있는 일이었다.

이상의 고찰을 통해 허균의 전을 소설로 보려는 태도는 재고를 요한다 하겠다. 다만 허균의 전을 통하여 전의 문학적 변용의 일단을 엿볼 수 있을지 모른다. 그것은 正史에서 다루는 達官名人이 아닌 閭巷間의 逸民에 관심을 가졌다는 점에서 대중적이며 충·효·열과 같은 범주에서 벗어나 기이한 인물들의 행적을 다룬 점이 傳奇와 상통한다 하겠다. 그리고 이들 전이 다루는 문제가 한둘의 사건을 집중적으로 다룸으로써 일반적인 전의 연대기적 기술에서 벗어나고 있는 점이 색다를 뿐이다.

## 3.2 박지원이 지은 전들

박지원의 전은 모두 9편이었으나 7편만 전한다. 이 전들은 그의 젊은 시절에 지었으며 연암 스스로 『放璚閣外傳』이라 題하고 한데 묶어 두었다. 그가 이 전들에 대해 가진 자의식은 '外傳'이라고 부른 데에 확연히 나타나 있다. 外傳은 正傳에 대립되는 개념으로 사서의 전통적인 열전을 의식한 말이며, 정사에 오를 수 없는 인물을 입전하였다는 뜻을 나타내고 있다. 그의 전은 열전에 미치지 못하더라도 열전의 정신을 이어받고 전을 지었다고 여겼으므로 외전이라고 불렀을 것이다.

---

18) 조동일, 앞의 글, p.149.

외전은 外史的 逸文에 관계되는 이야기를 모은 전이므로 正傳에 비하여 문장 수식이 풍부하고 서술이 양적으로 확대되는 전이다. 정전의 문체는 간결하고 방정한데 비하여 외전의 문체는 번화하고 변화의 묘미와 신이함을 취한 것이라 할 수 있다. 외전은 인물 유형에 따라 列傳的 外傳〔準達官名人傳〕과 逸士的 外傳, 서사의식의 성향에 따라 事實的 外傳과 浪漫的 外傳〔別傳〕으로 구분한다.19)

연암의 전은 외전 중에서도 逸士的 外傳에 해당되는 전이다. 그가 관심을 가진 부류의 인간형은 反支配理念的 逸士들이었다. 그래서 그의 자서에는 지배층에 대한 비판적 풍자를 나타내고자 입전하였음을 밝혔다. 또 이 서문에 나타난 의식은 그의 처세 윤리관이기도 하다. 처세 윤리관을 나타내기에 적합한 전은 四品〔列傳·私傳·托傳·假傳〕으로 분류했을 때 托傳에 해당한다.

그의 전은 우선 형식면에서 전통적인 전의 형식을 답습하고 있다. 특히 다른 문인들의 전에서는 거의 찾아볼 수 없는 취의부인 서문이 있다. 반면에 논찬이 생략되고 있거나 변형되어 나타난다. 이는 자서에서 작의를 이미 밝혔으므로 성격이 유사한 논찬을 부언할 필요를 느끼지 않아서였을 것이다. 『사기』 열전 이외의 전에서는 거의 자서가 생략되고 『삼국사기』 열전의 경우도 정통 사서인데 자서가 없을 뿐 아니라 논찬마저 생략되어 있기도 하다. 그런데 연암의 전에서 서문이 존재하고 논찬이 변형되어 나타나는 현상은 그가 이 전들을 지을 때 열전을 강하게 의식했다는 사실을 입증해 준다.

연암의 전에서 변형된 형태의 논찬이 나타나 있는 전은 〈閔翁傳〉, 〈金神仙傳〉, 〈虞裳傳〉, 〈烈女咸陽朴氏傳〉이다. 〈烈女咸陽朴氏傳〉은 그의 나이 57세 때에 지었고 나머지는 20세 전후에 지었다. 그가 20세 전후에

---

19) 조태영, 「傳樣式의 發展樣相에 관한 연구」, 서울대 석사학위논문, 1983, p.35.

전을 지은 것은 문장수업의 일환으로 유학자들이 전을 짓던 것과 같은 풍조의 일이다. 전이 유학자들의 문장수업에 활용된 예는 崔滋의 『補閑集』에 보면 李允甫의 〈無腸公子傳〉에 대해서 훌륭한 사관이 될 자질이 있다고 평한 이규보의 말을 인용하였음에서 알 수 있다.[20] 또 李尙迪이 〈李虞尙先生〉을 지을 때 自註에 史傳을 모방하여 지었다고 한 데서도[21] 유학자들의 전에 대한 의식의 일단이 나타나 있다. 이처럼 문인·학사들은 그들의 문장수업의 수단으로 열전체를 모방한 전류를 즐겨 지었다.

연암에게서도 이러한 면모를 찾을 수 있다. 그의 전에는 『사기』에 출처를 둔 고사성어가 많이 원용되고 있으므로 열전을 의식했음을 이가원 교수가 『연암소설연구』에서 일일이 지적하고 있다. 또 『過庭錄』에는 妻叔인 李亮天에게서 『사기』를 배웠는데 〈項羽本紀〉를 모방하여 〈李忠武傳〉을 지었더니 크게 감탄하고 칭찬하며 班固와 司馬遷의 地步가 있다고 말하였다. 『放璃閣外傳』附記에도 9전은 어릴 적 글 쓰는 여가에 典故를 많이 인용하여 지었는데 고래로 문장가들은 이와 같은 유희적 문장을 짓는 일이 많았다고 하였다. 단 〈烈女咸陽朴氏傳〉은 그가 57세 때에 完義縣監으로 있을 때 직접 보고 느낀 바가 있어서 지은 전이며 효자·열녀의 전은 문인학사들이 지은 전에 으레 끼일 만큼 가장 대표적인 사전이다. 박씨는 그 절의가 드러나서 함양 군수 尹光碩이 〈烈婦傳〉을 지었고, 산청 현감 李勉齊도 역시 전을 지었고, 거창 사는 선비 愼敦恒도 박씨를 위해 전을 지었다고 본전 중에서 말하였다.

그런데 연암의 이 전은 동일인을 대상으로 전을 지었음에도 다른 이

---

20) "文順公…猶能謙下於人 凡有一善 必襃裝若出己右 弱冠詩作 麴秀才傳 李史官允甫初登條效之. 亦作無腸公子傳 公見之而甚善. 每唱於詞林間曰 近得能文者 李允甫眞良史才也." 崔滋 『補閑集』.
21) "仿史傳集句之例" 『松穆館集』 卷首. 李家源, 『燕巖小說研究』(서울 : 乙酉文化社, 1984.1), p.416에서 再引用.

들의 전에 비해 형식이 자유스럽다. 이런 점은 그의 개성이 발휘된 면이기도 하다. 그래서 행적부가 시작되기 전의 취의부인 서문에 고사를 인용해 프롤로그의 역할로 삼고 있다. 문집에는 '竝書'라고 표기하고 있다는데 서문으로서는 상당히 길다. 유교 형식주의의 고식적인 폐단을 꼬집는 데는 짧은 몇 마디의 주장보다 직접 고사를 예시하여 改嫁禁止 풍속의 부당성을 먼저 인식시키려 한 때문일 것이다. 논찬도 "史臣曰…"식의 굳은 형식을 벗어나 자연스럽게 작가의 감회를 토로한 "噫…"로 나타냈다. 그럼에도 불구하고 〈烈女咸陽朴氏傳〉은 그의 전 중에서 가장 전형적인 사전임에 틀림없다. 특히 『放璃閣外傳』은 그의 아들 宗侃이 문집을 편찬하며 따로 별집에 넣고 있는데, 〈열녀함양박씨전〉은 전장류에 넣어서 간행하였다. 또한 초기의 9전은 연암이 문장수업을 하던 시기에 지은 전이라서 작가 스스로도 부끄럽게 여기고 없애도록 한 사실에서 그가 전을 강하게 의식하고 있었다는 점을 확인할 수 있다.

다음 〈金神仙傳〉을 보자. 이 전에서는 신선의 존재를 부인하는 한편 봉건적 질곡의 폐해를 풍자하고 있다. 신선의 존재를 부인하는 데는 남의 이야기를 인용하는 것보다 자신의 체험을 말하는 것이 가장 설득력 있을 것이다. 그래서 연암은 몸소 金弘基라는 인물을 추적한 전말을 소재로 전을 지었다. 따라서 소설로서 갖추어야 할 김신선이 수행하는 동안 겪는 갈등이나 행동의 대결 양상을 묘사하고 있지는 않다. 서문에서 홍기에 대해 작가가 갖는 인식은 그가 다만 유유자적하며 살아서 청탁의 양자에 기울지 않은 범인일 뿐이라고 인물평을 하고 있다. 또 〈閔翁傳〉에서도 신선이란 한갓 뜻을 얻지 못한 염세주의자들의 현실도피일 뿐이며, 그들의 仙藥이라는 것도 따지고 보면 평범한 식생활에서 보는 5곡에 지나지 않는다고 하였다. 결국 〈김신선전〉은 利用厚生을 주장하던 실학파들의 눈에 비친 지식인들의 소극적 현실도피에 대한 비판의 일단을 보여준데 불과하다.

다음 〈虞裳傳〉의 경우도 그의 사적이 인멸될 것을 걱정하고 우상에 대한 개인적 관계 때문에 지은 사전이다. 당파로 나뉘었던 당시 남인인 우상은 문인 중에서 반대당인 연암만이 자기의 시를 알아줄 만하다고 믿고 그에게 시를 보냈다. 그러나 연암은 당파에 편승하여 그의 시를 보잘 것 없으며, 자질구레하고 침을 튀긴 것에 불과하다고 혹평을 하였다. 연암은 얼마 후 우상이 죽었다는 소식을 듣고 자기의 잘못을 뉘우치는 전을 짓게 된다.

> 아아, 슬프다. 내 일찍이 마음속으로 혼자서 그의 재주를 사랑했다. 그러나 다만 '보잘것없다'는 말로써 그 날카로운 기운을 꺾어 버린 것은 내 딴에 '우상이 나이가 아직 젊으니 고분히 길을 잘 잡는다면 좋은 글을 지어서 이 세상에 전할 수 있으리라' 생각했던 것이다(嗟乎, 余嘗內獨愛其才 硏猶挫之以爲 虞裳年少俛就道 可著書垂世也 乃今思之)

결국 〈우상전〉은 연암이 우상을 가혹하게 혹평한 잘못에 대한 후회의 정을 나타내고자 지은 전이다. 그래서 그는 자서를 통해서 우상의 시를 극찬하고 있다.

> 우상이 옛 문장에 힘을 오로지 했다. 고례를 상고할 곳이 없을 때는 오히려 야인에게서 구하는 법이다. 그는 장단률에 두루 형통하였다. 나는 느낀 바가 있어서 우상의 전을 짓는다.(虞裳力古文章 禮失求野 亨短流長於是述虞裳)

그는 우상의 시를 극찬함으로써 어느 정도 우상에 대한 죄책감을 씻고자 했는지 모른다. 그래서 말미의 논찬에서도 거듭,

그의 작품은 벌써 불살라서 남은 것이 없으니 세상은 더욱이 그를 알
아줄 사람이 없을 것이다. 이제 상자 속에 간직했던 것을 털어내어 그가
앞서 나에게 보여준 시 두어 편을 발견했다. 이것을 모두 빠뜨림 없이
써서 우상의 전을 짓는다.(旣且焚其文章無留者 世益無知者 乃發篋中書
藏 得其前所示纔數篇 於是悉著之 以爲之傳虞裳)

라고 우상의 재주가 인멸될 것을 안타까워서 전을 짓는 다는 의도를 밝
히고 있다.

연암의 이러한 입전 태도는 전통적인 사전 또는 탁전의 입전 동기와
일치한다. 서사증은 『문체명변』에서,

산림이항에 숨어 있어서 덕이 드러나지 않거나, 보잘 것 없는 인물이
라 하더라도 본받을 만하면 곧 전을 지어 그 사실을 전한다.[22]

고 私傳[家傳]과 托傳의 입전 목적에 대해서 말하고 있다.

다음 〈閔翁傳〉에서도 그가 알고 지내던 인물 중에서 때를 만나지 못
하여 세상에 등용되지 못한 불우한 인물을 등장시켰다. 민옹은 작가가
잘 아는 사이로, 매사에 얽매이지 않고 호탕하고 곧고 평화롭고 어질며
주역에 밝고 노자의 글을 좋아하고 글에서 대체로 보이지 아니한 것이
없을 정도로 博學多識하다고 그의 재능을 찬양하였다. 그리고 전기의 양
식에서 통상적으로 언급하는 후손에 관해서 언급하면서 그의 두 아들이
무과에 올랐으나 아직 벼슬을 하지 못했다고 기술했다. 그가 죽자 그와
함께 나눈 은어·해학·풍자 등을 모아서 〈민옹전〉을 짓는다고 행적부
의 말미에 작전 의도를 언급한 후 논찬을 대신하는 시를 덧붙였다. 이때

---

22) "山林異巷 或有隱德而弗彰 或有細人可法 則皆爲之作傳 以傳其事", 徐師曾, 『文
　　體明辯序說』, 台北 : 長安出版社, p.153.

의 시는 마치 『삼국유사』 등에서 보이는 이른바 논찬의 변형인 讚詩 또는 佛讚과 같은 성격의 시이다. 연암은 민옹과 친분이 있는 사이였으므로 직접 나눈 대화를 생생하게 서술하여 생동감을 주고는 있으나, 인물의 묘사나 사건의 전개를 통해 소설적 긴장감을 고조시키는 갈등 구조 또는 새로운 성격을 창조하는데 기여하는 묘사로서의 서술 형태는 취하지 않았다. 결국 〈민옹전〉도 전의 속성을 그대로 답습하고 있는 충실한 전일 뿐이다.

〈廣文者傳〉도 〈金神仙傳〉이나 〈閔翁傳〉처럼 젊은 시절에 문하의 여러 傔人들과 閭閻의 기이한 이야기를 듣던 중 얻은 소재를 가지고 전을 지었다. 광문에 대한 비슷한 설화는 『秋齋集』 권7 〈私齋記異〉와 이옥의 〈張福先傳〉 서두에 짧게 소개 되어 있다. 그러나 두 편의 일화는 연암의 〈광문자전〉과 유사한 내용을 서술하고 있을 뿐 연암의 전에는 훨씬 미치지 못한다. 李源命은 『東野彙輯』에 〈雲妓家廣文觀舞〉라는 글을 실었는데 〈광문자전〉 전후 편을 합하여 하나로 묶으면서 흥미 위주로 바꾸었다.

이상의 사실들로 미루어 광문의 이야기는 당시 항간에 널리 유행하던 일화였던 듯하다. 연암은 그가 들은 몇 개의 일화를 실감나도록 치밀한 문치로 묘사했다. 그가 〈광문자전〉을 소설이라고 인식하지 않은 방증은 다음에 부기되어 있는 〈書廣文傳後〉와 연관시켜서 입증된다. 이 글은 〈광문자전〉을 지은 후에 또 다른 일화를 추가로 듣고 보충시키려는 의도에서 지은 것이다. 그런데 이글의 제목이 〈書○○○事〉처럼 書事體라는 점에 주목할 필요가 있다. 〈書○○○事〉 또는 〈紀○○○事〉의 표제를 가지고 서술된 글들은 어떤 개인에게 발생한 특이한 하나의 사건을 제보의 경위와 아울러 사실 보고서 형식으로 기록하는 글의 형태다. 이는 근본적으로 전의 서술 구조와 태생적으로 동일하다고 할 수 있다. 단편적인 일화들을 사실 그대로 기록에 옮긴 글이 서사 기록이며, 이러한 몇 개의 서사적 소재인 일화들을 저술자의 주관적 의도에 따라 재구성하면 전이 된다.23) 그러므로 書事體는 傳이나 記와 더불어 서로 유사한 성격을 지 니는 서사 양식이다. 연암이 〈광문자전〉을 짓고 뒤에 〈서 광문전 후〉를 둔 것은 연암이 한학자로서 문체에 대해 어떻게 인식하고 있었는가를 잘 나타내는 결과라고 하겠다.

이상에서 살핀 전들이 비교적 전기의 정형적인 틀에 충실하고 있는데 비해 나머지 전들은 파격적인 모습을 보인 전들이다. 그래서 이들 전들 은 문학사에서 소설로 취급되고 있기도 하다. 그러나 나머지 전들 역시 그 본령이 전으로부터 출발한 변격의 전이라는 사실을 잊어서는 안 된 다. 우선 〈穢德先生傳〉의 경우 '穢德'이라는 명칭을 『前漢書』〈東方朔傳〉 에서 인용하였으며, 그밖에도 『史記』〈貨殖列傳〉의 영향을 받고 입전하 였다는 사실로부터 연암이 전 양식을 의식하며 입전하였음을 간파할 수 있다.24) 따라서 연암의 작품들 역시 허균의 전과 아울러 소설의 범주에 포괄시키는 문제는 재고를 요한다.

연암의 전들 가운데서도 대표적으로 소설이라고 지목되고 있는 전은 〈양반전〉이다. 〈양반전〉이 소설로 자주 거론되는 데에는 물론 그럴만한 까닭이 있을 것이다. 곧 그의 작품 중에서 〈虎叱〉이나 '許生譚'25)과 더 불어 우선 내용이 가장 흥미를 자아내기에 충분하고, 구성에서도 소설에 가까운 특성을 띠고 있기 때문일 것이다. 그러나 전의 경우에도 구성에 서 소설적 대결 양상을 띠는 경우는 李恒福의 〈柳淵傳〉처럼 소재 선행의

---

23) 金惠淑, 「傳 書事(記事) 野談의 대비적 고찰」 『한국판소리고전문학연구』, 서울 : 아세아문화사, 1983, p.601.

24) 이가원 교수도 이 전들이 史書에서 典故를 끌어왔고 형태에 있어서도 列傳體를 벗 어나지 못하고 있다고 지적하고 있다. 앞의 책, pp.172~173.

25) 〈허생전〉이라고 알려져 있으나 연암은 〈허생전〉을 지은 일이 없으므로 '허생담' 또 는 '허생이야기'라고 부르는 것이 옳다. 허생담이 〈허생전〉이 되지 못하는 이유는 지금부터 밝혀질 것이다.

전이 있을 수 있으므로 총합적으로 검토하여 결론을 내려야 한다. 다시 말하면 하나의 작품을 입체적인 입장에서 작품의 형식, 작가의 작전 의식, 독자의 수용 태도를 더불어 유기적으로 검토해야 전과 소설의 구분이 명확해 지리라 본다.

〈양반전〉의 경우 우선 작품을 대하는 독자들의 수용 의식부터 알아보자. 이 작품은 그 풍자성이 가지는 공감대를 형성하는 효과가 커서 여러 사람의 입에 오르내렸다. 그러나 유학자들이 이 작품을 대하는 태도는 소설적 흥미를 구하기 위해서 읽었다고 여겨지지는 않는다. 「方璃閣外傳」의 뒤에 붙은 跋文에 보면 〈양반전〉에는 속된 말이 많이 쓰여서 조그만 흠이 된다고 하였다. 여기서 흠이란 유학자들의 머릿속에서 생각하는 정통 문장으로서의 흠이다. 따라서 유학자들이 잡설로 인식하고 있던 소설 문장이 아닌 傳章體 문장을 전제한 흠이라는 뜻이다. 또 문집을 편찬하는 태도에서도 『사기』의 열전을 의식한 外傳이라는 편명으로 엮은 데서도 전통 문체를 의식하고 있음을 알 수 있다. 〈양반전〉은 유학자들이 베껴 쓰는 과정에서 자구와 문맥이 변개되거나 누락되기도 하면서 널리 읽혔다. 유학자들이 이 작품 자체에 흥미를 가졌을 수도 있지만 탁전의 전범으로 삼아 문장 수업에 활용했음을 알 수 있다.26)

다음 작가의 의식을 알아보기 위해서 〈양반전〉을 '허생담'과 대비시켜 검토하는 것이 좋을 듯하다. 왜냐하면 두 작품은 풍자성이 강하여 연암의 대표적인 한문소설로 문학사에서 다루고 있을 뿐 아니라 널리 읽히고 있기 때문이다. 연암이 허생에 얽힌 이야기를 듣고 〈허생전〉을 짓지 못한 까닭을 밝히는 과정에서 〈양반전〉에 대한 그의 작전 의식과 입전 배경도 추리할 수 있을 것이다.

---

26) "嗚呼, 若不究所以作之意, 但以俳諧文字讀之, 則此豈知吾先君者哉 不肖竊爲之痛
　　心焉" 朴宗采 『過庭錄』 卷一.

‘허생담’은『열하일기』중「玉甲夜話」에 들어있다. 지금까지의 연구 경향은「옥갑야화」에서 어찌된 일인지 ‘허생의 이야기’만 분리시켜 〈허생전〉이라고 제목이 붙어서 읽히고 있다. 그러나「옥갑야화」에는 역관들이 부자가 된 유사한 이야기가 5편이나 실려 있고, 그 중에서 허생에 관한 삽화가 가장 길고 핵심을 이룬다. 그래서 허생의 삽화만을 따로 떼어서 연구의 대상으로 삼은 듯하다.27)

『열하일기』는 정조 4년(서기 1780년) 연암이 사신 일행으로 중국에 들어가서 북경 열하를 지나면서 그곳의 산천 풍토 문물·제도·문학·예술 등을 두루 구경하고 엮은 기행문이다.「옥갑야화」는 그 가운데 하나로 북경에서 돌아오면서 옥갑이라는 곳에서 하룻밤 머물며 여러 비장들과 밤새 나눈 이야기를 옮겨 적은 글이다. 이들은 자신들과 처지가 비슷했던 중국을 오고간 역관 중에서 무역으로 부자가 된 李樞·洪純彦·鄭世泰·卞承業 등 역관들의 이야기를 하게 되었다. 이들의 이야기 끝에 변승업과 관련이 있는 허생의 이야기가 자연스럽게 이어지게 되었다.

허생은 역관이 아닌데도 ‘허생담’이「옥갑야화」의 주종을 이루는 것은 연암의 의도가 허생을 중점적으로 소개하고자 한데 있다. 그렇다면 허생의 이야기 앞에 나오는 역관들의 이야기는 액자소설의 프롤로그에 해당하는데, 허생의 이야기를 전개하기 위한 프롤로그라고 보기에는 저무나 장황하고 길어서 불균형을 이룬다. 그러므로 앞의 역관들 이야기를 프롤로그로 설정했다고 보기는 어렵다. “돌아오는 길에 옥갑에 이르러 여러 비장들과 침상을 나란히 하고 밤새 이야기를 나누었다. 북경의 풍속에

---

27) 허생 삽화만을 독립시킬 수 없으므로「玉甲夜話」라는 큰 제목 속에 넣어야 한다는 주장(이재선,『한국단편소설연구』, 일조각, pp.593~595), 〈허생전〉이라는 명칭은 적합지 못하므로 〈허생〉으로 부르자는 주장(이가원,『연암소설연구』, 을유문화사, 1984), 〈허생전〉이라고 쓰자는 견해가 있다.(황패강,「허생전소고」『국어국문학』62/63합병호, 1973. 박기석,『박지원문학연구』, 삼지원, 1984).

대한 이야기가 나왔다."라고 북경에서 보고 들은 이야기를 우연히 했던 것은 사실인 듯하다. 계속되는 역관들의 이야기 끝에 변승업의 이야기가 나오고, 변승업의 이야기가 나오자 연암은 변승업과 관련 있는 인물 허생의 이야기가 떠올라 기록하였다고 여겨진다. 왜냐하면 연암은 허생의 이야기에 일찍부터 관심을 가지고 있었기 때문에 이 기회에 적어 두고 싶었던 것이다.

연암이 허생의 이야기를 처음 들은 것은 그의 나이 20살 때인 병자년(1756, 영조32년)에 봉원사에서 尹映이라는 사람에게서 들었다고 밝히고 있다. 윤영이라는 사람은 이름을 감추고 세상을 희롱하며 숨어사는 사람으로 도가의 異人 쯤으로 소개했다. 그로부터 廉時道·裵時晃·完山君夫人 등의 이야기를 들었는데 재미있게 흘러나오는 이야기들이 여러 날 밤 끊이지 않았으며 기괴하고 흥미로워서 들을만하다고 하였다. 그 후 18년이 지났는데 평안도에서 다시 윤영 노인을 만나 허생의 이야기 중에서 모순되는 점을 물었다고 하였다.

> "자네가 옛날에 허생을 위해서 전을 짓겠다고 하였는데 진작 글이 완성되었겠지?" 하고 묻자 나는 손도 대지 못하고 있는 것을 사과했다.

이 대화의 내용으로 미루어 보아 '許生譚'은 처음 윤영으로부터 들은 흥미를 끌었던 이야기임을 알 수 있으며, 전기를 짓고자 했으나 아직 전을 짓지 못하고 있다가 「옥갑야화」에 비로소 기록하고 있음도 확인할 수 있다. 그러므로 이러한 기록들은 연암이 의도적으로 짜 읽은 허구적 액자 장치가 아니라 사실 그대로 받아들여야 한다. 처음 북경 옥갑에서 야기를 시작하는 배경, 비장들과 나눈 역관들과 허생 이야기, 봉원사와 평안도에서 만난 윤영과의 관계를 사실로 인정하면 허생 이야기는 당시 시정에 떠돌던 흥미 있는 설화의 하나였다고 생각된다. 이 설화가 연암이라는 문장가를 만나 문자로 정착되는 과정에서 개성적인 문체의 옷을 입어 세상에 빛을 쏘아낸 것이다. 임형택은 〈허생전〉이 윤영의 구두 창작에서 이미 許生故事가 특이하게 만들어졌으며, 이것을 연암이 탁월한 작가 의식과 예술 기법을 동원하여 한 편의 작품을 만들었다고 보았다.28) 조희웅도 〈허생전〉과 설화의 선후 관계를 단언하기는 곤란하나 여러 민간설화가 점철되어 하나의 유형이 만들어졌을 가능성이 크다고 하였다.29) 박기석도 〈허생전〉이 구전되던 설화를 소재로 입전하였을 가능성을 점쳤다.30)

　지금까지 논의한 바를 종합하면 「玉甲夜話」에 들어있는 허생에 얽힌 이야기는 연암의 창작이 아니고 당시 시정간에 떠돌던 구전 설화를 연암이 듣고 기록하였다는 결론을 내릴 수 있다. 그가 「옥갑야화」에 진술하고 있는 전후의 이야기는 모두 사실이며, 허생의 이야기도 순수하게 창작한 것이 아니라 윤영이라는 異人에게 20살 무렵(1756년) 처음 듣고, 18년 뒤에 다시 듣고(1773년), 7년 뒤(1780년)에 문자로 기록한 것이다. 처음으로부터 25년이나 지난 뒤 기록했을 가능성이 높다. 아마도 연암이 허생의 전을 지었다면 20세 전후 젊어서 다른 전들을 지을 때 〈허생전〉을 지었을 것이다. 그가 〈허생전〉을 짓지 못한 까닭은 허생의 이야기에 한 두 가지 모순점이 있었기 때문이라고 고백했다. 다른 인물 설화들 이를테면 〈광문자전〉이나 〈김신선전〉의 인물은 떠도는 이야기만 듣고도 그의 생각과 일치하며 의심할 점이 없어서 바로 입전할 수 있었다. 〈양반전〉의 경우도 실제 모델이 있어서가 아니라 당시의 시대상으로 볼 때 몰락한 양반들은 주위에서 얼마든지 볼 수 있었다. 그러나 허생의 행위는 연암의 입장에서 해석할 때 사실이라고 보기에는 너무 거리가 멀었던

---

28) 임형택, 「박연암의 우정론과 윤리의식의 방향」, 『한국한문학』 제1집, 1976.
29) 조희웅, 『조선후기문헌설화의 연구』, 서울 : 형설출판사, 1982, p.109.
30) 박기석, 『박지원문학연구』, 서울 : 삼지원, 1984, p.94.

황당한 설화이므로 모순점을 해결하지 못해 전을 짓지 못한 것이다.

　연암이 허생의 이야기를 傳記化하지 못한 동기를 이상과 같이 추측해 볼 때 허생의 이야기는 아직 설화의 단계를 완전히 벗어났다고 볼 수 없으며, 傳記라기보다, 傳奇에 가깝다. 그러므로 「옥갑야화」에 실린 허생의 이야기에 '傳'자를 붙여서 〈許生傳〉이라고 부르는 것은 이글 본래의 성격을 고려하거나 완성된 전과의 관계를 생각하더라도 적당하지 못하다. 연암의 다른 전들이 있으므로 편의상 유사화 하려는 의도에서 〈허생전〉이라고 부를 수는 없다.31) 만약 '許生譚'을 〈허생전〉이라 부르는 논리가 적용된다면 '虎叱'도 〈北郭先生傳〉이나 〈東里子傳〉이라 부를 수 있는 논리가 적용되어야 한다. 결국 〈허생〉과 〈호질〉은 당시 항간에 유행하던 설화를 문자화 했거나 풍자가 뛰어나 흥미를 끈 문장이라고 볼 수는 있어도 전이라고 볼 수는 없는 것이다. 따라서 연암의 경우 그가 스스로 〈○○○傳〉이라고 제목을 붙인 글과 그 밖의 글은 구분해야 한다.

　이상에서 허생의 이야기를 통해 〈양반전〉 및 그 밖의 전에 대한 작가의 작전 의식도 간접적으로 방증한 셈이다. 연암은 세상의 잡된 이야기인 소설을 의식하고 전을 짓지는 않았다. 다만 그의 전에서 관심을 끄는 요소가 있다면 그것은 과거의 전보다 문체에서 새로운 면모를 보인 점이다. 그는 전의 형식을 고수하려 하면서 변모하는 시대와 인물에 대해 새로운 해석을 가하고, 작품을 구성하는 필치에 있어서 개성적 기법을 발휘하여 변용된 전으로 발전시켰다. 그의 전은 전기 양식 틀 안에서 문체의 변혁을 꾀했을 뿐이며 전이라는 양식을 이탈한 것은 아니다.

　결론적으로 전이나 소설은 광의의 의미에서 모두 서사유형(Genre)이면서 서사유형에서 다시 분화하여 발전된 독자적인 양식(Species)으로

---

31) 이가원 교수는 연암 자신이 〈허생전〉이라는 명제를 붙이지도 않았고, 본문 중에 '觀許生事可異也' 또는 '時爲餘談許用事'라는 구절이 있으므로 오히려 書事體로 볼 수 있을 것이라 했다. 앞의 책. pp.593~594.

보아야 옳다. 이러한 사정은 문학사에서 전과 소설이 병행하여 발전하면서 한문 문학이 존속한 19세기 말까지 공존해 온 사실에서도 확인된다.


## 4. 결 론


지금까지 허균과 박지원의 전을 중심으로 문집에 실려 있는 전의 장르적 성격을 고찰하였다. 그러기 위해서 개인 문집에 실린 전 중에서도 이미 소설로 인식되어 다루어지고 있는 허균의 전과 박지원의 전을 주 대상으로 삼았다. 작품 분석의 관점은 작품의 형식과 내용, 작가의 창작의식 및 독자의 수용 태도 등을 유기적으로 관련시켜 전과 소설적 성격을 규명하고자 하였다. 그 결과 다음과 같은 사실을 확인 할 수 있었다.

먼저 허균의 전은 전통적인 전의 형식을 비교적 많이 답습하고 있다. 매 편마다 論贊을 두고 있는 점이 그렇다. 열전에는 사관의 직함인 "太史公曰…"또는 "史臣曰…" 등의 말이 쓰이는데 사전이나 탁전은 사관의 입장에서 지은 전이 아니므로 "外史氏曰…" 또는 작전자의 이름을 밝힌다. 허균도 〈엄처사전〉〈곡산인전〉의 논찬은 "외사씨왈…"이라 했고, 〈남궁선생전〉은 "許子曰…"로 하였다. 〈장산인전〉과 〈장생전〉은 자연스레 자신의 생각을 토로하는 "噫…"나 "余…"로 바꾸어 쓰기도 하였다. 그리고 구성에 있어서도 소설적 대결 양상과 묘사의 태도를 보이지 않고 전의 형식에 따라 평면적 서술 태도를 보이고 있다.

그의 전이 소설과 구분되는 분명한 증거는 〈홍길동전〉과 대비시켜 보더라도 확연히 드러난다. 그의 한문 단편 전들이 소설적으로 형상화시키지 못한 반면, 소설인 〈홍길동전〉에서는 소설로서 갈등 구조와 형상화 과정이 매우 짜임새 있게 이루어지고 있다. 이러한 현상은 작가 자신이 두 유형의 글을 각각 달리 인식하고 창작에 임했기 때문이다. 다만 한문 단편 전에서 소설적 흥미를 느낄 수도 있는 逸士들을 주인공으로 삼은 점은 그의 개인적 취향에 부합하기 때문이다. 그래서 자연히 흥미롭고 신비스러운 인물이 선정되고 글의 분위기가 소설적일 수는 있더라도 작가가 의도적으로 소설화하기 위해서 일사들에 관심을 가지고 선정한 것은 아니다.

다음 연암의 전에서도 그 형식이 전의 정통성을 따르려 했다. 특히 다른 문인들의 전에서는 오히려 볼 수 없는 취의부인 서문을 두고 있는 점은 그가 전 양식을 강하게 의식한 결과라고 본다. 또 초기에 지은 9편의 전을 한 자리에 모아 두고 스스로 「方璃閣外傳」이라고 표제를 붙인 점도 전을 강하게 의식한 반증이다.

연암의 전들이 갖는 구성에서도 소설적 갈등을 묘사했다고 보기는 어렵다. 시정간에 떠도는 인물 전설을 모태로 전을 짓고 있는 점은 탁전적 기법이다. 그리고 자신과 직접 관련이 있던 인물을 입전한 〈민옹전〉이나 〈우상전〉, 그리고 〈열녀함양박씨전〉은 사전으로 분류할 수 있는 전이다. 다만 〈양반전〉의 경우는 상상력을 개입시켜 구성에 긴장감을 주고 있어서 전의 문학적 변용의 폭이 큰 탁전이다. 그러나 이 전도 전환기의 새로운 인간상을 추구하고자 한 그의 처세 윤리관의 반영이며 작가의식, 작품형식, 독자의 수용 태도 등 작품을 형성하고 있는 요소들을 유기적으로 검토할 때 소설에 포괄시키는 문제는 재고를 요한다. 연암의 문체가 다른 기존의 전들과 차이점을 보이는 것은 그의 문체가 개성적이고 독특하기 때문에 특별히 주목을 받은 것이다. 다시 말하면 그의 작품들은 전의 발전적 형태라고 보아야지 소설의 영역으로 확대 해석하는 것은 경계할 필요가 있다는 말이다.

이상에서 본고는 문집에 실려 전하는 전을 소설로 보려는 태도에 재고가 있어야 한다는 문제를 제기하였다. 그중에서도 허균과 연암의 전들이 소설로 많이 다루어지고 있어서 분석의 주요 대상으로 삼았다. 이 글은 전과 소설의 장르적 성격을 보다 심층적인 면에서 규명하는 데까지는 미치지 못했다. 다만 전과 소설의 장르적 성격을 규명하는 데 필요한 개별 논증에 지나지 않는다. 따라서 앞으로 다른 문인들의 전과 이들 두 사람의 전을 비교 연구하는 문제와 국문학사에서 전과 소설의 발전 단계를 통한 상호 영향관계 등을 면밀히 고찰한다면, 이 두 양식의 성격이 보다 확연히 드러날 것이다. 그렇게 되면 이제까지의 전 작품에 대하던 관점에 새로운 시각을 촉구할 뿐 아니라 전의 문학사적 의의도 재조명해야 할 것이다.

# 제 5 장

# 개화기 전기문학의 성격

## 1. 문제의 제기

개화기의 서사 양식을 허구적 서사체와 경험적 서사체로 구분할 때 위인들의 전기는 후자에 속한다. 초창기 국문학사 기술에서는 개화기에 창작된 위인전을 신소설과 아울러 개화기 소설 형태의 2대 주류로 인식하였다. 그러나 후기에 오면서 허구적 서사체인 신소설은 관심이 집중된 반면 경험적 서사체인 전기는 많은 관심을 끌지 못했다. 이는 위인전이 서구적 문학 유형의 분류 개념으로 볼 때 애매하여 '순수문학'의 범주를 벗어난다는 생각에서 인 듯하다. 70년대에 개화기 문학에 대한 재평가가 활발해지면서 이들 전기가 새로이 인식되기는 했어도 역시 신소설에 비하면 만족할 만큼 논의되지는 못했다. 그리고 이들 작품을 아직도 전기 소설로 보려하거나 역사소설의 전 단계로 보려는 태도가 있기도 하다.1)

이들 전기가 생산된 시대적 배경은 전통과 서구 의식이 교차되는 시점이므로 전통적 문학관이라든지 문학 양식의 영향 관계도 마땅히 고려되어야 한다. 한 시대의 문학 양식은 앞선 시대의 문학 양식의 긍정적 또는 부정적 수용이라는 변증법적 발전 과정을 거치면서 형성된다. 유형의 구조라든지 주제의 성격 등은 새 시대의 요청에 맞도록 개조되거나 새 가치관을 창조하는 데 기여하는 것이므로 불현듯 전시대의 양식과 무관하게 새로운 양식이 돌출하는 것은 아니다. 레오뢰벤탈(Leo Lewenthal)도 작가가 창조한 인물은 역사적 풍토에 연관지우고, 주제나 문체적인 수단을 사회적인 등식으로 전환시켜야 한다고 규정한 바 있다.2) 이처럼 하나의 문학 현상은 그것이 생성된 역사적 전통과 사회적인 현실로부터 완전히 유리되는 것은 아니므로 전통적인 양식과의 관련성을 고찰하는 일은 필요하다.

이 시기에 출간된 위인 전기는 대략 20종 안팎이다. 이들 중 대부분은 외국의 전기를 번역하거나 번안한 것이고, 우리나라 인물을 대상으로 한 위인전은 申采浩의 〈乙支文德〉〈李舜臣傳〉〈崔都統傳〉과 朴殷植의 〈泉蓋蘇文傳〉 등이 있다. 이들보다 약간 뒤에 張都斌에 의해 저술된 〈朝鮮十大偉人傳〉이 있는데 앞의 전 양식을 계승한 것이다.

이들 전기는 전통 문예 양식의 하나인 전기체를 바탕으로 하면서 발전적으로 전개시킨 양식을 창조했다는데 의의가 있다. 한문 양식으로서

---

1) 홍일식은 『개화기의 문학사상연구』(열화당, 1982.4)에서, 윤명구는 「개화기 서사문학 장르」 『신문학과 시대의식』(새문사, 1981)에서 소설로 보았고, 이재선은 「개화기의 우국소설」 『개화기의 우국문학』(신구문화사, 1979)에서 역사물로 다루고자 하였다. 권영민은 「신채호의 소설개혁론과 그 한계」 『한국현대소설사연구』(민음사, 1984)에서 역사소설의 前史로서 정립될 수 있는 가능성을 인정받을 수 있다고 하였다. 강영주는 「박은식 장지연 신채호의 역사전기 문학」(같은책)에서 변체의 전으로 과도기적 형태라고 새로운 해석을 시도하였다.
2) Leo Lewenthal, 『Literature & The Image of Man』, The Beacon Press, Boston 1966, Introduction p.41.

의 전은 오랜 역사를 가지고 있으며, 또한 한문학에서 비중이 큰 양식의 하나이다. 이 시대의 전기 작가는 모두 한학자였으므로 전을 많이 읽었고 그것에 익숙해 있었다고 보아야 한다. 실제로 박은식은 상당수의 한문 단편 전을 남기고 있기도 하다. 한편 이들은 외국의 전기를 접하면서 외국의 전 양식에 자극받아 새로운 전기체를 개척한 공로를 남겼다고 평가할 만하다. 이 논문은 바로 이와 같은 개화기 전의 성격을 규명하는데 초점을 두고 문제의 핵심에 접근하려 한다.


## 2. 전기의 서사적 위상

개화기의 전은 한문 양식의 하나인 전의 발전적 형태이다. 전은 대개 문집을 편찬할 때 記・錄・遺事・行狀・碑文 등과 함께 雜著篇에 묶는다. 유학자들은 소설을 小道之說이라 하여 설령 평소에 재미있게 읽거나 짓기는 하면서도 문집을 편찬할 때는 제외시키는 것이 일반이었다. 전과 소설을 다르게 인식했다는 뜻이다.

전의 문예적 성격은 서사체(敍事體-Narrative)라는 점에서 같은 계열인 역사 및 소설과 깊은 연관이 있다. 역사와 전, 그리고 소설의 동질성과 이질성을 가늠하는 일은 개화기 전의 성격을 이해하는데 우선 필요하다. 역사와 소설은 기록 서사체의 대표적인 서술 형태며 역사는 사실(Fact)이고 소설은 허구(Fiction)라는 개념으로 이해하고 있다. 그러나 역사가 사실이라고 해서 허구적 요소가 없는 것도 아니며3) 소설이 꾸며낸 이야기라고 해서 존재의 본질에 대한 거짓을 뜻하는 것도 아니다.

---

3) 차하순, 『역사와 문학』(서울 : 홍성사, 1981) 제10장 「역사의 문학성」 및 이상신, 「역사와 문학과의 관계」『문학과 역사』(서울 : 민음사, 1982) 참고.

　　허구는 객관적 사실인 경험적 사실과 대립시킨 개념의 거짓일 뿐, 그것이 존재의 본질을 추구하거나 창조하고 있는 것이라면, 그것은 진실의 범위에 들어가게 될 것이다. 따라서 허구와 사실의 관계는 배타적 성격을 갖는 것이 아니라 실상은 역설적 구조를 가진다는 표현이 옳을 것이다. 그러므로 역사는 사실을 통한 진실을, 소설은 허구를 통한 진실을 추구한다고 말할 수 있다. 둘 다 인간적 삶의 진실성을 추구하는 기록 서사체라는 공통 분모를 가지고 있는 셈이다.

　　전은 원래 역사(列傳)로부터 비롯되어 점차 그 양식의 분화를 가져와 私傳·托傳·假傳 등으로 발전하였다. 전기소설은 역사의 사실적 태도를 지향하면서 허구적 요소를 끌어들여 양면을 조화시켜 탄생시킨 양식이다. 그러므로 전기소설은 역사성과 소설성을 공유하는 문학 양식이다. 전 중에서도 이러한 변용을 가장 많이 보이는 전은 탁전이다. 탁전은 소설과 서로 영향을 주고받으며 독자적인 영역을 확보하고 성장하여 왔다. 처음에는 소설이 먼저 전의 영향을 받아 그 구성 형식이라든가 표제 등을 차용하였다. 많은 고소설의 제목이 〈ㅇㅇㅇ 전〉이라는 이름으로 불리는 점과, 소설의 전개에서 '가계, 출생 - 성장, 학업 - 업적, 활약 - 죽음, 후손'의 일대기적 전기 유형을 띠는 것은 전의 영향이다. 그러나 소설이 급성장 하면서 전은 역으로 수사와 기교적인 면에서 소설의 영향을 받았다.

　　전과 소설의 양성을 띠고 태어난 전기소설은 전과 소설의 쉽게 동화할 수 없는 이질적인 요소를 쉽게 융화시킬 수 있었다. 전이 갖는 한 인물의 解釋과 轉授의 기능에다가 소설의 흥미성을 끌어들여서 교훈성을 강화할 수 있는 장점을 갖춘 것이다. 전기소설은 독자가 이미 알고 있는 구체적인 인간의 삶을 통해 삶의 규범성을 제시하므로 오히려 순전히 허구적인 소설보다도 독자에게 강한 호소력을 지닐 수 있다.4) 그리고 전기소설은 역사나 전의 진실성에다 보편적 인간의 총체적인 삶의 가치를 추구하기에 적합한 양식이기 때문에 고소설 독자들로부터 각광을 받았다. 〈임경업전〉〈최치원전〉〈전우치전〉 등이 많이 읽히고 허구적 에피소드를 첨가하면서 많은 이본을 탄생시킨 현상은 바로 이러한 이유에서라고 본다.

이상의 논의를 집약하여 도표화 하면 다음과 같은 모양이 된다.

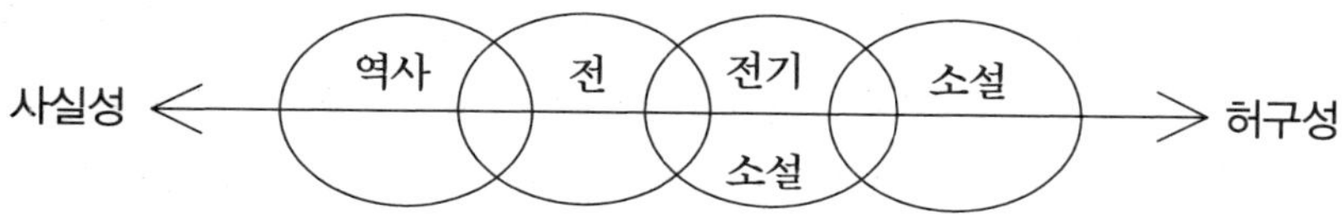


## 3. 개화기 전기의 양상

개화기 위인전 중에서 가장 먼저 출간된 전은 申采浩의 〈伊太利建國三傑傳〉이다. 이 전은 중국 梁啓超가 지은 전을 1906년 번역한 것으로 문학사에서 매우 중요한 의의를 갖는다. 왜냐하면 이 전을 필두로 많은 외국의 전이 번역 또는 번안되어 나오게 되며, 창작 위인전 출현의 動因이 되기 때문이다. 우선 신채호가 이 위인전을 번역하게 된 趣意는 그 서문에 잘 나타나 있다.

> 만일 이 책의 인연과 이 책의 소개로 대한 중흥 삼걸전 혹은 삼십걸전 삼백걸전을 다시 짓는다 하면 이는 무애생의 끝없는 피맺힌 소원이로다.

---

4) 이윤석, 『임경업전연구』, 서울 : 정음사, 1985, p.131.

그는 서론에서 이태리의 국난과 우리가 처한 국난이 서로 유사하므로 저들처럼 애국자가 배출되기를 바라는 의도에서 이 위인전을 번역하였음을 직접 말하고 있기도 하다. 이 위인전을 번역하면서 그는 우리나라의 위인전을 집술 할 의도를 가지고 있었던 듯하다. 신채호 뿐 아니라 위인전을 지은 박은식이나 장지연도 애국계몽운동의 일환으로 언론 구국운동과 사회 계몽 운동에 헌신한 언론가며 민족주의 사학자들이다.

1900년대에 간행된 대부분의 역사서는 민족적 위난을 극복하기 위한 의지의 한 표현이다. 세계 여러나라 민족 영웅들의 구국 투쟁사 저술은 곧 당시 민족 현실의 역사적 정치적 환경과의 유사성을 주체적으로 해석한 역사 수용 태도의 표현이었다. 안으로는 봉건적 사회 제도를 개혁하여 새로운 근대 민주주의 사회를 건설하고, 밖으로는 외세의 침략을 물리쳐 자주독립 국가를 이룩해야 했던 당시 시대 의지는, 강렬한 민족의식과 반일 저항의식을 요청하게 되었고, 이에 부응할 새로운 역사의식을 필요로 하게 되었다.5)

이 시기의 전은 그러므로 대상 인물을 외국이나 과거의 역사 속에서 구했다 하더라도 전을 통해 우의하고 있는 바는 현실적인 일제의 침략을 말하고 있는 것이다. 말하자면 과거와 현재의 이중 장치를 이룬 역사적 상상력의 활동은 공간과 시간을 초월하여 상징적인 동질성으로 맥락이 이루어져 있다는 의식을 토대로 하고 있는 것이다.6) 신채호가 위인전기를 쓴 것은 주권의 회복을 위해 위인 열사의 영웅적 행동이 무엇보다 중요한 귀감이 될 수 있다는 신념에서였을 것이다. 그는 당시대의 어지러운 국내외적 상황을 극복하기 위해서는 영웅적 인물이 출현하거나 아니면 과거 역사속의 영웅을 통해 한민족에게 자신감과 독립심을 심어주려

---

5) 홍일식, 앞의 책. p.145.
6) Avrom Fleishman, 『The English Historical Novel』(John Hopkins Press, Poltimore & London, 1971), p.4.

했던 것이다. 그 스스로도 영웅을 논하는 까닭을 '신인물을 환기'하기 위
함이라고 밝히고 있다. 그는 역사 주체로서 영웅의 출현을 간절히 갈망
하고 있었으며, 그의 주장은 외세 침략의 위협에 당면해 있는 우리 민족
의 각성을 촉구한다는 실질적인 의미를 담고 있는 것이다.7)

따라서 그가 〈을지문덕〉〈이순신전〉〈최도통전〉의 서론에서 밝히고
있는 作傳 趣意에는 당시의 시대 정신이 잘 투영되어 있다. 그는 역사
속의 영웅을 발굴하여 새로운 영웅을 탄생시키는 계기가 되기를 희구하
면서 "과거의 영웅을 그리며 미래의 영웅"을 부르고자 〈을지문덕〉을 짓
는다고 하였다. 여기서 영웅은 한 사람의 영웅을 지칭하는 것이 아니라
민중 모두가 역사 속의 영웅처럼 영웅의 의지를 갖기를 바라는 심정의
표현이라고 보아야 옳다. 또 미래는 바로 당시로 환치되며, 〈이순신전〉
서론에서는 직접 "지금에 옛날 일본과의 대항함에 족히 우리 민족의 명
예를 대표할 만한 위인을 구하건대" "제2의 이순신"을 기다린다고 하였
다. 이 말은 모두가 제2의 이순신이 되라는 격문이 아닐 수 없다. 을지
문덕이나 이순신의 무용담은 그러한 인물이 한 사람만 나오기를 바란다
고 하기보다 항일 구국을 위한 민족 각성을 일깨우는데 목적이 있다고
확대 해석해야 한다. 이러한 생각은 스스로 항일 투쟁에 몸을 바친 생애
나 그의 다른 역사 저술 속에서도 일관하고 있는 사상이다. 한 나라의
역사의 주체는 민족이며, 민족의 주체는 민중이고, 그와 대립되는 타 민
족국과의 투쟁 가운데서 발전한다고 생각했다.8)

신채호의 전들은 모두 역사적으로 위기에 처한 때에 그 상황을 극복
해 내는 영웅상을 그리려고 하였으며, 영웅상의 형상화 과정에서 의욕이
앞선 자신의 생각과 의지를 노골적으로 말하고 있으므로 소설과는 다르

---

7) 권영민, 앞의 글, p.243.
8) 신채호, 「제국주의와 민족주의」『신채호전집』하, 서울 : 형설출판사, 1979, p.108.

다. 이러한 표현은 인물의 의미를 후세에 전수하여 감계를 삼는다고 하
는 전기의 양식에서 가능한 것이다. 전은 인물에 대해서 논평하고 각각
의 기본적인 견해를 개입시켜 해석하는 성격을 갖는다. 그러므로 신채호
의 위인전의 성격도 이와 일치하며 전에 뿌리를 두고 있음을 확인할 수
있다.

  신채호의 전과 궤도를 함께하는 전으로 박은식의 전이 있다. 박은식
도 〈泉蓋蘇文傳〉 서론에서 영웅 출현을 갈망하는 작전 취의를 밝히고 있
다. 즉 고구려 대장군 연개소문과 같은 영웅이 계속 나오지 못하는 것은
영웅의 정신이 없기 때문이라고 진단하였다. 그러나 지금은 바로 영웅을
숭배하고 갈망할 만한 때이므로 "짧은 붓으로나마 이 전을 저술하니 사
회 제군은 읽어보고 영웅 혼을 부활하여 정신력을 키우라"고 호소하고
있다. 역시 이 말 속에도 젊은 청년 민중의 영웅심을 북돋우려는 의도가
있다. 장도빈 역시 신채호 박은식 장지연보다 늦게 전의 저술에 뛰어들
어 〈대한십대위인전〉을 출간했는데 앞선 사람들의 영향을 받아 민족의
식을 고취시키려는 의도를 드러내면서 전의 양식도 동일한 형태를 계승
하고 있다.

  이상에서 이 시대의 전기는 역사상의 위인을 의미화 하여 위기에 처
한 민족을 구원한 구국적 영웅상을 제시하는 한편, 한 사람의 영웅이 아
니라 민중이 모두 이들 영웅의 정신과 의지를 받아 영웅심을 갖기를 바
라는 의도를 읽을 수 있다. 개화기는 계몽성과 교훈성이 어느 시기보다
도 절실히 요구되던 때이다. 이러한 필요에 의해 채택된 양식이 바로 전
장르였다고 생각된다. 전은 본래의 성격과 기능면에서 역사로서의 鑑戒
와 世敎의 기능이 강하기 때문이다. 장지연·신채호·박은식 등 전기 작
가들의 문학적 출발이 원래 漢學에 있었다는 점을 아울러 고려하면 이들
이 전을 택한 사실은 오히려 자연스러운 귀추라 하겠다.

## 4. 개화기 전기의 독자성

이제 개화기에 출현한 전이 형태적인 면에서 전통적인 한문 양식인 전과 어떤 관련을 맺고 있는가를 분석해 보고, 이 전들이 가지고 있는 독자성을 고려하여 문학사에서의 위상을 짚어보기로 하겠다. 이미 초기 문학사에서 소설로 간주하였고 아직까지도 소설로 보려는 견해가 있기 때문이다.

이 작품들이 소설이 되기 위해서는 소설적 요소가 있어야 한다. 소설이 되려면 역사소설 또는 전기소설이 되겠는데, 전기소설이 되기 위해서는 역사적 인물을 소재로 삼되 소설적 기교가 요구된다. 포스터(Forster)의 말대로 역사소설은 역사적 사실에다 미지량의 x를 가감하여 소설이 된다. 전기소설은 이러한 미지량의 x가 가감되므로 사실적 근거에만 의존하는 역사와는 구별된다.

같은 무렵 신소설로 분류할 수 있는 장지연의 〈애국부인전〉과 비교하면 신채호의 전이 소설이 될 수 없는 특징이 드러난다. 장지연의 〈애국부인전〉은 '新小說 愛國夫人傳'이라고 표제를 붙이고 출간하였다. 이때 붙인 신소설의 개념이 오늘날 사용하는 의미와는 다르다 하더라도 당시의 인식으로 소설이라고 부는 데는 그만한 까닭이 있을 것이다. 그 이유는 이 작품이 지닌 성격에서 해명할 수 있다. 즉 이 작품은 다른 전기류와는 형식적인 면에서 차이가 있다. 우선 10회의 章回體로 되어 있으며 순 국문으로 쓰여 진 점이 조선조 소설의 문체를 답습하고 있다. 또 장면의 시작과 전환에서 "화설…" "차설…" 등 고소설의 표현 기법을 답습하고 있다. 따라서 이 작품은 전과 소설의 양면성을 띤 전기소설로 분류할 수 있다.

전기소설은 사실의 보고나 업적의 단순한 나열이 아닌 흥미롭게 인물에 접근하도록 구성에서 기교를 부린다. 그리고 실존 인물을 의미화 하기 위해 개인의 생애를 재배치하거나 묘사를 통해 새로운 캐릭터를 창조해 낸다. 주제 의식은 사실이 굴절되어 재구성한 진실의 세계 속에서 제시됨으로써 독자는 삶의 총체적 의미와 교훈을 얻고 미적 쾌감을 느끼도록 한다. 작가는 이미 있었던 사실로부터 있어야 할 현실을 제시하여 독자로 하여금 역사 의식의 눈을 뜨고 삶의 참가치를 정립하도록 유도한다. 그런 면에서 장지연의 〈애국부인전〉은 서투르나마 신채호나 박은식의 전보다 소설적 특징을 훨씬 많이 가진 전기소설의 영역에 속하게 되는 것이다.

반면에 신채호의 〈을지문덕〉에서는 소설적 조작이 나타나지 않고 그가 소설이라고 의식하면서 지은 〈꿈하늘〉 등 몇 편의 소설과도 이질적이다. 더구나 그가 〈을지문덕〉을 소설로 인식하지 않았음은 소설 〈꿈하늘〉의 내용 중에,

> 한 놈이 일찍 내 나라 역사에 눈이 뜨자 을지문덕을 숭배하는 마음이 간절하나 그에 대한 전기를 짓고 싶은 마음이 바빠 미쳐 모든 글월에 고거하지 못하고, 다만 『동사강목』에 적힌 바에 의거하여 필경 전기도 아니요, 논문도 아닌 '四千載一大偉人乙支文德'이라 한 조그만 책자를 지어 세상에 발표한 일이 있었더라.

라고 고백한 것만 보아도 입증된다. 그가 양계초의 〈이태리건국삼걸전〉을 번역하면서 서문에서 말한 바와 같이 〈을지문덕〉전을 이 때 짓겠다고 결심한 듯하다. 따라서 〈을지문덕〉이 〈이태리건국삼걸전〉의 형식을 모방한 것은 우연이 아니다. 그는 한학자였으므로 이미 한문 양식의 하나인 전에 대한 식견이 있었고, 전에서는 작전자의 주관을 직접 문면에서 강하게 표현할 수 있으므로 소설 양식보다 議論文 형태의 전 양식을 택

했다고 판단된다. 전의 議論的 성격은 전의 발생초기부터 있었다. 처음 전은 『춘추좌씨전』에서 보듯 解經學으로부터 출발하였고 잘못된 사항을 바로 잡거나 史觀을 개입시켜 의미를 해석하는 것이 주 기능이었다. 이러한 기능은 전의 論贊에서 강화되어 하나의 양식으로 고착화 된다.

한편 이들 개화기 전은 구성에서도 전의 유전 형질을 그대로 보존하고 있다. 여러 삽화들은 인과 관계로 연결되지 못하고 단순히 영웅적 의지와 신념을 노출시키면서 평면적으로 나열하고 있다. 전개의 기법도 묘사체가 아니라 의론문 문체로 일관되어 있다. 애국계몽 시대에 논설적 산문 양식이 국한문 혼용체의 확대와 함께 가능했으므로 단순히 한문 투의 전이 아닌 논설적 문체의 특징을 드러내고 있음은 당연한 현상이라 할 수 있다.9)

〈이순신전〉에서도 그가 전통적인 한문 양식인 전을 의식하고 있음이 잘 나타난다. 곧 취의부인 '서문'이 있고, 활동과 업적을 전개한 행적부가 있으며, 논찬이 있는 평결부의 3단으로 구성하고 있다. 논찬이라 할 결론에서 "新史氏曰, 余가 이순신전을…"로 시작하고 있는데 이는 열전체로 "태사공왈…" "사신왈…"의 형식을 의식하고 쓴 표현이다. 이러한 표현은 신채호가 전을 의식하고 있음을 입증한다.

신채호나 박은식의 전이 갖는 특징은 기존의 전들이 단편인데 비하여 장편화 하고 있다. 이러한 까닭은 우선 위인의 모습을 다양하게 보여주려다 보니 자연히 길어질 수밖에 없었을 것이다. 그래서 分章體를 활용하였는데 양계초의 〈이태리건국삼걸전〉의 양향을 받았다고 생각된다. 박은식의 〈泉蓋蘇文傳〉도 전통 전 양식의 3단 구성 형식을 벗어나지 않으면서 분장체로 장편화 하고 있기는 마찬가지다. '서론'에서 작전 취의를 말하고 본전에 해당하는 제1장인 '연개소문의 유년지망'에서 가계-출

---

9) 권영민, 앞의 글, p.101.

생-성장-재질 등을 저술한 점은 전의 전개 방식과 일치한다. 그리고 마지막 장에 '結論'이라하고 전체적으로 총평하는 논찬을 붙였다.


## 5. 맺는말

이상에서 개화기의 전들은 소설이 아니고 전통적인 전을 장편화하여 발전시킨 새로운 형태의 전임을 알 수 있었다. 이는 전통문예 양식이 시대의 요청에 맞도록 개조되거나 새 가치를 창조하는데 기여하도록 진화 발전한 결과라고 판단된다. 이러한 양식은 신채호, 박은식 등에 의해서 처음 시도되고 1930년대까지 장도빈에 의해 계승된 바 있으나 현재까지 계승되고 있지는 않다.

따라서 전통적인 한문 단편전의 맥은 이미 종식되었다고 보여진다. 그렇다 하더라도 문장 표현 수단의 하나로 요긴하게 활용하던 전 양식이 완전 종결되었다는 의미는 아니다. 현대의 위인전기 양식에 얼마간의 영향을 주었다고 여겨지기는 하겠으나 현대의 위인전기는 서구의 위인전기를 번역하는 과정에서 그 양식의 영향을 더 많이 받고 있다고 판단된다.

전통적인 전에 뿌리를 두면서 현대적인 시대 상황에 맞는 전 양식의 진화 발전된 모습이 무엇이라고 지금 단계에서 단정하기는 쉬운 일이 아니다. 다만 예견되는 것으로 어린이들에게 읽히는 위인전이나 성인들에게 읽히는 인물연구 저서 및 인물 평전 등이 새로운 전 양식의 지속 또는 발전 방향을 암시하는 듯하다. 인물을 의미화 하여 후대에 전수한다는 전의 정신을 이어받고, 시대적 감각에 맞는 문체로 변용 진화시키는 일은 오늘의 과제라고 할 수 있을 것이다.

# 제 6 장

# 구활자본 전기소설의 문학사적 의의

## 1. 문제의 제기

구활자본 전기소설은 개화기에 간행된 전기소설을 말한다. 과거의 소설 간행은 주로 필사나 판각에 의지하다가 개화기에 새로운 활자에 의해 소설이 간행됨으로써 소설 독자를 획기적으로 확충시켰다. 활자 매체의 변화는 신소설의 보급을 확대하고 소설 뿐 아니라 문화 전반에 걸쳐서 혁명적으로 확대를 가져왔다고 하겠다.

구활자본 소설의 출판은 1908년 「동문사」에서 간행한 이인직의 〈銀世界〉를 필두로 한다. 고소설은 1911년 〈춘향전〉의 개작인 〈獄中花〉가 이해조에 의해 「박문서관」에서 간행되어 나오면서 부터다. 그러므로 오히려 구활자본 고소설은 신소설보다 뒤늦게 간행되어 나온 셈이다. 그러나 이 무렵 30개에 가까운 출판사들이 앞을 다투어 고소설을 간행하고 있는데, 이는 신소설 못지않게 고소설 독자의 호응이 컸다는 반증도 된다.[1] 이러한 소설 간행은 1910년대에서 1920년에 가장 많고, 심지어

1950년대까지 「세창서관」에서 재판되어 간행되었던 점으로 보아 고소설 독자는 이때까지도 지속적으로 존속했다는 말이 된다. '딱지본' 또는 '六錢小說'이라 별칭되던 구활자본의 표기는 1930년 한글맞춤법 통일안이 제정되었으나 그와는 관계없이 맞춤법이 구습 그대로이고, 띄어쓰기도 호흡단위(breath group)로 되어있다.

그런데 이 시기에 창작된 소설을 신소설이라 보기 어려운 여러 가지 특징이 있다. 그러면서 또한 이제까지의 고소설과도 다른 모습을 보이고 있다. 그래서 문학사에서 이 무렵에 대량으로 간행되어 나온 소설들은 제대로 평가받지 못한 채 신문학사와 고전문학사에서 거의 다루어지지 않고 있는 실정이다. 그러나 이 시기에는 많은 소설이 창작 또는 개작되었고, 소설의 독자를 획기적으로 확충시켰으며, 그 중에서도 영웅 전기소설이 많이 창작된 점은 매우 중요한 문학사적 의의를 갖는다. 그러므로 여기서는 구활자본 전기소설이 출현하게 되는 배경 및 문학사적 의의를 살펴보고자 한다.

## 2. 영웅 전기의 영향

이 시기는 유별나게 영웅 전기소설이 다량으로 쏟아져 나왔다는 사실을 주목할 필요가 있다. 영웅 전기소설이 이처럼 활기를 띠고 출간되는데 영향을 끼친 요인으로는 무엇보다도 시대적인 상황에 따른 영웅 전기의 간행을 들 수 있다.2)

---

1) 필자가 조사한 바에 의하면 27개의 출판사에서 구활자로 된 소설과 기타 간행물을 출간한 것으로 밝혀졌다.
2) 여기서 말하는 영웅 전기란 신채호, 박은식, 장지연 등이 지은 전기를 말한다. 논자에 따라서 이들의 전기를 소설로 보기도 한다. 그러나 필자는 제5장 「개화기 전기문

먼저 이러한 영웅 전기가 성행하게 된 까닭을 알기 위해 시대적 상황을 살펴보는 것이 필요하다. 주지하는 바와 같이 1910년대는 침략주의에 대항한 민족주의 의식이 팽배하던 시기이다. 1905년 제2차 한일협약 이후로 항일 운동은 각계 각층에서 여러 형태로 파급되었는데 영웅 전기의 출현도 이러한 현상의 하나였다. 영웅 전기는 항일 의식을 고취시키고 민족 의식을 각성시키기에 매우 적합한 문학 양식이다.

영웅 전기에 입전되는 인물은 고소설에서 흔히 볼 수 있는 영웅의 모습과는 성격이 다르다. 이때의 영웅은 역사상에서 국난을 극복한 실존 인물을 선택함으로써 절실한 시대적 민족적 요구에 의하여 구국 항쟁의식을 고취시키고 애국자가 나오기를 갈구하는 의도로 내세우는 인물이다. 대표적인 사례를 들면 박은식은 『西北學報』라는 월보에 〈김유신〉 등 20여 편의 전을 발표하고 있다. 그러면서 영웅이 출현하기를 갈망하는 뜻을 이렇게 밝히고 있다.

> 고구려 대장군 泉蓋蘇文은 대외 경쟁이 第一指를 乘하는 영웅이오 세계 釰術의 祖이어늘 후인이 또한 계속하여 그 法을 전한 자 無한 것은 何故인가. 과거 5백년간 風潮를 追想하면 寧欲 無言이로다. 然則 영웅의 정신이 存하며 不存하는 것은 즉 그 國人 思想界에 存한 것이니 금일 吾人의 사상이 如何한가. 目下 情景이 과거 영웅을 崇拜할 만하고 현재 영웅을 갈망할 만하도다. 於是乎, 三寸 禿筆로 此를 述하여 社會 諸君의 一覽을 供하노니 四千年 역사에 第一指를 乘하는 영웅혼이 부활할런지 우리도 남과 같이 自由鐘을 轟振하자면 우리 先民 精神點으로써 우리의 腦力을 滋養하여야 할 줄로 思惟하노라.
>
> 〈泉蓋蘇文傳〉 緒論[3]

또 당시의 대표적 역사학자인 신채호도,

---

학의 성격」에서 소설이 아닌 독자적 문학 양식으로서 전기라고 논증한 바 있다.
3) 박은식, 『박은식전집』, 서울 : 단국대, 동양학연구소, 1975.

> 애국자가 無한 國은 雖强이나 必弱하며 雖盛이나 必衰하며 雖興이나
> 必亡하며 雖生이나 必死하고, 애국자가 有한 國은 雖弱이나 必强하며 雖
> 衰나 必盛하며 雖亡이나 必興하며 雖死나 必生하나니, 至哉라 애국자며
> 聖哉라 애국자여. 〈伊太利建國三傑傳〉[4]

라고 애국자가 나오기를 바라는 의도를 직접적으로 토로하고 있다. 그는 우리 민족이 영웅이 있음을 알지 못하고 사대주의와 썩어 빠진 유생을 숭상하여 신성한 역사를 더러운 피로 모독하고 영웅을 매몰하였다고 통탄한다. 한편 〈을지문덕〉의 서문에서는 "과거의 영웅을 寫ᄒ야 미래의 영웅을 招ᄒ노라"하면서 을지문덕과 같은 영웅을 바로 알자고 외치고, 구국의 영웅이 나오기를 갈망하는 뜻에서 〈을지문덕〉전을 짓는 뜻을 밝히고 있다.

이 무렵 이와 같은 생각을 가진 전기 작가에 장지연이 있다. 장지연은 〈애국부인전〉에서 비록 외국의 인물인 쟌다르크를 주인공으로 삼고 있으나 그녀의 구국 항쟁 일대기를 통하여 독립 쟁취의 의지를 심어주려고 하였다.

> 옛적 우리나라 고구려 시대에 당태종의 백만 군병을 안시성태수 양만
> 춘이 능히 항거하여 백여 일을 굳게 직히다가 마춤내 당병을 물리치고
> 고려 강감찬은 슈천병으로 걸안 소손녕의 삼십만 병을 물리치고 손경을
> 보전하엿스니 아지 못커라 법국은 이때에 양만춘 을지문덕 강감찬 ᄀ튼
> 춤의 영웅이 뉘잇는고… 〈애국부인전〉

이들보다 다소 늦게 애국 계몽 운동에 참여하여 기울어 가는 국운을 수호하고 민족 정기를 일깨우고자 역사 연구와 많은 영웅 전기를 집필한 작가로 張道斌이 있다. 그의 『朝鮮十大偉人傳』(1923년 東洋書院)은 이러

---

4) 신채호, 『단재신채호전집』 중, 서울 : 형설출판사, 1979.

한 의도에서 출간된다. 그는 뒤에도 1937년에 이르기까지 〈을지문덕전〉〈동명왕전〉〈개소문전〉〈발해태조전〉〈강감찬전〉〈이순신전〉〈조선명부전〉〈원효전〉〈대원군과 명성황후〉〈서산대사와 사명당〉〈남이장군실기〉〈조선태조전〉〈온달공주전〉〈문명왕후전〉〈최영전〉〈김덕령전〉을 고려관·덕흥서림·동양서원·박문관 등에서 단행본으로 간행하였다. 그리고 일제 시대에 간행했던 위인들의 전기를 모아 1961년『대한위인전』을 펴냈다. 여기에는 〈광개토대왕전〉〈을지문덕장군전〉〈발해태조전〉〈원효대사전〉〈고려태조전〉〈강감찬장군전〉〈세종대왕전〉〈이순신장군전〉 등 8편의 전기가 실려 있다.5)

장도빈이 지은 전기의 특징은 사실에 충실하면서 민족의식을 고취시키려는 전통적인 전기의 정신을 이어받고 있다. 〈이순신장군전〉의 '서언'에 보면,

> 이제 이순신전을 지으며 본서는 이순신장군의 역사를 가장 사실 그대로 서술한 것이니 이 졸필이 이순신 장군의 위대한 면목을 완전히 나타내지는 못하나 본서를 보면 이순진장군의 실상을 대개 알 수 있다.6)

따라서 장도빈의 전기는 소설로서의 문학성이 희박한 일면을 지니며, 전기의 구성도 편과 장으로 세분하였고, 문체도 건조체의 논문 형식을 띠고 있다. 이렇게 신채호와 장도빈의 전기 작품이 갖는 구성 형식은 재래 한문 양식인 전이나 기와는 상당히 다르다. 인물에 대한 사실적 자료를 중심으로 전개하는 일종의 연구서라고 할 수 있다.

신채호와 장도빈이 다 함께 입전한 〈을지문덕전〉을 비교해 보자. 신채호의 경우 책의 머리에 우선 변영만·이기찬·안창호의 '서문'을 싣고 있다. '서문'의 다음에 凡例를 두고, 전을 짓는 동기 및 檀君紀元을 기준

---

5) 趙珖, 『大韓偉人傳』解題, 서울 : 아세아문화사, 1981, pp.2~3 참고.
6) 장도빈, 〈이순신장군전〉, 『대한위인전』(중), 서울 : 아세아문화사, 1981, p.282.

으로 연대를 쓰는 영유를 밝혀 민족의식에 입각하여 전개될 것임을 밝히고 있다. 본전은 '서론'부터 시작하며 '서론'에서는 왜 이 시기에 〈을지문덕전〉을 짓게 되었는지 시대 상황과 결부시켜 강건하게 주장하고 있다. '본론'에서는 역사적 상황과 활동상을 자세히 소개하고, '결론'에서 선각 영웅을 본받아 강하고 세찬 민족성을 회복하고 용맹을 떨쳐 일어나자고 주장한다. 한편 장도빈의 〈을지문덕전〉은 저자의 서문에서 입전 취지를 밝히고 있다. 본전의 제1장에서는 가계 출생을 서술하고, 제2장에서 제7장까지는 업적을 소개하고 있다. 제8장에서 제10장까지는 유적과 전설을, 제11장에서는 주요한 참고서적을 싣고 있다.

이상에서 일제 침략기 개화기 무렵 영웅전기가 대량으로 지어지는 시대적 상황과 주요 전기 작가 및 작품들을 훑어보았다. 다음은 이러한 영웅전기의 영향을 받아 출현하는 전기소설의 특징을 살펴보기로 한다.

## 3. 구활자본 전기소설의 특징

영웅 전기소설이 본격적으로 대두되는 시기도 바로 이 때다. 이 시기에 영웅 전기소설이 쏟아져 나오는 동기는 무엇보다 시대적인 특수 상황에 따른 英雄待望 의식이다. 영웅전기소설이 간행되어 나오는 유형을 보면 새로이 창작, 신소설 투로 개작, 고소설의 단순 활자와 등이 있다.

첫째, 새로운 인식으로 창작한 소설들을 살펴보자. 고소설 중에서 전기소설은 〈임경업전〉〈최고운전〉 등 몇 작품을 제외하면 거의 신소설기에 이루어진 작품들이다. 그러나 이들은 엄밀한 의미에서 신소설은 아니라는 점에 특징이 있다. 그리고 대개 〈〇〇〇 實記〉라는 題名을 달고 있다. 옛날 문집에도 實記라는 양식은 이미 존재 했었으나 이 당시의 실기류는 시대 상황에 부응하는 위인들의 실기가 주를 이룬다. 전이라 하지 않고 실기라고 제명을 사용한 것은 독자들에게 사실성을 강조하기 위한 의도였다고 생각된다.

이렇게 창작된 전기소설의 경우는 다음과 같은 몇 가지의 특징을 갖는다. 우선 작자의 이름을 대부분 밝히지 않고 있다. 이점은 앞서 나온 고소설의 일반적 특징과 같다. 그리고 대부분의 작품은 분량이 많지 않은 단편이다. 또 구성이 미숙하여 〈을지문덕전〉 같은 경우 을지문덕의 생애를 다루지 않고 오히려 번창했던 고구려의 역사적 상황을 장황하게 서술함으로써 웅혼했던 고구려인의 기상을 찬양하고 있다. 이는 민족의식을 일깨우려는 의도가 노골적으로 문면에 드러나고 있는 현상이다. 〈金應瑞實記〉에서도 정작 김응서의 생애보다 임진란의 전황과 의병 항쟁을 그려서 민족적 저력과 자주성을 강조하여 항일 의식을 일깨우려는 의도를 드러내고 있다.

둘째, 신소설체의 영향을 입어 앞 시대의 고소설을 개작하는 경우가 있다. 소설은 변동하는 시대의 표현이며, 동시에 변동을 의식하고 있는 사회의 표현이기도 한 것이다. 그런 만큼 고소설의 문체가 새 시대의 감각에 어울릴 수 없다. 그래서 고소설을 새로 간행하는 입장에서 새 시대의 요구에 맞추기 위해 모습을 바꾸지 않을 수 없었을 것이다. 바뀌는 모습들은 대개 다음과 같다.

① 율문체가 산문체로 바뀐다. 고소설은 대개 소리 내어 읽기에 편하도록 청각적 효과를 중시한 율문체로 씌어졌다. 그런데 신소설은 시각적 기능이 더 요구되는 시대의 소설이다. 그러므로 율문체가 산문체로 바뀌는 것 또한 시대적 요구다.

② 띄어쓰기가 되지 않았던 줄글이 호흡단위(breath group)로 띄어쓰기를 시도한다. 〈최고운전〉에서 한 대목을 보면 이렇다.

원래최충은/무과출신으로/용약이과인할뿐아니라/가세부요하되/다만
슬하에/혈륙이업서/부인장시와/항상탁신(탄식의 오식-필자)하더니/…

③ 지문과 대화를 구분하여 쓰고 있다. 고소설이 사건 중심으로 전개
하는데 반하여 신소설은 인물의 개성을 강조하여 성격을 부각시키려 하
므로 묘사체를 쓰게 된다. 이러한 신소설의 영향을 입어 고소설이 개작
되는 과정에서 대화를 많이 쓰며 구분하여 표기하기도 한다.

> (장) 영감이 예궐하엿다 나오시더니 별안간에 무삼환후가 저갓치중하
> 시나잇가 빨리의사를청하야 진단하고 치료를하여야지요.
> (최) 의사난 청하야무엇하게 생병에 약이소용잇소
> (장) 생병이란말삼이 어인말삼이시오 무삼죄를 당하게되엇소
> (최) 죄야 무삼일노당하겟소 문창현현감을하엿스니 엇지하잔말이오
> 〈최고운전〉

> 감찬이 조셔를 받드러일그니 조셔에 갈와쓰되 짐이 드르니 경이 한양
> 에 잇셔 호환을 영제ᄒ고 인구가 비중ᄒ야 빅셩을 도탄중에 건저스니 심
> 히 가상ᄒ도다.
> 이제 경으로 겨쥬부윤을 제슈ᄒ노니 실심으로 무마ᄒ야짐에 근심을
> 덜게ᄒ라 ᄒ엿더라 감찬이 천은을 숙사하고 바로 경쥬로 발향ᄒ니…
> 〈강감찬전〉

위에서 보듯 대화를 구분하여 쓰거나 들여쓰기를 하여 쉽게 읽히게
하였다.
④ 구성 형식에서 변화가 나타난다. 고소설의 서두는 대개 "화설…"로
시작한다.

> 화설조선국세종 시절에 한재상이 잇으되 성은 홍이오 명은 뫼라
> 〈홍길동전〉

화설지나 대송시의 일위명공이 잇스니 성은 김이오 명은 젼이니
〈숙향전〉
화설세종찌에 경상도 안동따희 한션비잇스되 셰은빅이오 명은 상근이라
〈숙영낭자전〉

고소설 서두의 기본 구조는 "화설＋N₁(시간)에＋N₂(장소)에＋N₃(주인공)가 살았으니＋姓은 N₄이오＋名은 N₅이다"와 같다. 여기에서 변이 요소는 N₁₋₅이고 나머지는 고저이므로 변이 요소만 바꾸면 얼마든지 틀에 맞추어 소설을 지어낼 수 있다. 그런데 개작되는 소설은 서두의 이러한 정형성이 파괴되고 신소설의 서두처럼 분위기의 묘사로부터 시작한다.

화란츈성하고 만화방창하니 도화난작작하고 양류난류록장을 드리온듯
풍화일란 한츈삼월호시적이라                 〈최고운전〉
밤이 깁흔후에 디궐노부터 집으로 돌아온 슉쥬(叔舟)의얼골은 녜젼다른째보다 몹시초최하얏다                 〈셩申叔舟夫人傳〉

셋째, 전대의 고소설이 개작되지 않고 그대로 활자화 되는 경우가 있다. 따라서 문체, 띄어쓰기, 화법 및 전개 방법이 필사본이나 판각본 그대로이다. 〈임경업전〉을 예로 들면 다음과 같다.

화셜딩명숭졍말의츙쳥도츙쥬단월짜희훈스람이이스니셩은임이오일홈은경업이라                 (동양문고소장 板刻本 님쟝군젼)
화셜딩명숭졍말애죠션국충쳥도단월짜이훈스람이이스니셩은님이오일홈은경업이라                 (구활자본림경업젼)

## 4. 맺는말

이상에서 구활자본 소설의 사적 의의와 구활자본 전기소설의 유형상의 특징을 살펴보았다.

구활자본 전기 소설은 이 시기에 독립 항쟁의 의지를 담고 출간된 영웅 전기의 간행과 무관하지 않다. 이때 신채호, 박은식, 장지연 등은 민족 계몽 의식을 심어주려고 역사상에서 국난을 극복한 영웅을 발굴하여 전기를 지었다. 을지문덕, 연개소문, 이순신 등 외적을 물리친 영웅을 통해서 시대적 민족적 요구에 의하여 구국 항쟁의식을 고취시키고, 나아가 애국자가 나오기를 갈구하는 의도를 이들의 전을 통해서 직접 또는 간접적으로 주장하고 있다.

영웅 전기의 출현과 같은 배경에서 영웅 전기소설이 출현한다. 영웅 전기소설은 이른바 구활자로 인쇄되어 나오면서 기존의 필사 또는 방각본에서 볼 수 없던 독자층을 획기적으로 확충시켰다는데 그 문학사적 의의가 있다. 우리나라의 전기소설 대부분은 신소설기에 창작되었으며, 시대적 요구에 의하여 영웅 전기류가 주류를 이루고 문체 구성 등에서 많은 변모를 보이고 있다는 점도 중요한 사실로 지적될 수 있다.

구활자본 전기소설은 당시대의 시대 의식을 반영하여 새로 창작하거나, 전래의 필사본이나 방각본을 개작하거나, 팔사본이나 판각본을 그대로 활자화한 경우로 구분된다. 한편으로는 활자화되는 과정에서 또 다른 이본을 파생시키기도 하였다.

이 시기의 소설사를 총체적으로 정리하기 위해서는 전기소설에 대한 관심을 더 많이 가져야 한다. 또 전기소설의 특징을 분석하기 위해서는 실존 인물을 대상으로 문헌 및 구전을 통해서 연보, 설화, 전, 소설의 상호관계를 다각적으로 검토함으로써 작품의 변이 양상을 심층적으로 살펴야 할 것이다. 문학사에서 전기소설의 위상을 확실히 하기 위해 다음 기회에 조선조 전기소설에 대해 살펴보고자 한다.

## 제 2 부

# 조선조 전기소설 연구

# 제 1 장

# 서  론

## 1. 연구의 목적

소설은 인간의 이야기다. 동식물이나 異界를 다루었다 하여도 그것은 궁극적으로 인간을 상징적으로 표현한 것이므로 결국 소설은 인간사를 다룬다고 말할 수 있는 것이다. 인간의 전 생애는 소설의 대상이 되기에 적합하며 특히 역사상에 실존했던 인물을 주인공으로 한 소설이 있다면 그 소설은 역사성과 창작성이라는 두 가지 측면에서 의의가 크다. 따라서 필자는 이러한 소설을 傳記小說이라고 지칭하겠다.

이러한 전기소설에 대한 연구사를 검토해 보면 연구자의 편의에 따라 歷史小說・英雄小說・社會小說・軍談小說・道術小說 등으로 분류하여 논의하였으되 傳記小說이라는 이름으로 분류하여 독자적으로 다룬 연구는 아직 나타나지 않고 있다. 따라서 본 연구는 이러한 점에 착안하여 전기소설의 문학적 성격과 가치를 규명하고 그 문학사적 의의를 밝히려는데 목적을 두었다. 이러한 연구는 전기소설의 실상을 밝혀주고 나아가서 고 소설의 한 특징을 이해하는 데도 도움을 줄 것으로 기대된다.


## 2. 연구의 방법


전기소설의 문학적 성격과 가치를 규명하고 그 문학사적 의의를 밝히 기 위하여 다음과 같이 연구의 방향을 설정하였다.

첫째, 전기소설을 장르적 측면에서 검토할 것이다. 먼저 전기소설이라 는 양식이 출현하는 데 영향을 미친 전통 양식인 전과의 관계를 알아보 고, 전기소설을 포괄하는 역사소설과의 관계 및 傳奇小說과의 용어상의 문제를 정리할 것이다. 그리고 전기소설의 독특한 특징이라 할 사실성과 허구성의 조화 문제를 고찰하고자 한다.

둘째, 전기소설이 類型別로 어떻게 구성되는가 하는 방법을 고찰할 것이다. 전기소설은 실존 인물의 역사적 사실을 다루되 사실에 충실하려 는 태도와 작품의 구조적 일관성을 위하여 역사적 사실을 왜곡하는 등 작품을 창작할 당시의 역사적 현실에 의해 재조명함으로써 진실성을 추 구하고자 한다. 이러한 요구에서 사실성과 허구성을 조화시키는 방법이 라든가 태도 등을 통해 전기소설의 구성상 특징이 드러나리라 본다.

셋째, 전기소설의 유형에 따라 창조되고 있는 人間像이 어떻게 달라 지는가를 살펴보는 일도 중요하다. 전기소설은 역사의 인물을 재창조하 므로 주인공은 역사를 초월하며 시대를 초월하여 읽힐 수 있는 것이다. 소설 속에서 다루어지는 인물은 과거의 인물이지만 작가에 의해 재창조 된 인물은 시대정신을 반영하며 미래 지향적이다. 작가는 현실의 혼돈상태를 과거의 역사로 전환하고 과거의 역사 속에서 현실의 진로를 조명하려 한다. 대개 새로운 이념과 전통 이념이 치열한 갈등기에 놓이는 전환기와 같은 역사적 격동기에 전기소설이 많이 나타나는 것은 바로 이런 까닭에서다. 결국 소설에 굴절되어 나타나는 人間像은 역사의식을 반영하고 있을 뿐 아니라 현재적 삶으로부터 탈출하려는 욕망의 결과다. 소설은 있는 현실이 아닌 있어야 할 현실과 삶의 지표를 제시해야 하며 그러한 의지가 인물을 통해 표출되는 것이다.

넷째, 작품의 創作 意識을 살펴보고자 한다. 한 편의 소설은 작가가 선택한 제재에다 美的 意匠인 技法을 구사하여 그 무엇을 나타내려 한 결과다. 전기소설의 경우 작가는 역사상의 실존 인물과 사건을 제재로 선택하며  소설적 기법을 동원하여 묘사하고 구조화한다. 작가는 현실을 역사의 흐름 위에서 투시하고 비판하며 인식한 결과를 작품 속에서 형상화 하므로 작품으로 표출된 의식은 작가정신이며 시대정신이고 역사정신이기도 하다.


## 3. 연구의 범위

이 논문에서 다루고자 하는 연구의 범위는 다음과 같다.

첫째, 전기소설은 실존 인물이 주인공이어야 한다는 특성이 있으므로 시공간 배경이 역사적 사실과 일치하더라도 주인공이 실존했었다는 사실이 밝혀진 경우만을 대상으로 하였다. 따라서 〈朴氏傳〉1) 〈비시황전〉2)

---

1) 金台俊, 『朝鮮小說史』(서울 : 學藝社, 1939), pp.74~75 및 史在東, 「朴氏傳의 形成過程」, 『池憲英先生 古稀紀念論叢』(서울 : 螢雪出版社, 1980)에서 朴氏夫人 은 허구의 인물이라고 밝혔다.
2) 〈비시황전〉의 주인공 裵時愰은 〈北征日記〉 → 〈北行日錄〉 → 〈비시황전〉으로 소설

처럼 주인공이 허구적 인물이라고 판명된 경우는 제외시켰다. 또 〈壬辰
錄〉3)처럼 실존 인물이 등장하되 일관성 있게 한 인물을 중심으로 작품
세계를 형성하지 못한 경우도 제외시켰다.

둘째, 개화기에 간행된 이른바 舊活字本 소설도 대상으로 삼았다. 1910
년대부터 1920년대에 걸쳐 간행된 구활자본 고소설은 신소설 독자와
아우르면서 독자층을 획기적으로 확충시켰다. 이때 간행된 소설은 비록
신소설의 영향을 받았다고는 하지만 그 창작의 배경은 단순하지 않다.
이 무렵 창작된 전기소설의 주인공은 주로 역사상에 부각된 영웅들인데,
이처럼 영웅을 주인공으로 하는 전기소설이 출현한 동기와 시대적 배경
도 기존의 傳記小說 출현 배경 및 동기와 흡사하다. 또한 독자층도 아직
은 신소설보다 고소설에 더욱더 친숙하여 있으며, 작가의 창작태도 또한
고소설체를 완전히 탈피한 것이 아니라 은연중 고소설의 흐름을 의식하
면서 창작에 임하고 있음을 간파할 수 있다.

셋째, 한문으로 씌어 진 短篇傳의 경우는 제외시켰다. 만일  한문 단
편 전을 소설장르에 넣을 수 있다면 가장 비중이 큰 전기소설이라 할 것
이다. 그러나 그 장르적 성격은 아직도 명쾌하게 해명되지 못한 채 논의
가 진행되고 있는 중이다.4) 따라서 아직은 연구의 결과를 더 두고 기다

---

화하는 과정에서 창작자가 개입된 허구의 인물이라는 견해에 따름. 李慶善, 『韓國比
較文學論考』(서울 : 一潮閣, 1976). 金勇範, 「裵時愰傳研究」, 『韓國語文學探究』
(서울 : 民族文化社, 1983). 金章東, 『朝鮮朝歷史小說研究』, 漢陽大 博士學位論
文, 1985. 12. 참고.
3)  蘇在英, 『壬丙兩亂과 文學意識』(서울 : 韓國研究院, 1980), p.87 및 張德順, 「壬辰
錄과 說話文學」, 『韓國文學의 淵源과 現場』(서울 : 集文堂, 1986)에 의거함.
4)  필자의 「文集所載傳의  一考察」, 『韓國學論集』, 第8輯, 漢陽大 韓國學研究所,
1985.8에서 이 문제를 별도로 다룬 바 있다. 崔信浩, 「傳記, 傳奇, 小說」, 『聖心
語文論集』 제5집, 성심여대, 1981.12와 金均泰, 「傳의 장르적 考察」, 『辛鎬烈先
生 古稀紀念論叢』, 1983. 및 성기옥, 「전의 장르적 검토」, 『울산어문논집 I, 울산
공대 국문과, 1984. 金惠淑, 「傳, 書事(記事), 野談의 대비적 고찰」, 강한영선생고
희기념논총, 1983 참고.

려야 하므로 일단 보류하고자 한다.

이상과 같이 전기소설의 개념을 염두에 두고 대상 작품의 범위를 정한 결과 전기소설로 분류되는 작품은 다음과 같다. 먼저 고소설기에 창작되어 읽혀온 작품으로 판명되는 소설에는 〈崔致遠傳〉〈林慶業傳〉〈田禹治傳〉〈朴泰輔傳〉〈洪吉童傳〉〈尹知敬傳〉〈辛未錄〉〈仁顯王后傳〉5)이 있고, 전래되던 소설을 개화기에 번역 또는 개작하였으리라 추측되는 소설로는 〈姜邯贊傳〉〈乙支文德傳〉〈生六臣傳〉〈死六臣傳〉〈홍경래실긔〉〈徐花潭傳〉〈韓氏報應錄〉〈洪將軍傳〉6)이 있으며, 개화기에 창작된 소설에는 〈金應瑞實記〉〈金庾信實記〉〈金德齡傳〉〈南怡將軍實記〉〈朴文秀傳〉〈西山大師와 四溟大師〉〈西山大師傳〉〈四溟堂傳〉〈申叔舟夫人傳〉〈世宗大王實記〉〈元斗杓實記〉〈仁祖大王實記〉〈오성과 한음〉〈李舜臣傳〉〈鄭圃隱傳〉〈朝鮮太祖大王實記〉가 있다. 그러나 이 소설 작품을 모두 언급하기란 벅찬 일이다. 그러므로 여기서는 이들 소설을 각각의 특성에 따라 實記型 傳記小說·說話型 傳記小說·複合型 傳記小說의 세 가지 유형으로 분류하고, 그 유형상의 특징을 대표할 만한 작품을 분석의 대상으로 선정하였다. 그 결과 이 논문에서 주로 다루게 될 작품은 실기형 전기소설로 〈仁顯王后傳〉〈辛未錄〉〈朴泰輔傳〉이, 설화형 전기소설로 〈洪吉童傳〉〈崔致遠傳〉〈田禹治傳〉이, 복합형 전기소설로 〈林慶業傳〉〈姜邯贊傳〉〈韓氏報應錄〉이 될 것이다.7)

---

5) 〈仁顯王后傳〉에 대한 관점은 非小說(趙潤濟)과 小說(李秉岐, 金東旭, 金用淑, 金起東, 朴堯順)의 견해가 있으나 후자에 따르며, 유형론에서 소설적 특징을 검토할 것임.

6) 〈韓氏報應錄〉과 〈洪將軍傳〉은 〈洪將軍傳〉의 뒤편 廣告文에서 "李海朝氏가 特別編輯"하였다고 한 것으로 미루어 傳來하던 古本을 改作했음이 분명하고 〈홍경래실긔〉도 〈辛未錄〉을 母本으로 '南岳主人'이 撰했다고 밝히고 있다.

7) 나머지 소설에 대한 書誌的 상황과 작품의 개관은 필자의 「韓國傳記關係文獻資料調査」, 『韓國學論集』 第6卷, 漢陽大 韓國學研究所, 1984.8을 참고. 제3부 傳記關係 文獻資料에 수록하였음.

# 제 2 장

# 전기소설의 위상

## 1. 전기소설의 장르적 검토

### 1.1 전과 전기소설

하나의 새로운 장르가 생성되고 발전하는 데는 전통 양식의 영향을
받는다고 생각된다. 따라서 전기소설이라는 양식도 돌연히 나타난 장르
가 아니며 전통 양식의 영향을 받아 생성되었다고 보는 것이다. 그렇다
면 그것은 무엇일까. 우선 직접 영향을 끼친 것은 전기라고 생각되므로,
전기와 전기소설의 관련성을 살펴보기로 하겠다.

전기는 '傳+記'의 합성어인데, 옛 문헌에서 전과 기는 혼용되어 쓰였
다. 傳은 志·記·識·紀·誌로도 쓰이었는데, 고대에는 음과 뜻이 상통
하는 글자였다고 한다.1) 그러다가 후대에 와서 한 인물의 생애를 기록

한 글을 전이라 하고, 한 사건의 顚末을 묘사한 글을 기라고 구분하였
다.2) 그러므로 현대적 의미의 전기라는 말은 조선조에는 단순히 전이라
고만 불렀다. 초기의 전은 역사로부터 비롯되었다. 孔子가 『春秋』를 저
술한 뒤, 左丘明이 『春秋』의 隱微한 언어를 해석하고 始末의 맥락을 탐
구하여 『春秋左傳』을 지었다. 그러므로 전의 본령은 史書에 있으며 그
기능은 經典의 뜻을 해석하고 傳授하는 데에 있었다.3)

　　이러한 전이 본격적으로 발전하게 된 것은 司馬遷의 『史記』列傳으로
부터이다.4) 사마천이 창시한 열전체는 班固의 『漢書』 이래 正史의 체제
로 굳어졌다. 이러한 사서의 열전은 史官만이 지을 수 있었고, 立傳될
수 있는 인물도 역사에서 평가받을 수 있는 達官名人에 한했다.5) 그러
다가 후대에 이르러 文人學士들도 전을 짓는 일이 성행하였다. 그렇게
된 연유는 어떤 인물이 정사에 오르지는 못했어도 그의 충효나 재덕의
일이 인멸되어 세상에 드러나지 않을까 염려하고, 사적이 미미하더라도
鑑戒가 될 만한 경우 세상에 알리고자 하여 사사로운 입장에서 전을 짓
게 된 것이다.6) 그렇다 하더라도 그 전들이 모두 열전의 정신을 벗어나
는 것은 아니다.

---

1) "按志, 記, 識, 紀, 誌 五字 古代音義相通, 實爲一字." 王元, 『傳記學』, 牧原叢刊
　　19(臺灣, 牧原出版社), p.3.
2) "古人文無定體, 經史亦無分科, …其後支分波別 , 至於近代, 始以錄人物者, 區爲
　　之傳, 敍事蹟者, 區爲之記". 章學成, 『文辭通義』(臺北 : 華世出版社, 民國 69),
　　p.155.
3) "孔子旣春秋, 而丘明受經作傳, 蓋傳者轉也, 轉受經旨以授後人也". 王元, 앞의 책
　　및 劉勰(著) 崔信浩(譯) 『文心雕龍』(서울 : 玄岩社, 1975.12), p.65 참조.
4) "自漢司馬遷 史記創爲列傳 以紀一人之始終". 徐師曾, 『文體明辯序說』(臺北, 長安
　　出版社), 前條.
5) "古之爲達官名人傳者, 史官職之, 文士作傳 凡爲圬者種樹之流巳, 其人旣稍顯 卽
　　不當爲之傳 爲之行狀" 吳與 王文濡校註, 『古之辭類纂評註』 序目.
6) "厥後世之學士大夫, 或値忠孝才德之事, 慮其湮沒弗白, 或事蹟雖微而卓然, 可爲
　　法戒者, 因爲之傳, 以重于也". 吳訥, 『文章辨體序說』(臺北 : 長安出版社), p.49.

열전은 사관이 쓰는 공식적인 역사의 기록이므로 객관적인 입장에서 입전 한다. 따라서 입전 의식은 공적 가치의 表彰과 선악의 襃貶이 기본 정신이다. 충신·효자·열녀처럼 공적 가치가 있어서 표창하기도 하고 한편으로는 간신·반역의 인물들을 통해 경계를 삼기도 한다. 『삼국사기』에서 김부식은 "君侯의 선악이나 신하의 忠邪, 국가의 安危, 인민의 理亂 등을 모두 잘 드러내…이를 만세에 남겨주는 교훈으로 삼아 해와 달과 별처럼 밝히고 싶다."고 했다.7)

이러한 전의 구성 형식은 자연히 사마천의 『사기』 열전이 전범이 된다. 『사기』 열전은 '趣意部(自序) – 行蹟部(本傳) – 評結部(論贊)'의 3단으로 구성된다. 취의부는 그 전을 입전하게 된 동기를 밝히거나 교훈적 주제를 암시하는 곳으로 "太史公自序"라고 따로 구분하여 쓰고 있다. 그 다음의 행적부는 전의 핵심인 본전인데, '가계·출생 – 성장·학업 – 활등·업적 – 죽음·후손'의 순으로 기술된다. 그리고 본전의 말미에 반드시 사관의 직함으로 된 평결부 곧, 논찬을 둔다. 열전이 역사의 일부이므로 史論을 펴는 곳이다. 논찬은 "太史公曰…"로 시작되며 그 인물을 총평하는 史官의 史觀이 강하게 드러난다. 작전자의 인물에 대한 주석적이고 편집자적 논평이 가해지는 곳이다. 열전의 이와 같은 형식과 서술태도는 私傳·托傳·假傳 등에서도 그대로 답습된다. 다만 서문과 논찬이 생략되는 경우가 있는데 이는 본전인 행적부를 통해서 충분히 작전자의 주관을 피력했기 때문인 것으로 여겨진다.

이상에서 살펴본 전의 특성을 요약하면 다음과 같다. 첫째, 전의 성격은 史書로서 인물의 解釋과 轉授에 있으며 그 기능은 世敎와 鑑戒에 있다. 둘째, 전의 서술 태도는 註釋的이고 論評的이다. 셋째, 구성은 3단 형식이며 그 중 본전은 인물의 일생을 따라 일대기적으로 짜여 진다. 이

---

7) 金富軾, 『三國史記』 序.

제 전의 이러한 특성이 전기소설 양식의 형성에 어떻게 영향을 미치고 있는가를 살펴보기로 한다.

먼저 전기소설은 전의 인물에 대한 해석과 전수의 성격, 세교와 감계의 기능을 본받고 있다. 전은 어떤 인물을 해석하고 전수하려는 정신에서 그 인물을 褒貶하게 되는데 貶下하려는 전보다 褒彰하려는 전이 많다. 그러나 열전에는 역설적 효과를 노려 충신·열사·효자 뿐 아니라 간신·반역의 전을 싣기도 한다.『삼국사기』에는 蓋蘇文과 그의 아들 男生의 전 및 弓裔와 甄萱의 전을 大逆으로 분류하여 싣고 있다.『고려사』 열전에서도 金致陽·李資謙·鄭仲夫·辛旽 등 38명이나 되는 반역 열전을 싣고 있다. 반역의 전을 실음으로써 역설적으로 교훈성을 反芻해 볼 기회를 마련하는 것이다. 실지로 전기소설 중에서도 역적 사건을 다룬 〈辛未錄〉을 통해 忠의 역설적 인식을 꾀하고 있는데 〈辛未錄〉에서 홍경래의 반역의 종말이 어떠한가를 보여줌으로써 경계를 삼고자 했음을 알 수 있다.

다음 전기소설이 전으로부터 받은 영향은 그 서술 상황이다. 전기소설과 전의 서술 상황을 검토하면 둘 사이에 상관성을 쉽게 간파할 수 있다. 즉 전의 서술 태도가 편집자적 논평을 보이고 있는데 전기소설의 서술태도도 똑같은 현상을 보인다.

한 예로 林慶業을 소설화한 한문본 〈林將軍篇〉은 허구의 인물 金敬文을 등장시켜 작가가 주석적으로 두 인물을 대비시켜 평함으로써 임경업의 훌륭함을 돋보이게 하고 있다.

　　金敬文은 훌륭한 재주를 지녔음에도 남긴 업적도 없이 세상을 마쳤다. 그러나 임장군은 자신의 몸을 잊고 분주히 나라를 위해 힘쓰다가 마침내 제명에 죽지 못했다. 이 두 사람의 일에서 누가 더 어리석고 누가 더 현명할까. 내가 생각건대 임장군이 몸을 굽혀 죽고 자기 공을 세우지 않고 뒤로 한 것은 제갈공명과 같은 것이다. 이 사람(金敬文)을 본보기로 삼는다면 후세에 어찌 열사와 같은 신하가 나오겠는가. 그러므로 김경문이 홀로 자기만을 위한 것은 임장군이 의롭게 나라를 위해 죽은 것만 같지 못하다. 그런가 그렇지 않은가는 후세 사람들의 공의를 기다릴 뿐이다.[8]

소설의 이러한 서술 태도는 實傳의 서술 태도와 차이가 없다. 실전 중에서 權斗寅이 지은 임경업전의 논찬과 비교해 보자.

그의 사람됨을 생각하여 보건대 재주와 지혜가 뛰어난 것은 말할 것도 없고, 그의 뜻과 절개도 높고 크며 뛰어나고 풍부한 사람이었다. 장부가 아니라면 어찌 능히 이렇게 할 수가 있었겠는가. 지난날에 독보를 너무 가볍게 믿었다가 마침내 마홍주에게 밀고한 바 되었으니, 슬프다 중국의 黃宗裔가 경업의 말을 들어서 도망하지 않고 경업과 함께 한 마음으로 어려움을 헤쳐 나갔더라면 공이 어찌 죽었겠는가. 구구한 분함을 참지 못하여 마침내 큰일을 그르쳤으니, 슬프다 하늘이여, 슬프다 하늘이여. 경업이 죽은 후에 후사가 없어서 그의 사적이 점점 없어져 가므로 내가 행적을 엮어서 그의 사적이 없어지지 않게 하려 한다.[9]

이처럼 전기소설의 서술 태도가 주석적이고 편집자적 논평 태도를 취하게 된 것은 전의 영향이라고 생각된다. 〈仁顯王后傳〉에서도 이러한 모습을 확인할 수 있다.

---

8) "金生抱玉懷瑾 混跡漁樵 而考終命焉. 林將軍忘身殉國 奔走風塵 而來免誤死 兩人之事孰愚孰賢 吾以爲 林將軍蹋躬 盡瘁死而後己者 諸葛武侯之徒也, 其然其不然 以待後世之 公議也"〈林將軍篇, 嶺南大本〉.

9) "想見其爲人也 卽無論才智出衆 其志節峻偉 卓落有足多者 非烈丈夫 能如是哉. 惜輕信獨步 竟馬弘周所賣悲 夫鄕使宗裔 能聽用慶業之言 不脫身赴難而與之同心共濟者. 其功業亦豈少哉. 不忽區區之憂憤 竟誤大事, 嗚呼天哉. 嗚呼天哉 慶業死無後 其事迹漸之湮沒 余故列其行事毋亦使其無傳焉" 權斗寅, 〈林將軍慶業傳〉, 荷塘集 卷四.

> 디져 슉종디왕의셩덕 문무로 잠시 혼암ㅎ시다가 일조의 기오ㅎ시니 천츄만디의 영걸지주오 인현왕후의 정정한 셩덕과 상셜갓은 녜졀은 지금까지 흠슝ㅎ눈지 만흐니라, 아름답다 박티보의 츙셩은 고금의 업눈지라 후세 인민의 본바들 비로다.
>
> (가람본·인현셩모민시덕힝녹)

소설의 말미에서 작자가 직접 개입하여 이와 같이 감계성을 강조하고 논평하는 서술 태도는 마치 전의 논찬과 같다.

다음, 전기소설이 전의 영향을 입었다고 생각되는 면은 그 구성 형식이다. 전의 구성이 '가계·출생 – 성장·학업 – 활동·업적 – 죽음·후손'이듯이 전기소설도 이러한 구성 형식을 그대로 답습하고 있음을 쉽게 알 수 있다. 소설의 제목에서 〈○○○傳〉〈○○○記〉〈○○○錄〉이라 했을 때 작자는 무의식 중에 일대기의 형태를 상정했음이 틀림없다.

이제 실지로 전과 소설의 구성 형식을 대조하여 봄으로써 이러한 사실을 확인해 보기로 한다. 전기소설로서의 〈金庾信傳〉은 아직 발견되지 않고 있으나 『삼국사기』 열전에 실린 〈金庾信傳〉은 매우 소설적이다. 열전의 서두는 우선 그의 12대조 金首露王으로부터 祖父 武力, 父 舒玄, 母 萬明에 대한 가계를 소개하였다. 그런 다음에 출생담이 시작된다.

> 서현은 경진날 밤에 화성과 토성 두 별이 자기에게 내려와 떨어지는 꿈을 꾸었는데, 만명도 또한 신축날 밤에 한 동자가 금빛 갑옷을 입고 구름을 타고 하늘에서 내려와 집안으로 드는 꿈을 꾸고, 임신한지 20개월 만에 유신을 낳았다.[10]

이러한 태몽은 고소설에서 대부분 나타나고 있는데, 김유신을 20개월

---

10) "舒玄庚辰之夜熒惑鎭二星降於己. 萬明亦以辛丑之夜夢見童子 衣金甲乘雲入堂中, 尋而有娠二十月而生庾信". 金富軾, 『三國史記』 卷第四十一, 金庾信列傳.

만에 낳았다는 비정상적인 출생은 신화적 영향이라 하더라도 전이 이것을 수용하고 소설이 다시 전의 영향을 받았다는 사실을 알 수 있다. 한편, 사실에 충실하려는 소설일수록 일대기형의 틀을 벗어나지 않는 것은 전이 사실을 존중하며 일대기의 순차적 구성을 갖는 것과 같다. 가계를 분명히 알 수 없는 경우 열전에서는 반드시 그 연유를 밝힌다.

한편 열전은 서두에서 가계를 밝히는 대목이 있는데 소설에서도 마찬가지다.

> 居道는 그 族姓을 잃어버렸으므로 어느 곳 사람인지 알지 못한다.11)

> 최치원의 字는 孤雲으로 신라 王京 沙梁部 사람이다. 그러나 史傳이 없어져서 그 世系를 알지 못한다.12)

열전에서는 崔致遠의 가계를 알 수 없다고 언급했는데, 소설 〈崔致遠傳〉에서 文昌縣 縣令인 崔沖의 아들이라 밝힌 것은 소설이 전으로부터 받은 형식적인 유전인자를 露呈한 결과라 하겠다. 〈崔致遠傳〉의 경우는 열전에 기록된 사실에 의거하여 소설화된 것이 아니고 주로 설화에 의존했다. 따라서 史書에서 밝힌, 世系가 미상하다는 史實의 구속을 받지 않아도 되므로 작가가 허구로 가계를 설정할 수 있었다고 본다. 그러나 사실을 토대로 전개하는 소설인 경우는 작가가 임의로 家系를 조작할 수 없다. 그럴 경우 가계를 언급하지 않고 바로 성품 또는 성장 과정을 기술한다. 〈洪景來實記〉가 그 좋은 예이다.

이상에서 전기소설이 전으로부터 받은 영향을 고찰하였다. 소설의 제목을 〈○○○傳〉이라고 붙인 점에서 작가는 무의식 중에 전기적 일대기

---

11) "居道失其族姓 不如何所人也"『三國史記』居道列傳.
12) "崔致遠字孤雲 王京沙梁部人也 史傳泯滅不知其世"『三國史記』〈崔致遠傳〉.

형을 염두에 두고 있음을 알 수 있다. 실지로 전과 소설을 대비시켜 확인할 수 있었던 점은 첫째 서술의 상황, 둘째 구성의 형식, 셋째 작전의 의식면을 통해 전기소설이 전의 영향을 입고 있음을 확인하였다.

## 1.2 역사소설과 전기소설

고소설에 대한 유형론은 논자에 따라 각양각색으로 나타난다. 그것은 이론적 바탕에서 분류를 시도한 것이 아니고 각자의 편의에 의해 구분하고 있기 때문이다. 金台俊에 의해 처음으로 소설의 유형적 명칭이 사용되었으나 체계화 된 것은 아니었다.13) 그 뒤로 鄭亨容14) · 趙潤齊15) · 鄭鉒東16) · 張德順17) · 金起東18) 등 여러 사람이 유형의 분류를 시도하였으나 전기소설을 독립된 유형으로 분류한 경우는 없었다. 蘇在英에 의해 전기소설이 독자적으로 거론되었으나 역시 체계적이고 종합적인 분류에 의한 것이 아니다.19) 편의에 의해 전과의 관련성을 중심으로 문

---

13) 金台俊, 『朝鮮小說史』(서울 : 學藝社, 1939)에서 유형론을 본격적으로 논의하지는 않았지만 傳奇小說, 艶情小說, 夢字小說, 軍談, 公案類 등 유형적 개념으로 명칭을 사용하였다.

14) 鄭亨容, 『國文學槪論』(서울 : 우리어문학회, 1949)에서 量的으로 長篇 · 短篇, 文體면으로 雅語小說, 俗語小說, 國語小說, 書簡體, 日記體, 主題면에서 歷史小說 · 家庭小說 · 戀愛小說 · 社會小說 · 探偵小說 · 怪奇小說의 6종으로 분류하였다.

15) 趙潤齊, 『國文學槪論』(서울 : 東國文化社, 1955)에서 軍談小說 · 艶情小說 · 家庭小說 · 道德小說 · 運命小說 · 社會小說 · 寓話小說의 7종으로 분류하였다.

16) 鄭鉒東, 『古代小說論』(서울 : 螢雪出版社, 1966)에서 傳奇小說 · 神怪小說 · 幻夢小說 · 艶情小說 · 倫理小說 · 歷史小說 · 家庭小說 · 擬人小說 · 社會小說 · 諷刺小說 · 軍談小說 · 其他類의 12종으로 분류하였다.

17) 張德順, 『國文學通論』(서울 : 新丘文化社, 1963)에서 朝鮮朝小說을 '傳奇小說'로 통칭하고 특징, 창작의식, 모티프를 고려하여 歷史小說 · 說話小說 · 創作小說 · 翻案小說의 4종으로 분류하였다.

18) 金起東, 『韓國古典小說研究』(서울 : 교학연구사, 1983)에서 傳奇小說 · 夢遊小說 · 寓話小說 · 愛情小說 · 歷史小說 · 英雄小說 · 理想小說 · 家庭小說 · 倫理小說 · 諷刺小說 · 家門小說 · 판소리계小說의 12종으로 분류하였다.

집에 실려 전하는 전을 다루고자 한 것이다.

이처럼 전기소설은 독자적으로 다뤄진 일이 거의 없으며 소설의 주제·문체·내용·목적 등에 따라 歷史小說·英雄小說·社會小說·道術小說 등에 포함시켜 논의하였다. 그 가운데서도 전기소설은 대개 역사소설에서 다루고 있는데 그것은 역사소설의 개념이 역사적 사건이나 인물을 소재로 하는 소설이라는 포괄적 개념으로 통칭되기 때문이다. 그러므로 여기서는 먼저 전기소설과 역사소설의 관계를 짚고 넘어갈 필요가 있다.

역사소설의 발단은 전기소설에서 비롯되었다고 본다. 歷史小說이 발생하는 기본적인 전제는 역사의식의 형성이다. 우리의 경우 진정한 의미의 역사의식이 형성된 시기는 조선조에 임진·병자란을 치르고 난 이후라고 하겠다. 역사의식을 바탕으로 한 역사소설의 발생도 이 이후가 되겠는데 〈홍길동전〉을 허균이 지었다고 본다면 이 소설은 최초의 역사소설이 된다. 〈홍길동전〉은 역사의식 중에서도 특히 사회 현실에 대한 사회의식이 강한 소설이다. 역사의식은 현실에 대한 올바른 인식 없이는 생겨날 수 없다는 점을 고려할 때 역사의식과 사회의식은 서로 밀접한 관련을 맺고 있다. 〈홍길동전〉을 사회소설로 보려는 태도는 바로 이런 점에서 나왔다고 생각된다. 임진왜란은 모든 사회 계층을 역사의 소용돌이 속으로 몰아넣고, 온 국민이 전쟁을 치르고 난 후 특히 서민 계층의 자각이 주체적 역사의식 또는 집단화된 역사의식을 형성했을 것이고, 그들의 사회 참여의식도 점점 고조되었을 것이다. 그런 사회의식과 역사의식을 허균은 홍길동이라는 인물을 역사 속에서 발굴해 형상화함으로써 전기소설의 효시를 열었다.

〈홍길동전〉은 역사적 사건보다 인물에 초점을 맞춘 소설이므로 막연

---

19) 蘇在英, 『古小說通論』(서울 : 二友出版社, 1985).

히 역사소설이라기보다 더 미시적으로 구분한다면 전기소설이라 보아야
한다. 우리 소설의 경우 대부분 창작 연대나 작가를 알 수 없으므로 단
정하기는 어렵겠으나 초기에 나타난 역사소설은 아마도 이처럼 사회의
식이 바탕이 된 인물설화 위주의 〈崔致遠傳〉〈田禹治傳〉 같은 전기소설
들로부터 발전하여 점차 국가민족 의식을 형상화한 〈壬辰錄〉〈朴氏傳〉
같은 사건 위주의 소설로 발전하여 갔으리라 추측된다. 문학 양식의 진
화론적 발전이라는 측면에서 볼 때도 포괄적인 개념의 역사소설보다 협
의적인 전기소설이 먼저 발생하여 점차 그 세력을 확장하는 발전 과정에
서 역사소설이 형성되었다고 보는 편이 타당하다. 趙鍾業도 고소설은 열
전체의 하나이고 동시에 열전체는 고소설 형성의 모태가 된다고 하였
다.20) 趙東一도 전과 소설이 공존하면서 서로 영향을 주고받았고, 소설
이 뒤늦게 나타나 어렵게 정착되는 과정에서 전이 이미 확보하고 있는
공신력을 이용하려 했으며 상황이 역전되어 전은 소설의 수법을 본떠서
문학의 영역 안에 남을 수 있는 구실을 찾았다는 것이다.21)

역사소설은 전기소설로부터 출현하여 점차 그 범위를 확장하여 갔다.
그러므로 역사소설과 전기소설은 서로 공통되는 점도 있지만은 엄밀히
따지자면 같은 개념은 아니다. 역사소설은 역사적인 사실을 소재로 하면
서 허구적인 인물을 주인공으로 세울 수 있는데, 전기소설의 주인공은
어디까지나 실존 인물이어야 한다. 그리고 역사소설이 사건 위주로도 전
개할 수 있음에 비하여 전기소설은 인물 중심으로 전개해야 한다는 스스
로의 내재적인 구별 요건을 갖추고 있다. 그러므로 역사소설의 범주에는
전기소설인 작품도 있고 전기소설이라고 할 수 없는 작품도 있다. 〈林慶

<hr>

20) 趙鍾業, 「古代小說 形成上의 史傳體와 變文」, 『지헌영선생 화갑기념논총』(서울 :
    弘文閣, 1980).
21) 趙東一, 「조선후기 소설사의 전개」, 『古典小說 研究의 方向과 課題』(서울 : 새문
    사, 1985), p.144.

業傳〉은 병자호란을 배경으로 하는 전기소설이라 할 수 있으나 〈朴氏傳〉
은 전기소설이라 분류하기 곤란하다. 〈壬辰錄〉도 마찬가지다. 〈壬辰錄〉
은 壬辰亂이라는 역사적 사건을 배경으로 李舜臣·金應瑞·金德齡·論
介·桂月香·西山大師·四溟堂 등 실존 인물이 등장하지만 어느 한 인
물에 초점을 맞추고 일관성 있게 전개하지는 않았다. 따라서 〈朴氏傳〉이
나 〈壬辰錄〉은 역사소설의 범주에는 들 수 있지만 전기소설은 아니다.

　유형론의 전개는 소설들의 특성을 보다 더 잘 이해하기 위한 미시적
분석의 요구에서 나온 것이다. 그러므로 역사소설을 더 잘 이해하려면
역사소설을 미시적으로 분해할 필요가 있는 것이다. 이러한 분석태도는
전체의 현상을 이해하는 필수 요건이다. 문학사의 이해를 위해서 소설사
의 이해가 따라야 하고, 소설사의 이해를 위해 소설 유형론이 전개되며,
역사소설 유형을 보다 잘 이해하기 위해 전기소설의 이해가 필요한 것이
다. 결국 문학사의 보다 올바른 이해를 위해서 미시적 유형론의 분화를
시도할 수 있으며 전기소설이라는 유형의 분화도 시도될 수 있을 것이
다. 더구나 고소설 중에서도 전기소설이 널리 읽힌 점을 고려할 때 전기
소설 유형의 분화는 당연하다고 하겠다.

## 1.3 傳記小說과 傳奇小說

　傳記小說의 유형의 분화를 고려하게 되면 傳奇小說이라는 용어와의
상충하는 문제가 대두된다. 傳奇小說이라는 용어와 傳記小說이라는 용
어를 함께 써도 되겠으나 口語와 한글 표기상에서 혼란을 피하기 위해
이 문제를 검토하지 않을 수 없다.

　傳奇라는 용어는 고소설의 일반적인 성격이 傳奇的이라는 데서 통칭
하고자 하는 의미22)와 唐代에 유행한 怪談奇事를 지칭하는 좁은 의미

로 쓰인다. 앞에서 주장하는 명칭은 조선조 소설을 통칭하는 포괄적인 성격을 말하는 개념으로 쓰인 것이며 유형론의 명칭이 아니다. 조선조 소설의 경우 대부분이 傳奇의 영향을 받고 있으면서도 엄격한 의미의 협의적 의미의 傳奇小說은 없다고도 말한다.

또한 소설 발전 과정으로 보아 조선조 소설이 모두 傳奇的 특징을 지닌다면23) 傳奇라는 용어를 어느 한 유형의 명칭으로 사용하기는 적합하지 않다. 다시 말해서 엄격한 의미의 傳奇가 없고, 포괄적 의미로 말할 때도 조선조 후기 소설까지 두로 포용하지 못하는 傳奇라는 명칭을 소설 유형론에서 사용하는 것은 타당하지 않다. 조선조 후기에 나타난 소설이 모두 傳奇的(Romance)인 것만은 아니다. 傳記小說 중에서 〈仁顯王后傳〉〈朴泰輔傳〉〈辛未錄〉같은 實記型 傳記小說에는 傳奇的 요소가 전혀 나타나지 않는다.

결국 유형론에서 말하는 傳奇小說과의 표기 문제가 남게 된다. 그러므로 傳奇的 성격이 강한 소설의 유형은 그 유형에 합당한 神怪·艶情·寓言 등 다른 명칭을 사용하여 神怪小說·艶情小說·寓言小說이라고 분류하는 편이 타당할 것이다. 그렇게 되면 傳奇와 傳記의 용어 사용에 있어서 서로 상충되는 일이 없게 될 것이며 용어의 혼동을 피할 수 있을 것으로 본다.


## 2. 전기소설의 양면성

전기소설은 전과 소설을 조화시켜야 하는 과제를 안고 있다. 전은 일

---

22) 張德順, 『韓國文學史』(서울 : 同和文化社, 1977.2), pp.177~185.
23) 李家源, 「傳奇小說研究」, 『現代文學』 통권 7號 8號, 1955년 7,8월.

종의 역사이므로 역사의 본질인 事實性(史實性)을 존중하고 소설은 虛構性을 지향한다. 그러므로 성공적인 전기소설은 이러한 양면성을 조화시킨 미적 양식이라야 한다.

한편의 소설이 동시에 사실과 허구를 지향하는 문제는 언뜻 생각하면 모순인 듯하다. 그러나 이때의 사실과 허구는 서로 排他的 대립 관계라기보다는 逆說的 대립 관계라고 보아야 한다. 겉으로 보기에는 모순되고 상반되는듯 하지만 추구하는 목표는 서로 같기 때문이다. 소설의 허구는 단순히 거짓말로 종결되는 것이 아니라 현실로부터 의미 지향의 현실, 곧 진실을 지향하므로 모두가 진실성의 추구라는 공동의 목표를 갖는다. 전기소설은 역사와 소설의 이러한 공동 목표를 지향함은 물론, 그것을 추구하는 과정에서 두 가지 방법론을 조화시켜야 한다는 어려움과 그것을 극복함으로써 얻는 효과를 노리는 강점을 지닌 서사 양식이다.

먼저, 전기소설에서 역사적 인물을 작가가 어떻게 의미화하고 또 독자는 어떻게 그 인물을 수용하는가 하는 문제를 생각해 보자. 역사 속에 묻혀있는 과거의 인물은 거대한 역사의 덩어리에 박혀있는 하나의 파편에 불과하다. 그의 존재는 단순히 객관적 역사성만을 가질 뿐이다. 그러나 그 인물을 작가가 발굴하여 소설화 하고자 했을 때 그의 존재는 역사성을 뛰어넘는다. 작가에 의해 주인공의 행위는 의미화 되고 재탄생된다.

작가는 문학 창조의 주체며 예술로서 작품을 형상화하는 근원이다. 그는 그의 철학적, 윤리적 가치관에 의해 현실을 투시하고 예술적 구조로 형상화 하여 삶의 영원한 이상향을 제시해 준다. 이를테면 〈田禹治傳〉에서 작가는 지나간 역사 속의 인물을 끌어다가 현실에 투영시켜 불합리·부조리를 고발함으로써 이상적 가치관을 추구한다. 〈林慶業傳〉〈朴泰輔傳〉에서는 소용돌이치는 사회에서 인간이 지켜야 할 규범적 윤리의식을 제시한다. 작가는 역사 속의 인물을 통해 이미 있었던 사실로부터 있어야 할 미래 지향적 현실을 재구성하는 것이다. 역사 서술은 과학적이고 역사를 통한 교훈은 딱딱한 사실의 덩어리이므로 독자가 접근하는데 疎遠함이 있다. 역사는 단순히 사실의 객관적 해석을 통해 객관적 진실을 제시함으로써 교훈을 주려한다. 그러나 전기소설에서의 작가는 역사 서술처럼 사실의 보고나 업적의 나열에 그치지 않고, 역사에 피를 돌게 하며 옷을 입혀서 살아 있는 실체로 체험하게 한다. 그리하여 전기소설은 독자에게 역사적 교훈과 함께 감동을 준다.

한편 독자는 역사의 현장에 뛰어들어 역사적 상황을 생동감 있게 체험한다. 감동적 체험을 통한 역사의 교훈은 전기소설이 갖는 장점이다. 〈仁顯王后傳〉에서 인현왕후의 성덕과 張禧嬪의 불순 패악의 최후가 어떠한가를 보여줌으로써 독자는 생생하게 역사를 체험하고 윤리의식을 재확인한다. 〈林慶業傳〉이나 〈辛未錄〉에서도 金自點·洪景來의 반역의 최후가 어떠한가를 체험할 수 있다. 소설 속에서 역사적 인물은 생경한 그대로가 아니라 굴절되고 재탄생되기 때문에 친근감을 가지고 다가서는 것이다. 또한 독자는 작가가 형상화한 인물과 교감함으로써 역사의식의 눈을 뜨고 삶의 의미를 정립하여 영원한 이상향에 젖어 영생을 맛볼 수 있다.

결국 작가에 의해 재창조된 인물은 엄연한 역사적 존재이면서 한편으로는 역사를 초월하는 성격을 지닌다. 다시 말하면 역사 속에서 박제화되고 무표정했던 인물이 소설 속에서 살아 숨 쉬는 생체로 살아나는 것이다. 따라서 전기소설 속의 주인공은 실체로서의 본래상과 작가에 의해 재창조된 새로운 인간상을 구비한 양면성을 지니게 되는 것이다. 그리하여 전기소설은 기존 역사 이해에 힘입고 있으므로 다른 소설보다 실감 있게 읽힐 수 있는 이점을 지니고 있다고 하겠다.

그렇다면 전기소설에서 역사적 사건과 인물이 맺는 관계는 어떠한가.

전기소설은 역사와 관련하되 단순히 역사를 이해하는 講史에 목적이 있는 것이 아니다. 역사에서 다루는 사건은 구체적 인물에 초점이 놓이지 않고 사건 위주로 다루게 되므로 인물은 사건에 예속되어 버린다. 다시 말하면 역사 속에서의 인물은 역사적 사건의 커다란 조류에 휩쓸려버리는, 운명에 복종하는 인물일 뿐이다. 그러나 전기소설에서의 인물은 운명에 저항하는 반운명적 인물로 부각된다. 전기소설은 인물 위주의 소설이기 때문에 역사적 사건은 주인공의 행위를 위한 보조적 자료에 지나지 않는다.

한 예로 仁顯王后 廢黜에 따른 역사적 시각은 왕을 비롯한 남인과 서인 그리고 주변의 모든 인물과 정국의 추이에 고루 분배된다. 그리고 史家는 객관적 해석을 내리려 한다. 그러나 만일 소설가가 이 사건을 소설화하고자 했을 때는 그 중 어느 인물 하나를 선택하게 된다. 초점은 한 인물에 집중되고 주관적으로 사건을 해석하게 될 것이다. 인현왕후에 초점을 맞추면 〈仁顯王后傳〉이 되고 사건의 전개는 자연히 인현왕후의 고난과 그것을 극복하는 婦德을 浮彫하는 쪽으로 기울게 될 것이다. 또 朴泰輔에 초점을 맞추면 〈朴泰輔傳〉이 될 것이며 신하로서 節義를 지킨, 운명에 저항하는 인간상을 浮彫하려는 데 주력하게 된다. 한편 〈張禧嬪傳〉이라는 소설이 있다고 가정한다면 아마도 작가는 역사적 평가와는 달리 그녀의 인간적 고뇌를 그렸을 것이다.

이상, 역사상의 인물이 작가의 역사의식과 문학의식에 의해 투사되고 의미화 되어 소설 속에 굴절됨으로써 독자에게 수용되는 과정을 표로 나타내면 다음과 같다.

〈표〉 실존 인물의 소설화 과정

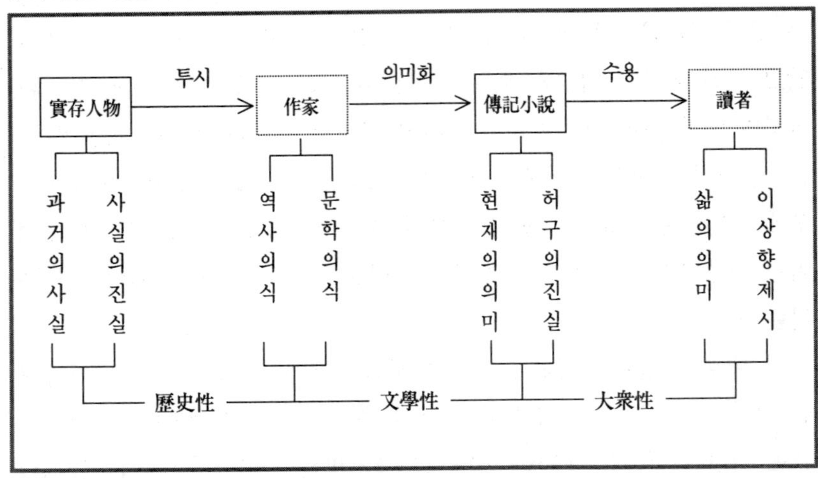



　다음은 소설에서 사건이 어떻게 굴절되면서 사실성과 허구성을 조화
시키게 되는가를 알아보자. 전기소설에서 가장 우선하는 전제 조건은 실
존 인물을 모델로 한다는 점이다. 그러므로 전체적인 사건의 흐름이나
내용은 변질될 수 없다. 내용의 변질 없이 사실대로 기술한다면 그것은
역사 기술에 지나지 않는다. 그러나 전기소설에서는 사건의 본질적 의미
를 변질시키지 않는 범위에서 사건의 변개를 시도하기도 한다.

　사건의 변개를 시도하는 이유는 대략 다음과 같은 목적이 있기 때문
이다. 첫째는 인간상의 부각을 위한 경우다. 주인공의 英雄性·威容·性
品·忠節 등을 강조하기 위해 사실을 다소 바꾸거나 허구화 한다. 즉 林
慶業이 淸나라 황제를 꾸짖고 세자와 대군을 귀국시키는 삽화, 韓明澮가
강릉 경포대에서 洪達孫 등 여덟 명의 壯士를 만나게 되는 경위, 仁顯王
后가 사저에서 지내는 생활상 등은 과장이거나 허구다. 그러나 이러한
설화들이 비록 과장이나 허구라 하더라도 모두 사실에 근거한다는 점

이다.

두 번째는 상황의 제시나 성격의 묘사를 위해서 사실을 변개하거나 과장 또는 虛構化하는 경우다. 〈仁顯王后傳〉에서 張禧嬪의 포악한 행위를 묘사한 경우는 여러 번 나오는데 이러한 내용은 모두 사실 그대로라기보다 그녀의 성격과 당시의 상황을 좀 더 여실히 보여주기 위한 과장이거나 허구다. 한 예로 숙종이 폐비를 복위시키기 위해 희빈을 下堂으로 내리고 전각을 수리하라는 명을 내렸을 때의 상황을 보면 다소 과장인 듯하다.

> 장시 디로ᄒ여 고셩디질왈 니 오히려 만인의 어미오 셰지 잇거늘 참아 너희가 무례히 ᄒ리오. 너 브득이 폐비의 졀을 붓고 말니라 ᄒ고 악독을 이기지 못ᄒ여 셰즈를 무슈이 난타ᄒ니 상이 드르시고 디로ᄒᄉ 친림ᄒ시니 브야흐로 장시 밥상을 바다더니 상을 뫼옵고 독악이 요동ᄒ여 얼굴이 푸르락 붉으락ᄒ며 굴오디 "니 디위의 잇거늘 엇지 폐비 문안을 아니ᄒ며 니 무슴죄로 하당의 ᄂ리라 ᄒ시ᄂ잇가."
>
> (가람본·인형셩모민시덕힝녹)

또한 〈林慶業傳〉에서도 林慶業과 金自點과의 관계를 사실과는 다르게 허구화 하였는데 임경업과 김자점의 최후 장면은 둘 사이의 적대 관계를 강조한 허구다. 史實에 의하면 임경업은 沈器遠의 역모에 걸려들어 억울하게 죽었다. 그리고 김자점은 士林派를 몰아내고 다시 정권을 잡으려고 기도하다가 탄로나 伏誅당했다. 그런데 소설에서는 김자점이 직접 임경업을 죽인 것으로 허구화했다. 그러한 허구화의 이면에는 임경업의 죽음이 너무 억울하며, 그 때 영의정으로 있었던 김자점의 음모로 죽었다고 믿은 민중의식이 반영된 결과다.

세 번째로 소설의 홍미를 위해 허구화하는 경우다. 〈洪將軍傳〉에서

洪允城이 세조와 만나는 장면이나 처첩에 관한 내용은 사실과 다른 허구다. 또 〈田禹治傳〉에서도 그의 奇行을 근거로 도술설화를 모아 비약적인 허구화를 성공시킴으로써 작품에 흥미를 돋우고 있다. 전우치가 異術을 행했다는 기록은 여러 곳에 보이고 있으므로 그가 術客이었던 것은 사실이나 소설에 소개된 도술이 곧 그가 실제로 행한 도술은 아니다.

다음으로 시공간 배경의 양면성이 어떻게 조화를 이루는가를 살펴보기로 하자. 소설에서 허구적 요소가 비교적 가장 적게 개입되는 곳이 바로 이 시간과 공간 배경이다. 그것은 시간과 공간의 성질 때문인 듯하다. 그 중에서도 특히 시간은 사실성을 벗어나지 못한다. 공간은 편의에 따라 다소 확장되거나 축소될 수 있다. 〈田禹治傳〉을 보면 그의 활동 무대가 조선으로 한정된 것과 중국까지 넘나드는 이본이 있다. 중국까지 넘나드는 것은 허구에 의한 것인데도 거부감이 느껴지지 않는다. 한 인물이 활동한 공간은 다양하므로 역사에 일일이 기록되지 못한다. 그런데 인물이 생존한 시기는 일회적이다. 최치원은 신라 때의 사람이므로 조선조에 등장할 수 없다. 마찬가지로 임경업이 시대를 거슬러 신라나 고려에 나타났다면 거부감을 느끼게 될 것이다. 다만 과거의 인물이 후대에 나타날 수는 있다. 그 때는 시간의 문학적 조작이 요구된다. 즉 인물이 죽지 않고 仙化했다거나 꿈·夢幻 등의 기법을 이용하면 시공의 초월이 가능하다.24) 시간의 문학적 조작도 시간의 본질성을 무시할 수는 없다. 즉 시간을 거슬러 올라가 과거에 나타날 수는 없는데 이것은 시간이 거슬러 흐르지 않는다는 본질성이 있기 때문이다. 결국 전기소설에서 시공간 배경은 비교적 역사의 법칙을 따르는, 사실성이 강한 면을 드러냄을 알 수 있다.

---

24) 한 예로 夢遊錄係小說인 〈大觀齋夢遊錄〉에서는 천자로 등장하는 최치원을 비롯하여 을지문덕·이제현·이규보·강희맹·김종직 등 실존 인물들이 시대를 초월하여 등장한다.

지금까지 실존 인물을 모델로 창작된 전기소설이 경험적 서사체인 역사와 낭만적 서사체인 문학의 양면성을 조화시킨 미적 양식임을 확인하였다. 나아가서 전기소설의 유형을 검토하게 되면 그 위상이 보다 분명하게 드러나리라 본다. 유형별 분석이 작품의 이해에도 도움을 줄 것으로 기대된다.

# 제 3 장

# 전기소설의 유형

전기소설은 허구와 사실을 조화시키는 양면성의 문학이라 했다. 전기소설이 이 양면성을 어떤 방법과 비율로 조화시키느냐에 따라서 소설의 유형이 나누어지게 마련이다. 두 사람의 작가가 동일 인물을 주인공으로 각각 소설을 지을 때 두 편의 소설이 꼭 같이 일치할 수 없을 것이다. 이러한 차이는 작가의 세계관·윤리관, 구성방법, 표현기교 등에서 오는 것이다. 이처럼 작가가 주제를 효과적으로 전달하기 위해 이야기를 제한하거나 확대시켜 서술하는 내용과 구성하는 형식에 따라 그 유형이 구분될 것으로 본다. 하나의 구조물에서 내용과 형식은 표리의 관계에 놓이므로 내용과 형식의 특성을 고려하면서 전기소설의 유형을 實記型·說話型·複合型의 셋으로 나누고자 한다.

## 1. 실기형 전기소설

실기형 전기소설은 내용상으로는 사실에 의존하는 實史型이며 형식상으로는 단일 사건을 순차적 시간의 흐름에 따라 구성하는 年代記型이다. 그러므로 주인공의 행위는 실제의 사적과 일치한다. 이 소설의 작가는 사실을 올바로 알린다는 의식을 가지고 소설을 짓고, 독자 또한 역사상의 사건이나 인물에 대한 실상을 사실대로 알려는 생각을 가지고 읽었다. 이러한 까닭에서 작가는 역사가의 역사 서술태도와 근접하는 일면이 있다.

전기소설 중에서 실기형으로 분류할 수 있는 작품은 〈乙支文德傳〉〈鄭圃隱傳〉〈朝鮮太祖大王傳〉〈南怡將軍實記〉〈世宗大王實記〉〈원두표실긔〉〈仁祖大王實記〉〈金應瑞實記〉〈朴泰輔傳-박틔보실긔〉〈辛未錄-홍경리실긔〉〈仁顯王后傳〉〈李太王實記〉 등이다. 이들 작품 가운데 전래하던 소설은 〈辛未錄〉〈朴泰輔傳〉〈仁顯王后傳〉 정도며, 나머지는 개화기에 개작되거나 창작된 것으로 판단된다. 여기서는 예로부터 많이 읽혀 온 작품 중에서 〈仁顯王后傳〉을 분석 대상으로 삼고, 개화기에 개작 간행되었다고 보는 작품 가운데서는 〈홍경리실긔〉와 〈박틔보실긔〉를 분석의 대상으로 삼았다. 나머지 작품들은 작품마다 다소 특이점이 있기는 하더라도 원칙적인 소설 구성의 방법이나 실기형 전기소설로서의 유형상 특징은 유사하다고 판단되므로, 이 세 작품을 대표적으로 선정한 것이다.

## 1.1 작품 구성의 방법

### 〈仁顯王后傳〉

(1) 사실의 소설 수용 양상

〈인현왕후전〉은 중요한 사건에 干支를 밝히는 등 사실에 충실하려는 태도를 보인다. 이는 이 소설이 사실에 근거하며 독자에게도 사실로 믿게 하려는 장치이다. 이제 소설에서 밝히고 있는 간지와 사실과의 대비를 통해 사실이 어떻게 소설에 수용되고 있는가를 살펴보기로 하겠다. 대본은 가람본 〈인현셩모민시덕힝녹〉을 기준으로 하며 정사인 『朝鮮王朝實錄』과 야사인 『燃黎室記述』을 참고하였다.

ⅰ) 왕비 간택의 경위

먼저 인현왕후 민씨가 왕비로 간택되는 직접 동기인 인경왕후의 승하 장면이 발단부로 나온다.

> 경신 동의 인경왕후 승하ᄒ시니 대왕더비계옵셔 곤위가 뷔여시믈 근심ᄒ스 간퇵ᄒᄂᆞᆫ 영을 나리오스 슉덕을 구ᄒ시니 쳥셩부원군 김공이 후의 덕힝을 익히 드른고로 더비긔 쥬달ᄒ고 영의정 송션싱이 샹젼의 알외더 국모ᄂᆞᆫ 만민의 복이라 당금 병판 민모의 녀이 슉덕이 ᄲᅡᆼ젼ᄒᄆᆞᆯ 신이 익이 아오니 복망 뎐ᄒᄂᆞᆫ 번거이 간퇵을 ᄆᆞᄅᆞ시고 더혼을 완졍ᄒ쇼셔.

『조선왕조실록』에는 인경왕후 승하 일자가 庚申 10월 辛亥日 二更으로 기록되어 있다.[1] 그리고 왕비 간택은 이듬해 1월 戊寅이라 하였고 『연려실기술』도 실록과 일치하므로 소설의 내용은 사실과 부합한다.

---

1) "辛亥二更 中宮昇遐于慶德宮", 『肅宗實錄』, 卷十, 十六年 庚申十月.

## ii) 왕비 탄신일과 폐비

소설에서는 왕비의 탄신일인 4월 23일 內需司에서 貢上單子를 올리지 못하게 했다는 사실을 기술하였다.[2] 이 사실은 실록에도 나오므로 사실과 일치한다. 왕비가 폐비되어 안국동으로 나오는 장면도 소설에 다 같이 나타난다. 먼저 실록의 기록을 보면 이처럼 간단하다.

> 중궁이 꾸밈없는 교자를 타고 요금문을 나서 사저로 갔다. 조정의 선비들과 유생들이 곡을 하며 따랐는데 길을 꽉 메웠다.[3]

그러나 소설에서는 이 장면을 매우 길고도 실감 있게 묘사함으로써 이 작품이 소설이 될 수 있는 특징을 드러내고 있다.

> 한 궁녜 장시의 가르치믈 드럿는 고로 압히ㄴ○와 오슬 뒤려 ㅎ거놀 휘 문득 쳔연이 우스스 옷슬 프러 뵈시며 빵안으로 궁녀를 흘여보시니 말근 광치 일광ᄀ트여 스롬의 오장을 보는듯 말삼을 아니 ㅎ시ㄴ 긔상의 엄졍ㅎ시미 츄상갓트시니 궁녜 붓그럽고 숑연ㅎ여 고기를 슉이고 물너ㄴ니 좌위 더욱 어려이 너기더라. 상뇌 급급하스 나시믈 지촉ㅎ시니 츠시 본겻히셔 셔문밧 이오기로 나가고 약간 부인네만 잇더니 밋쳐 가마를 쑤미지 못ㅎ여 발셔 요금문의 ㄴ오셧단 말이 들니거놀 황황급급ㅎ여 흰 면쥬보로 우흘 덥허 드러가니 발셔 경복당 압히 ㄴ려 기다리시논지라. 긔연이 교ᄌ의 올나 요금문을 나실시 궁녀 칠팔인이 통곡ㅎ며 뒤의 짜르니 익졍쇼속들이 일시의 짜라오며 통곡하니 힝식이 쳐량ㅎ며 슈운이 이러ㄴ며 텬긔 쏘혼 음음ㅎ여 슬프믈 돕논지라. 참담ㅎ믈 엇지 다 형언ㅎ

---

2) "己丑, 中宮誕辰也, 群臣問安兩殿, 上命勿受, 且以不稟之故, 拿問中宮內官朱彬諸承旨請還寢拿問之命, 答曰今日事所關非細, 而卿等不思爲宗社深長慮, 誠可寒心, 任自爲之, 諸承旨以聖批甚嚴待罪, 命勿待罪", 『肅宗實錄』卷二十, 十五年 己巳四月.

3) "中宮乘素轎 出自曜金門 歸于本第 朝士在罷散者及儒生等 哭而隨之 損咽道周" 『肅宗實錄』卷二十一, 十五年 己巳五月.

리오. 션비 오십여인이 요금문 압희 디령ᄒ고 빅여인은 구화문의 업디여
상쇼룰 드리고 호읍ᄒ더니 즁던 나시룰 보고 디경망극ᄒ여 뒤의 ᄯᅡ르며
방셩디곡ᄒ며 션비 빅여인이 안동 본졋가지 이르니 우름쇼리 텬지의 진
동ᄒ고 빅셩남녀 업시 길을 막아 통곡ᄒ며 각젼시졍이 다 져즈롤 파ᄒ고
통곡ᄒ니 초목금슈 다 슬허ᄒᄂᆫ 듯 슈운이 참담ᄒ여 일식이 무광ᄒᄂᆫ지라.

『연려실기술』에서는 왕비가 안국동 사저로 나오는 날짜와 더불어 그
곳에서의 기이한 일화를 다음과 같이 소개하고 있다.

> 5월 4일에 중궁 민씨가 안국방 친정으로 나갔는데 관에서 제공하는
> 음식은 이미 끊어져서 형제의 집에서 조석으로 음식을 공제하였다. 어느
> 날 암탉 한 마리를 드린 것을 비가 놓아주어 뜰에서 길렀는데 그 모양이
> 점점 달라지더니 오래되자 수탉으로 변했다. 또 뜰 가운데 옥매화 나무
> 가 말라 죽은 지 3년이었는데 홀연히 꽃이 피니 비를 모시고 있던 사람
> 들이 이상한 징조라고 의아해 하더니 1년이 못되어 복위되었다.4)

iii) 비참한 생활상

인현왕후가 폐비되어 안국동 사저로 나와 있을 때의 비참한 생활상은
소설에 낱낱이 묘사되어 있다.

> 창호와 ᄉ벽을 ᄇ르지 아니시며 너른 동산과 집의 풀을 믹지 아니ᄒ
> 믹 길ᄀᆞᆺ치 무셩ᄒ여 인젹이 고요ᄒ니 니믹망냥과 허다 잡물이 날곳 져믈
> 면 ᄉ룸 ᄃᆞ니듯 ᄒ니 궁인드리 무셔워 움즈기지 못ᄒ더니…

왕비의 비참한 생활상은 다음 장면에서도 계속 이어진다. 甲戌獄事로

---

4) "中宮閔氏, 遜于安國坊私第, 而官供旣絶, 兄弟家私備膳羞, 以共朝夕, 一日進一活
雌鷄, 妃命放庭中以養之, 其形漸異, 久則化爲雄鷄, 庭中玉梅樹枯 巳三年, 忽然
開花, 侍人疑其有異, 未一年後定坤位", 『燃藜室記述』, 卷之三十五, 元子定號.

복위되어 환궁하라는 御札封書를 中使가 가지고 갔을 때 안국동 사저의 모습이다.

> 수월 이십일일 야의 비로쇼 밧문을 여니 초목이 무셩ㅎ여 스룸의 키와 ᄀᆞᆺ튼지라. 상명으로 발군ㅎ여 풀을 다 뷔며 드러가니 풀잇기 셤우희 가득ㅎ고 진이의 창호롤 분변치 못ㅎ니 스관이 탄식ㅎ여 눈물을 흘니더라.

이러한 정황은 사실이었던 듯하다. 『조선왕조실록』과 『연려실기술』에도 이러한 모습을 기술하고 있다. 먼저 실록의 기록을 보면 다음과 같다.

> 中使가 문을 열고 보니 뜰에 풀이 우거져 있었다. 사람이 다닌 자취가 없어 목이 메임을 이기지 못하였으며 군졸들도 눈물을 흘리지 않는 자가 없었다. 이에 수위군이 비로소 문을 지키고 중사가 坊民들로 하여금 뜰의 풀을 제거하도록 하였다.[5]

『연려실기술』의 宋廷奎가 올린 疏에도 비참한 생활상이 잘 나타나 있다.

> 들자오니 서인이 집으로 돌아간 뒤로부터 친척과 이웃에서도 감히 문안하고 왕래하지 못하여, 문을 잠가서 뜰에 풀이 가득하고 적막하며, 양식과 땔나무가 군색한 것은 말할 것도 없거니와, 물과 불은 물론이고 도적도 또한 근심이오니, 전하께서 어찌 이것을 생각하시지 않습니까. 신은 생각하옵건데, 전하께서 옛날의 비녀와 신발을 생각하시고 천지의 도량을 넓히시어, 그 외롭고 궁함을 민망히 여기시고, 그 곤란하고 고생됨을 슬피 여기시여 별궁에 옮겨 두시고, 사람을 시켜 수호하시며, 의복과 양식과 반찬을 적당하게 내리셔서 그로 하여금 의탁할 곳이 있게 하며, 주림을 면하게 하면 전하의 처리가 도리를 잃지 않으실 것입니다.[6]

---

5) "中使開門, 見庭草蒙密, 未有人迹, 不覺嗚咽, 掖隸軍卒, 無不流涕於是守衛軍始守門, 中使啓請發坊民除庭草", 『肅宗實錄』, 卷二十六 二十年 甲戌四月.

ⅳ) 복위와 환궁

숙종 20年 3月 甲戌獄事가 일어나고 마침내 승정원에서 폐비를 복위할 것을 주청하니 王이 허락하였다. 그리고 王이 후회하는 御札을 내렸다. 왕비는 처음에 문을 열지 않다가 나중에야 문을 열어 주었다.

中使가 왕의 명으로 本家 바깥문에 이르러 자물쇠를 열기를 청하니, "이 문을 폐쇄함은 본시 왕명은 아니나 다만 여염집이 길 가에 있어 혹 외인의 출입으로 환난이 있을까 하여 봉쇄한 것인데 오늘도 또한 이와 같으니 어찌 열겠소? 비록 왕명이라도 받들 수 없습니다." 中使가 재삼 청했으나 끝내 허락하지 않았다. 중사가 곧 왕에게 달려가 아뢰고 오래 있다가 다시 이르러 "마땅히 호위할 것이니 환난이 없을 것이오."라는 명을 전하니 이에 왕이 문을 반드시 열고자 하는 뜻이 있음을 알고 거듭 거절함이 왕의 뜻에 거슬릴까 두려워 문을 열었다.7)

이러한 상황을 소설에서는 더 상세히 묘사하였다.

갑슐 삼월의 디던별감이 세번 나와 궁을 둘너보고 드러가더니 스월 초구일의 비망긔롤 나리와 즁궁젼의 무죄ᄒ시믈 붉히시고 별궁으로 뫼시라 ᄒ시며 봉셔롤 나리와 상궁별감과 즁스롤 보니시니 휘 스양ᄒ여 굴ᄋ스디 죄인이 엇지 문외지인을 접ᄒ여 감히 어찰을 ᄇ드리오 ᄒ시고 물

---

6) "窃聞庶人歸邸之後, 親戚隣里, 不感通問往來, 而門扃関 草萊滿庭, 桂玉之艱, 固 不足言, 而水火偸窃, 亦可虞也, 殿下何不念及於此耶, 臣謂宜殿下感簪履之舊, 恢 天地之量, 憫其孤窮, 哀其困苦, 收置別宮, 使人守護, 衣粮饌物, 量宜繼給, 使其 得有托依, 免被凍餓, 是亦殿下處變, 而不失其道也."『練藜室記述』, 卷之三十五 丁時翰疏條.

7) "中使以上命將啓本第外門, 來請鑰匙 始下敎曰, 此門之閉初非上命, 但恐閨淺露, 或有外人之出入, 故有此封鎭淺露之患, 今日亦然, 何加開乎, 雖有命不敢奉行, 中 使請再三, 終不許, 中使卽馳去自上, 良久又至, 傳上命曰, 當有扈衛, 淺露非所患 也, 乃致上必欲開門之意, 奴以屢違旨, 爲惶恐及與鑰匙"『肅宗實錄』, 卷二十六, 二十年 甲戌四年.

을 여지 아니ᄒ시니 연삼일을 디젼별감이 문봇긔셔 경야ᄒ며 문열기롤 알외되 맛춤ᄂ 여지 아니ᄒ시니 이더도록 겸양ᄒ시믈 복명ᄒ더 상이 더욱 어려이 너기시고 쏘ᄒᆫ 답답ᄒᄉ 네조 당상으로 문열기롤 쳥ᄒ시되 허치 아니 ᄒ시니 네부와 승지 국쳬 그러치 아니믈 알외되 종시 허치 아니 ᄒ시ᄂ지라 상이 민부의 엄지롤 나리오ᄉ 이리ᄒᄆᆫ 인군을 원망ᄒᄂ 일이니 쏠니 문을 열게 ᄒ라 ᄒ신더 민부의셔 황송ᄒ여 셔간을 울여 무슈이 간ᄒ되 종시 허치 하니ᄒ시ᄂ지라 슌일 후 쏘 이품을 보너여 문열기롤 쳥ᄒ시니 즁신이 말삼을 알외와 ᄉ쳬 그리 못ᄒ실 쥴노 누누이 긔문ᄒ시믈 쳥ᄒ니 휘 궁녀로 젼어왈 죄인이 텬은으로 인명이 ᄉ라신즉 그도 황감ᄒ온더 엇지 감히 국명을 봇ᄌ오며 번화히 ᄉ롬을 인졉ᄒ리오 ᄉ명이 여러 번 나리니 더욱 불안ᄒ여이다 ᄉ관이 졀ᄒ여명을 밧줍고 지삼 간쳥ᄒ며 민부의 두 번 엄지롤 나리오시니 판셔 민공이 황율ᄒ여 후긔 간졀이 권ᄒ니 계우 밧문만 여시고…


v) 장희빈의 패악과 왕비의 승하

왕비는 복위된 지 8년 만에(숙종 27년 1701) 승하하였는데 시간과 장소는 사실과 일치한다. 실록에서는 간단히 辛巳年 8月 己巳日 丑時에 왕후 민씨가 창경궁 경춘전에서 승하했다(己巳丑時 王后閔氏昇遐 于昌慶宮之 景春殿)고 사실만을 언급했다. 그러나 소설에서는 임종 장면을 자세히 묘사하였다.


　　휘 스스로 회춘치 못홀 쥴 알고 명ᄒᄉ 의녀롤 믈리치시고 의약을 나오지 아니 ᄒ시니… 민공 형졔와 족하을 인견ᄒᄉ 오열비창ᄒ신 심ᄉ롤 참지 못ᄒ시니 민공 형졔 등이 비복 오열ᄒ여 능히 말을 못ᄒᄂ지라 상이 그 모양을 보시미 텬심이 막히고 무너지난 듯 ᄒᄉ 춤아 보시지 못ᄒ시더니 상이 미음을 가지시고 친히 권ᄒ시니 휘 허희 탄식ᄒ시고 두어 번 마시니 상이 친히 봇드러 베기롤 ᄇ로ᄒ여 누이시니 이윽고 창경궁 경춘던의셔 승하ᄒ시니 신ᄉ 츄팔월 십ᄉ일 ᄉ시오 복위 팔년이오 츈츄 ᄉ십오셰시라.

그리고 왕비의 이러한 죽음 원인을 張禧嬪의 咀呪로 돌리고 있다.

　　요괴로운 무당과 흉악훈 슐ㅅ롤 어더 쥬야 모의하여 영슉궁 서편의
신당을 비셜ㅎ고 각식 비단으로 흉악훈 귀신을 ㅎ여 안치고 후의 셩시와
싱년일시를 뼈 축ㅅㅎ믈 믿그러 망ㅎ시믈 축슈ㅎ여 빌며 쏘 화상을 걸고
궁녀로 ㅎ여금 활노 미일 세번식 쏘아 조희가 히여지면 비단 오스로 습
염ㅎ여 즁던 신체라 ㅎ고 못가의 뭇고 흉훈 히골을 어더드려 오쇠 비단
으로 요긔롤 믿드러 밤즁의 정궁 북편 섬 아러 뭇고 쏘 치단으로 즁던
의복 일습을 지어 히골을 작말ㅎ여 소옴의 쑤려 두엇으니 뉘 그 흉모롤
알니오.

이런 사실은 실록에서도 확인된다. 9월 24일 傳敎한 내용을 보자.

　　대왕대비가 병든 지 두 해에 희빈장씨는 한 번도 문병한 일이 없을 뿐
아니라 중궁전이란 말도 하지 않고 반드시 민씨라고만 일컬으며 또 "민
씨는 실로 요망하다"하고 남 몰래 취선당 서편에 신당을 설치하고 매일
두 세 종년들을 데리고 사람을 물리치고 기도하는 등 극히 요사스러웠
다. 이런 짓을 능히 하는데 무슨 짓을 하지 못할까 보냐. 제주도에 위리
안치한 장희재를 우선 빨리 처단하라 하였다.8)

그리고 이튿날(25일 戊申) 다시 내린 비망기의 내용은 다음과 같다.

　　內司에 가두어 둔 죄인 설향·시영·숙영·철생 등을 금부에 명하여
도사를 보내 모두 잡아넣도록 하라. 내일 仁政門에서 친국하리라.9)

---

8) "大行大妃遘疾二載, 而禧嬪張氏, 非但一不起居, 不曰中宮殿而必稱閔氏, 又曰, 閔
　氏實妖人, 不特此也, 潛設神堂於就善堂之西, 每與二三婢僕屛人祈禱, 極其綢繆.
　是可忍也, 孰不可忍也, 濟州栫棘罪人 張希載爲先亟正邦刑", 『肅宗實錄』, 卷三十
　五, 二十七年, 辛巳九日丁未.
9) "不備忘記曰, 內司所囚罪人 丑生 雪香 時英 鐵生等, 並令禁府, 發遣都事拿來, 明

왕이 이들을 친국하는 내용이 실록에 상세히 나와 있는데 이들 궁녀들이 모두 장희빈을 도와 왕비를 저주하였으므로 능지처참하였다.

이러한 내용은 『연려실기술』에도 그대로 기록되어 있는데 실록의 내용과 일치한다. 그 중 한 대목만 소개한다.

> 설향을 두 차례 형벌하니 자복하여 말하기를 취선당 서편 신당에서 축원하기를 요기와 사기를 제거하여 소원성취를 하여 달라고 숙영과 함께 빌었습니다. 요기 사기란 중궁전을 가리킨 것이고 소원이란 중궁이 승하하고 희빈이 다시 중궁이 된다는 뜻입니다 하니 능지처참하였다. … 이때 죄인 숙정은 결안하여 군기시 앞길에서 처형하고 숙영·시영·추생과 무녀 오례·자근례·큰 무수리 철생 등이 잇달아 자복하니 결안하여 능지처참하였다. 전교하기를, "역모한 죄인 숙정·숙영 등이 저주한 일을 자복한 뒤에 각시·새뼈·쥐뼈 등을 대조전 동쪽 침실 안에서 찾아내고, 이 밖에도 흉악하고 더러운 물건을 통명전 뜰 섬돌 밑에서 파낸 것이 역시 많았다."하였다.[10]

소설에서도 이 내용이 낱낱이 묘사되어 소설의 상당부분을 차지하게 한 作意는 張禧嬪의 悖惡을 드러내기 위함인 듯하다. 반면에 왕비의 聖德을 칭송하는 대목은 소설 전개 과정의 요소요소에 나타나고 있다.

### (2) 〈인현왕후전〉의 소설적 특징

〈인현왕후전〉이 소설이냐 소설이 아니냐 하는 논란이 있는 것은 이처

---

　日仁政門外親鞫"(같은 곳).

10) "雪香刑二次承服 就善堂西 神堂所祝之願, 除妖氣邪氣, 而成所願云云, 與淑英同祝, 所謂妖氣邪氣, 指中宮殿, 所謂所願, 指中宮昇遐, 則禧嬪復爲中宮之意也云云, 陵遲處死…時罪人淑正結案, 軍器寺前路行刑. 淑英, 時英, 丑生,, 巫女五禮, 者斤禮, 大水賜 鐵生等, 相繼承疑結案凌遲, 傳曰, 逆謀罪人 淑正淑英等 咀呪事, 承疑之後, 角氏雀鼠骨物等物, 得於大造殿, 東邊寢室之內, 此外凶穢之物, 掘得於通明殿庭除亦多出"『練藜室記述』, 卷之三十七, 壬午謁聖崔世綸之獄.

럼 내용이 너무 사실적으로 기록되어 있기 때문에 빚어진 결과라 생각된
다. 그러나 이 작품은 사실에 근거하면서도 다음과 같은 소설적 요소를
가지고 있다. 우선 소설의 서두에서

> 화셜 조선국 슉죵디왕 셰비 인현왕후의 본은 여흥이시니 힝병조판서
> 여양부원군 둔츈의 녀시오 영의뎡 송동츈 션싱의 외손이시다.

와 같이 소설적 기법을 빌고 있다. 고소설의 처음이 "화셜…"로 시작하는
것은 매우 일반적인 예이며, 소설 전개가 가계를 소개한 다음에 이어서
태몽·출생·성장과정·품행·왕비간택 순으로 전개되는 것도 고소설의
정형이다. 이러한 도입부의 구성법은 전과 소설의 표현 기법을 아울러
수용하고 있고 하겠다. 가계를 상세히 밝힌 점이나 성장 과정과 품행을
표사한 점은 전의 수법과 같고, 태몽과 출생 시의 이적은 소설적 기법이
다. 따라서 내용면은 전의 사실적 수법을, 형식면은 소설의 표현 기법을
수용하여 구성한 소설임을 알 수 있다. 이러한 기법은 흔히 고소설에서
볼 수 있는 수법이며 과장된 표현 기법이다. 대개 고소설의 인물 묘사는
추상적이며 전형성을 띠는데, 〈인현왕후전〉도 그러하다.

> 잠간 장셩ᄒ시미 뎡뎡 탁월ᄒᄉ 화월이 붓그리는 듯하시고 용안이 황
> 홀 찬난ᄒᄉ 빅일이 빗츌 일ᄒ니 고금의 비홀 곳지 업스시며 녀공지뎡이
> 민쳡신이ᄒᄉ 일빅 신녕이 가르치는 듯ᄒ시나 안쉭의 나타닉시디 아니ᄒ
> 시고 유뎡유일ᄒ시고 슉연ᄒᄉ 회포을 남이 아디 못ᄒ며 무심무려ᄒ듯
> 흡공ᄒ신 셩덕이 유화쳔연ᄒᄉ 덕힝예졀이며 효의 특츌ᄒᄉ 유한뎡뎡ᄒ
> 시고 단일셩댱ᄒ시고 널는 도량이 어위ᄒ시고 빅힝이 구비ᄒ시니 종일
> 단좌ᄒ시미 화풍경운이 옥체의 둘너스니 단엄침듕ᄒᄉ 사람이 우러러 보
> 디 못ᄒ며 몰고 조ᄒ신 골격과 향긔로시기 가을 믈결과 놉흔 ᄒ늘갓ᄒ시
> 고 놉고 고른 졀기는 금옥과 송빅 갓흐시고 어려서붓터 희학과 슈치을 조

아 아니시고 단슌이 젹젹ᄒ시니 무식ᄒ온 의디 가온디 긔이ᄒ온 ᄌ티 바상ᄒ
시며 덩디ᄒᄉ 일빅 가지로 쎈혀ᄂ시고 문필이 유여ᄒᄉ 만고녁디을 무
불통긔ᄒ시나 가만ᄒ 가온더나 붓슬 들어 문자를 쓰디 아니시니 부모와
삼촌 형데 사랑 과듕ᄒᄉ ᄒ시고 원근 친척이 놀나고 탄복ᄒ여 지너니 아
시뎍브터 공경치 아니리 업셔 꼿다온 잃흠이 셰상의 가득ᄒ더라.

인현왕후의 성품을 묘사하면서 온갖 미사여구를 동원하였다. 그리하
여 마침내 妊姒의 德行을 지녔다고 극찬하였다. 이러한 추상적 인물 묘
사는 일반적으로 소설에서 널리 쓰이고 있었던 표현 기법의 하나다.

한편, 이 소설의 전편에 흐르고 있는 작가 의식은 인현왕후의 聖德을
기리고 나아가서 모든 부녀자들에게 婦德을 깨우치며 福善禍淫의 교훈
을 주려는 데 있다. 그러므로 소설에서는 특히 왕후의 인자한 聖德을 칭
송하는 데 치중한 반면 張禧嬪의 悖惡을 과장하여 묘사하였다. 앞에서
그녀가 神堂을 배설하고 저주한 모습을 보았거니와 세자를 구타하는 장
면도 나온다.

셰ᄌ를 볼쩌마다 난타ᄒ니 맛춤너 병이 들지라. 상이 디로ᄒᄉ 셰ᄌ
룰 영슉궁의 못가게 ᄒ시니 셰지 잇다감 알외되 어이 어미룰 못보게 ᄒ
시ᄂ잇가 ᄒ며 눈물을 흘니니 상이 위로ᄒᄉ 놀 걸 쥬어 즁던 슬하의 두
시니 휘 심이 ᄉ랑ᄒ시니 싱각지 아니ᄒ더라.

또 장희빈이 賜藥을 받는 장면에서도 마치 눈으로 보듯 발악하는 모
습을 여실히 묘사하였는데 과정법을 쓰고 있다.

약을 보고 발악ᄒ며… 살긔등등ᄒ니 상이 노ᄒᄉ 룡안을 놉히 쓰시며
스미룰 거드시고 여셩 하교왈 쳔고의 이런 요약ᄒ 년이 잇스리오 좌우로
약을 먹이라 ᄒ시니 장시 손으로 궁녀룰 치며 몸을 브리쳐 발악 왈 셰ᄌ

와 함긔 즉으리라 닉 무슴 죄 잇ᄂᆞ잇가 상이 익노ᄒᆞᄉ 좌우로 붓들고 먹
이라 ᄒᆞ시니 졔녜 황황이 달여드러 팔을 잡으며 허리롤 안고 먹이려 ᄒᆞ
나 장시 입을 다믈고 버리지 아니 ᄒᆞ거늘 상이 보시고 더욱 디로ᄒᆞᄉ 막
디로 입을 어긔고 부으라 ᄒᆞ시니 졔녜 슐총으로 입을 버리ᄂᆞᆫ지라 장녜
이의ᄂᆞᆫ 위급ᄒᆞᆫ지라 실셩이통 왈 뎐희 닉 죄 보지 마르시고 옛날 졍과 셰
지의 ᄂᆞᆺᄎᆞᆯ 보아 인명을 살니쇼셔 상이 드른 쳬 아니시고 먹이기롤 지촉
ᄒᆞ시니 장녜 공교ᄒᆞᆫ 말노 눈물을 비ᄌᆞ치 흘니면셔 상을 우러러 뵈오며
참연이 비러왈 이 약을 먹여 죽이려 ᄒᆞ시거든 셰ᄌᆞ나 한 번 보아 구원의
한이 업게 ᄒᆞ쇼셔 간악ᄒᆞᆫ 말슴과 쳐량ᄒᆞᆫ 쇼리로 슬히 비니 요약ᄒᆞᆫ 졍티
ᄉᆞ람의 심장을 녹이고 도로혀 불상ᄒᆞ되 상은 조금도 칙은이 아니시고 연
ᄒᆞ여 셰 그르슬 브으니 경각의 크게 쇼리롤 지르며 셤 아리 것구러져 유
혈이 쉼솟듯ᄒᆞ니 일긔 약으로도 오장이 다 녹으려든 삼긔롤 함긔 부으니
경각의 칠규로 거믄 피 쇼스나 ᄶᅡ의 괴이니 슬프다 조고마ᄒᆞᆫ 궁인의 몸
으로셔 쳔승 국모롤 모살ᄒᆞ고 여러 인명과 홈긔 죽게 ᄒᆞ니 하눌이 엇지
앙화롤 나리지 아니ᄒᆞ리오.

장희빈의 죽은 형상을 처참하게 묘사한 것과 아울러 장희재가 죽은
후의 상황도 사실이라 보기 어려운 과장이다.

장시의 죽엄을 뉘가 정셩으로 시슈ᄒᆞ리오 피무든 옷셰 휘마라 쇼금장
을 덥허 궁외로 닉여 방즁의 누이고 상명을 기다려 ᄒᆞ랴 ᄒᆞ더니 염장ᄒᆞ
라 ᄒᆞ시민 드러가 입관ᄒᆞ려ᄒᆞ니 일야 쳬의 신체 다 녹이고 거믄 피 가득
ᄒᆞ여 신체 쓰게 되어시니 도로혀 졍형ᄒᆞᆫ 것만 못ᄒᆞ더라…

…희지의 신체ᄂᆞᆫ 츳지리 업고 인심이 다 졀치 부심한 고로 ᄉᆞ롬마다
막디의 ᄭᅮ여 들고 효시ᄒᆞ니 슬프다 ᄉᆞ롬의 근본을 싱각지 아니ᄒᆞᆫ직 앙화
잇ᄂᆞᆫ지라 졔 불과 상한 쳔인으로 궁속을 단니다가 졔 누의가 경궁의 깃
드려 옥궐의 귀인이 되니 분의 죡ᄒᆞ고 영화 미만ᄒᆞ거늘 참남ᄒᆞᆫ ᄆᆞ음을
닉여 딕역을 짓고 이 지경이 되니 셰상 ᄉᆞ람이 조심치 아니ᄒᆞ랴.

　이 부분은 다른 고소설에서도 보듯 작가가 편집자적 논평태도로 교훈을 강조하는 대목이기도 하다.

　이상에서 이 작품은 단순한 왕비의 간택과 폐비 그리고 복위에 이르기까지의 모든 사실을 사실대로 알린다는 사실 기록의 차원을 넘어서, 왕후의 聖德을 기린다는 주제적 일관성을 위해 감동적인 사건만을 선별하여 과장과 치밀한 묘사를 통해 감동을 주도록 구성한 소설임이 분명하다. 그러므로 이 작품은 일기 또는 수필라고 하기보다 훌륭한 소설의 영역에 이미 들어서 있는 것이다.


### 〈辛未錄〉


### (1) 사실의 소설 수용 양상


#### ⅰ) 洪景來亂의 배경

　홍경래난이 일어난 시대적 배경은 당쟁으로 기강이 문란하여 문벌을 숭상하고 관리 등용에 賄賂가 공공연히 행해지던 때이다. 또한 이때는 金祖淳의 세도정치, 왕권의 衰微, 外戚의 跋扈, 지방 관리의 노략질, 흉년과 천재지변 등으로 민심이 洶洶하였다. 그리하여 無田 농민의 다량 창출, 경영 형 부농층의 성장, 私商 층과 특권 市廛 층의 갈등, 광산 노동 층의 대량 배출, 신분제도의 桎梏으로 인한 천민 층의 반항, 한정된 관직으로 관료가 되지 못하고 있는 많은 지식층의 불만과 하층민의 변혁에 대한 갈망이 높아가고 있었다. 특히 關西人은 조정에서 차별 대우를 하고 있던 터라 더욱 불평을 품게 되었다. 그 중에서도 平安道를 중심으로 하는 서북 지방에서는 사회 변혁의 욕구가 높아 여러 계층의 사람들이 난을 준비하고 있었다. 마침내 洪景來·禹君則·金士用을 핵으로 하

고 그 주위에 각각 지식인과 상인 및 하류 신분층 특히, 吏屬과 官奴·
小商人·鑛山노동자 층을 대표하는 인물들이 봉기군의 지도부로 결탁하
기에 이르렀다.11)

이러한 배경에서 홍경래난은 순조 11年 12月 18日 가산군 다복동을
근거지로 일어났다. 이때의 격문을 통해 이 난의 성격을 어느 정도 미루
어 짐작할 수 있다.

> 무릇 關西는 箕聖의 옛터요, 檀君 시조의 舊窟로서 衣冠이 岌濟하고
> 문물이 炳烺한 곳이다.…그러나 조정에서는 西土를 버림이 糞土와 다름
> 없다. 심지어 權門의 노비들도 西土의 人士를 보면 반드시 平漢이라 일
> 컫는다. 西土에 있는 자 어찌 억울하고 원통치 않는 자 있겠는가… 현재
> 나어린 임군이 位에 있어서 권세 있는 간신배가 날로 熾盛하여 金祖淳
> 朴宗慶의 무리가 國柄을 竊弄하니 어진 하늘이 재앙을 내려 겨울 번개와
> 지진이 일어나고 재앙별(살별)과 바람과 우박이 없는 해가 없으며 이 때
> 문에 큰 흉년이 거듭 이르고 굶어 부황 든 무리가 길에 널려 늙은이와
> 어린이가 구렁에 빠져서 산사람이 거의 없어질 지경에 이르렀다.12)

소설에서도 이러한 홍경래난의 배경이 잘 묘사되어 있다.

> 눈을 드러 셰수를 潗히건대 한심 통곡홀 일이 하도 만토다. 우리 션세
> 가 대붕의 날개처럼 쾌히 쩔치든 일은 이미 션텬스 又고 자라목아지 된
> 지 이미 루빅년이라. 오래 비식혼 운수를 헤치고 양츈의 쾌활혼 경상을
> 보자면 맛당히 샹하 인심을 발분진작ᄒ야 나아가서는 웅지 대략을 텬하
> 에 현요ᄒ고 물너와서는 텬부금탕을 반태에 조안홀 것이어늘 쥐코만혼
> 작은 판국에 굼벙이처럼 꿈을거리면서 그 속에 가지로 지은 문이 겹겹이

---

11) 鄭奭鍾, 「洪景來亂」, 『創作과 批評』 통권 제25호, 1972. 및 李丙燾, 「洪景來亂
  과 定州城圖」, 『白山學報』 제3호, 1967. 참고.
12) 鄭奭鍾, 윗글 pp.634~635에서 재인용.

서고 바늘로 모은 섬돌이 층층히 벌녀잇서 아모리 거룩흔 인물과 큰 경
륜이 잇슬지라도 우스운 례절과 되지못흔 방범에 꼼짝흠을 엇지 못흐게
되엇스니 흐눌이 우리를 얽어매심이 쏘한 심흐도다. 사룸이 셩명을 흐눌
끠 밧즈옴은 한가지어늘 셰샹에 쩌러지면서 반샹의 문벌이 잇기도 이미
리치가 아니러든 하믈며 문무의 직분으로 벼슬에 귀쳔이 잇고 디방의 남
북으로 빅셩에 찬소가 잇서 행여 영웅호걸지ㅅ가 어느 틈에서라도 생겨
날가 두려흠이라. 우리 죠선의 용인흐는 법도 엇더케 편벽흐고 괴악흔
것을 보건대 경향을 분변흐야 경상도 젼라도 사룸은 문무과에 오르면 간
신히 옥당과 션젼관을 흐는 쟈이 그 몃몃치며 지어 황힌 평안 함경 삼도
사룸들은 문 불과 지평 장령이오 무 불과 슈문부장이라 비록 을파소와
을지문덕 강감찬이며 최치원 김싱과 홍길동 뎐우치 ᄀᆞᆺ흔 쟝샹지지와 문
쟝 필법과 신슐이 법이 잇슬지라도 쓸곳이 바이 업스니 엇지 원억치 아
니흐리오. 이리 흔지 거의 오빅년에 영웅호걸과 문쟝지시 그 쯧을 펴지
못흐며 지조를 쓰지 못흐고 허도히 쵸목과 ᄀᆞᆺ치 썩은 쟈이 그 수를 가히
혜아리지 못홀 것이오. 더욱 근일에 니르러는 외쳑이 롱권흐야 졍령이
다단흐고 회뢰 공힝흐며 방빅슈령들은 지물을 탐흐고 빅셩을 도라보지
아니흠애 창싱이 슈화즁에 싸져 어이 홀 줄을 아지 못흐니 엇지 통훈치
아니리오. (신문관본·홍경래실긔)


ii ) 인물묘사

목판본 〈辛未錄〉에서는 주인공인 홍경래에 대한 인물 묘사가 없이 곧
사건의 전개로 들어간다.


대쳥 가졍 황졔 즉위 십뉵년은 즉 아조 셩상 십이년이라. 이ᄯᅢ 평안도
쳥북이 누년 겸지롤 만나 ᄉᆞ민이 싱업을 닐우지 못흐는지라 황여우민이
셩명흐신 덕틱을 아지 못흐고 외람이 텬위롤 거스리니 엇지 츠홉지 아니
리오. 이ᄯᅢ 농강 홍경닉와 가산 니희져와 락산 우군측이 셔로 모의홀
ㅅ…(木版本·辛未錄)

그런데 개화기에 개작된 두 편의 〈홍경래실긔〉에서는 일반 소설과 마찬가지로 인물의 소개부터 서두가 시작된다. 그리고 과장과 추상적으로 인물을 묘사하고 있다.

화셜 조선 순죠 시절에 평안북도 룡강ᄯᅡ에 한 사롬이 낫스니 성은 홍이오 일홈은 경러라. 신쟝이 팔쳑이오 범의 머리에 일희 허리며 제비턱에 잣나비 팔이오 말소리 큰 쇠북을 울리는지라. 어려서부터 글을 닑음애 서삼경과 제ᄌᆞᆨ박가를 무불통지ᄒᆞ고 ᄯᅩᄒᆞᆫ 궁마지ᄌᆡ를 조와ᄒᆞ야 신츌귀몰ᄒᆞᆫ 포부가 잇스며 일즉이 이인을 맛나 텬문디리와 륙도삼략을 공부ᄒᆞ야 그 오묘ᄒᆞᆫ 리치를 졍통ᄒᆞ고 심지어 긔문둔갑슐을 희득ᄒᆞᆫ지라.

(신문관본·홍경래실긔)

화셜 조선 순조시절에 평안북도 용강현 청룡리의 한 사람이 잇쓰되 성은 홍이오 명은 경래라 위인이 활달대도하고 신장이 구쳑이오 재죄 문일지십하고 용맹이 비호갓흐며 활쏘고 말달리기를 조와하야 일직이 텬문디리와 륙도삼약을 무불통지하고 심지어 귀문둔갑지술을 품엇난지라.

(세창서관본·홍경래실긔)

서두의 이상과 같은 차이는 목판본이 선행 본이라는 전제에서 볼 때 개화기에 제작된 소설들이 한층 더 소설적 기법을 성실히 활용하고 있다고 보겠다. 이러한 인물 묘사는 고소설에서 흔히 쓰이는 수법이며 서문에서 보듯이 영웅을 기대하는 심리에서 개화기에 그를 영웅화하기 위한 상투적인 묘사다. 오히려 앞서 읽혔을 목판본〈신미록〉이 사실적인데 비해 개화기의 작품들은 과장과 허구를 끌어들여 소설적 장치를 더 많이 활용하고 있다.

역사적으로 홍경래에 대한 사적은 불분명하여 알 수 없다. 亂의 진압 시 참전했던 관군의 손에 의해 기록된 『陣中日記』에는 다음과 같이 출신과 외모를 간단히 언급하였다.

적의 우두머리 홍경래는 용강현 민가 출신이다. 사람됨이 短少하고 하는 일이 狡猾해서 사람을 속이고 대중을 현혹시키는 재주가 있었다. 스스로 勇力이 있다고 말했는데 그 실상을 본 사람은 없다. 그러나 자못 걸음이 빠르고 잘 걸어서 각도로 돌아다니며 浮浪輩들과 교제했다. 혹 地師라 칭하며 도처에서 속이며 못하는 짓거리가 없었다. 그 아버지 묘를 마을 사당 뒤에 장사지낸 뒤 大地를 얻었으니 크게 발복할 것이라며 자랑했다.[13)]

趙鍾永의 『關西平亂錄』에도 신분이 지방의 몰락해 가는 하층 士族이라 하였다.[14)] 신분이 하층 지방 선비의 혈통이라는 것은 그가 司馬試에 응할 수 있었던 점으로 알 수 있다.[15)]

iii) 거병과 진압 과정

홍경래는 辛未年 12月 18日 거병의 횃불을 들어 자칭 平西大元帥라 하고 金士用을 副元帥, 禹君則을 先生(總參謀), 李禧著를 都摠, 金昌始를 謀士(參謀), 洪總角·李濟初를 先鋒將으로 삼았다.[16)] 이러한 개인별 임무는 소설과 일치한다.

군측이 스스로 모스되여 왈 우선싱이라 ᄒ며 홍경니로 대원슈를 숨고 락산 김ᄉ룡으로 부원슈을 숨고 진ᄉ 김창시로 모스룰 숨고 홍총각으로 좌선봉이오 지천 니졔초ᄂᆞ 후군쟝이 되여… (목판본·辛未錄)

---

13) "賊酋洪景來者, 龍岡縣民家子也, 爲人眇少, 行事狡猾, 以誣人惑衆爲伎倆, 自謂 有勇力, 而人未見其實, 然頗輕捷善步, 往來各道, 交結浮浪, 或稱地師, 到處誑 誘, 無所不爲, 葬其父於里社之後, 自謂得大地, 發大蔭也". 著者未詳, 『陣中日記』辛 未十二月十八日.
14) 趙鍾永, 『關西平亂錄』卷七, 壬申四月十八日.
15) 鄭奭鍾, 「洪景來亂」, 『창작과 비평』제7권 제3호, 1972, 가을.
16) 趙鍾永, 앞의 글, 卷十二, 壬申 三月 十七日 鄭龍行供招와 四月 六日 金大勛供 招 참조.

목판본 소설에서는 홍경래가 주역이 아니라  禹君則에게 초점을 맞추고 그를 크게 부각시키고 있는 점이 특이하다. 이하 반군이 嘉山을 비롯 博川·郭山·定州·泰山·鐵山·龍川 등 각 읍을 점령한 것과 관군 및 의병의 활약상 또한 모두 역사적 사실과 일치한다. 특히 정주성 싸움을 중심으로 전개하였는데 史實에서도 이 성을 둘러싸고 전투가 치열했음을 말해 준다. 관군은 정주성을 폭파하기 위해 4월 3일부터 北將臺 밑에 굴을 파기 시작하여 16일 만에 마쳤다. 화약은 모두 1,710근 燃紙 90근 합계 1,800근이었다. 18일 밤에 床과 燒木과 가마니를 굴속에 쌓고 화약을 그 위에 쌓았다. 또 화약을 손가락 길이만큼 종이로 싸서 대나무를 쪼갠 뒤 그 속에 넣고 다시 대나무를 맞추어 화약에 세 가닥으로 연결하고 진흙을 덮었다. 대나무 끝에 火繩을 달아 19일 새벽에 불을 붙여 성을 폭파하였다.17) 이 때 검은 연기가 충천하고 臺石과 鋪樓가 조각조각 날렸다. 그리고 성은 10여 간이나 무너져 평지가 되었다. 이 때 마침 동녘 하늘이 밝아왔다. 관군은 기를 세우고 督戰하면서 입성하여 마침내 난을 평정하였다.18) 한편 참전기인『西征日記』임신 4월 19일의 기록은 정주성의 최후를 이렇게 기록하였다.

自開東時 黑霧四塞 微雨霏酒 孫泰永使軍兵 輸運火藥於掘地之內 使軍器監官金致彦 親審埋藥 別破陣執事 金仁煥·吳世權·申殷權等 次次雲積 而下以小木 如井字而列之 次以空石布之 繼以鹿糠布之 又以乾艾布之 積以藥一千七百斤於其上 以藥線周盤左右 引一端出土穴之外 而以竹筒 連藥線端懸火繩 而以三枝槍樣 上穿小孔數處 以土遮塞穴口 整頓器械 姑俟天明 軍兵一齊炊飯.19)

---

17)『純祖實錄』, 癸亥 12년 4월, ‘破城事蹟’ 및 ‘巡撫營啓言’ 참조.
18) 李佑成·林熒澤譯編,『李朝漢文短篇集』下(서울 : 一潮閣, 1982,1), pp.159~160.
19) 方禹鼎,『西征日記』, 壬申四月條.

이 기록은 세창서관본 〈홍경래실긔〉에 그대로 번역되어 수록되어 있어서 실기형 전기소설의 소설화 과정을 엿볼 수 있다.

이날 개동시에 거문안개 사면에 자욱하고 가는 비 나리는지라. 중쵸관 손태영이 군사로 하여곰 화약을 토굴 안에 슈운하고 안주 군긔감관 김치언으로 화약 뭇는 것을 보살피게 하고 별과진집사 김인환과 오세권과 신은권 등이 화약을 싸하 나리고 우물정자 갓게 작은 나무를 버러노코 그 다음에 공석을 펴고 이어 굴안에 굴근 계을 펴고 쏘 말은 쑥을 쌀고 그 우혜 화약 일천책백 근을 싸코 화승에 불을 다리고 굴함 밧그로 나오게 하고 대통으로 약선을 련하고 그 긋헤 화승을 달고 삼지창 모양으로 우희 젹근 구멍 두어 곳을 쑬코 흙으로 토혈 어귀을 가리와 막은 후 긔계를 정제하야 하날이 발기를 기다리며 군병이 일시에 밥을 지어먹고…

이 장면은 목판본 〈辛未錄〉과 신문관본 〈홍경래실긔〉, 한문본 〈洪景來傳〉에도 나와 있는데 내용을 다소 축약시켜서 표현하였지만 날자와 상황 등은 사실과 일치한다.

임신 4월 18일 동편 굴은 다 뚫지 못했고 북편 굴은 먼저 서장대 밑까지 뚫었다. 그날밤 화약 2천 여근을 매설하고 화기가 밖으로 분출될까 염려해서 진흙과 큰 돌로 입구를 틀어막았다. 화승의 한 끝을 화약덩이 속에 집어넣고 다른 한 끝을 굴 밖으로 끌어대어 입구를 막은 다음 그 화승 끝에 불을 붙였다. …이튿날 평명에 폭발 소리가 굉장히 크게 일어나며 성벽 수십 길이 무너졌다. (漢文本・洪景來傳)

이쩌는 임신수월이라. 굴함을 다 파 셩밋희 다다라 그 속의 화약을 찻고 화승을 박아 불을 노핫더니 십구일 오시의 우레 갓흔 소리 나며 셩이 믄허지거늘 각진 군시 일시의 드러가니 살벌흔 소리 텬지 진동ᄒ더라.

(목판본・辛未錄)

날이 붉으며 비 적이 긋치더니 문득 드르니 디진ㅎ는 소리 미미히 니
르거늘 몸을 니러 북장디를 브라보니 홀연 삼ㅅ십지 연긔 빅쥬에 붉이
니러나는 모양과 ㄳ히 다질너 니러나더니 하놀이 문허지고 ㅼ하히 터지는
닷ㅎ는 소리 나며 쥬희 빅간이나 되는 일진 흑연히 돌연히 이러나 바로
하놀 가온디서 나거늘 우덩이 몰을 달니며 군ㅅ를 휘동ㅎ야 급히 삭쥬진
압헤 니른즉 연긔 비로소 훗터지고 셩이 임의 문허졋더라.

(신문관본·홍경래실긔)

이 밖에 다른 사건의 진행도 實史的 내용과 차이가 없이 전개되고 있다.

### iv) 홍경래의 최후

이 소설은 사실에 의거하였으므로 각 이본들 사이에 소설 전개 내용
은 별로 차이가 없다. 다만 소설의 도입부인 발단부와 결말부에서 큰 차
이를 보이는데 이는 목판본이 출현했던 시대와 구활자본으로 개작된 작
품의 시대적 상황이 다른 데서 오는 차이이다. 다시 말하면 목판본이 간
행되어 나온 시대는 조선조의 유교적 윤리규범 의식이 지배하던 시대이
므로 홍경래를 부정적으로 볼 수밖에 없다. 그래서 그를 叛軍 또는 敵軍
으로 부르고 있다. 그리고 홍경래의 최후도 사실적으로 왜소하고 비참하
게 표현하고 있다.

잇ㅼ 경니 형세 위급ㅎ여 도망코저 ㅎ더니 옥지혁이 그 머리를 버혀
들고 슌무영군이 대희ㅎ여 머리를 함의 담아 경ㅅ로 보니니라.

(목판본·辛未錄)

한편 신문관본 〈홍경래실긔〉는 서문에서,

우연히 넷글 뭉치를 뒤지다가 당시에 관군을 ㅼ라 갓든 이의 약간 실

> 록혼 것을 어드니 소위 명분상의 관계로 쟝군을 위하야 싱식되는 곳보다
> 욕되게 ᄒ는 구절이 만하야 족히 세상에 무를 만한 것이 되지 못ᄒ나
>
> (신문관본·홍경래실긔)

라고 한 것으로 미루어 홍경래난 평정에 참전했던 관군의 『진중일기』 같은 기록을 모태로 지어졌음을 알 수 있다. 그러므로 당시의 기록은 홍경래를 부정적으로 보는 시각이었을 것이다. 그래서 신문관본에서 편집자는 개작하면서 '욕되게 하는 구절이 많다' 하였다. 이는 홍경래를 보는 시대적·사회적 배경이 서로 다른 데서 오는 안목의 차이다. 곧 구활자본에서는 시대적 상황이 영웅의 출현을 기대하던 일제하이므로 홍경래를 영웅화하기 위하여 역사적 사실에 의거하되 그가 때를 만나지 못했음을 아쉬워한다는 서문을 첨가하면서 홍경래군을 반군이나 적군이 아닌 그저 홍병이라고 부르고 있다. 그리고 결말의 죽음 장면은 아예 빼버리고,

> 거야에 홍경릭는 셔쟝더에 잇고 우근측은 북쟝더에 잇더니 다 도망ᄒ
> 야 잡지 못ᄒ고 (신문관본·홍경래실긔)

하거나

> 이에 됴정이 홍총각과 양시위를 처참하고 경래와 우군측은 공을 의론
> 허사 멀리 원참하니라 (세창서관본·홍경래실긔)

라고 사실과 다르게 표현하였다. 이는 홍경래를 영웅으로 보려 하기 때문에 비참하게 죽일 수 없었던 당시의 시대상을 잘 반영하는 결과이다. 이처럼 영웅의 출현을 기대하는 시대적 상황에서 홍경래는 도탄에 빠진 민생을 구제할 수 있는 영웅의 상으로 비쳐지지만 난이 일어난 당시의 사회적 상황에서 그는 역적일 뿐이다.

(2) 소설적 가치의 문제

위에서 본 바와 같이 홍경래난을 배경으로 하는 목판본 〈辛未錄〉이나 구활자로 개작된 두 편의 〈홍경래실긔〉는 역사기록을 그대로 옮기거나 사실에 충실하려는 태도를 너무 강조하다 보니 소설로서의 문제점을 드러낸다. 소설의 도입부와 결말, 그리고 내용 전개에서 활용하고 있는 극히 제한된 소설적 기법이 이들 작품을 역사기록과 구분시켜 줄 뿐이다. 이런 점에서 이들 작품은 작가의 문학적 조작 곧, 작위적 창작성이 거의 보이지 않는 실기형 전기소설의 한 특징을 확인할 수 있다. 특히 개화기에 개작된 신문관본과 〈홍경래실긔〉 작품에서는 시세와 영웅의 상관성을 역설한 다음 구체적으로 영웅이 요구되는 당시의 시대적 상황을 무의식적으로 말하고 있다.

> 평셔 대원슈 홍경릭장군이 넓은 쯧 깁흔 쇠와 큰 손 굵은 주먹으로 만민이 바라는 바를 좇고 만인의 능히 못ᄒᆞ는 바를 손대여 ᄉᆞ천년 격막을 쌔터릴 양으로 오빅년 참앗든 소리를 지르고 일세계 간난을 구원 ᄒᆞᆯ 양으로 삼천리 발밋부터 흔들려ᄒᆞ니 (신문관본·홍경래실긔)

에서 '사천 년'이나 '오백 년'이라는 시간 인식은 바로 작가가 서 있는 시대인 것이다. 그리고 계속하여 홍경래는 일세의 도탄을 拯濟할 선지자인데도 다만 시세를 만나지 못한 불우한 영웅이라고 애석해 하면서 시세를 한탄하지 말라고 은근히 위로하며 부추기고 있다. 작가는 홍경래가 시세를 만나지 못한 불우한 영웅이라 보았기 때문에 개작된 〈홍경래실긔〉에서는 목판본 〈辛未錄〉에서처럼 그의 최후를 왜소하고 비참하게 처리하지 않았다고 생각된다. 관군의 기록이나 〈辛未錄〉에서 홍경래에 대한 평가는 역적일 수밖에 없다. 그러므로 그를 부정적으로 그리고 있는데 관군의 기록을 토대로 〈홍경래실긔〉를 재구성하면서 작가는 오히려 그를 영웅화하려다 보니 자연히 모순점이 발생하지 않을 수 없다. 즉, 모체인 〈辛未錄〉이나 『陣中日記』 등에서 부정적으로 기록한 내용을 반대로 긍정적 시각으로 바꾸어 영웅상을 부각하려 했으므로 결국은 논리에 불통일성을 초래하고 작품으로서 실패한 결과를 초래하고 말았다.

작가의 의도대로 영웅상을 부각하려면 차라리 〈辛未錄〉이나 역사 기록에 의존하지 말고 처음부터 창작력을 발휘하여 역사 기록과는 상반되는 방향으로 작품을 이끌고 나가는 것이 마땅하다. 작가는 서문에서 관군의 기록이 홍경래를 '욕되게' 한 기록이라고 비판했으면서도 그 내용을 그대로 옮겨 적을 만큼 기법 면에서 창의력을 발휘하지 못하고 있다. 작가는 홍경래의 행위가 서민대중을 위해 국가적인가 반국가적인가 하는 가치적인 해석보다, 도탄에 빠진 현실을 박차고 일어설 수 있는 홍경래 같은 용기 있는 영웅이 출현하기를 바라는 의욕이 앞서 있었던 듯하다.

### 〈朴泰輔傳〉

(1) 사실의 소설 수용 양상

ⅰ) 가계와 출생

박태보는 효종 5년(甲午 1654) 5월 21일에 태어났다. 그 후 숙부인 世堠에게 양자로 들어가 대를 이어 16세에 결혼하고 22세에 생원, 숙종 3년(丁巳 1677)에 알성과에 장원급제하여 典籍을 거쳐 禮曹佐郎이 되었다. 이 때 시험관으로 출제를 잘못했다는 남인의 탄핵을 받고 선천으로 유배되었다가, 이듬해 풀려나 차례로 修撰·校理·吏曹佐郎·暗行御史·坡州牧使 등을 역임했다. 己巳換局(숙종 15년, 1689) 때 서인으로서 인현왕후 폐위가 부당함을 諫하는 상소를 올리고 심한 고문을 받은 후

가던 도중 杖毒으로 죽었다.20)

ii) 상소문의 수용

소설에 실린 상소문의 내용은『定齋集』,『朝鮮王朝實錄』,『燃藜室記述』의 것이 모두 일치한다. 전문을 다 실을 수 없으므로 처음·중간·끝 부분만 대조한다. 먼저 문집에 실린 것을 보자.

> 伏以臣等竊惟, 人君之有后妃, 所以共承祖宗之統, 並臨衆庶之, 上治化之所本, 王敎之所基, 古聖王重妃匹之際者良以此也, 惟我母后之主中壼而臨一國者, 今已九年, 先后之所親選以托我殿下 而殿下之所與共經, 先后之喪者也, 中外之過言不聞, 臣民之仰戴方切, 伏見昨者, 下賓廳之, 此辭旨極嚴, 有非臣子所敢忍聞者…元子誕降實是, 宗社無彊之慶, 深山窮谷莫不懽抃則, 內殿之心寧有不悅者乎, 頃年命選嬪, 御之擧出於內殿之勸導則, 基悶儲嗣之不廣而, 忘有之私心, 盖可見矣 … 惟殿下之留神裁省焉.21)

다음은 소설에 실린 것이다.『조선왕조실록』과『연려실기술』의 것도 문집에 실린 내용을 그대로 실었다.

> 복이 신등은 업드려 싱각ᄒ오니 인군의 비두신 것ᄉ 종묘를 ᄒᆫ 가지로 밧들고 만민을 ᄒᆫ 가지로 님ᄒᆞᆺ 왕교에 근본이오 왕화에 근본이라. 녯적 성황이 후비를 즁히 역인 것ᄉ 이런 연괴라. 우리 모후도 곤위에 님ᄒᆞ오신지 님의 구년이라. 대왕대비 친히 간퇵ᄒ오셔 우리 젼하를 맛기오시니 뎐희 쏘ᄒᆫ 뎌왕뎌비 삼년상을 ᄒᆫ 가지 닙ᄉ오시고 외간의 실덕이 아니 들니옵고 신민에 우러르미 간졀ᄒ옵더니 홀연 이졔 빈쳥의 ᄂ리신 비망긔를 보오니 신ᄌ의 ᄎᆞ마 드를비 아니로소이다. …원ᄌ 탄강ᄒ오시니 종ᄉ

---

20) 朴泰輔,『定齋集』行狀 및 年譜와 鷺江書院,『忠烈公定齋先生小傳』(1965.9) 참조.
21) 朴泰輔, '己巳縉紳疏'『定齋集』卷七. 疏二.

의 무강ㅎ신 복이라. 심산궁곡에 뉘아니 즐겨ㅎ리 업삽거눌 너뎐의서 마
음에 엇지 깃거 아니시리잇가. 저지음 긔 후궁을 널니 쌰라ㅎ오시기눈 너
뎐의서 ㅎ오심은 스쇼 념려을 ㅎ오셔 사졍을 닛즈오신 뜻을 가히 보올 것
시니이다. …오직 뎐하눈 살펴옵소셔. (신문관본·박틱보실긔)

이처럼 소설에서도 상소 전문을 싣고 있는데 원문을 그대로 번역하고
있음을 확인할 수 있다.

### iii) 親鞫 받는 장면

다음, 친국 받는 장면도 모두 사실에 의거하여 묘사한 듯하다. 그 중
한 대목만 뽑아보기로 한다. 먼저 『연려실기술』의 기록을 보자.

> 태보가 얼굴빛을 고치고 소리를 높여 아뢰기를 "전하께서 어찌 차마
> 이 같은 하교를 하시나이까? 부부는 인륜의 시작이요, 성인은 인륜의 지
> 극함이옵니다. 비록 보통 필부라도 오히려 부부의 도리를 중히 여기옵거
> 늘 하물며 우리 모후는 누구의 배필이시기에 일시의 노여움으로 옛 성인
> 의 가르침을 잊으시고 중궁에게 하는 말씀이 이같이 상스럽고 거만하십
> 니까?" 하였다. 이에 임금은 기가 막혀 말을 못하다가 한참만에야 겨우
> 이르기를, "이것이 무슨 말이냐? 간악하고 독하기가 김홍욱(필자주 : 昭
> 顯世子의 嬪인 강씨를 폐하여 서인을 만든 것이 억울하다는 상소를 올려
> 곤장에 맞아 죽었음)보다 더 심하구나. 마땅히 역률로 다스려야겠으니
> 무릎을 누를 형틀과 화형할 기구를 대령하라."하고 나장에게 명하기를,
> "만일 다시 입을 열면 곧 입을 때리라" 하였다.[22]

소설에도 이 대목이 나와 있다.

---

22) 이긍익, 『국역 연려실기술』, 앞의 책, p.222.

공이 조용히 앙터하여 왈 뎐히 엇지 이런탓 실언을 ㅎ시는잇가. 녯적
스롬이 갈오터 부부는 인륜의 비로소미오미 셩인은 인륜이 지극ㅎ옵고
필부도 오히려 납폐혼 례의를 즁히 역이며 의로써 대졉ㅎ옵거던 ㅎ믈며
즁궁은 엇더케 놉흐시며 엇더ㅎ신 위의완대 그 조고마혼 노염으로써 말
숨을 갈희들 안이ㅎ시는잇가. …샹이 터로ㅎ스 고셩ㅎ교(高聲下敎) 왈
이 어인 말이며 이 어인 말이뇨. 이놈의 간특은 김홍욱의셔 더ㅎ다. 쟝
차 역률노 다스일 것시로되 몬져 압슬 형벌을 ㅎ되 승복을 ㅎ게되면 극
졍방형ㅎ리라. 지만(遲晩)을 아니ㅎ면 불문곡직ㅎ고 엽흘 지르며 입을
쎄흐라. 압슬 형치를 속속히 거힝ㅎ라.

이 밖에도 『연려실기술』의 기록과 소설이 일치하거나 비슷한 대목은
친국받으러 들어가기 전에 박태보가 상소문을 짓고 썼음을 사실대로 말
하라며 吳斗寅과 李世華에게 慫慂한 대화, 화형으로 단근질하는 장면,
대신들이 임금의 건강을 염려하여 친국을 만류하는 장면, 임금과 박태보
의 주고받은 대화 등이 있으나 생략한다. 다만 박태보가 유배지로 떠날
때의 상황을 실록과 대비시켜 본다.

오두인은 의주로 박태보는 진도로 정배되었다. 두 신하가 감옥문을
나설 때 경성의 남녀가 길을 메우고 충신을 보고자 하여 소란스럽게 떠
드는데 얼굴에는 모두 눈물이 흘렀다.23)

이 대목을 소설에서는 실록의 기록보다 더 부연하여 장황하고 실감
있게 사실적으로 묘사하고 있다.

비로소 비소를 진도로 뎡ㅎ니… 길희 사롬들이 샹하 업시 닷토아 눈

---

23) "吳斗寅配義州, 朴泰輔配珍島, 兩臣甫出獄, 京城士女塡誼譁, 皆曰願見忠臣, 而
貌至流涕者" 『肅宗實錄』, 肅宗十午年 己巳四月條.

물을 니여 탄식ᄒ며 붓들어 일오되 츙신의 얼골이나 보스이다 ᄒ고 혹
약봉지도 던지며 혹 지물도 던져 전송ᄒ니 공이 강잉ᄒ야 눈을 쩌보와
친구중 아는 사룸이면 손을 들어 사례ᄒ더라. (신문관본·박티보실긔)

끝으로 숙종이 밤새워 친국을 마치는 장면을 보자.

　　샹이 슉쟝문으로 들어가시니 이 쩌가 이십뉵일 진시러라. 어시에 공
이 비로소 희박ᄒᆷ을 어든 후 숨을 거리쉬나 긔운이 진ᄒ고 입이 말나 엄
엄ᄒ야 쟝츠 명이 진ᄒ게 되니…. (신문관본·박티보실긔)

또 죽을 때의 시간도 명확히 밝히고 있다.

　　담 쓸는 소리 디단ᄒ니 공이 왈 명이 쯘키이리 더딘고 하고 문득 졸ᄒ
니 오월초오일 스시러라. (신문관본·박티보실긔)

그 밖에도 친국하는 장면을 마치 눈으로 보듯 자세하게 기술하였다.
이 작품은 박태보의 충절을 강조하기 위하여 특히 친국받는 장면을 감동
적으로 그리고 있다. 숙종이 용상을 치며 호통 치는 장면, 화형으로 단
근질하여 살이 타고 악취가 진동하며 정강이뼈가 부서지는데도 굽히지
않는 그의 기상을 강조하였고, 독자들도 그러한 사실적 장면으로부터 더
욱 감동을 받았다고 여겨진다.

iv) 사후의 일

사후의 일들 이를테면 중전의 복위, 그의 복 관직과 나라에서 諡號를
내린 일과 후손에 관한 사항도 간략하게 밝힘으로써 한편의 완결된 소설
형식에 맞도록 꾸미고 있는데 이러한 사항도 모두 사실에 부합됨을 확인

할 수 있다. 그리고 끝에 가서 작가는 전의 논찬처럼 감회를 적는 것도
잊지 않고 있는데 이것은 전의 영향이라고 하겠다.

> 슬프다 쥬지 미양 제갈무후의 출ᄉ표를 닑으실 졔 눈물 아니 닉실 젹
> 이 업ᄉ시민 더져 충렬은 빅셰에 아름다움을 씨침일너라. (신문관본·박
> 틱보실긔)

(2) 〈朴泰輔傳〉의 소설적 특징

〈朴泰輔傳〉은 인현왕후 폐위가 부당하다는 상소를 올리고 밤새 친국
을 받은 후 진도로 유배가 던 중 노량진 사육신묘를 지날 때 杖毒이 심
해 머물러 있다가 죽기까지의 사건을 소설화한 실기형 전기소설이다. 작
가는 이러한 역사적 사건을 소설화하면서 박태보에 초점을 맞추고 그의
충절을 강조하는 한편 그릇된 사실을 올바로 알린다는 의식으로 임하고
있다. 〈박틱보실긔〉의 모본이 된 〈문녈공긔ᄉ〉의 말미에 덧붙인 작가의
다음 말이 그러한 사실을 잘 입증한다.

> 슬프다. 공의 졸ᄒ신 후 뎐이 잇거마는 어느 사룸의 손의 난줄 모ᄅ고
> 일국의 편만ᄒ여 거의 빅년이 되나 집집이셔 닑어 ᄉ녀로브터 우동마졸
> 의 이르러 공의 셩명 외오기룰 일ᄉ마 공의 일의 죵시룰 말ᄒ미 녁녁ᄒ
> 여 어제날 곳ᄒ여 뉴쳬오열ᄒ야 친쳑곳치 슬허ᄒ나 그러ᄒ되 여러 번 진
> 서와 언문의 밧고이여 거즛말도 셧기고 그릇ᄒ며 초략ᄒ미 잇기로 더욱
> 오라면 실샹을 일흘가 저허 나라 일긔도 보고 친필도 보아 번거론 것은
> 썰치고 간냑히 ᄒ야… 거의 공의 님죵시 말슴ᄒ신 쓰줄 뎌ᄇ리지 아닌가
> 하노라. (필사본·문녈공긔ᄉ)

한문과 한글로 된 전이 그릇되고 초략하여 실상을 제대로 전달하지
못하므로 사실의 왜곡을 막고자 하는 뜻에서 이 글을 기록한다고 밝혔

다. 따라서 이 실기에는 가계는 물론 성행, 학문의 수업과 벼슬에 이르기까지 자세히 기술하고 있다. 더욱이 친필도 보고 임종시 말씀 뜻을 저버리지 아니하였다고 한 것 등으로 미루어 후손이거나 아니면 행장 또는 집안에 전해 오던 가전을 토대로 지었으리라 생각된다.

이상에서 이 소설은 작가가 소설적 기법을 빌어오기는 하였으되 허구로 짜 얽는다는 생각보다 사실에 근거하여 박태보의 剛健·正直한 성격을 부각시키고, 역사의 師表로서 절의의 인간상을 제시하고자 한 실기형 전기소설임을 알 수 있다.

## 1.2 실기형 전기소설의 특징

이 유형의 소설은 그 표제가 〈○○○實記〉〈○○○錄〉〈○○○記事〉 등으로 나타난다. '實記' '錄' '記事'라고 제목을 붙인 현상으로부터 스스로 사실에 입각하여 지었다는 자부심과 독자에게 사실이라는 인식을 심어주려 한 저의를 읽을 수 있다. 고소설 독자의 의식을 조사한 통계에 따르면 〈○○○傳〉이라 한 소설은 허황된 이야기고, 〈○○○錄〉이나 〈○○○記〉는 사실이라고 믿고 있었음을 알 수 있다.24)

〈仁顯王后傳〉은 異本이 여섯 종이 있는데 그 제목이 〈인현왕후덕힝록〉(柳龜相本), 〈먼중뎐덕힝녹〉(一簑本), 〈인현성모민시덕힝녹〉(嘉藍本), 〈인형왕후셩덕현힝녹〉(國立圖書館本), 〈민즁젼전〉(南涯本), 〈민즁젼〉(石軒本)으로 〈○○○錄〉이 절대적이다. 원래 錄의 양식은 예술적 문장이 아닌 실용적 문장으로 書記體 24가지 가운데 하나다. 이 錄은 원래 백성을 통치하는 데에 쓰이었는데 譜·籍·簿 등과 함께 역사책의 일종으로 道理

---

24) 李源周, 「古典小說 讀者의 性向」, 『韓國學論叢』 제2집, 계명대 한국한연구소, 1975.8.

를 서술하는 문서였다 한다.25)

〈仁顯王后傳〉이 민중전의 덕행을 찬양하고 나아가서 부녀자의 도를 깨우쳐 주려 한 면을 주제 의식으로 하고 있는 점으로 미루어 '錄'자를 표제에 쓴 의도를 알기에 충분하다. 또한 대화라든가 장면의 묘사가 치밀하며 干支 및 時까지 정확히 밝힘으로써 누구나 사실로 믿을 수 있도록 했다.

인현왕후 폐출에 관련된 박태보를 주인공으로 한 소설들은 〈문녈공긔스〉, 〈박퇴보실긔〉, 〈박할님젼〉, 〈朴泰輔傳〉 등으로 나타난다. 〈朴泰輔傳〉은 고본이 〈문녈공긔스〉라 여겨지는데 '記事'라는 글은 '紀事' 또는 '書事'라고도 하며 야사의 일종이다. 옛날의 史官이 時事를 관장하여 기록하면서 듣거나 보지 못하여 왕왕 빠지는 경우가 있는데 문인 학사가 이것을 손으로 기록하여 간혹 사관이 채택하거나 사적에서 빠진 것을 보충하는데 사용되었다 한다. 그러므로 '記事'는 역사에 버금가는 사료적 가치를 가질 만큼 인정되었다.26)

우리나라에서도 文集에 '書○○○事'나 '紀○○○事'와 같은 형태의 글이 발견되는데 이 글들의 성격은 대개 전의 서술구조와 동일하며, 어떤 개인에게 일어난 특이한 사건을 중점적으로 다루되 사실보고의 형식을 취한다. 그러면서 비교적 사건의 전말을 상세히 기록하고 제보의 경위를 밝힌다는 점도 특징적이다. 사건에 초점이 맞추어지므로 줄거리의 인과관계가 분명하고 인상이 선명하다. 또한 뚜렷한 사실이므로 비교적 묘사가 치밀하며 현장감이 강하다. 書事나 紀事는 다른 서사양식, 이를테면 전이나 소설로 변모될 수 있는 근거 소재가 되기도 한다. 이러한 소재에 기술자의 주관적 견해를 주입시켜 기술하면 전으로 탈바꿈하는

---

25) 劉勰(저), 崔信浩(역), 『文心雕龍』(서울 : 현암사), p.108.
26) 金惠淑, 「傳, 書事(記事)·野談의 대비적 고찰」, 『판소리·古典文學硏究』(서울 : 亞細亞文化社, 1983.9), p.597.

데 연암의 전 가운데 〈廣文者傳〉에 붙여진 〈書廣文者後〉는 그 좋은 보기
이다.27) 그러므로 이들 소설은 내용적인 면에서 사실에 충실하려는 의
도에서 지은 실사형 전기소설들이다.

한편, 실기형 전기소설의 형식적 특징은 사건이 순차적 시간의 진행
에 따라 전개되는 연대기적인 면에서도 찾을 수 있다. 고소설의 내용이
대개 출생에서 죽음에 이르기까지의 과정이라 하더라도 세부적인 구정
의 방법에서는 다소 차이가 있다. 단일 사건이 전개되는 연대기형이 있
는가 하면 복합 사건이 인과 관계에 따라 삽입되면서 구성되는 삽입형도
있다. 실기형은 주로 단일 사건을 순차적 시간의 흐름에 따라 전개하는
연대기형이다.

이러한 연대기적 기술방법은 실기형이 역사서술 태도와 가까우므로
편년체 역사기술 방법을 모방했기 때문인 것으로 여겨진다. 즉, 역사로
부터 파생된 전의 구성법이 바로 이러한 연대기 기술 방법을 따르고 있
으므로 실기형 전기소설은 전의 영향을 강하게 받았다고 여겨진다. 전의
구성이 인물의 '가계·출생 - 성장·학업 - 활동·업적 - 죽음·후손'이
듯이 실기형 전기소설도 거의 이 틀을 답습하고 있다.

다만 소설이 역사나 전과 다른 점이 있다면 사건 진행을 요약하기도
하고 대화를 사용함으로써 장면과 장면을 점철하는 談話敍事體라는 점
이 역사의 평면적 서술 방법과 다른 것이다. 다시 말하면 소설가는 대화
를 사용하거나, 장면의 설명을 약간 덧붙이거나, 불필요한 기록을 삭제
함으로써 이야기의 줄거리를 조정하는 일을 돕고 있는 것이다. 한 예로
홍경래의 난을 기록한 『西征日記』나 『陣中日記』가 관군에 의해 기록된
일기이므로 날짜별로 기록하면서 관군의 입장에서 반군의 상황보다 관

---

27) 필자는 〈廣文者傳〉과 〈書廣文者後〉의 관계를 이러한 관점에서 논의한 바 있다. 「文
集所載傳」, 『한국학논총』 제8집, 한양대 한국학연구소, 1985.2.

군의 상황을 자세히 기록하고 있음에 비해, 소설에서는 반군의 상황도 자세히 서술하고 있는 점이 다르다. 또한 소설의 도입부와 결말부에 소설적 기법을 차용함으로써 소설의 변모를 갖추게 한다. 이러한 면에서 실기형 전기소설은 창작성이 의문시 될 소지를 많이 안고 있는 소설이기도 하다.

다음 실기형 전기소설 구성의 또 하나 특징은 사실을 사실대로 알린다는 의식 때문에 사건을 임의로 변개할 수 없는 한계를 가지고 있다는 점이다. 연대기소설은 성격소설과 달리 사건의 비중이 큰 소설이다.[28] 사건을 변개할 수 없으므로 소설을 극적으로 구성할 수 없고 인과율도 작용하지 않는다. 사건은 시간의 순서에 따라 繼起的으로 전개되며, 결말은 운명적인 결과로 끝맺게 된다. 朴泰輔・仁顯王后・洪景來의 최후는 작의에 따라 창조된 반운명적 인간상이 아닌 운명에 복종한 비극적 인간상을 그대로 나타낸다.

이상 실기형 전기소설의 특징을 한마디로 종합하면 내용상으로는 사실에 충실하다는 의도가 강한 실사형이며, 형식상으로는 단일 사건을 위주로 단선적 구성 형태를 갖는다고 말할 수 있다.


## 2. 설화형 전기소설

설화형 전기소설은 내용상으로는 설화 또는 허구에 의존하며, 형식상으로는 인과율에 따라 사건이 얼마든지 삽입되는 유형이다. 그러므로 사실의 구속을 받지 않고 순수한 인물 설화나 허구를 통해 인물의 상징적

---

28) Edwin Muir, The Structure of the Novel, A. Harbinger Boork, Harcourt, Brace and Norld, Inc, New York, pp.88~114.

의미를 부각시키면서 전개하는 소설이다. 앞의 실기형 전기소설이 비교적 어떤 구체적인 사건을 배경으로 하고 있는데 비해 이 설화형 전기소설은 사건의 중요성보다 인물의 행위에 더 비중을 둔다.

전기소설 중에서 설화형으로 분류할 수 있는 작품은 〈崔致遠傳〉, 〈洪吉童傳〉, 〈田禹治傳〉, 〈徐花潭傳〉, 〈四溟堂傳〉, 〈西山大師傳〉 등이다. 이들 작품은 모두 인물 설화를 소설화하여 전개하며 주인공이 초인적인 도술을 발휘한다는 공통성을 지닌다. 이 가운데서 〈洪吉童傳〉, 〈崔致遠傳〉, 〈田禹治傳〉을 분석의 대상으로 삼았다. 〈洪吉童傳〉은 최초의 국문소설이자 동시에 전기소설이기 때문이며, 〈崔致遠傳〉은 거슬러서 『삼국사기』 열전과의 대비가 가능할 뿐 아니라 개화기에도 신소설의 영향을 받아 개작되어 간행될 만큼 널리 읽힌 대표적 전기소설이고, 다음 〈田禹治傳〉은 〈洪吉童傳〉과 서로 대비시켜 볼 수 있는 작품이기 때문이다. 〈四溟堂傳〉과 〈西山大師傳〉은 〈壬辰錄〉에서 사명대사와 서산대사에 해당되는 부분만을 분리시켰거나 단순히 구전설화를 나열하여 한편의 작품으로서 갖추어야 할 구성상의 요건이 미비하므로 분석의 대상에서 제외시켰다.

## 2.1 작품 구성의 방법

### 〈洪吉童傳〉

(1) 『조선왕조실록』에 나오는 홍길동의 모습

먼저 『조선왕조실록』에 나오는 洪吉同(正史는 洪吉同으로, 野史와 小說은 洪吉童으로 구분하여 썼다)의 정체는 난폭한 강도로 기록되어 있다.

윤상필이 의론하기를 (홍길동은) 잔악하고 포악한 무리를 지어 백성
들을 해치는 죄가 이와 같으니 사람들이 다 분해하고 있습니다. 만약 들
은 대로 사실이라면 마땅히 잡아 들여야 합니다. 귀손은 홍길동의 행동
이 황당한 줄을 알고도 고발하지 않고 더불어 산업을 도모했으니 법으로
마땅히 다스려 죄가 법에 맞도록 해야 합니다.29)

이러한 홍길동의 모습은 玉貫子를 달고 紅帶를 띠고 僉知의 행세를
하면서 대낮에 관아를 출입하였으나 관원들이 알면서도 그를 두려워하
여 잡지 못할 만큼 행패가 심했다고 하였다.

의금부의 위관 한치형이 아뢰기를, "강도 홍길동이 옥관자와 홍대차림
으로 첨지라 자칭하며 대낮에 떼를 지어 무기를 가지고 관부에 드나들면
서 기탄없는 행동을 자행하였는데, 권농이나 이정들과 유향소의 품관들
이 어찌 이를 몰랐겠습니까? 그런데 체포하여 고발하지 아니하였으니
징계하지 않을 수 없습니다. 이들은 모두 변방으로 옮기는 것이 어떠하
겠습니까?"30)

홍길동의 이러한 모습은 그가 잡히고 30년이 지난 뒤『중종실록』에도
나타난다.

홍길동의 무리는 신이 찰리사로 가서 추국했는데 홍길동이란 자가 당
상의 의장을 했기 때문에 수령도 그를 존대하여 그의 세력을 치성하게
되었습니다. 그래서 길동이란 자를 조옥에서 추국하였던 것입니다.31)

---

29) "尹商弼議, 獷悍成黨, 爲民巨害, 如此之賊, 人所共憤也, 若聞之則 理宜告捕, 貴
　　孫知吉同行止荒唐而不告, 又從而營圖産業, 法當痛治, 罪與律合",『燕山君日記』,
　　卷三十九, 六年 庚申十月.
30) "義禁府委官 韓致亨啓, 强盜吉同 頂玉帶紅, 稱僉知, 白晝成群, 戴持甲兵出入官
　　府, 恣行無忌, 其勸農里正留鄕所品官, 豈不知之, 然不捕告, 不可不懲並徒邊何
　　如",『燕山君日記』, 卷三十九, 六年 庚申 十二月.

그런데 洪吉同의 이러한 모습은 소설에서도 찾아볼 수 있다.

> 츠시 상이 죠션 팔도의 힁관ᄒᆞᆫᄉᆞ 길동을 잡아 드리라 ᄒᆞ시되 그 술법
> 에 변화ㅣ 불측ᄒᆞ야 혹 초안도 타고 왕ᄅᆡᄒᆞ며 혹 각읍에 로문놋코 쌍교
> 도 타고 왕ᄅᆡᄒᆞ며 어사의 모양으로 역졸을 다리고 각읍 슈령 즁에 탐관
> 오리 ᄒᆞᄂᆞᆫ 즈를 문득 션춤후계 ᄒᆞ되 가어ᄉᆞ 홍길동의 계문이라 ᄒᆞ거놀
> 상이 더욱 디로ᄒᆞᄉᆞ (활자본 · 洪吉童傳)

홍길동의 영향은 심각했던 것 같다. 그가 두려워 피난 갔던 백성들이
그가 잡히고 난 뒤까지 복귀하지 못했을 정도다.

> 호조에게 계를 올리기를… 요사이 흉년이 잇달아 양전할 기한이 이미
> 지났는데도 하지 않은 지 오래입니다. 대저 양전하는 일은 1~2년 동안
> 에 해낼 수는 없습니다. 경기는 인가를 철거한 뒤로 절호가 매우 많고,
> 충청도는 홍길동이 도둑질한 뒤로 유민이 또한 회복되지 못하여 양전을
> 오래도록 하지 않았으므로 세를 거두기가 실로 어려우니, 금년에 이 두
> 도의 전지를 측량하소서.32)

이 당시는 시대가 혼란하여 홍길동뿐만 아니라 도처에 도적떼가 성했
던 듯하다. 그래서 홍길동 사건은 治獄의 한 傳錄이 되고 있기도 하다.

> 남곤(南袞) · 이유청(李惟淸) 등이 의논드리기를, "포악한 무리가 온
> 도내에 숨어 있으면서 양민에게 해를 끼쳤으니 진실로 매우 징계해야 합

---

31) "洪吉同之類, 臣以察里使, 往鞫之, 洪吉同者, 爲堂上儀章, 守令亦尊待之, 其勢
　　鴟張, 故吉同者詔獄推之耳"『中宗實錄』, 卷十七, 二十五年 十二月 甲申.
32) "戶曹啓, …近年以來, 凶歉相仍, 量田期限已過, 而久廢, 大抵量田事, 非一二年
　　所可就, 京畿撤人家之後, 絶戶頗多, 忠淸道洪吉同作賊之後, 流之亦未復, 而量田
　　久廢, 收稅實難, 請於今年 先量此二道田."『中宗實錄』卷十八, 八年 八月 甲子.

니다. 그런데 지금 체포된 자가 60여 인이니, 공사(供辭)에 관련된 자는 반드시 이보다 배는 될 것이라. 만약 모두 경옥에 잡아 가둔다면 묶인 죄수가 길에 잇따를 것이니 이는 보고 듣기에 매우 해괴할 것입니다. 지난번 경신·신유 연간에 있었던 홍길동(洪吉同)의 옥사(獄事)를 거울삼을 만합니다."33)

그리하여 홍길동 사건은 일시적인 것이 아니라 무려 1세기가 지난 뒷날까지 강박 관념으로 남아 있음을 알 수 있다.

비망기에 이르기를, "선왕조는 훌륭한 재상을 얻어 정치를 잘해서 풍속이 아름다웠으므로 인륜도덕에 어그러진 변고가 없고 다만 홍길동과 이연수 양인이 있을 뿐이다. 거리에서 서로 욕할 때 반드시 이 두 사람을 예로 들어 욕하니 지금은 정치를 잘못해서 풍속이 점차 나빠져 인륜도덕이 변하게 된 것이다."34)

이 기록에서 찾을 수 있는 중요한 문제는 홍길동이 어느덧 전설형 인물로 변질되어 가는 단서를 발견할 수 있다는 점이다. 그렇다면 설화 속에서 홍길동은 얼마나 변모되어 나타나고 있는가를 보자.

(2) 전설형 인물로 굴절된 의미

홍길동 사건이 쉽게 잊혀 지지 않고 사람들의 뇌리에 오래 남아 있었던 사실을 앞에서 보았는데 여기서 간과할 수 없는 문제는 길거리 사람

---

33) "南袞·惟淸等議, 獷悍之黨, 潛據一道, 貽害良民, 固宜痛懲, 然今被捕者六十餘人, 則辭所連逮者必倍於是, 若盡逮京獄, 繫縲連絡大觀聽住在 庚申辛酉年間洪吉同之獄, 可爲鑑戒," 『中宗實錄』, 卷四十七, 十八年, 癸未 三月.
34) "備忘記曰, … 先王朝卜相得人, 風俗淳美, 無有綱常之變, 只洪吉同, 李連壽, 兩人而已, 閭里詬謾, 必以此兩人辱之, 今則不得人, 風俗乘敗綱常之變" 『宣祖實錄』, 卷二十二, 二十一年, 一月.

들의 입에서 "홍길동 같은 놈"이라고 욕을 할 때 말해진다는 데에 있다. 설화는 대중들의 입이 그 온상이기 때문이다. 그리하여 이 후의 야사와 문헌 설화에서는 드디어 도적의 이야기에 홍길동이 결부되면서 원래의 강도 홍길동이 아닌 설화화 된 홍길동으로 변모되어 있음을 발견하게 된다.

인물이 이와 같이 변모되는 동인은 어디서 찾을 수 있을 것인가. 먼저, 의적으로 변모한 요인은 당시의 사회적인 현상에서 찾을 수 있을 것이다. 전설이 형성되는 첫 단계는 사실의 과장에 의한 전환이 이루어지는 데서부터 시작된다. 사실의 과장은 정확한 사실이 망각되고 시간이 흘러서 자유로운 상상이 허용될 때를 기다려야 하는데 한 예로 홍만종에 의한 홍길동 전설이 이야기된 때는 사건으로부터 전설화 되기에 충분한 시간이다. 다음, 전설 형성의 동기는 그 인물을 회고하기 위해서가 아니라 당면한 현재의 문제와 결부되어 있는 데서 찾을 수 있다. 홍길동 전설이 계속해서 구전될 수 있었던 까닭은 그와 유사한 도적떼가 계속 있었던 당시의 사회 현상 때문이라고 본다. 도적떼가 성행한다는 사실은 貪官汚吏가 많아서 정의로운 사회 질서가 파괴되어 가고 있기 때문이다. 그러므로 전설의 온상이라 할 서민 대중이 탐관오리에 시달리는 과정에서 부패한 관리를 호쾌히 꾸짖어 줄 수 있는 정의의 심판을 기대할 수밖에 없는데, 더 상급 관리에게 고변해도 소용이 없다는 관에 대한 불신과, 탐관오리도 서민 대중에게는 도적과 다름없다는 생각이 역설적으로 더 강한 도적 또는 정의로운 도적을 떠올리게 했을 것이다. 그러한 요구에 충족되는 인물이 바로 홍길동이다.

그는 앞에서 보았듯이, 관원들이 알면서도 잡지 못할 만큼 두려운 존재였다. 인물이 전설화되는 과정에서 사실에 대한 진실은 점차 잊혀지고 인물에 대한 흥미는 점차 확대된다. 사실에 대한 기억은 지식의 기능이

며 문학의 기능은 아니다. 홍길동 사건도 그의 행위에 대한 흥미 부분
곧 관을 사칭했다거나 관원들이 쩔쩔 맬 정도로 두려운 도적이었다는 의
미만이 확대되어 가면서 전설화되었다고 생각된다. 이러한 홍길동의 이
미지야말로 부패한 탐관오리를 호쾌하게 꾸짖어 줄 수 있는 인물이며,
그러한 인물은 정의로운 인물일 수밖에 없다는 논리가 적용된다. 그리하
여 그는 의적으로 탈바꿈하고 만 것이다. 의적으로 탈바꿈한 모습은『海
東異蹟』에서 찾아볼 수 있다.

純陽子가 증보한『海東異蹟』의 〈海中書生〉條 末尾에 첨기한 註에 보
면,

> 예로부터 들려오는 말에 의하면 조선 중엽 이전에 홍길동이라는 자가
> 있었는데 정승 홍일동의 孼弟라 한다. (洪逸童은 長城 亞次谷에 살았
> 다.) 그는 재주있는 기질을 품고 호걸로 자처했으나 국법에 과거 보아
> 벼슬길로 나감을 허락하지 않으므로 어느 날 문득 사라졌다. …그 후 길
> 동이 말을 타고 홀연 나타나 형인 일동에게 와서 며칠 머무르다 가며 이
> 후로 다시 오지 않겠다고 했다. 그 위의와 용모, 행동거지가 남의 밑에
> 있을 위인이 아니니 반드시 해외로 나가서 스스로 왕이 되었을 것이다.
> 혹 말하기를 허균이 이로부터 전을 지었다 하는데 믿을 수 없다. 이찌
> 믿겠는가?35)

라고 하였다. 이러한 註를 달고 있는 본문의 내용을 요약하면 다음과 같
다. 효종 때의 정승 鄭太和(1602~1673)가 어려서 독서를 할 때 한 書生
을 만나 앞으로 과거에 급제하여 정승이 될 것이라고 예언 받았다. 그

---

35) "舊聞國朝中葉以前有洪吉童, 吉童者相臣逸童孼弟也, (洪逸童居長城亞次谷) 負
才氣自豪, 而拘國典不許科窘淸顯. 一朝忽逃…吉童忽單騎來 謁逸童上壽留數日,
將行汰曰自此不復來矣, 乃去蓋其威儀容止 非復爲人下者 必其逃海外自王 或曰
許筠所作傳 不足信何可信也"『海東異蹟』, 補, 〈海中書生〉.

예언대로 과연 정승이 되고 평안감사가 되어 龜城을 순시하는데 한 군졸의 안내를 받아 바닷가에서 배를 타고 수만 리 떨어진 바다 속 큰 섬에 이르렀다. 그 곳에는 옛날에 예언을 해 준 書生이 왕이 되어 鄭監司를 맞아 잔치를 베풀어 대접한 뒤 배를 태워 다시 육지로 보내주었다. 鄭太和가 만난 海中王이 홍길동과 같은 인물이라고 본 純陽子의 註는 〈洪吉童傳〉과 이 설화의 관련성을 시사하는 의식의 일면이다. 소설의 후반부에서 홍길동이 율도국의 왕이 되는 것이 설화와 관련된다면, 전반부에도 소설 창작의 동기를 얻었음직한 鄭太和와 관련된 의적 설화의 내용이 보인다. 헌종 때 예조판서를 지낸 李義準이 편찬한 『溪西野談』에 鄭太和와 의적의 이야기가 실려 전하는데 『海東異蹟』보다 다소 상세하게 전한다. 그 내용을 개괄하면 다음과 같다.

　鄭太和가 어려서 두 벗과 더불어 각각 장래의 포부를 이야기 하였다. 정태화는 포부가 벼슬에 나가 장상이 되고 부귀를 누린 뒤 고향에 돌아가는 것이라 했고, 또 한 친구는 산 좋고 물 좋은 곳에서 한 평생을 보내는 것이라 했다. 끝으로 한 친구는 깊은 산속에 들어가 산적이 되어 불의의 재물과 주인 없는 물건을 취해서 실컷 쓰며 가동과 무희를 나열시키고 산해진미를 싫증나도록 먹는 것이 꿈이라 했다. 그 후 정태화가 과거에 급제하여 평안도감사가 되어 갔을 때, 산수를 찾아 살겠다던 친구가 가난하여 鄭監司에게 도움을 청하러 찾아가다가 淮陽 땅에 이르러 한 졸병의 안내로 같은 산속의 산적 소굴로 안내되어 가보니, 두목은 옛날 독서할 때 도적의 괴수가 되겠다던 친구였다. 그는 많은 부하를 거느리고 의적으로서 탐관오리의 재물과 백성들을 병들게 한 장사치들의 돈을 탈취하고, 燕市와 倭館의 물건들을 훔쳐와 재물이 언덕처럼 쌓여 있고, 그 권세와 부귀가 왕이나 대신보다 낫다고 하였다. 그는 친구를 며칠 동안 묵게 하며 잘 대접했다. 도적의 소굴에서 나온 친구는 정감사에게 가서 사실을 말하고 정감사의 만류에도 불구하고 군졸을 얻어 산적의 소탕에 나섰으나 도리어 체포되어 질책을 들었다. 산적 대장은 그곳이 사람

들에게 알려져 더 이상 머물 수 없다면 돈과 비단과 재물을 싣고 어디론
가 떠나갔다. 『溪西野談』

이와 같은 설화는 철종 때 문자화된 『東野彙輯』에도 나오는데 그 곳
에는 명종 때 호조판서를 지낸 兪絳으로 바뀌어 있다. 이 『東野彙輯』의
설화는 〈洪吉童傳〉 이후에 문자에 정착되었으므로 '洪吉童傳→義賊說話'
의 과정을 밟았을 가능성도 배제할 수 없다. 그러나 이 설화의 내용을
검토해 보면 실명 인물이 관련되어 있을 뿐 아니라 그 줄거리에 있어서
도 소설 〈洪吉童傳〉으로부터 파생된 설화라고 보기는 어렵다. 왜냐하면
『溪西野談』과 『東野彙輯』의 설화는 〈洪吉童傳〉의 전반 플롯과 비슷하고
『海東異蹟』의 설화는 후반부 플롯과 비슷한데, 하나의 소설 이야기가 구
전될 경우 전 후반으로 분해되어 전승될 가능성보다 일관된 줄거리를 가
지고 있을 때 더 강한 전승력을 가진다고 본다. 더구나 〈洪吉童傳〉이라
는 소설이 설화와 동시에 읽혀 왔을 터이므로 소설에서 파생된 설화가
소설의 내용과 다르게 전승되었을 가능성보다 설화는 설화대로 전승되
고 소설은 소설대로 읽혔다고 판단된다.
    따라서 허균은 구전되는 각기 다른 洪吉童說話와 兪絳說話로부터 소
설 창작의 동기를 얻어 〈洪吉童傳〉을 지었다고 보고 싶다. 그러므로 〈洪
吉童傳〉은 순수한 홍길동에 관한 사실이나 설화만으로 이루어진 소설이
라 보기는 어렵다. 이 점이 설화형 전기소설의 한 특징이기도 한데, 이
는 작가가 인물의 사적에 충실 한다는 趣意보다 인물이 주는 상징적 이
미지를 강화하기 위해 허구적 내용이나 인물 전설을 삽입하기 때문이다.
이러한 인물 전설 형성의 동기는 대상을 받아들이는 계층에 따라서 현실
에 집착하는 쪽의 적극적인 모습을 보이는 측도 있는가 하면 반면에 현
실을 도피하려는 측면에서의 수용도 있다. 그러한 생각이 반영된 설화가
현실을 떠난 이상향을 동경하는 경향의 설화다. 『溪西野談』, 『東野彙輯』,

『海東異蹟』의 설화에는 현실적응과 도피의식이 서로 간섭하면서 작용하고 있는 설화라 하겠다. 전설은 초월적인 것이 있어야만 이루어질 수 있으며 초월적인 것이 전설적 경이로 나타난다. 이야기의 주인공을 통해서 현실을 개조하고자 하는 적극적 행동이 표현되는 전설에서는 초월적인 것이 필요한 구실을 한다.36)

### (3) 전기소설로서의 문학적 의미

〈洪吉童傳〉이 최초의 한글소설이며 동시에 전기소설이라는 점은 문학사에 주는 의미가 크다. 왜냐하면 이제까지의 傳奇體小說을 일대기형의 傳記體小說로 바꾸는 계기가 되기 때문이다. 허균은 이 소설 이외에도 문집에 네 편의 한문으로 된 전을 남기고 있는데, 그 전들도 모두 실존 인물을 다룬 전통적인 전이다. 그리고 인물의 성격이 모두 道仙的인 특징을 지닌다. 그는 인물 전설에 상당한 홍미를 갖고 있었음이 이들을 입전한 태도로 확인된다. 그리하여 사적이 밝혀진 경우는 전을 남기고 홍길동처럼 사적이 불분명한 설화의 경우는 전기소설이라는 새로운 양식을 창출하여 표현하였다. 새로운 양식은 새로운 내용을 표현하기 위해서 나타나며, 옛날 양식 즉 미학적인 성격을 상실한 낡은 양식을 대치하기 위해서 나타난다. 문학의 각 장르는 처음에 일정한 목적에 맞도록 창안되었다가 그 다음에 경험에 의해 응용되고 완성된다.

결국 하나의 새로운 장르는 전통적 장르의 발전적 계승이며 변모라고 할 수 있다. 훌륭한 작가는 지금까지 누구의 눈에도 띄지 않는 가능성을 시험하거나, 더 오래된 전통들을 결합시켜 새로운 방법을 발명함으로써 새로운 전통에 기여한다. 특히 그가 道仙思想에 심취해 있었으며 전에서

---

36)  趙東一, 『人物傳說의 意味와 機能』(대구 : 영남대학교 출판부, 1980.7), pp. 443~445.

그 방면의 인물을 立傳對象으로 삼은 것과, 〈洪吉童傳〉의 작품세계 역시 道仙的인 배경으로 전개되며 주인공이 도술을 부리는 점 등은 작가의 사상과 전혀 무관하지 않다. 따라서 그는 그가 익숙해 있던 전의 형식적 틀에다 전에서 담을 수 없는 설화적 내용을 전기소설이라는 새로운 양식으로 표현했다고 생각된다. 이상에서 〈洪吉童傳〉의 출현은 그 이후에 나오는 소설 양식에서 일대기적 전기형을 띠는 데 직접 또는 간접으로 영향을 미쳤다고 판단된다. 결국 〈洪吉童傳〉은 許筠의 혁신적인 사상을 혁신적 양식으로 표출시킨 면에서도 평가받아야 할 것이다.

### 〈崔致遠傳〉

(1) 설화의 소설화 양상

ⅰ) 가계와 출생

역사 기록인 『삼국사기』 열전에는 그의 가계와 출생에 대한 언급이 자세하지 않다.

> 최치원의 字는 孤雲으로 신라 王京 사량부 사람이다. 그러나 史傳이 인멸되어 그 世系를 알지 못한다. 최치원은 어려서부터 정밀하고 민첩하여 학문을 좋아하였다.37)

그런데 家乘에 의하면 父의 이름은 肩逸이라고 하였다.38) 소설에서도 그의 가계를 밝히고 있는데 父가 崔冲이라 하였다.

---

37) 金富軾, 『三國史記』〈列傳〉 卷四十八, 崔致遠.
38) "家乘先生父謂肩逸" 崔濬玉(編), 『孤雲先生文集』 下(서울 : 寶蓮閣, 1982), p.503.

옛날 신라 때 崔冲이란 사람이 있어 일찍 급제했으나 불행히 벼슬길
이 막혀 늦게야 문창현령을 제수 받았다. (漢文筆寫本・崔致遠傳)

그러므로 소설의 이름은 사실과 다르다. 그의 출생 장소도 열전에서
는 경주 沙梁部라 하였는데『삼국유사』에서는 本彼部라 하였다.39) 그런
데 그의 탄생 설화는 우리나라 각 지방에 유포되어 있다. 일찍이 李能和
는『朝鮮巫俗考』에서 최치원의 출생지가 전북 옥구라는 전설을 소개하
고 있다.40) 옥구 지방이 최치원의 출생지라는 전설은 崔常壽의『한국민
간전설집』에도 수록되어 있다.41)『한국민간전설집』에는 그 밖에도 경
북 지방에 전해오는 전설과 함께 평북 철산, 강원도 김화군에도 이 전설
이 전한다고 밝혔다. 그 밖에『한국구비문학대계』에도 최치원 탄생설화
가 전국적으로 분포되어 있는 현상을 보인다.42)

최치원의 이러한 탄생담은 신화나 전설에서 영웅이 비정상적인 신이
한 방법으로 탄생하는 모티브와 동일 유형이다. 이 때 영웅의 아버지는
神이거나 異客으로 나타난다. 동명왕신화에서 해모수와 유화가 神異婚
을 치른 뒤 주몽을 낳았고, 견훤은 지렁이와의 異類交媾로 탄생하였다.
또 蔡氏의 시조가 거북이와의 교구로 태어났다거나 청나라 태조 누루하
치가 수달과의 교구로 태어났다는 설화도 같은 유형의 설화다.

그런데 〈崔致遠傳〉에서는 탄생 설화가 단순하지 않고 몇 개의 설화들
이 간섭하면서 독특한 형태로 변질되어 나타나고 있다. 즉 ‘地下國大賊
除治說話型’‘夜來者傳說型’‘阿娘傳說型’ 등의 설화가 混宥되어 있는 것

---

39) 一然,『三國遺事』卷一, 赫居世王條.
40) 李能和,『朝鮮巫俗考』第十九章, 地方巫巫風及神祠, 八, 全羅北道巫風及神祠,
  (四) 古群山崔孤雲神祠.
41) 崔常壽,『韓國民間傳說集』(서울 : 通文館, 1984.5), p.468.
42) 韓國精神文化研究院,『韓國口碑文學大系』, 서울 도봉구, 경남 거창・진양, 경북
  영덕, 충남 대덕 편.

이다.43) 설화가 소설화 되면서 이처럼 복합적인 현상을 보이는 것은 작가가 의도적으로 개작했거나, 아니면 본래적인 것이라 하더라도 상당히 후대에 형성되었을 가능성이 크다. 왜냐하면 그 변개가 상당히 논리적인 방향으로 이루어져 있기 때문이다. 즉, 그의 어머니가 금돼지에 잡혀갈 때는 임신 4개월이었고, 그 후 6개월 만에 낳았으므로 최치원은 금돼지의 자식이 아닌 인간 최충의 아들이라는 논리를 은연중 내세우고 있기 때문이다. 그럼에도 그의 손톱과 발톱이 이상했다고 말한 것은 원래 설화의 흔적일 것이다.

이처럼 탄생 설화에 옛날 사람들의 순수한 사고가 아닌 지혜가 발달된 과학적 사고의 작용이 미쳐 변형된 설화로 탈바꿈하고 있는 것이다. 그러나 단편적으로 전래하는 설화에서는 최치원이 순전히 '금돼지의 아들'이라고 나타나 있다. 이처럼 작가는 설화를 소설화 하되 소설을 짓는 의지에 따라 의도적으로 설화를 변개시키기도 한다. 결국 설화는 설화 그대로 소설화된다기보다 소설 창작의 한 동기가 되거나 소재가 되며, 작가의 창작성이 가미됨으로써 더 좋은 소설이 창작될 수 있음을 알 수 있다.


ii) 유년 시절과 성장 과정

그의 유년 시절을 이루고 있는 설화는 棄兒說話·較文說話·贈謎說話며, 사춘기는 破鏡說話라고 하였다.44) 기아 모티브는 영웅의 일생에서 나오는 중요한 과정이다. 그런데 이 기아설화는 최치원이 천상의 신선이라는 전생 신분을 암시하는 대목이기도 하다. 그가 버려졌을 때 단순히 소와 말 같은 짐승이 비켜간 정도가 아니라 밤에 선녀가 내려와 젖을 먹

---

43) 張德順, 「崔致遠傳과 說話文學」, 『아카데미 論叢』 제4집, 1976. 12.
44) 鄭炳昱, 「崔文獻傳紹介」, 『國文學散藁』(서울 : 신구문화사, 1959).

여 길렀다는 사실이 중요하다.

> 하리로 허여곰 안아다가 년못세 버리니 년엽에 쏘이여 봉황과 나학이 느려와 놀개를 질고 덥퍼 칩지 아니케 허고 밤이면 션녀 느려와 졋슬 먹겨 주리지 아니케 허니 두어둘 지내며 그아가 바희예도 올나 놀며 사쟝에도 느려 놀며 두루 긔여둔니니 자취마다 글지되고 우는 소리 글 을프는 소리ㄱ트니 듯고 보는 재 아니 슬허ㅎ리 업더라. (활자본 崔忠傳)

이러한 그의 선객으로서의 신분은 용궁에서 용왕의 아들 이무기와 동행하다가 밝혀진다. 곧 섬사람의 가뭄을 구제하려고 용왕의 아들 이무기로 하여금 비를 내리게 한 일이 있는데, 그 때 천제의 명령을 어긴 죄로 이무기의 죄를 따지려고 찾아온 天僧이 그가 전생에 天上仙官이었다고 말한다. 최치원도 스스로 자기의 전생 신분이 선관이었다고 말한다.

> 천승이 말하였다. 천제가 나에게 명하여 말하기를, "치원은 천상에 있을 때 불행히 득죄하여 잠시 인간 세상에 귀양 온 것이다. 네가 가면 곧 치원이 반드시 이목을 구하려 할 것이다. 만일 간곡히 만류하거든 구해주라."고 했습니다. 이제 맹공(치원)의 간곡한 말씀으로 이목의 목을 벨 수가 없습니다. …치원은 말했다. "내가 월궁의 계수나무 꽃이 아직 피지 않았는데 이미 피었다고 천제께 거짓으로 고하여 하계에 귀양 온 것이다." (漢文本·崔致遠傳)

그리고 그에게 하늘 선비들이 내려와 글을 가르치고, 스스로 글을 통했으며, 중국 사신과 글짓기 내기에서 이기고, 나아가 어린 데도 불구하고 어른들이 풀지 못하는 어려운 문제를 풀었다는 내용은 모두 그의 초월적인 능력을 과시하기 위해 꾸민 허구적 내용이다.

iii) 당나라 유학과 도술설화

『삼국사기』 열전에는 12세(경문왕 8년, 368)에 당나라에 들어가서 18세에 과거에 급제하고 宣州漂水縣尉가 되었다. 그 때 黃巢가 亂을 일으키자 高騈의 밑에서 檄書를 지어 천하에 이름을 날렸다. 역사에서 확인할 수 있는 것은 당나라 유학 사실 뿐인데 소설에서는 그의 유년시절, 그리고 중국에 가게 되는 과정을 인과율에 의해 짜 엮음으로써 소설의 긴장을 고조시키며 흥미를 배가시키고 있다. 중국에 들어가는 과정에서 용궁 잔치에 참여하도록 하는 삽화를 추가시킨 것도 그의 초월성과 흥미를 더하는 요소가 된다.

특히 그가 중국 천자를 꾸짖는 도술설화는 이 소설의 절정으로서 주제 의식과 관련시켜 논의되어 오고 있는 대목이기도 하다. 그의 유년시절에 선녀·선관의 보살핌과 용궁에 다녀오면서 밝혀진 그의 전생이 천상 선관이었다는 점, 그리고 "一"자를 그어 놓고 그 위에 올라앉아 오만한 중국의 천자를 꾸짖는 행위는 이 소설의 향유층이 도선적 취향에 젖어 있던 계층이며, 16~17C에 대두된 反尊華的 자주의식을 표현한 작품이라는 점을 시사한다.


iv) 귀국과 천상복귀 설화

〈崔致遠傳〉은 일반 고소설에서와 마찬가지로 주인공이 천상에서 득죄한 신선이므로 죽을 때는 천상으로 복귀한다는 환원구조를 갖는 소설이다. 그래서 주인공 최치원은 산에 들어가 신선이 된다는 내용으로 대단원을 맺게 된다. 그가 신선이 되었다는 삽화는 소설의 말미에 다음과 같은 epilogue로 덧붙여 기록되어 있다.


덕정 연간에 나무꾼이 도끼를 메고 산으로 들어갔더니 한 유학자와 승려가 마주 앉아서 바둑을 두고 있었다. 유학자가 먼저 말하였다. "검단 선사 당신은 나를 이길 수 없을 것이오." 승려가 대답했다. "문장고운 당신은 나를 이기지 못할 것이오." 나무꾼이 집에 돌아갈 뜻을 잊고 오랫동안 보고 있다가 손에 잡은 도끼자루를 보니 이미 도끼자루가 썩어버렸다. 이에 돌아가려 하니 날이 저물었다. 유학자에게 돌아가겠다고 하니 마치 솜을 장에 담가 털방석 같이 생긴 것을 먹으라고 주었다. 나무꾼이 씹어 먹고 토해버렸다. 유학자가 말하기를 "씹어서 먹을 수 있었으면 나를 따를 수 있으나 토해버렸으니 여기에 머물기 어렵다." 하며 돌아가기를 허락했다. 나무꾼이 하산하여 집에 돌아와 보니 집에서는 남편이 죽은 지 3년이 되어서 이미 상복을 벗은 후였다. 나무꾼은 그 사람이 신선이 된 최치원인 줄 알고 술병을 차고 다시 가보았으나 지난번 보았던 곳에는 다만 빈 집 뿐이었다. 나무꾼이 탄식하고 재를 지낸 뒤 돌아왔다.

(漢文本・崔致遠傳)

이러한 내용의 설화는 『海東異蹟』에도 보이는데, '신선놀음에 도끼자루 썩는 줄 모른다.'는 속담은 지리산 청학동과 강화 마니산 등의 승경지에서 흔히 발견된다. 강화 마니산에 전하는 신선설화는 최치원과 직접 관련되지 않은 보편적인 설화이므로 서로 대비된다. 마니산은 특히 단군이 제천하던 곳이며, 단군신화에서 신선사상의 연원을 밝힐 수 있으므로, 최치원 仙去說話는 그 발원이 마니산 신선설화가 아닐까 하는 생각을 가져 볼 수 있다. 〈崔致遠傳〉에는 이 선거설화와 다음에 月影臺와 八仙臺의 孤雲遺蹟에 대해서 언급하고 있다. 앞의 선거설화와 뒤의 최고운 유적을 소설의 말미에 덧붙인 것은 그의 仙化를 한층 신비하게 인식시키기 위함이며, 전 양식에서 인물을 총평하는 논찬과 같은 구실도 한다. 아마도 이러한 논찬 형식의 글을 덧붙인 것은 작가가 무의식 중에 전을 의식했을지도 모른다. 이 소설이 특히 한문으로 지어졌으므로 작가는 전에 대해서도 식견이 있었을 것이다.

이상에서 〈崔致遠傳〉은 역사적 배경과 인물을 소재로 하되 사실에 구애받지 않으며 설화에 의해 구성하고 있음을 확인하였다. 그의 어린 시절이나 당나라 유학 과정과 중국에서 있었던 일련의 사건들은 모두 허구에 지나지 않는다. 그러면서도 독자에게 즐거움과 호기심을 불러일으키는 것은 하나하나의 삽화가 인과 관계에 놓이면서 전편을 구성하기 때문이다. 그러므로 이 소설은 사실과 일치하는 대목이 12세 중국 유학, 당나라에서 장원급제, 黃巢亂 때 檄書, 귀국후 가야산 은거라는 내용 뿐이며 나머지 삽화들은 모두 설화다. 사실과 일치하는 내용들도 과장되거나 변질되어 나타난다. 결국 이 소설은 설화의 영향을 강하게 입은 설화형 전기소설임을 확인할 수 있다.

(2) 구활자본 〈崔致遠傳〉의 의미

인쇄술이 발달하지 못했던 초기 고소설의 보급은 주로 필사에 의존했다. 그러다가 19C에 이르러 독자의 수가 늘어나면서 고소설이 많이 읽히고, 20C 초에 이르러 인쇄술이 발달하면서 활자본이 출현함에 따라 소설의 수요와 공급은 가속적으로 확충되었다. 이처럼 필사·판각·활자화 하는 과정에서 무의식적 또는 의식적으로 이본이 파생하게 마련인데 무의식적인 錯誤·脫落·添加가 아닌 의도적 變改로 인하여 발생한 이본일 경우 그 이본은 그 나름의 가치와 의의를 가지게 된다.

고소설의 필사자가 최초의 창작자 못지않게 중요한 의미를 갖는 것은 단순한 필사자로 그치지 않고 제2의 창작자라고 볼 수 있기 때문이다. 그는 의도적으로 이야기 진술의 순서를 바꾸거나, 첨가·부연·삭제하기도 하고 합리적으로 내용을 변개하기도 하며, 당시의 시대적 상황이나 독자층의 요구에 부응하기 위해 내용을 바꿀 수도 있다.

이처럼 이본의 생산자가 원본이나 선행 본을 바꿀 때는 그 나름의 이

유가 있을 것이고, 변개함으로써 얻고자 하는 효과도 있을 것이다. 따라서 이본의 생산자가 독자층의 의식을 수렴하면서 자신의 문학적 소양과 작가적 의식을 바탕으로 새로운 이본을 만들어냈다면, 그 이본은 최초의 창작에서와 비등한 창작성을 내포하게 된다. 그러므로 특정한 시대 상황에 처한 독자층을 의식하고 작가층(생산자)이 작품을 창작 또는 이본을 파생시켰다면 거기에는 충분히 창작성이 있다고 볼 수 있다. 목판본 또는 필사본과 더불어 개화기에 〈崔致遠傳〉이 구활자본으로 2종(국립도서관 소장 崔忠傳과 세창서관본 최치원전)이나 간행되어 나온 사실은 그만큼 독자에게 관심 있는 소설이었다는 뜻도 된다. 그런데 이 때 간행된 구활자본 소설은 내용면에서는 크게 변하지 않았으나 문체와 표기 등에서는 많은 변개를 보이고 있다. 이러한 변개는 같은 처지에 있는 고소설 전반에 걸쳐 적용되는 문제이기도 하기 때문에 여기서 이 문제를 대표적으로 검토하려는 것이다.

먼저, 가벼운 변개현상은 작품의 표기에서 낱말과 어절 등의 변개를 들 수 있다. 선행 본을 필사하는 과정에서 고어 형태의 표기를 바꾼다거나 모음조화·두음법칙 등 음운 현상에 언어의 시대적 변화 양상을 반영하는 경우가 있을 수 있다. 이와 같은 변개의 예를 하나 들어보면 국립도서관 소장 활자본 〈崔忠傳〉은 동사 '하다'를 음성모음인 '허다'형으로 바꾸어 표기하고 있다.

> 네 신나 시절에 최층이라 허는 명시 이시되 홍문거족이요 지죄 유여
> 허나 늣도록 급뎨를 못허고 한스로 울울이 지내더니… (활자본·崔忠傳)

다음, 띄어쓰기가 되지 않던 줄글이 breath group 단위로 띄어쓰기가 시도된다. 세창서관본 〈崔致遠傳〉을 예로 보도록 하겠다.

원래최충은/무관출신으로/용역이과인할쑌아니라/가세부요하되/다만슬
하에/혈륙이업서/부인장시와/항상탁신하더니/ (세창서관본 · 崔致遠傳)

다음, 지문과 대사를 구분하여 쓰고 있다. 고소설이 사건의 중심인데
반하여 신소설은 개성의 강조에 있으므로 인물의 성격을 부각시키기 위
하여 대화를 통한 묘사가 요구된다. 이러한 신소설의 영향을 입어 고소
설이 개작되는 과정에서 대화를 구분하여 표기하였다.

> (장) 영감이 예궐하엿다 나오시더니 별안간에 무삼환후가 저갓치중하
>     시나잇가 빨리 의사를 청하야 진단하고 치료를 하여야지요
> (최) 의사난 청하야 무엇하게 생병에 약이소용잇소
> (장) 생병이란 말삼이 어인 말삼이오 무삼죄를 당하게 되섯소
> (최) 죄야 무삼일노당하갯소 문창현현감을 하엿스니 엇지하잔 말이오
> (세창서관본 · 崔致遠傳)

다음, 구성 형식상의 변화가 나타난다. 고소설의 서두 형식은 대개 다
음과 같이 천편일률적이다.

> 화설 조선국 세종 시절에 한 재상이 잇으되 성은 홍이오 명은 뫼라
> (홍길동전)
> 화설 지나 대송시의 일위 영공이 잇스니 성은 김이오 명은 젼이니
> (숙향전)
> 화설 세종쩌에 경상도 안동짜히 한 선비잇스되 셩은 빅이오 명은 상
> 근이라
> (숙영낭자전)

고소설 서두의 기본 구조는 '화설＋$N_1$(시간)에＋$N_2$(장소)에＋$N_3$(주인
공)가 있으니＋姓은 $N_4$이오＋名은 $N_5$이다'와 같다. 여기에서 변이 요소

는 N$_{1-5}$이고 나머지는 고정이므로 변이 요소만 바꾸면 얼마든지 틀에 맞추어 소설을 지어낼 수 있다. 그런데 개작된 소설에 와서는 서두의 이러한 정형성이 파괴되고 신소설의 서두처럼 분위기의 묘사로부터 시작된다.

> 화란츈성하고 만화방창하니 도화난작작하고 양류난록장을 드리온듯
> 풍화일란한 츈삼월호시절이라 (세창서관본·崔致遠傳)

위의 개화기에 간행된 〈崔致遠傳〉의 예를 통해서 당시에 고소설이 시대적 요청에 호응하기 위해 어떻게 변개되고 있는가 하는 양상을 살폈다. 이러한 사실로부터 또 이 당시에까지 계속해서 고소설이 읽혔다는 사실도 아울러 확인할 수 있다.

### 〈田禹治傳〉

#### (1) 설화의 소설 수용 양상

ⅰ) 전우치의 생존 시기

전우치는 16세기에 생존했던 인물이다.[45] 『於于野談』, 『海東異蹟』, 『大東奇聞』에는 전우치가 申光漢(1484-1555)·宋麟壽(1486-1547)·朴光祐(1495-1536)·宋麒壽(1506-1581)와 친교를 가진 것으로 기록하고 있다. 그리고 『竹窓閑話』에는 南袞의 무리를 풍자해 지은 시를 소개하고 있기도 하다.[46] 南袞은 중종 14년(1519)에 일어난 己卯士禍 때 勳舊派

---

45) 潭陽郡, 『내고장 潭陽』, 담양군청 공보실, 1982.1.
　　尹在根, 「田禹治傳說과 田禹治傳」, 高麗大碩士學位論文, 1982.7.
　　張德順, 「田禹治傳의 故鄕」, 『韓國文學의 淵源과 現場』(서울 : 집문당, 1986. 10).
46) 그 詩는 다음과 같다.

로서 沈貞 등과 함께 신진 士林派인 趙光祖 등을 탄압하고 득세한 인물
이다.

그렇다면 전우치는 기묘사화 이후까지 생존했던 인물이다. 李墍의 『宋
窩雜說』에도 "嘉靖年間(중종17~명종20, 1522-1565)에 전염병이 유행하였
는데 李佶의 노비와 이웃 사람들을 치료하여 구해준 일이 있다"는 기록
이 있다.47) 金澤榮의 〈崧陽耆舊傳〉에도 申光漢(1484-1555), 車軾(1517-
1575)과 친교가 깊었다고 기록하고 있다.48) 한편, 그의 행적을 소개한
문헌들은 대개 도술 습득의 경위를 말하거나49) 그의 시를 소개하면
서50) 도술·환술·이술을 행한 우사·도사·술사·방사 등으로 표현하
고 있다.51) 특히 그는 道仙家들에게 仙化한 것으로 믿어진다. 그러한 면
모는 『海東列仙傳』, 『惺叟詩話』, 『朝野僉載』, 『藝陽謾說』, 『大東奇聞』,
『海東異蹟』, 『旬五志』 등에 거듭해서 소개되고 있다.

---

紫蛙周禮正正法, 南相文章眞伊周, 璞亦璞鼠璞, 隋珠珠魚目珠, 蝘蜓朝龍眞龍羞,
山人倬頭歸去早, 桂樹丹崖風景好(紫蛙의 周體는 바로 正法이요, 남상의 문장은
진짜 이윤이나 주공이로다. 옥도 또한 옥이요 쥐도 또한 약이니, 수후의 구슬만 구
슬인가 고기 눈도 구슬이로다. 도마뱀이 용을 비웃으니 진짜 용이 부끄러워 하도
다. 산 사람은 소매를 떨치고 돌아가니 계수나무 붉은 벼랑에 풍경이 좋기만 하더
라).

47) "縣監李佶與禹治相知, 佶之田莊富平, 嘉靖年間癘氣熾發, 佶之奴與隣居十餘人
臥病方劇求之" 李墍, 『宋窩雜說』.

48) "田禹治…家 貧無書, 常徒其友車軾, 借書以觀…" 金澤榮, 『崧陽耆舊傳』, 卷一,
文詞傳.

49) 그의 道術 습득 경위를 말한 문헌은 『海東異蹟』, 『竹窓閑話』, 『寒竹堂涉筆』, 『東
野彙輯』이 있다.

50) 그의 詩는 『竹窓閑話』에 4편, 『於于野談』, 『芝峯類說』, 『五山說林』, 『惺叟詩話』,
『國朝詩刪』『東野彙輯』, 『崧陽耆舊傳』에 각 1편씩 전한다.

51) "羽士田禹治人言仙去"(許筠, 『惺叟詩話』).
"田禹治道士有幻術中宗時人"(許筠, 『國朝詩刪』 卷三).
"田禹治松京術士也"(柳夢寅, 『於于野談』 卷二, 仙道).
"時方士田禹治挾其異術"(劉在建, 『里鄕見聞錄』 卷十蔣都今條).
"田禹治方外術士也"(李源命, 『東野彙輯』).

ii ) 도술 습득 과정

소설 〈田禹治傳〉은 그의 실제 있었던 사적을 소설화한 것이 아니라 그에 얽힌 설화를 모태로 하면서 작가가 특히 도술 설화를 연결하여 구성하였다. 그러므로 작품에 나와 있는 설화가 곧 그가 직접 행한 도술이라고는 말할 수 없다. 아마도 도술에 관심이 큰 호사가가 전설적인 인물 전우치의 설화를 한 둘 접하고 허구로 짜 얽은 소설이 바로 〈田禹治傳〉일 것이라고 생각된다. 이 소설의 이본은 두 계열이 있는데52) 이본에 따라 도술의 종류가 다른 것만 보아도 짐작이 간다. 여기서는 편의에 따라 나손본을 중심으로 하면서 다른 이본들을 참고하여 소설 형성에 미친 설화의 영향을 보기로 하겠다.

나손본에는 다른 이본에 비해 가계라든가 출생담이 비교적 갖추어져 있다. 전우치의 출생은 다른 일반 영웅소설처럼 15개월 만에 태어나는 비정상적인 모습을 보인다. 그리고 한 달 만에 걷고 50일 안에 언어를 능통한다. 이러한 현상은 영웅소설의 경향을 그대로 수용한 결과로 〈전우치전〉의 소설화 과정을 말해 주는 것이다.

다음은 전우치가 도승으로부터 명당자리를 지시받고 할아버지의 묘를 緬禮하여 부귀영화를 누린다는 풍수지리 설화를 수용하였다. 그리고 도술을 습득하는 과정이 나와 있는데, 절에서 공부하던 중 여우로부터 狐精을 빼앗아 먹은 뒤 도술을 부릴 수 있었다고 하였다. 이 설화는 민간에 널리 전승하는 구미호 설화를 수용한 것인데53) 전우치에 부회되어 전하는 문헌설화도 발견된다.54)

전우치가 실지로 도술을 부리는 내용은 가계·출생담·도술 습득 과

---

52) 〈田禹治傳〉은 '서울대본'계열과 '羅孫本' 계열로 크게 분류할 수 있다.
53) 任東權, 『한국의 민담』(서울 : 서문당, 1975), pp.119~120.
54) 田禹治와 여우가 관계된 설화는 『海東異蹟』, 『竹窓閑話』, 『寒竹堂涉筆』, 『東野彙輯』에 다같이 나타난다.

정이 끝난 다음부터 전개된다. 그는 부모가 권하는 과거급제도 거절하고 집을 떠난다. 집을 떠나는 이유는 남아로서 구차히 벼슬에 얽매이는 것보다 널리 세상을 구할 도리를 찾는다는 차원 높은 생각이 있었기 때문이다. 아버지의 보수적 사고와 대립되는 전우치의 진취적 사상이 주목된다. 이는 당시 부패한 관료 사회의 일단을 말해주는 듯하다.

iii) 활인동과 황금 대들보 설화

그는 12제국을 돌아다닌 후 活人洞으로 들어간다. 거기서 공중을 나르는 등공도술을 부려 산적들의 두목인 상장군이 된다. 등공이나 구름을 타고 다니는 등운 도술은 도술소설에 보편적으로 나타나며 〈西遊記〉의 영향이라고 하겠다. 그가 영천사에서 재물을 탈취할 때 혼백을 분리시켜 중들을 속인 도술은 혼백이 육체와 분리된다고 믿은 Shamanism의 영향이며 특히 불교 설화에서 많이 발견된다.

그 다음 황금 대들보 설화는 모든 이본에 두루 수용되고 있다. 세부적인 내용에 있어서는 다소 차이가 난다 하더라도 이 설화는 〈田禹治傳〉의 핵심 설화며, 이 황금 대들보 사건이 소설의 줄거리를 이끌어 나간다. 왕에게 황금 대들보를 바치게 하는 목적이 가난한 백성들을 구제하는 데에 있으므로 이 소설은 사회 의식이 강한 소설이다.55) 사회의 부조리한 모순을 척결하는 전우치의 행위가 계속되면서 다양한 도술이 전개된다. 자기 변신·타인 변신·주술과 부적 등으로 관리들을 꾸짖고 윤리 규범을 제시하기도 한다.

결국 〈田禹治傳〉은 사건의 진행이 도술 삽화에 전적으로 의존하고 있음을 알 수 있는데, 작가는 전우치 전설이 주로 도술과 연관되어 전해지

---

55) 지금도 담양에는 黃金里와 우치동이라는 지방이 있으며 '전우치 금괴'전설이 전하고 있다 한다. 張德順, 「田禹治傳의 故鄕」, 『韓國文學의 淵源과 現場』(서울 : 집문당, 1986.10), pp.514~517.

고 있는 사실에 착안하여 그에 관한 설화 외에 상황에 따라서 그와 직접 관련이 없는 설화를 끌어다가 소설을 구성하고 있다.

### (2) 〈田禹治傳〉의 소설적 특징

〈田禹治傳〉은 여러 가지 면에서 〈홍길동전〉과 比肩되는데 구성의 방법이라거나 주제 의식 등에서 영향 관계가 있었을 것으로 보인다. 우선 소재를 당시의 사회 현실에서 취하여 탐관오리를 꾸짖고 현실의 부조리를 질책한다는 주제 의식이 상통한다. 홍길동이 집을 떠나는 동기와 전우치가 집을 떠나는 직접 동기는 비록 다를지라도 밑바탕에 사회적 모순을 깔고 있는 근원적 동인은 같다. 또 소설의 세부적인 구성 기법 면에서도 유사하다. 두 소설에 나타나는 遁甲法・分身法・登雲法과 같은 도술과 주인공이 도적의 소굴에 뛰어들어 도적의 우두머리가 되는 점과 활약상도 유사하다. 〈홍길동전〉에서 도적의 명칭이 活貧黨이고 〈田禹治傳〉에서 도적이 거처하는 곳이 活人洞인 것은 우연이 아닌 듯하다. 이들은 모두 절을 습격하거나 관가에서 불의의 재물을 탈취하여 빈민을 구제하는 의적인데 〈홍길동전〉에서는 해인사의 재물을, 〈田禹治傳〉에서는 영천사의 재물을 탈취하여 불쌍한 사람을 구제한다. 홍길동이 서얼 출신으로 병조판서를 제수 받고 田禹治가 관노의 신분으로 대국의 각노 벼슬을 받음으로써 신분 제도의 철폐를 보여준 것은 이 두 작품이 모두 서민 의식을 반영하고 있음을 뜻한다. 작품의 결말에서 길동이 율도국에 이상향을 건설하는 것이나 우치가 연나라 왕이 되는 해외 진출의 의지가 표명된 점에 있어서도 일치한다. 만약 〈홍길동전〉이 실존 인물을 모델로 한 소설이라 한다면 〈田禹治傳〉과는 더욱 관련이 깊어지는데,56) 두 소설이 모두 인물의 전설적 이미지로부터 착안하여 인물의 실제 사적과는 달리

---

56) 金一烈, 「洪吉童傳과 田禹治의 比較」, 『語文學』 30, 韓國語文學會, 1974.

도술 설화를 삽입하여 허구적으로 구성한 소설이라 하겠다.

## 2.2 설화형 전기소설의 특징

이 유형의 소설은 대부분 구전 설화가 모태가 되므로 특정 작가의 의식보다 대다수 서민 대중의 의식이 잘 반영되고 있다. 따라서 사실의 올바른 전달이라는 목적보다 다양하고 흥미롭게 소설이 전개된다. 설화형 전기소설을 읽는 독자는 그것이 모두 사실이라고 믿지는 않는다. 세계의 횡포에 대처해 나가는 어린 최치원의 지모, 전우치가 부리는 기상천외의 도술 속에서 독자는 그 사건의 진위를 따질 겨를도 없이 소설에 빠져들고 만다. 〈최치원전〉〈홍길동전〉〈전우치전〉을 구성하는 설화들은 그들이 실지로 행한 사실이라기보다 흥미를 불러일으키고 부조리를 풍자하기 위해 끌어온 도술 설화들이다. 그 도술 설화들이 주로 지배 체제를 비판하는 내용인 것은 이 설화가 서민층에 의해 구전되다가 소설화하였음을 말해준다.

전우치가 왕과 관을 희롱하고 최치원이 천자를 꾸짖는다는 발상은 전제 왕권 사회에서는 감히 실현되기 어려운 일이다. 그러므로 소설에서는 도술이라는 수단을 빌었다. 도술은 사실이 아니라는 변명의 여지가 있고 상상의 세계에서 무한한 變幻을 통해 쾌감을 맛볼 수도 있을 것이기 때문이다. 그래서 작가는 도술설화를 緩衝機制로 도입하였다고 볼 수 있다. 소설을 읽는 독자는 주인공과 자기를 동일시함으로써 억눌린 감정을 씻어낼 수 있다. 그리고 무한한 능력을 획득하고 정의감에 젖기도 하며 이상향을 찾아 안주할 수 있다. 이러한 상상은 더 발전하여 어느 순간에는 사실처럼 의식되기도 하며 주인공과의 동일화로 더욱 흥미를 느끼고 소설 속으로 빠져들게 된다.

최치원·홍길동·전우치는 결국 실재했던 대로 묘사되지 않고 당시의 시대상을 풍자하려는 민중의 의지에 의해 굴절되고 설화화 되어 상징적인 의미를 갖는 인물로 형상화되고 있는 것이다.

설화형 전기소설은 이처럼 역사적 배경과 인물을 소재로 하되 사실에 구애받지 않으며 오히려 사실과 정반대로 결구될 수도 있다. 실기형 전기소설과 달리 그 내용이 반드시 사실과 일치하지 않아도 좋다. 그 인물에 얽힌 설화와 상징적 의미를 드러내도록 작가가 짜 얽은 허구적 내용으로 소설은 구성된다. 작가는 주인공의 전체적인 생애 속에서 전후 관계가 밀접한 일관된 줄거리를 설정하고 하나하나의 행동이 전체적인 줄거리와 인과 관계를 맺도록 이끌어 나간다.

실기형 전기소설의 줄거리가 변질시킬 수 없는 운명적 사건으로 연결되는데 비해 설화형 전기소설은 허구가 자유롭게 개입되므로 주제에 기여하도록 작가가 임의로 사건을 조종할 수 있다. 실기형 전기소설의 주인공인 박태보나 홍경래의 최후는 역사로부터 벗어날 수 없기 때문에 작가의 문학적 조작에 한계가 있다. 그러나 〈최치원전〉이나 〈전우치전〉에서는 작가의 의지대로 사건의 방향이 전개되며 결말은 우연이나 운명이 아닌 기대된 대로 귀결된다. 다시 말하면 설화형 전기소설의 작가는 일련의 사건을 원인과 결과로 처리하면서 사건을 이끌어나가는 반면 실기형 전기소설의 작가는 초월적 법칙과 대조되는 운명적 사건으로 생각한다. 설화형 전기소설은 허구가 자유롭게 개입될 수 있으므로, 주제에 기여하도록 작가가 사건을 사실과 다르게 임의로 조종할 수 있으며, 이 조종의 원리가 바로 인과율이라는 것이다.

이러한 인과율은 긴장을 고조시킨다. 치밀하게 꾸며진 이야기 줄거리에는 어떤 사건이 시간에 알맞게 발생하게 되고 소설이 끝날 때의 환경은 시작할 때의 환경과 달라져 있게 된다. 그러므로 설화형 전기소설은 앞의 실기형 전기소설보다 욕망의 성취도가 높게 나타난다. 설화형 전기소설이 이처럼 사건을 원인과 결과의 인과율에 의해 구성하므로 더욱 박력 있는 쾌감을 느낄 수 있다. 또 설화형은 단일 사건보다 인물의 생애 전반에 걸쳐 조명하므로 시야가 넓어진다. 따라서 사건이 다양하고 복합적이다.

이상, 설화형 전기소설의 특징을 종합하여 말하면 그 내용이 사실의 구속을 받지 않고 설화를 모태로 한다. 또 실기형이 단일 사건을 통하여 인물의 현실적 의미를 강화하려는데 비하여 설화형은 다양한 사건을 통해 상징적 의미를 부각하려 힘쓴다. 한편, 그 형식에 있어서는 사건이 복합적이므로 구성도 복합 구성 형식을 취한다.


## 3. 복합형 전기소설


복합형 전기소설은 실기형 전기소설과 설화형 전기소설의 특징을 아우르는 유형이다.

이 유형으로 분류할 수 있는 작품은 〈韓氏報應錄〉〈林慶業傳〉〈尹知敬傳〉〈姜邯贊傳〉 등이 있다. 이 중에서 고소설 기에 창작된 것은 〈林慶業傳〉과 〈尹知敬傳〉인데 이들은 둘 다 인물과 사건 구성에서 사실과 허구를 수용하여 전개하는 공통성이 있다. 〈林慶業傳〉의 등장 인물은 거의 실존했던 인물들이며 사건에서 허구적인 요구가 개입된다. 그런데 〈尹知敬傳〉에는 허구적인 인물이 많이 등장하고 주인공조차 그의 행적을 역사상에서 정확히 확인할 수 없어서 어느 만큼이 사실이고 어느 만큼이 허구인지 판단하기 어렵다. 따라서 이 두 작품 가운데서 〈林慶業傳〉을 분석 대상으로 선택했다. 이 소설은 사실과 허구의 판별이 가능하고 또한 이본이 많은 것으로 미루어 볼 때 널리 읽혔다고 생각되므로 더 보편성을 띠는 작품이라 여겨진다.

다음 〈姜邯贊傳〉과 〈韓氏報應錄〉은 개화기에 창작되거나 개작된 작품인데 〈韓氏報應錄〉은 전래하던 소설을 李海朝가 개작했다고 하였고, 〈姜邯贊傳〉도 고전소설 독자를 겨냥하여 개작 또는 창작했을 가능성을 배제할 수 없다. 따라서 여기서는 〈林慶業傳〉〈韓氏報應錄〉〈姜邯贊傳〉의 세 작품을 분석 대상으로 삼았다.

## 3.1 작품 구성의 방법

### 〈林慶業傳〉

#### (1) 사실의 소설 수용 양상

ⅰ) 병자호란 이전

병자호란 이전에 그가 과거에 급제하는 사실이 소설에 수용되어 있다. 연보에 의하면 25세에 무과에 급제하는 것으로 되어 있다.57) 그런데 소설에서는 18세(목판본, 27장본) 또는 25세(세창서관본)로 되어 있다. 목판본에서 나이가 18세로 줄어든 것은 착오이거나 그의 능력을 돋보이게 하려는 의도였을지 모른다. 그렇다 하더라도 과거 급제 사실을 소설화한 것은 사실에 근거하는 내용이라고 할 수밖에 없다.

병자호란이 있기 전 그의 활동 상황은 연보 의하면 38세 때 劍山山城의 防禦使가 되어 성곽을 쌓는 일을 감독하고 凌漢山城・雲暗山城・龍

---

57) “中武科與弟 嗣業聯榜共 赴甲山防秋”『林忠愍公實記』(京城 : 朝鮮光文會, 1913), 戊午(1618).

骨山城 등의 산성을 보수하는 일을 하였다. 그는 병졸들에 솔선하여 일을 마쳤으므로 임금이 말 한 필을 下賜한 일이 있었다.58)

소설에도 산성을 쌓거나 보수하는 일이 호란 전의 일로 소개되어 있다. 특히 그가 군사들 틈에서 함께 돌을 지고 나른 것으로 묘사하여 인간적인 면모를 강조하였다. 이러한 장면은 연보에서 임금이 말을 하사했다는 사실과 결부시켜 볼 때 그의 헌신적인 인간상을 소설화한 것이라 여겨진다. 그러므로 소설에서의 단순한 과장이나 허구는 아니다.


ⅱ) 병자호란

이 소설의 배경은 병자호란인데 소설에 그려진 병자호란에 관한 내용은 허구적 성향이 강하다. 이 때 임경업의 활약을 연보에서 간추리면 다음과 같다.

병자호란이 일어나던 해 4월 임경업은 의주부윤을 제수 받는다. 이해 12월 청나라가 쳐들어올 때 그는 백마산성을 지키고 있었으며 청나라 군대가 지나가는 것을 보고도 군사가 적어 속수무책이었다. 다만 8백여 명의 노약한 남녀를 모아 허수아비를 만들어 城堞에 세우고 깃발을 꽂아 적군의 진격을 늦추었을 뿐이다.

> 12월 6일 오랑캐가 국경을 쳐들어와 곧바로 서울로 향하자 공이 백마산성을 지키며 계교로써 그 행군을 늦추었다. 봉황과 송골 두 성의 봉화가 같이 올랐다. 公은 적이 온 것을 알고 급히 군관 田士立을 보내어 보고하게 하였다. (元帥 김자점이 중간에서 막고 듣지 않았다.) 둔전병을 점검하니 노약자들로 남녀 합쳐 겨우 800여 명이었다. 공은 발을 구르며 탄식하여 말하기를 "군사 없는 장수가 무엇을 할 수 있단 말인가"라고 했다. 앞서 공은 적이 침입하리라는 것을 예측하고 아침 저녁으로 흰 포

---

58) "除劍山山城防禦使監築諸城下諭錫馬"『林忠愍公實記』, 辛未(1631).

장을 많이 만들고 또 성가퀴 위에는 돌을 많이 쌓았다. 그리고 성가퀴 셋에 하나씩 흙으로 집을 만들어 그 안에 술을 여러 말 빚어 놓게 하였다. 이때 흰 포장을 성 안에 둘러치니 하얀 성가퀴가 가파른 듯이 보였다. 남녀 노약자들을 명령하여 성가퀴를 지키게 하고 저장했던 육포를 나누어 주었다. 그리고 번갈아 흙집 속에 쉬면서 술을 마셔 추위를 막게 하였다. 저녁때에는 성가퀴를 지키는 자마다 세 갈래로 된 횃불을 두 개씩 가지고 있게 하고 또 허수아비를 많이 세우고 깃발을 더욱 많이 세워 병사가 있는 것처럼 했다. 그리고 대포를 연거푸 쏘아 천지를 진동시켰다. 이때 오랑캐의 선봉 용·마 두 장수가 정예 군사를 이끌고 국경을 넘어 들어왔다. 공이 그들의 전진을 잠시 지연시키려고 사람을 시켜 술과 안주를 가지고 가서 그들을 맞아들이고, 또 담배와 차 그리고 붕어를 보냈다. 그리고 "이번에 오는 것은 지난날과 달리 군마가 이렇게 많은데 어찌 변방의 신하에게는 한마디 말이 없는가?" 하고 물었더니 오랑캐가 "너의 국왕과 얘기할 것이니 변방의 신하와는 얘기할 것이 없다"라고 하며 성을 지키는 군사가 얼마나 되는가를 물었다. 그래서 정병 수만이라고 대답하였다. 또 겨울인데 어디서 생선을 구했느냐고 물어서 성 안에 깊은 물이 있어 구하기가 쉽다고 했다. 처음에 적은 백마산성이 국경의 초입에 있는 큰 진이므로 먼저 깨뜨려서 군대의 사기를 올리고 진격하려 하였으나 방비가 되어 있는 것을 알고는 역관을 포박했다 풀어 주었다. 이때 오랑캐가 연달아 사흘 동안 강을 건너 들어와서 6일 만에 서울을 범했다. 임금이 남한산성으로 피할 수 있었던 것은 공이 계략을 써서 오랑캐의 전진을 늦췄기 때문이다.59)

---

59) "十二月初六日 虜兵入境直向王都 公守白馬山城 而計緩其行 鳳凰松鶻烽火二炬 竝擧 公知賊來 急送軍官 田士立騎撥馳啓 (元帥自點沮不以聞) 點視屯田兵 老弱 男女纔八百餘人 公頓足而難曰 無軍之將何能爲哉 先是公度賊 入寇在朝夕作白布 帳 城堞上多積石 而每三堞築一土宇 土宇中各釀數斗酒 至是繞白布帳於城上 望 之若粉堞之崢嶸 老弱男女並令守堞 而分其所貯牛脯俾 以迭休於土宇中 以酒禦寒 之暮命守堞者 人持二炬 炬各三枝 多設偶人 盆張旗幟 以爲疑兵 連發大砲 聲震 天地 時虜之先鋒龍馬兩將 率其精銳入境長驅 公欲暫緩其行 卽以酒肴送人迎勞 又以烟茶生鯽魚饋之 問曰 此行異於前軍馬若是之多 而邊臣在此何無一言耶 虜曰 欲與爾國王言 邊臣不與也 仍問 守城卒幾何 曰 有精兵數萬 曰 冬日何生魚也 曰

그러나 소설에서는 12월 병자호란에 앞서 청이 8월에 침입했다가 임경업에게 패하고 12월에 다시 쳐들어 올 때는 임경업이 지키는 의주를 피해 황하수를 건너서 동해로 돌아(한글 27장본), "他黃海道渡東海"(한문 23장본), "黃海水를 건너 黃海道로 들어가 東大門으로 가만이"(필사 34장본), "황하수를 건너 황해도로 드러 동대문으로 가만이"(필사 44장본) 쳐들어 왔다고 꾸몄다. 이는 임장군의 위용을 강조하기 위해 민중 의식이 만들어낸 허구임을 알 수 있다.

iii) 구원병으로 간 일

역사 기록에 의하면 병자호란이 끝나고 청나라는 귀환하여 椵島를 칠 것이니 병력을 내놓으라고 요청하였다. 조선은 할 수 없어 임경업을 副將으로 삼아 청을 도왔다. 임경업은 척후의 장수 金礦器를 명나라에 밀파하여 섬을 지키고 있는 都督 沈世魁에게 이 사실을 알려 난을 피하도록 권하였다. 그러나 沈世魁는 굴하지 않고 만여 명의 군사와 함께 싸우다가 전사하였다.60)

연보에는 이 사실이 구체적으로 다음과 같이 기록되어 있다.

> 적은 가도를 공격하기 위해 조선에 병력을 요청했다. 조선은 부득이 공을 수군장으로 삼고 유림을 육군장으로 삼아 보냈다. 적은 조선국으로 선봉을 삼으려 했다. 공은 의리상 명나라를 칠 수 없었으나 적의 위협을 거역하기 어려워 군사에게 춤추고 노래하며 즐거운 체 하라고 명령했다. 적은 이상히 여기고 물었다. "너희는 선봉이 되어 죽을 땅으로 가는데 어째서 즐거워하느냐?" 이에 장군이 대답했다. "우리나라 군사의 규정에는

---

城中水深故易 得始賊以白馬爲初境大鎭 欲首破之以壯軍聲 然後東及入境 知其有備 遂解舌官縛而去 於是虜兵 連三日越江入境 六日版京城而大駕之得入南漢 亦以公計緩虜行之力也"『林忠愍公實記』, pp.55~56.

60) 震檀學會(編),『韓國史』, 近世後期篇(서울 : 乙酉文化社, 1980), p.107.

선봉이 되어 성을 무너뜨리면 성안에 있는 보화는 선봉섰던 군사가 다 가질 수 있으므로 어리석은 병사들이 재물을 탐내어 즐거워하는 것이다." 이 말을 들은 적은 마침내 저희가 자진해서 선봉이 되었다. 공은 몰래 척후장 김려기를 가도 도독 심세괴에게 먼저 밀통케 했다.[61]

소설에서는 이러한 역사적 사실을 연보와 비슷하게 소설화하고 있음을 발견할 수 있다.

> 부윤이 호진에 드러가 서로 보는 례를 맛치미 호장이 가로되 우리 쥬상이 쟝군으로 흐여곰 피셤을 쳐 항복바다 보내라 흐엿으니 쟝군은 선봉이 되어 압흘 당흐쇼셔 부윤이 내심에 해오되 내 이 계교를 허흐리라 흐고 쾌히 허흐여 왈 피셤 직힌 장수는 엇더흔 쟝슈뇨 호장 왈 남경 뎌도록 황자명이라 흐더이다. 부윤이 내심에 깃거흐야 내 계교를 맛치리로다 하고 가로되 내 드르니 피셤에 보화 만타흐니 내 만일 선봉이 되어 셩을 항복바들진디 항셔는 북경으로 보내려니와 보화는 조선국 군스를 상사 흐리라 흐니 호장은 본디 재물을 탐흐는 스롬이라 이 말을 듯고 가로되 이는 우리나라 일이라 이졔 우리가 션봉이 되어 칠거시니 쟝로은 후군이 되어 응흐라…피셤직한 장슈는 젼일 경업이 남경 갓슬 졔 졉반사 흐엿든 황자명이라 부윤이 가만히 일봉셔를 닥가 피셤에 보내니… (세창서관본)

임경업이 청의 구원병에 응하고 명과 싸움을 피하기 위해 밀통한 사건은 사실과 일치한다. 다만 소설에서는 장수 심세괴가 황자명으로 바뀌어 있다. 그리고 역사에서는 명나라 장수 심세괴가 전사하는데, 소설에서는 황자명이 거짓 항복하고 임경업과 내통하는 쪽으로 허구화하였다.

---

61) "輅人將攻椵島, 徵兵於我朝 家不得已以公爲水軍將 柳琳爲陸軍將, 虜欲以我師爲先鋒, 公義不忍先犯上國 而虜之威脅 勢難違拒, 卽令軍中 或舞或歌伴爲歡樂何也曰 我國師律爲先鋒則破城之日 其中寶貨 例當盡取故蚩蠢之卒 不知死地 徒貪寶貨是以樂也 賊遂自爲先鋒, 送斥候將金礪器於椵島 公潛遣斥候將前僉使 金礪器 先通于椵島都督沈世魁"『林忠愍公實記』丁丑年.

이는 이 소설 전반부에서 경업이 명나라 사신으로 갔을 때 접반사 황자명이 임경업을 천거하여 가달을 항복받았다는 허구적 내용과 무리 없게 연결시키기 위한 의도에서 사람의 이름을 바꾼 것으로 보인다.

그 후 청나라에서는 명의 錦州衛를 공격하며 다시 병력을 요청한 일이 있는데, 이때도 임경업은 비밀리에 배 3척을 명에 보내 밀통한 뒤 화살촉과 鐵丸을 빼고 쏘는 등 明軍을 상하지 않게 했다. 이 일이 탄로가 나고 청에서 임경업의 압송을 요구하므로 하는 수 없이 削奪官爵하고 보냈다. 그런데 소설에서는 錦州衛 사건으로 잡혀가는 것이 아니고 앞의 椵島 사건이 탄로나 압송되는 것으로 되어 있다. 이는 작가가 두 사건을 구분하지 못했거나, 소설의 일관성을 맞추기 위해 의도적으로 바꾼 듯하다. 그럼에도 불구하고 이 부분은 실제의 사실과 소설이 거의 일치한다.

iv) 청나라 압송과 탈출

임경업이 錦州衛 사건으로 인하여 압송되었다가 명으로 탈출하는 사건도 사실과 소설이 일치한다. 앞에서 본 바와 같이 임경업이 잡혀가는 동기는 다르게 소설화 되었더라도 도중에 명에서 청으로 다시 잡혀가는 사실은 역사와 일치한다. 다만 獨步와의 관계, 명에서 청으로 잡혀가는 구체적인 과정에 있어서는 다소 차이가 있으나 전체적인 사건의 개요는 역사적 사실의 소설화임이 분명하다.

이상은 그 세부적인 면에서는 다소 차이가 난다 하더라도 역사적 사실을 소설화한 내용을 큰 사건 위주로 고찰하였다. 그 결과 〈林慶業傳〉의 큰 줄거리는 사실과 일치하며, 사소한 문제에서 사실을 약간 변개하는 정도의 허구가 개입됨을 알 수 있다. 그런데 이러한 사소한 문제의 변개 뿐 아니라 경우에 따라서 소설의 통일성 있는 전개를 위해 순수한 허구와 설화를 수용하는 경우도 있다. 다음은 그러한 측면을 고찰하기로 한다.

## (2) 설화 및 허구의 수용

### ⅰ) 寶劍 습득 설화

〈林慶業傳〉은 전체적인 줄거리가 역사적 사실에 근거하면서도 흥미를 더하고 인물의 의미를 부각시키기 위해서 설화와 허구에 의존하고 있는 면도 중요하다. 설화는 소설화 하거나 순전히 허구화한 내용은 다음과 같은 삽화들이다.

먼저 보검을 얻는 내용과 괴물을 퇴치하는 내용은 설화를 소설화한 것이다. 연보에는 공의 목록에서 인용하였다며 27세 때 평안도 철산 지방의 小農堡權管으로 있을 적에 龍川이라는 못가에서 이 보검을 얻었다고 하였다.

> 공의 일록에 말하기를, 내가 소농보로 있을 적에 큰 못가에서 노닐었는데 큰 뱀이 나타나 긴 물건을 물고 노려보았다. 내가 옷을 벗어 던지니 뱀은 곧 놀라면서 의심스러운 듯 물속으로 들어가 숨었다. 며칠 뒤 하늘이 맑은데 상서로운 구름이 모여 들므로 다시 나가 보니 앞서 본 큰 뱀이 이번에는 짧은 물건을 물고 있었다. 내가 옷을 벗어 던지니 옷 위에 그 물건을 두고 문득 사라졌다. 보니 단검이었다. 이에 검명을 짓는다.[62]

연보에서는 공의 일기에서 인용한 것처럼 기록하였으나 이는 사실이

---

[62] "公之日錄曰 我在小農堡時 出遊於大池邊 忽有大蛇 口含長物出現我 我卽脫所著衣投之於其前 蛇卽驚疑隱入於水中 數日後天氣明朗瑞氣凝結 我又出 視之則大蛇口含短物 我又解衣投之 蛇以物置於我衣上 因忽不見 乃短物也 自製一律銘其劍"『林忠愍公實記』年譜.

라고 믿기 어렵다. 이미 설화화된 이야기를 누군가 채록하여 기록한 것
으로 여겨진다.

그런데 李選의 〈林將軍傳〉에는 이런 설화를 형성시킬 동기가 될 만한
기록이 발견된다.

> 장군의 나이 15세 때 이미 활쏘기를 배우는데 배불리 먹지 못하고 옷
> 으로 몸을 가리지 못하였으되 함께 활쏘는 동무들에게 조금도 부끄러운
> 기색을 보이지 않고 오로지 활쏘는 연습에만 전념했다. 비록 비바람을
> 가리지 못하면서도 혹 새 옷을 입었을 때 화살을 파는 장사가 오면 얼른
> 옷을 벗어주고 바꾸었다.63)

여기에서 옷을 벗어주고 화살과 바꾸었다는 이야기는 어느 정도 신빙
성을 가지고 있다. 그런데 화살과 옷을 바꾸었다는 모티프와 뱀에게 옷
을 던져주고 칼을 얻었다는 모티프는 서로가 상통한다. 후대에 와서 임
장군의 유물로 남은 보검으로 인하여 화살이 칼로 바뀌면서 더욱 신비한
요소가 첨가되어 보검 설화가 형성되었을 가능성은 있다. 보검과 관련된
설화는 지금도 충주 지방에 전해지고 있으나 소설로부터 파생했다기보
다는 설화 그 자체의 생명력을 가지고 오늘까지 전승되어 온 것으로 여
겨진다.

> 임경업이 무예를 연습하는데 하루는 강에서 큰 이심이가 물 속에서
> 큰 칼을 입에 물고 나오더니 임경업이 받으려고 하니까 도로 물로 들어
> 갔다. 며칠 후에 다시 이심이가 칼을 입에 물고 나와서 놓고 가는데 보
> 니까 먼저 것보다 작은 칼이었다. 화가 난 임경업이 이심이를 태기를 쳐
> 서 죽였다. 후에 임경업이 청나라에 잡혀갔을 때 청태조가 갖고 있는 칼

---

63) "將軍時年五十巳學射　食不飽衣不掩體　而與射伴同處無愧色　專意習射　雖風雨不
廢　或備新衣　而人有賣弓矢者　軏脫易之" 李選, 〈林將軍傳〉, 윗책, p.15.

을 보니 바로 이심이가 먼저 가지고 나왔던 큰 칼이었다. 그래서 임경업
은 대세가 청으로 돌아가게 된 것도 다 하늘이 시키는 바로구나 하는 것
을 알았다.64)

이와 같은 보검 설화가 소설에 앞서 존재했다면 소설이 형성될 때 반
드시 영향을 끼쳤을 것이다. 그리하여 한문본 〈林忠臣傳〉과 한글필사
42장본에는 이 설화가 수용되어 있음을 발견할 수 있다. 먼저 한문본의
것은 실기의 연보에 기록된 내용과 비슷하다. 그 내용을 간추리면 다음
과 같다.

> 임경업이 일찍이 아버지를 여의고 어머니와 어린 동생을 극진한 효도
> 와 우애로 보살피며 학업과 농사에 힘쓰므로 이웃에서 모두 칭찬하였다.
> 그러나 가세가 빈한하여 늙은 어머니를 봉양하기 위해 관가에 가서 쌀을
> 얻어가지고 오다가 시냇가 바위 위에 두고 미역을 감았다. 그때 물 속에
> 서 큰 뱀이 나타나 쌀자루를 물고 들어갔다. 물가에서 쌀자루를 찾으려
> 고 배회하다가 바위 위를 보니 칼이 한 자루 있었다. 이 칼을 관가에 바
> 치니 칼에서 神光이 비치므로 보통 칼이 아님을 알고 다시 쌀 두 말과
> 함께 임경업에게 되돌려 주었다. (한문필사 23장본・林忠臣傳)

한글 필사본(42장본)에서는 이 설화와 비슷한 내용의 이야기를 실은
다음에 그의 위용을 돋보이게 할 목적으로 괴물을 퇴치했다는 설화를 더
추가하고 있다. 그 개요는 다음과 같다.

> 경업이 칼을 얻은 이후 술법을 배워서 날마다 용맹이 더해 가는데 월
> 천강에 용 같기도 하고 뱀 같기도 한 괴물이 나타나 사람과 우마를 해쳤
> 다. 관에서 잡으려고 온갖 노력을 기울여도 잡지 못하므로 큰 상을 내리

---

64) 이윤석, 『林慶業傳研究』(서울 : 정음사, 1985.3), p.62.

겠다고 하였으나 응모하는 사람이 없었다. 사람들이 경업이라야 잡을 수 있다 하므로 경업이 흰 소를 미끼로 삼아 밧줄로 묶어 잡으려다 오히려 물 속으로 끌려들어 갔다. 사람들은 경업이 죽은 줄 알았는데 얼마 후에 물 속에서 괴물을 잡아가지고 나왔다. (한글필사 42장본·님경업젼)

### ii) 중국 사신 수행에서의 행적

임경업이 가달을 정벌하게 되는 사건이 소설의 도입부에 나온다. 이 사건의 발단은 청나라가 가달의 침략을 받자 명나라에 구원병을 요청하였는데, 명에서는 보낼 만한 장수가 없어 고민하던 중, 마침 조선에서 온 사신을 수행한 임경업을 보내기로 결정한 것이다. 그가 명나라 사신으로 가서 가달을 쳐 항복받는다는 이러한 내용은 순수한 허구다. 이 대목은 임경업의 위용을 부각시키는 한편, 뒤에 청나라가 병자호란을 일으킨 데 대한 배은망덕을 강조하기 위한 복선이다. 胡王은 이 때 십리 밖에까지 나와서 사례하였다고 허구화 하였다.

> 호국 도성에 이르니 호왕이 십리 밧게 나와 마즌 사례 왈 과인의 나라히 거의 망하게 되엿더니 장군의 옹호로 젹병을 파흐고 사직을 보전케 하시니 은해 산비해박 흐온지라 엇지 다 갑흐리잇가. (세창서관본·림경업젼)

그 후 임경업이 명나라로 탈출했다가 청나라로 잡혀갔을 때, 가달을 둘리쳐 준 공을 잊고 호란을 일으킨 배은망덕을 꾸짖는다.

> 개갓흔 오랑킈는 나의 말을 자셔이 들으라. 네 쳔즈의 은혜롤 싱각지 아니흐고 나의 공을 이저 반심을 두어 쳔조를 침범흐니 이는 텬하 만고에 디역이라. 병자년에 니 의쥬 부윤으로 잇슬제 가만이 동희로 도라 도성을 엄습흔 일도 간스하고 (세창서관본·림경업젼)

임경업이 가달을 쳐 항복받은 일이나 호왕을 꾸짖는 대목은 결국 작가가 그의 위용을 돋보이게 하기 위한 허구이며 청나라에 대한 적개심을 강조하기 위함이다.

그리고 임경업이 호왕을 꾸짖고 호왕을 충절로 감동시켜 볼모로 잡혀온 세자와 대군을 무사히 귀환시켰다는 내용도 허구이다. 역사적 사실은 그가 1년 6개월 동안 감옥에 갇혀 있다가 청이 명나라를 완전 함락하고 중국을 통일한 후 大赦令으로 풀려서 돌아왔다.

iii) 김자점과의 관계

소설의 결말부에서 임경업이 김자점의 손에 죽는 것도 설화에 의한 허구다. 역사 기록에 의하면 임경업은 심기원의 역모에 연루되어 죽었으므로 김자점과 직접 관련은 없다. 그러나 설화나 소설에서는 김자점이 직접 죽였다고 하였다. 이렇게 변질된 요인은 여러 측면에서 고려될 수 있으나 무엇보다도 설화와 소설의 수용층이 서민 대중이라는 데에서 찾을 수 있을 것이다.

그런데 實傳인 李選의 〈林將軍傳〉에 보면 임경업이 청으로 압송될 때 심기원이 권하여 명으로 탈출했는데, 그것은 김자점과 심기원의 모사였으며 김자점이 이 사실을 가지고 심기원을 역모로 몰아 죽일 때 함께 죽였다고 보았다.65)

이러한 생각은 점차 사실로 인식되고 상상력을 덧붙여 설화화되면서 끝내는 김자점이 직접 죽였다고까지 비약되었을 것이다. 『大東奇聞』, 『錦溪筆談』, 『練藜室記述』에는 김자점이 개인적 감정으로 임장군을 죽였다고 기록하고 있다.66) 근래에 채록된 설화에도 김자점이 직접 죽였

---

65) "蓋自點與器遠 旣同功一體之人 情且甚密 而器遠遽以大逆誅 自點已不能自安於 心 且資送將軍實山器遠而使將軍之命乃自點所教也…將軍之受刑二次而卽死者亦 無非自點嚴刑故也" 李選, 〈林將軍傳〉.

다고 하였다.


　　임경업이 어렸을 때 한 대사(도승)가 임경업의 어머니로부터 달걀 3
개를 얻어 향리에 있는 팔봉산 중턱에 묻고, 3일 후 알에서 닭이 되어
나오기를 기다렸으나 소리를 듣지 못했다. 대사는 장차 임경업이 천기를
보지 못할 것이라 예언했다. 임경업은 천기를 보지 못하는 관계로 속은
줄도 모르고 본국으로 돌아오다가 김자점이 파놓은 함정에 빠졌다. 준마
를 탄 임장군이 준마와 함께 치솟을 때 주위에 매복했던 복병이 쇠도리
깨와 철퇴 등으로 마구 쳐서 죽였다.67)


　이 설화 역시 임경업과 김자점의 숙명적 대결을 나타내며 김자점이
임경업을 죽였다는 의식을 바탕으로 하여 형성된 설화다.
　설화의 이러한 의식은 소설에서도 그대로 수용되고 있다.


　　주졈등이 믈너가 구화문 밧긔 모다셔서 경업의 나오기를 가드리더니
경업 과연 나오거늘 자졈이 몬져 경업의 손을 잡으미 빅관이 드라드러
경업 머리털흘 쓰으러 무수 난타스여 뎐옥의 가둔 후 주졈이 쏘 금부의
가쳐니라. (한글필사 42장본·님경업젼)


　　자졈이 갓치 이러 나오다가 경업의 나오믈 보고 무스롤 분부ᄒ여 치
라ᄒ니 무스들이 경업을 무수 난타ᄒ여 거의 죽게 되미 뎐옥에 가도고
주졈은 금부로 가니라. (한글 목판 27장본·님장군젼)


　이러한 죽음 장면은 사실과 다르며 설화의 영향이라 볼 수 있다. 역사

---

66) "時逆臣 金自點 將謀逆 最忌公 聞其還私發家丁捕囚典獄杖殺之"『大東奇聞』卷
　　三, pp.48~49.
67) 李慶善, 「林慶業의 人物·遺蹟傳說의 調査硏究」, 『漢陽大論文集』 제13집, 1979.5,
　　p.21.

기록에는 임경업이 청나라에서 죄인으로 함거에 실려서 조선에 왔고, 심기원의 역모에 연루되어 죽은 것으로 되어 있다. 또한 인조는 그가 무죄인 줄 알고 있었음에도 당쟁의 와중에 휩쓸려 구하지 못했다.68)

### (3) 〈林慶業傳〉의 특징

〈林慶業傳〉에 강하게 깔려 있는 의식은 대체로 세 가지로 집약된다. 가장 강한 요소는 인물 자체의 영웅화 의지며, 다음이 김자점에 대한 분노, 그리고 排淸崇明 의식을 들 수 있다. 이러한 의식을 반영하기 위하여 이 소설은 사실을 큰 줄기로 하고 설화와 허구에 의존하면서 구성된다.

그에 대한 영웅화 의지는 소설 전체에서 느낄 수 있으며, 김자점에 대한 분노는 사실과 다소 다르게 그를 임경업과 적대 관계의 인물로 묘사하고 있는 점에서 알 수 있다. 김자점에 대한 분노는 또한 단순히 그것으로 끝나는 것이 아니라 조정에 대한 불신감으로 확대된다. 淸兵이 침입했을 때 김자점 이하 조정 대신의 무능함을 노골적으로 꼬집고 있는 것이다.

> 죠졍에 막을 스람이 없고 죵스의 위티ᄒ미 경각 스이에 잇눈지라…도원슈 김ᄌ졈은 이런 난셰를 당ᄒ엿스되 흔 계교를 베푸지 못ᄒ고 용골더는 백셩의 집을 허러 쎄를 무어 강화로 드러가되 강화뉴슈 김경징은 조흔 군긔를 고중에 너허두고 술만 먹고 누워스니 (세창서관본 · 림경업전)

이러한 분노의 표시는 상부 지배층에 반발하는 서민층의 저항 의식이기도 하다. 그리고 임경업과 김자점은 적대 관계로 설정한 것은 김자점

---

68) "承旨李時楷進曰 慶業已死 上惻然曰 慶業死乎 子欲明其非逆使渠知之 而已不及矣 渠頗壯實 而何死之速也 且其爲人膽大 國家可以倚仗 而反爲凶徒所誘 至於浪死 可惜也",『仁祖實錄』卷四十七 二十四年 丙戌.

이 親淸論者였으므로 排淸崇明 의식과도 연관되며, 청에 대한 복수심은 청나라에 대항한 인물의 표상인 임경업 설화를 통하여 강화되고 미화되어 갔다. 그리하여 마침내 이러한 의식들이 응결되면서 사실·설화·허구의 요소로써 〈林慶業傳〉을 형성시켰다고 생각된다.

이처럼 〈林慶業傳〉은 사실을 큰 줄기로 하고 설화와 허구적 삽화를 요소요소에 삽입하면서 전편을 구성하고 있음을 확인하였다. 특히 소설이 허구화될 때 설화에 의존하는 것은 설화가 민중 의식을 반영하며, 소설 역시 서민 대중이 즐겨 읽는 문예 양식이므로 그 의식이 서로 통할 수 있기 때문인 것으로 보인다. 결국 이 소설은 사실·허구·설화를 조화 있게 안배하여 구성한, 문학적 창작력이 뛰어난 작품이라 하겠다.

### 〈姜邯贊傳〉

#### (1) 사실의 소설 수용 양상

ⅰ) 거란의 2차 내침

거란의 1차 내침은 서희가 물리친 일이 있고 강감찬이 등장하는 내침은 2차와 3차 내침이다. 소설의 제 4회는 康兆가 목종을 시해하고 현종을 옹립하여 현종이 새로 권력을 장악하자 거란이 정변을 구실 삼아 ‘義軍天兵’이라 칭하고 쳐들어온 역사적 사실을 소설화하고 있다. 이 때 고려 조정의 중신들이 항복할 것을 논의하자 강감찬은 이에 강력히 반대하고 일시 播遷하였다가 기회를 엿보아 항전할 것을 주장했다. 『고려사』에는 이 사실이 아주 간략히 서술되어 있다.

현종 원년에 거란 주가 스스로 군사를 거느려 서경을 칠새 아군의 패보가 이르니 군신이 항복하기를 의논하거늘 감찬이 홀로 말하기를 "오늘의 죄가 강조에 있는지라 걱정할 바 아닙니다. 다만 중과부적이니 마땅히 그 예봉을 피하였다가 천천히 흥복을 도모할 것입니다." 하고 드디어 왕에게 권하여 남행케 했다.[69]

한편 소설에서는 이 사실을 제 3회의 설화와 연결하면서 경주를 선치한 업적으로 그가 예부시랑에 제수된 일과, 앞서 강조가 목종을 시해하고 현종을 세운 일, 거란이 강조의 정변을 구실로 내침한 일을 자세히 묘사하였다. 앞에서 든 『고려사』와 일치하는 대목 하나를 뽑아 본다.

적병은 도처에 가옥을 불사르며 인명을 살히ᄒ니 곡성이 진동ᄒ고 화렴이 창천ᄒ며 피흘너 니을 일우ᄂᆞᆫ듸 무인지경갓치 서경에 드러가 궁궐을 소화ᄒ며 인민을 노략하니 그 형체 만분 위티ᄒᆞᆫ지라. 샹이 디경ᄒᆞᄉ 빅관을 모와 계칙을 ᄒᆞ순ᄒᆞ신듸 졔신이 일졔히 쥬달ᄒ되 걸안은 군사가 날니고 병긔가 니로으믹 아모리 싱각ᄒᆞ여도 격당치 못ᄒᆞᆯ지니 쳔국을 드러 항복ᄒᆞᆷ이 가ᄐᆞᄒᆞ야 만구 일담에 동셩 상응ᄒᆞᄂᆞᆫ지라. 감찬이 출반 쥬왈 오날 일은 죄가 강죠의게 잇난지라 넘녀할 비 업스나 과불젹즁ᄒᆞ오며 강약이 현슈ᄒᆞ오니 맛당히 잠시 그 날니믈 피ᄒᆞ여 회복ᄒᆞ기를 도모ᄒᆞᆯ지라. 지금 형편으로 보면 죠졍이 ᄒᆞᆫ 긔계을 져당치 못ᄒᆞ올 듯ᄒ니 텬ᄒᆞ에 총명ᄒᆞᆫ 인죵이 우리나라에서 지날지 업거늘 엇지 일시 픠홈을 인ᄒᆞ여 흉젹의게 항복ᄒᆞ리 ᄒᆞ고 사긔가 강긔ᄒᆞ며 언어가 격졀ᄒᆞ거늘 샹이 감찬에 말을 올히 역기ᄉ 남으로 복쥬에 파쳔ᄒᆞ신 후에 사신을 보너여 디의로 효유ᄒᆞ고 화친을 쳥ᄒ니 명년에 걸안에 군ᄉ를 거두어 물러가거늘 (활자본·姜邯贊傳)

---

69) "顯宗元年 契丹主自將攻西京 我軍敗報至 群臣議降 邯贊獨曰 今日之事 罪在康兆 非所恤也 但衆寡不敵 當避其鋒 徐圖興後耳 遂勸王南幸"『高麗史』〈列傳〉卷第七, 姜邯贊傳.

## ii) 거란의 3차 내침

『고려사』에는 강감찬이 왕에게 사직단을 수리할 것을 청하고 開寧縣에 있는 자기 소유의 전답 12결을 왕에게 바쳐 군대를 훈련시키게 한 사실을 기록하였다. 이 대목도 소설에 그대로 수용되어 있다. 그 다음 5회부터 8회까지는 蕭遜寧의 침략을 막아낸 일을 역사적 사실에 근거하여 소설화하고 있다. 또 9회에서는 그가 개선할 때 왕이 영파역까지 나와서 환영한 내용을 다음과 같이 기록하였다.

> 감찬이 3군을 거느리고 개선하여 적에게서 획득한 것을 바치니 왕이 영파역에서 맞아 綵棚을 맺고 음악을 갖추어 장졸들에게 향연하고 金花八枝를 친히 강감찬의 머리에 꽂아주고 왼손으로 손을 잡고 오른손으로 잔을 잡아 위로하고 칭찬하기를 마지아니하니 감찬이 어찌할 바를 몰랐다.70)

이 대목은 소설 제 9회에서 좀 더 실감나게 묘사하고 있다.

> 친이 영파역에서 영접ᄒ실시 연로 좌우에 급보장을 비셜ᄒ며 능라금슈로 군막을 ᄭ며 반공중에 덥히잇고 좌우에 등더을 세워 치화로 장식ᄒ며 당즁에 쟝터를 놉피 비셜ᄒ고 그 안에 군악과 기악을 연쥬ᄒ니 참 일은바 금슈강산이요 향화세곙너라. 셩상계ᄋ셔 금화 팔찌로써 감찬의 머리에 ᄭ오지시며 좌슈로 감찬에 손을 잡으시고 우슈로 잔을 드ᄉ갈ᄋᄉ더 만일 국가에 경이 업셔스면 국가 민싱이 어육이 될지니 이거시 엇지 우연 홈이리오. 정녕이 황쳔이 우리 나라를 도으ᄉ 걸안에 난이 잇슬쥴 알으시고 경을 하ᄉᄒᄉ 다스리게 ᄒ심이로다 ᄒ시니 감챤이 텬은이 망극ᄒ야 황망이 업듸여 알외여 갈오디 국궁진최는 신ᄌ에 본분이오 양구제

<hr>

70) "邯贊帥三軍凱還  獻俘獲  王親迎迎波驛  結綵棚備樂宴將士以金花八枝  親揷邯贊頭 左執手右執觴 慰嘆不已 邯贊拜謝不敢當", 위의 책, 같은 곳.

> 흉은 국기에 힝복이오니 신에 용녈홈으로 텬의를 빙즈ᄒ여 쥐무리 갓흔
> 적은 도격을 진시 소멸치 못ᄒ오며 근왕장ᄉ로 오리 변진에 포로ᄒᆢ다
> 가 샹졔에 묵우ᄒ심으로 요행이 힝졔어 ᄒ엿스오니 신이 무삼공이 잇다
> ᄒ오리잇가. (활자본 · 姜邯贊傳)

  결말부인 제 10회에서는 그가 태어날 때 文曲星이 떨어졌다는 '落星
臺說話'를 삽입하면서 말년에 開國候를 제수받고 84세에 졸하였으며, 시
호를 받은 사실과 아울러 작가의 총평을 덧붙이면서 끝맺고 있다.

> 감찬은 텬셩이 맑고 검박ᄒ야 산업을 경영치 하니ᄒ며 톄모는 범상ᄒ
> 스롬에 넘치지 아니ᄒ나 싁을 바르게 ᄒ고 죠졍의셔 국가에 디칙을 결졍
> ᄒ미 방가에 쥬셕이 되엿더라. (활자본 · 姜邯贊傳)

  이 부분은 마치 전의 논찬과 같아서 전과 전기소설의 직접 또는 간접
적 영향 관계를 보여주기도 한다.

  (2) 설화의 소설화 양상

  ⅰ) 탄생설화
  〈姜邯贊傳〉은 그 양적인 면에서 설화보다는 사실의 비중이 크다. 설
화는 1, 2, 3회와 10회에서 수용되었다. 먼저 제 1회에는 탄생 설화가
나와 있다.

> 다만 슬하에 일졈 혈육이 업시 부부 서로 한탄ᄒ더니…홀연히 졍신이
> 암암ᄒ야 비몽사몽간에 종남산이 입속으로 드러 오ᄂ지라…인ᄒ여 ᄂᆡ당
> 에 드러갓더니 과연 그날부터 티긔 잇서 십삭이 차미 일일은 향긔가 집
> 안에 진동ᄒ며 치식 구름이 옹위하더니 ᄒ 큰 별이 ᄒ날노좃차 하강ᄒ이

광치가 스람을 쏘아 감히 바로 보지 못ᄒ깃고 왼집이 황몽ᄒ더라. 이윽
고 구름이 것치며 별빗이 은은ᄒ더니 니당으로 아희 우는소리 나며 집스
롬이 싱남홈을 고ᄒ더라. (활자본·姜邯贊傳)

도입부의 태몽 설화는 고소설 일반의 전형성에서 벗어나지 않는다.
그러나 탄생 부분의 '흔 큰별'이 떨어졌다는 모티프는 〈姜邯贊傳〉의 고유
한 내용이다. 이 모티프와 관련된 모티프가 제 10회에서 다시 구체적으
로 제시된다. 즉 송나라 사신이 고려의 허실과 인재를 염탐하러 왔다가
강감찬을 보고 놀라 '황망히 즈리에 나려 졀ᄒ며 갈오디 니가 텬문을 살
피더 오리 문곡성이 뵈지 아니ᄒ더니 이제 여긔 잇도다'라고 하였다. 그
리고 이어서 그의 전생은 천상 옥경의 문곡성이었는데 누추한 자를 업신
여겨 옥황상제께 득죄하고 이 세상으로 귀양오게 되었다고 부연하였다.
그가 누추한 모습을 지닌 것은 천상에서 누추한 자를 업신여긴 죄라 하
였는데, 이는 신화의 주인공이 적강하는 모티프를 그대로 수용하고 있는
신화의 흔적이다.

이와 같은 이야기는 『고려사』 열전의 강감찬 조에도 실려 있으므로 작
가가 지어낸 허구가 아니라, 탄생 설화에 근거하고 있음을 알 수 있다.

　세상에 전하기를, 어떤 사신이 밤에 시흥군에 들어 왔다가 큰 별이 인
가에 떨어지는 것을 보고, 관리를 보내어 가 보게 하니 마침 그 집의 부
인이 남자 아이를 낳았다 하므로, 사신이 마음으로 이상하게 여겨 앗아
와서 양육하니 이가 감찬이 되었다. 재상이 됨에 미쳐서 송나라 사신이
그를 보고는 문득 뜰에 내려 절하고 말하기를 "문곡성이 보이지 아니한
지가 오래더니 이제 여기 있도다."라고 하였다.[71]

---

71) "世傳 有使臣夜入始興郡 見大星隕于人家 見吏往視之 適其家婦生男 使臣心異之
　　取歸以養 是爲姜邯贊 及爲相 宋使見之 不覺下拜曰 文曲星 不見久矣 今在此耶"
　　위의 책, 같은 곳.

『고려사』에서 '세상에 전하기를(世傳)'이라고 적고 있는 것은 세상에
전하는 말 곧, 전설에서 이러한 이야기를 채록하였다는 뜻이다. 지금도
그가 태어난 서울 관악구 봉천동에 있는 그의 탄생지는 별이 떨어졌다
하여 낙성대라 부르고 성역화하고 있으며, 예전에는 文曲星이 떨어졌다
하여 文星洞이라고도 하였다.

ii) 호환 제거 설화

다음 제2회에 소개된 설화는 호환 제거 설화다. 소설에서는 성종대
왕 즉위 2년인 35세에 과거에 장원하여 한양 판관을 제수 받았다고 하
였다. 강감찬이 한양에 도임하여 보니 백성들이 호환에 시달리고 있었
다. 그래서 형리를 불러 백지에 글을 써서 주며(부적) 삼각산 꼭대기에
있는 괴승을 잡아오게 하여 꾸짖었다.

> 하늘이 만물을 너심이 각각 그 구역을 정흐엿거놀 네 감히 강녕을 문
> 란흐야 인싱을 살희흐는야. 이제 너의를 황한지지로 귀양보너느니 빅두
> 산 셔북역흘 한흐고 다시 월경치 말나 흔디 노승이 그 죄를 즈복흐고 스
> 흠을 익걸흐거늘 감찬이 디갈일성에 호령이 츄샹갓은지라. 혼비빅산흐야
> 일성통곡에 문득 물너가더라. (활자본・姜邯贊傳)

이리하여 마침내 노승으로 둔갑하여 사람을 해치는 호랑이를 멀리 백
두산 밖으로 몰아내고 한양 고을이 번성하게 되었다. 그런데 또한 이 내
용과 유사한 설화가 『慵齋叢話』에 보인다.

> 고려시중 강감찬이 한양판관이 되었는데 그때에 부의 경내에 호랑이
> 가 많아서 관리와 백성이 많이 물려 부윤이 걱정을 하자 강감찬이 부윤
> 에게, "이는 매우 쉬운 일입니다. 3, 4일만 기다리면 제가 제거하겠습니
> 다."하고는 종이에 글을 써서 帖을 만들고는 아전에게, "내일 새벽에 북

동에 가면 늙은 중이 바위 위에 앉아 있을 것이니, 네가 불러서 데리고 오너라"고 부탁하였다. 아전이 그가 말한 곳에 가 보니 과연 남루한 옷에다가 흰 베로 만든 두건을 쓴 늙은 중 한 사람이 새벽 서리를 무릅쓰고 바위 위에 있었다. 부첩을 보고 아전을 따라와서 판관에 배알하고는 머리를 조아릴 뿐이었다. 강감찬이 중을 보고 꾸짖기를 "너는 비록 금수이지만 또한 영이 있는 물건인데 어찌 그와 같이 사람을 헤치느냐. 네게 일간 약속할 터이니 추한 무리를 인솔하여 다른 곳으로 옮겨라. 그렇지 않으면 화살로 모두 죽이겠다."하니 중은 머리를 조아리며 사죄하였다. 부윤이 크게 웃으며 "판관은 잘못 본 것이오. 중이 어찌 호랑이겠소?" 하니 강감찬이 늙은 중을 보고 "본 모양으로 화하라"하니, 중이 크게 소리를 지르고는 한 마리의 큰 호랑이로 변하여 난간과 기둥으로 뛰어 오르니, 그 소리가 수리 밖에까지 진동하였으며 부윤은 넋을 잃고 땅에 엎드렸다. 강감찬이 "가만두어라"하니, 호랑이가 전 모습으로 홱 돌아가서 공손히 절하고 물러갔다. 이튿날 부윤이 이원에게 동쪽 교외에 나가 살펴보라 하니 늙은 호랑이가 앞서고 작은 호랑이가 수십 마리가 뒤를 따라 강을 건너갔다. 이로부터 한양부에서는 호랑이에게 당하는 걱정이 없었다.72)

　다만 소설에서는 이 설화보다 소설적 상황을 부연하면서 좀 더 실감나게 묘사하였다. 현재까지도 강감찬의 호환 제거 설화와 관련된 유사한 설화들은 전국적인 분포를 보인다.73)

---

72) "高麗侍中姜邯贊　爲漢陽判官　時府境多虎　吏民多爲所噬　府尹患之　邯贊謂尹曰 此甚易耳　待三四日吾除之　書紙爲貼屬吏云　明震寅往北洞　當有老僧蹲踞石上　汝 可招來吏如言而去　果有一老僧　衣藍縷戴白布巾　犯霜曉在石上　見府貼隨吏而至 拜謁判官叩頭而已　邯贊勅僧曰　汝雖禽獸亦是有靈之物　何害人至此　與汝約五日 其率醜類徙于他境　不然彊弩勁矢　盡殺乃已　僧叩頭謝罪　尹大噓曰　判官誤耶　僧豈 虎乎　邯贊曰　汝可化形　僧咆哮一聲　化一大虎　仰攀欄楹　聲振數里　尹魄喪仆地　邯 贊曰可止　虎鼬然復其形　頂禮而去　明日尹命吏往伺東郊　有老虎前行　小虎數十隨 後渡江　而自是府無虎患"成俔『慵齋叢話』卷三.

73) 『한국구비문학대계』에 조사된 것은 경기도 여주군 북내면과 대신면, 강원도 삼척읍과 명주군, 충청남도 아산군과 대덕군, 충청북도 청주시 등에서 조사되어 있다.

호환이 매우 잦았던 옛날에 강감찬이 호랑이를 몰아냈다는 전설이 민간신앙으로까지 발전한 흔적을 여주군의 설화에서 발견할 수 있다. 또 아산군과 삼척군의 설화에서는 소설에서처럼 노승으로 변한 중을 불러오게 하여 호랑이를 만주와 중국 땅으로 몰아냈다는 설화도 발견되고 있어 소설과 설화의 상호 영향관계를 잘 보여주고 있다.

### iii) 경주부윤으로서 선치

다음 제 3회는 그가 경주부윤으로 가서 백성들을 감복시킨 설화다. 이때 경주는 신라가 망한지 오래지 않은 시기라 아직도 새 왕조인 고려에 복종하지 않고 민란을 일으키는 일이 잦았다. 그래서 왕은 한양에서 호랑이를 없애고 선치한 강감찬을 경주부윤으로 보냈다. 그가 경주에 부임했을 때 백성들이 개구리 소리로 잠을 이루지 못하니 그 폐단을 막아달라고 소장을 올렸다. 강감찬은 백성들이 그를 시험코자 한다고 여기고 개구리 울음을 멈추게 하였다.

> 즉시 사령을 명ᄒᆞ여 연못 속에 큰긔고리 ᄒᆞ나를 잡아다가 그 머리에 용두젼즈를 쓰고 분부ᄒᆞ여 갈오ᄃᆡ 이졔 너의 무리에 입가을 잠을쇄ᄒᆞ노니 이셩ᄂᆡ에서 다시 울지 말나ᄒᆞ고 잇던 곳즈로 방송ᄒᆞ니 만셩인민이 모다 비소 ᄒᆞ더라. 잇써는 ᄒᆞ스월 초싱이라. 오랜 비가 시로 긔이미 스방에 물이 챵일ᄒᆞ야 챵포의 마름은 졈졈 셩ᄒᆞ고 여항에 부엌이 슈침훈직 터반이라. 그러ᄒᆞᆫᄃᆡ 젼일노 사상ᄒᆞ면 긔고리 셰상이 될터인ᄃᆡ 삼경이 쟝근토록 사방이 고요한 지라. 인민들이 의아ᄒᆞ여 갈ᄋᆞᄃᆡ 진실노 부윤에 도슐인가 우리가 귀가 막켯는가 ᄒᆞ야 밤을 지닌 후에 갈로에 나가니 쳐쳐에 모여서 담화ᄒᆞᄂᆞᆫ 소리가 문득 거짓 긔고리 들네는 소릴너라. 이후로는 백셩이 감복ᄒᆞ야 갈ᄋᆞᄃᆡ 부윤은 진긔쳔신이로다. 무지ᄒᆞᆫ 미물도 감히 영을 거역치 못ᄒᆞ거든 하믈며 빅셩이야 복죵치 아니ᄒᆞ리요 ᄒᆞ고 영ᄒᆞ면 힝 ᄒᆞ고 금지ᄒᆞᄂᆞᆫ 일을 범치 아니ᄒᆞ더라. (활자본·姜邯贊傳)

소설에서는 이처럼 개구리만 못 울게 했는데 설화에서는 모기와 개미까지도 물지 못하게 하는 부적을 썼다고 하였다.

이상 소설 중에 1, 2, 3회 삽입된 설화와 현전하는 구전 설화를 통해 볼 때 이 설화들이 주는 상징적 의미는 무엇일까. 아마도 제 1회의 탄생 설화는 다른 고소설과 마찬가지로 주인공의 비범함을 천상계와 연관시키려는 수법일 것이다. 제 2회의 호환을 없애고 "한양을 긔쳑ᄒ야 인민을 번셩케" 했다는 설화는 고려 초기 개성으로부터 변방이었던 한양의 삼각산을 거점으로 하는 조정에 저항하는 무리들과 산적을 토벌하고 백성들을 편하게 살게 하였다는 뜻으로 해석된다. 제 3회 역시 고려 왕조에 반발하는 신라의 구 귀족 내지 토호들의 세력을 무마했다는 의미일 것이다. 오랜 세월 동안 구전해 온 강감찬의 선치 업적은 사람들의 입에서 입으로 전해 오면서 설화화 되고 마침내 소설에 수용된 것이다. 앞에서『고려사』열전과 소설의 내용이 자구까지 일치하는 현상은 이 소설을 창작할 당시에『고려사』를 참고했음을 말해준다.

### (3)〈姜邯贊傳〉의 특징

이 소설은 필사나 목판본이 아직 발견되지 않았고 구활자본이 1908년 광동서국에서 간행되고 1914년에 재판이 간행되었으며,74) 1913년에는 조선서관에서도 간행되어 나왔다.75) 조선서관에서 간행된 것은 표제가〈高麗姜侍中傳〉이라고 한자로 쓰고 한글로〈고려강시중젼〉이라고 덧붙여 쓰고 있다. 체재는 모두 10회의 回章體인데 제 1회, 제 2회, 제 3회는 강감찬에 얽힌 설화를 소개하고, 제 4회부터 제 9회까지는 契丹을 물리친 전공을, 다시 제 10회는 소설적 내용으로 마무리 짓고 있다.

---

74) 禹快濟,「舊活字本古小說의 출판 및 연구현황검토」,『古典小說硏究의 方向』(서울 : 새문사, 1985.3), p.122.
75) 仁川大 民族文化硏究所,『古小說全集』(서울 : 東西文化社, 1983.6).

따라서 이 소설의 전체적인 줄거리는 비교적 사실에 근거하면서 설화를
배격하지 않고 수용한 복합형 전기소설임을 알 수 있다.

　이 소설이 창작 또는 개작된 시기는 단정할 수 없으나, 목차가 시작되
기 전에 ‘編輯者 朴建會’라고 밝히고 다시 안표지에도 ‘편즙ᄌ 박건회’라
고 밝히고 있다. 여기서 말하는 편집자가 구체적으로 무엇을 뜻하는지
확인할 수 없으나 굳이 편집자를 밝힌 것으로 보아 이 소설은 적어도 개
화기에 개작되거나 더 극단적으로 말하면 창작되었으리라 판단된다. 이
러한 근거는 이 소설이 주는 인상에서도 알 수 있는데 띄어쓰기가 호흡
단위로 시도되고 4회부터 9회까지의 내용이 『고려사』 열전과 일치할 뿐
아니라 어떤 장면은 구체적인 字句의 내용까지도 일치한다. 특히 개화기
에 창작된 전기소설이 비교적 實史를 충실히 따르려 한 경향이 있음을
볼 때 이 소설은 『고려사』 열전을 그대로 수용하고 소설적 흥미를 위해
서 당시의 구전 설화를 동시에 수용하면서 고소설 독자를 겨냥하여 고소
설의 형식을 빌어 창작 또는 개작했다고 보는 것이다.


### 〈韓氏報應錄〉

(1) 사실의 소설 수용 양상

ⅰ) 가계와 출생

　청주한씨 세보에 의하면 그의 시조는 韓蘭이며, 고려 태조가 견훤을
정벌하려고 군졸을 이끌고 그의 집 앞을 지날 때 큰 칼을 차고 나와서
종군하여 큰 공을 세운 까닭에 三中大臣門下方尉가 되고 開國壁上功臣
에 敍勳되었다. 韓蘭의 8세손 韓渥은 上黨府院君이 되었고, 그 玄孫인
尙質은 조선 태조의 공신으로 文烈公의 시호를 받았다. 韓明澮는 文烈公

의 손자다.

이러한 가계는 소설의 서두에도 상세히 소개되어 있다.

> 각셜 전죠 고려 틱죠 창업지초에 쳥쥬 오공리에 한 녀지잇스니, 셩은 송이오 나은 겨오 십오세라(1회초)…그 사롬의 셩은 (한)이오 일흠은 란이라(1회말)…각셜 한란이 늦도록 취쳐치 못ᄒᆞ얏슴으로(2회초)…로파ㅣ 한춍각의 은혜를 종러 잇지 못ᄒᆞ야 숑씨와 의론ᄒᆞ고 동장을 소리ᄒᆞ야 한춍각을 사위삼아…상이 긔국 졔신을 차례로 론공힝상 ᄒᆞ실 시 한긔휘의 공을 극히 사랑ᄒᆞ사 벼슬을 도도와 대관문하틱위양공을 봉ᄒᆞ시고 숑씨는 효녈부인을 봉ᄒᆞ시다. 위양공의 ᄌᆞ손이 세세로 등과ᄒᆞ야 모다 수규 위에 거ᄒᆞ더니 밋 공의 팔세손 한악(韓渥)이 국가에 큰훈로 잇슴으로 상당부원군을 봉ᄒᆞ야 곳다온 일흠이 일세에 빗낫고 부원군의 현손 상질(尙質)이 쏘 죠션 틱조 고황뎨를 도와 큰 공이 잇슴으로 문렬공을 봉ᄒᆞ스 디더로 작품이 젼후죠에 놉고 권세 거룩ᄒᆞ니 이는 모다 그 시조 위양공과 그 부인 숑씨의 젹덕루음ᄒᆞᆫ 보응이라(2회말)…문녈공의 장ᄌᆞ는 곳 계명(繼明)이니 쏘ᄒᆞᆫ 션업을 계승ᄒᆞ야 혁혁ᄒᆞᆫ 문호 당세에 됴ᄒᆞᆫ 열미를 미져 계명이 일위 영웅 아돌을 산츌ᄒᆞ니 그 일흠은 명회(明澮)라.(3회초) (활자본·韓氏報應錄)

그런데 韓蘭이 甄萱을 도운 내용은 사실과 소설이 다르게 묘사되어 있다. 소설에서는 韓蘭이 물고기를 살려준 보응으로 농사를 잘 지었기 때문에 많은 곡식을 싣고 가서 甄萱이 아닌 王建을 도왔다고 허구화하였다. 이러한 허구는 작가가 大蜈蚣除治說話를 시조담에 수용하면서 착오를 일으켰거나 역사의 정통을 이은 고려에서 후손이 벼슬을 하게 된 사실 때문에 의도적으로 변개했을 것이다.

그의 출생과 어린 시절의 이야기는 묘비와 『명신록』에 있는 내용과 일치한다. 그는 잉태된지 7개월 만에 태어났으므로 사체가 아직 갖춰지지 못했다. 유모가 솜으로 싸서 밀실에 오래 두었더니 형체가 이루어지고 자라감에 따라 골격이 奇傑하였다.76) 이 사실이 소설에는 다음과 같이 묘사되었다.

> 겨오 칠삭만에 일위 남주를 슌산ᄒ니 아기 스지의 전형을 간신히 어리엇스나 아즉 셩톄 못다되야 보기에 괴샹ᄒ고 사롬갓지 온이ᄒ니 가니 모다 경괴ᄒ야 요얼을 산츌ᄒ야 샹서롭지 못ᄒ니 갓다 물에 쎼여 바리자 ᄒ거늘 부인이 셜워 울며 참아 못ᄒ야 아기를 솜에 싸셔 암실 깁흔 곳에 감초아 두어 사롬을 보이지 온이ᄒ고 비밀히 졋을 먹여 양육ᄒ더니 수삭을 지나미 구각이 졈졈 완젼ᄒ야지며 스지 분명ᄒ고 골격이 한 곳 허수치 온이 ᄒ거늘 그제야 아기를 다려너오니 보는쟈 모다 놀나며 신긔히 넉여 부인의 지감을 탄복ᄒ더라. (활자본·韓氏報應錄)

또 그의 등과 배에 검은 사마귀가 있는데 별의 무늬와 같아 사람들이 모두 이상하게 여겼다고 했는데77) 소설에서는 이 사실을 星宿思想과 연관시킴으로써 고소설의 일반적 특징처럼 주인공의 앞날을 은연중 예고하는 복선으로 삼고 있다.

> 아기 등에 검은 졈 일곱이 잇셔 칠셩을 응ᄒ고 가슴에 붉은 졈 셋이 잇셔 삼티를 응ᄒ얏스니 그 긔이홈을 뉘 온이 일커르리오 (활자본·韓氏報應錄)

그가 두 살 때 부모가 다 죽으니 종조부 韓尙德이 데려가 양육하였는데 그 내용도 사실과 일치한다.

---

76) "公在孕七日而生 四體猶未成形 乳媼裏以絮置密室久而方成 既長骨格奇傑" 李存中『國朝名臣錄』韓明澮條.

77) 李肯翊, 앞의 책, 卷五, 世祖朝相臣, 韓明澮條.

ii) 등용되기까지

한명회가 中樞 閔大生의 사위가 되고 權攣의 추천으로 수양대군을 섬
기며, 그가 다시 洪達孫 등을 추천하여 등용시키는 내용도 대체적으로
사실과 비슷하다. 소설에서는 권람과 만나 친교를 맺는 과정과 홍달손
등의 장사들과 만나는 계기를 적극적으로 구성하였다.

iii) 말년의 생활

말년에 한강변에 압구정이라는 정자를 짓고 여생을 마친 일과 그의
아들이 신숙주의 딸과 성혼하고 장녀가 예종왕비, 차녀가 성종왕비가 된
것도 사실과 소설이 일치한다.

이상은 사실을 소설화했다고 보는 내용들이다. 소설 전체의 분량에서
그 비율이 많지 않고 또 소설의 줄거리를 좌우할 만큼 중요한 모티프가
되는 것은 아니다. 그의 사적을 삽입함으로써 이 소설이 한명회를 주인
공으로 삼은 소설이라는 점을 분명히 하고 있다. 소설의 제목을 〈韓明澮
傳〉이라 하지 않고 〈韓氏報應錄〉이라 한 것은 다음에 고찰할 설화적 요
소가 작품의 주요 동기가 되기 때문이다.

(2) 설화의 소설화 양상

한명회에 관한 일화는 『溪西野談』, 『記聞叢話』, 『海東奇話』, 『楓巖輯
話』, 『靑野謾輯』, 『海東名臣錄』, 『秋江冷話』, 『諛聞瑣錄』, 『燃藜室記述』,
『於于野談』 등에 전하나 서로 중복되거나 일치한다. 이런 현상은 하나의
야사를 거듭하여 필사했기 때문일 것이다. 그런데 소설의 것은 문헌 설
화에서는 볼 수 없는, 민간에 전승하던 구전 설화를 소설화한 듯하
다.78) 왜냐하면 순수 설화적 요소가 강하기 때문이다.

---

78) 孫晉泰, 『韓國民族說話의 研究』(서울 : 乙酉文化社), pp.188~189.

ⅰ) 시조담

소설의 도입부에는 시조담이 나오는데 그것은 '大蜈蚣除治說話'다. 이 부분은 일반 전기소설의 가계에 해당한다. 다른 전기소설에서는 가계를 소개하는 부분이 몇 줄로 그치는데 이 소설은 전체의 5분의 1(20회중 4 회)이나 차지할 만큼 비중이 크다. 시조담에는 이 '大蜈蚣除治說話'에 한 란이 神龍을 구해준 보답으로 천수답에 벼를 심어 부자가 되고, 그 곡식 을 싣고 가 고려 태조 왕건를 도와 견훤을 이기게 한 공으로 威襄公에 봉해져서, 한씨 가문이 크게 번성하였다는 삽화도 들어 있다. 그러므로 가계 부분은 단순한 관용적 기법의 한계를 벗어나 소설의 발단 기능을 가지고 있는 것이다. 즉 〈韓氏報應錄〉이라는 제목이 말해주듯 도입부의 선행으로 말미암아 한씨 가문이 보응을 받고 후대에 한명회 같은 인물도 나올 수 있었다는 의미로 해석된다. 한란과 결혼하게 되는 송씨가 두꺼 비에게 밥을 준 은혜와 한란이 神龍(물고기)을 살려준 은혜가 곧바로 보 응을 받음은 물론 후손에게까지 미친다는 의미를 갖는다.


ⅱ) 무용담

한명회가 토끼를 잡으러 산에 갔다가 길을 잃어 산적 吳雲林의 집에 서 1박하며 오운림의 처와 내통하고 도리어 오운림이 그의 인품에 감동 한다는 삽화는 사실과 다른 설화이다.[79] 또한 강릉 경포대에서 우연히 洪貴童·楊汀·林自蕃·洪達孫·柳洙·崔潤·郭連成·安慶孫 등 여덟 장 사를 만나 바다 가운데서 격투를 벌이고 그로 인하여 의기투합 하는 과 정도 허구다. 그리고 김장자 집에서 일어난 변괴와 기생 楊波와의 인연 담도 사실이 아니다. 김장자 집은 등성이 너머에 있는데 귀신이 나타나

---

崔常壽, 『韓國民間傳說集』(서울 : 通文館, 1984), pp.82~86.

임동권, 『한국의 민담』(서울 : 서문당, 1975), pp.120~121.

79) 『記聞叢話』와 『海東奇談』에는 李浣大將의 소년시절 逢賊譚이라고 소개되어 있다.

해치는 흉가로 버려져 있었다. 그러던 어느 날 어떤 과객이 그 집에서 잤는데 아무 이상이 없었다는 소문을 듣고 한명회가 그 사람을 만나러 그 집에 갔다. 거기에서 만난 사람은 전신이 始祖母 宋氏의 은덕을 입은 두꺼비라고 하며 다음과 같은 내용이 적힌 一封書를 주고 사라졌다.

<blockquote>
밋붐이 부귀에 밋쳤스니 금을 보거던 퇴각치 말고(爲及於富見金勿却)<br>
묘리가 기성에 잇스니 금을 앗기지 말고 쓰라(妙在於妓用金勿斬)
</blockquote>

한명회의 담력에 감동한 김장자로부터 그는 千金을 얻어서 경성에 올라와 名妓 楊波의 몸값 천 냥을 주고 의남매를 맺었다. 양파의 집에 머물던 어느 날 권람이 수양대군과 놀러오게 되었다. 권람이 전에 수양대군에게 누차 한명회의 이야기를 한 바 있으므로 대군이 그를 궁으로 데리고 갔다. 그리하여 대군이 그의 도움으로 마침내 왕위에 오른다는 내용이다. 이러한 삽화 역시 작가가 소설의 흥미를 위해 인과율을 적용하여 짜 얽은 허구이다.

그가 나중에 삼남지방의 3도 체찰사가 되어 巡撫하다가 도적의 두목 오운림을 잡아 살려주고, 그를 통해 전국의 도적 두목 38명을 모두 잡아 회개시킨다는 삽화는 앞의 토끼사냥 갔을 때의 삽화와 관련된다. 앞의 삽화는 뒤의 삽화를 위한 복선이었음을 알 수 있다. 그리고 그가 체찰사로 순무한 것은 사실이나 3남의 3도가 아닌 황해·평안·함경·강원의 4도 체찰사를 나간 일이 있으므로 작가는 이러한 사실을 잘못 기억하고 소설 구성에 수용했거나 구전 설화를 그대로 수용한 것으로 보인다.

(3) 〈韓氏報應錄〉의 특징

〈韓氏報應錄〉은 한명회가 주인공인 전기소설이다. 이 소설은 한명회의 일대기를 소설화하면서도 정사보다 야사에 의거하였고 특히 설화를 소설화한 점이 두드러진다. 그러므로 소설에서 사실과 일치하는 대목은 그 비중이 크지 않다. 이 소설은 그 제목이 말해주듯이 청주한씨 시조 한란이 선업을 쌓은 결과 그 후손이 대대로 영화를 누린다는 인과응보 의식을 바탕에 깔고 있다. 그러므로 주인공 한명회의 생애에서 그에게 있었던 정치적 사건과 그에 따르는 갈등을 심화시키지는 못했다. 당시의 사회·역사의식을 문제시하지도 않았다. 따라서 이 소설은 한명회의 생애를 긍정적으로 수용하면서 그에 얽힌 설화와 야사를 통해 인과응보를 주제의식으로 하는 소설이다. 그러므로 사실보다 설화와 허구적 요소가 더 중요한 기능을 담당하고 있다고 볼 수 있다. 이 소설은 결국 다른 전기소설과 약간 다른 구조적 특징을 지니는데 한명회에 대한 일화라거나 인물에 대한 평을 하려는 데 목적이 있지 않고 불교적 윤리 의식이 작품의 주제 의식으로 일관하고 있는 것이다.

한편, 여기에서 분석 대상으로 삼은 작품은 五車書廠에서 간행한 구활자본인데 이 소설 역시 개화기에 개작 또는 창작된 것으로 보인다. 왜냐하면 〈洪將軍傳〉(洪允成傳)의 뒤표지에 실은 "至急廣告"에서 "朝鮮古代英雄 洪將軍傳, 韓氏報應錄 兩鍾小說도 李海朝氏가 特別編輯ㅎ야 花의 血 雙玉笛 鬢上雪 누구의죄 四鍾小說도 李海朝氏가 一新校正ㅎ야 本廠에서 危刷發行ㅎ오니"라고 하였는데 〈姜邯賛傳〉의 경우에도 編輯者를 朴建會라고 했고, 소설에서 발견되는 신소설 투의 여러 특징으로 미루어 볼 때 여기서 사용한 편집자라는 말은 순수한 창작자라는 의미가 아니라 하더라도 고본을 단순히 그대로 옮겨 정리했다는 의미보다는 더 강한 뜻인 듯하다. 즉, 이 두 전기소설을 간행할 때 이들은 사료나 설화를 수용하여 고소설의 형식에 맞도록 구성하면서도 신소설처럼 순수한 상상에 의한 허구적 창작이 아니라는 뜻으로 편집자라는 단어를 사용했을 가능성도 배제할 수 없는 것이다.

## 3.2 복합형 전기소설의 특징

복합형 전기소설은 내용상으로 볼 때 사실과 설화가 다 함께 수용되는 소설이다. 사실과 설화의 비율 가운데 어느 한 편이 더 높을 수 있으므로 일정하지 않으나 역사의 기록에서 소재를 구하기도 하고 설화로부터 소재를 구할 수도 있다. 실기형 전기소설의 작가가 설화를 배제하려 한다면 설화형 전기소설 작가는 설화에 더 많은 관심을 가지려 할 것이다. 그런데 복합형 전기소설의 작가는 사실과 설화에 모두 관심을 가지며 이 둘을 적절히 포용하면서 소설을 구성하는 기교를 발휘할 것이다. 실상 소재 자체에 이미 사실과 설화가 어우러져 있을 수도 있다. 하나의 설화가 형성되는 데에는 어느 정도 사실과 관련되는 사건으로부터 점차 확대, 변이되면서 상징화 된다고 보기 때문이다.

앞에서 전기소설의 유형을 내용과 형식에 따라 실기형·설화형·복합형의 세 유형으로 분류하였으나 내용과 형식의 관계가 언제나 이와 같이 겉과 속의 관계를 이룬다고 볼 수는 없다. 내용은 사실을 따르면서 구성 형식은 여러 사건을 복잡한 인과 관계로 짜 얽을 수도 있다. 또 설화와 허구적 내용을 연대기 형식으로 구성할 수도 있다. 결국 극단적인 유형의 기준을 마련한다면 어느 곳에도 속할 수 없는 작품이 있게 마련이며, 실지로 그러한 극단적 기준에 맞는 작품이란 엄밀히 따져서 있을 수도 없다. 그러므로 실기형과 설화형의 양자 사이에 해당되는 작품군을 만나게 되는 것이다. 어떤 의미에서 순수한 실기형 전기소설이나 설화형 전기소설이란 존재할 수 없을지도 모르겠다. 모든 소설이 다른 유형에 해당되는 요소를 어느 만큼씩은 공유하고 있기 때문이다. 다만 여기서 유형별로 구분한 것은 그러한 기준에 가장 근사치를 가지고 있기 때문에 편의상 분류한 것에 지나지 않는다.

　따라서 복합형 전기소설은 실기형 전기소설 혹은 설화형 전기소설의 요소를 어느 정도는 가지고 있다. 〈林慶業傳〉과 〈姜邯贊傳〉처럼 사실을 위주로 하면서 설화나 허구를 덧붙이거나, 〈韓氏報應錄〉과 〈洪將軍傳〉처럼 설화를 중심으로 하면서 사실적 요소를 첨가하여 구성하는 소설도 있다. 이 유형의 소설은 작가가 주제를 강화하기 위해서 사실과 설화를 사이 메우기 식으로 섞바꾸며 전개하는 문학적 조작 즉, 효과적 창작력을 발휘한다.

　지금까지 논의한 전기소설에 세 가지 유형을 종합하여 정리하면 실기형 전기소설은 사실에 충실하며 작가는 역사적 사실을 올바로 알린다는 의식이 강하게 작용하는 소설이다. 이 유형은 역사나 전의 영향을 많이 받았다고 여겨진다. 한편 설화형 전기소설은 설화 또는 허구를 위주로 구성한다. 이 유형은 사실 전달의 기능보다 흥미와 꿈의 기능이 강화된 소설이며 인물의 상징적 의미를 부각시키려는 소설이다. 끝으로 복합형 전기소설은 이 두 유형을 절충한 것으로 두 유형을 조화시킴으로써 역사적 기능과 소설적 기능을 모두 충족시킬 수 있는 유형이다. 세 가지 유형 중에서도 이 복합형 전기소설이 가장 문학적 창작력이 뛰어난 유형이라 생각된다.

# 제 4 장

# 전기소설의 인간상

시간과 공간의 문제는 세계와 우주를 해석하는 근간이다. 시공간의 문제는 주로 물리학·철학 방면에서 중요한 관심의 대상이었다. 그러나 시간과 공간의 조건 없이 대상 세계를 이해할 수 없을 뿐 아니라 그 어떤 현실적인 사물의 개념도 가질 수 없다. 시간과 공간은 상호 불가분리의 내적 구조 관계에 있다. 동양적 사유에서 시간과 공간은 '上下四方曰宇, 從古今曰宙'(釋文) 또는 '往古今來謂之宙, 四方上下謂之宇'(淮南子)라 하여 우주적 측면의 종횡을 시공으로 인식하였다.

그런데 이러한 시공 의식은 자연적이고 일상적인 개념이며 문학에서의 시공간 의식은 經驗的이며 不均質的이다. 시공간의 경험적 불균질적 인식의 발단은 신화시대로 거슬러 올라간다. 즉, 그것은 聖(Sacred) 俗

(Profane)의 대립적 개념으로부터 비롯된다.1) 고소설을 주의 깊게 살펴
보면, 시공간의 인식에 따라 인간상의 구현이 다름을 발견할 수 있다.
용이나 거북의 변신, 신선의 謫降, 異人 또는 異僧의 言識과 그에 따른
徵驗, 죽은 자와의 대화, 즉음과 재생이 일어나는 시간과 공간의 배경은
일상적 개념으로 받아들이기 어렵다. Erich From에 의하면 이러한 신
이성을 가진 신화적 요소는 象徵言語로 표현된다.

상징언어는 내적인 느낌이나 체험 또는 사상이 외부 세계의 감각적
체험이나 사상인 듯 표현된 언어다. 그것은 우리가 각성하고 있을 때 말
하는 습관적 논리와는 다른 윤리성을 가지고 있고, 시간적 공간적 제약
을 넘어선 범주에 속해 있어서 강렬하고도 연상적이다. 만일 누군가가
신화나 동화 또는 꿈을 이해하려면 상징언어를 반드시 판독할 수 있어야
한다. 그러나 현대인은 그 언어를 잃어버리고 말았다. 현대인들에게 잊
혀진 언어인 신화의 상징언어는 고소설에 그 흔적을 보이고 있는데, 이
러한 이론에 따르면 전기소설도 神聖性의 原型(Archetype)을 간직하고
있는 작품과 세속적인 작품, 그리고 중간 층위에 해당하는 작품이 있다.
이제 이들 세 유형에서 작품의 시공간 인식에 따라 인간상이 각각 어떻
게 창작되는가를 보겠다.


## 1. 초월적 인간상

초월적 인간상을 창조하는 소설은 대개 설화형으로 분류되는 소설이
며, 신성 사회의 흔적이 상징적 언어의 형태로 남아 있게 되는데, 다음

---

1) M. Eliade(저) 李恩奉(역), 『宗教形態論』(서울 : 형설출판사, 1982) 및 M.
   Eliade(저) 鄭鎭弘(역), 『宇宙와 歷史』(서울 : 현대사상사, 1982) 참고.

과 같이 신성성이 구현된다. 첫째로 인물이 신이한 출생을 하거나 나면서부터 초월적 능력을 갖는다. 둘째로 인물의 행위는 도술·변신·재생과 같이 비현실적이며 사건은 天佑神助와 같은 천상적 논리에 의해 전개된다. 셋째로 인물의 최후는 천상으로 복귀하는 返本還元의 구조를 지닌다. 이제 이러한 모습을 구체적 작품의 분석을 통하여 확인해 보겠다.

## 1.1 최치원

〈崔致遠傳〉에서 먼저 그의 출생담을 분석해 보면, 최치원의 어머니가 금돼지에게 잡혀가는 사건은 일상적인 대낮에 일어난다. 그러나 그 순간 혼돈의 시공으로 변질되고 만다. 밤이나 혼돈은 과거의 모든 현상이 사라지고 시간이 정지된다는 의미를 갖는다. 의례에서 불을 끄고 다시 점화하는 것은 어둠, 즉 일체의 형태나 외형을 없애고 혼돈화 하는 태초의 밤(우주의 밤)을 만들어내는 것을 가리킨다. 우주론적으로 말하면 어둠은 혼돈과 동일하며, 다시 불을 켜는 것은 창조 즉, 형상과 경계의 재생을 상징한다. 그것은 이미 과거의 '세속적 시간'을 폐기하고 '새로운 시간'을 설립하는 것이다. 다시 말해서 시간의 한 싸이클이 종료되고 새로운 싸이클이 창시되는 시간의 재생을 뜻한다.2) 최치원이 탄생하는 것도 어둠 곧, 혼돈을 통한 초월적 시간의 재생이라는 원형의식(Archetype)의 반영이다.

> 일일은 운뮈스식(雲霧四塞) 허여 브롬이 텬디 진동허여 지쳑을 보지 못허는지라. 이새 최츙이 외당의 이셔 비야흐로 공ㅅ(公事)를 허다가 텬변을 보고 크게 놀라쩌니 이윽고 텬싴이 명낭(明朗)허여 안으로셔 죵들

---

2) M. Eliade(저) 李恩奉(역), 앞의 책, pp.431~433.

> 이 급히 나와 울며 고허되 마노라쩌오셔 풍우즁(風雨中)에 홀연 가신고
> 들 모르오니 비복등이 뫼와 잇습다가 상뎐(上典)을 일럿스오며 죽스올
> 줄 알외나이다. (活字本·崔忠傳)

최충의 아내가 납치당하는 시간은 자연적이고 일상적인 시간이 정지
된 혼돈의 시간이다. 일상적 시간이 혼돈의 시간으로 바뀜은 그러한 행
위가 이루어지는 시간이 태초의 시간, 곧 새로운 탄생을 예고하는 성스
러운 시간의 재현이다. 이 시간은 성스러운 시간이므로 성스러운 시간에
이루어지는 행위는 속된 행위가 아닌 성스러운 행위라는 의미를 가진다.
또한 그녀가 잡혀간 금돼지굴이라는 공간도 俗界가 아닌 他界이거나
仙界라는 공간 개념의 변질을 가져오게 된다. 聖의 現顯(Hierophany)은
그것이 現顯하는 모든 場을 변경시킨다. 즉, 지금까지 세속적 공간이었
던 것이 신성한 공간으로 변질되는 것이다. 성스러운 공간이라는 개념은
어떤 공간을 변용하고 특수화하여, 요컨대 주위의 속적 공간으로부터 그
것을 격리시켜 단절시킴으로써 그 장소를 성스럽게 구별한다.3)
최충이 부인을 잃은 뒤 찾아간 곳은 동굴이며 별천지라 말하였다.

> 홍스롤 좃차가니 북악산 상봉의 흔 큰 바희틈으로 그 홍시 드러갓거
> 늘 크게 깃거 술펴보니 큰 돌노 문을 닷거늘 니젹(李績)으로 그 돌을 물
> 니치고 깁피 드러가니 문득 일월이 명낭허여 별건곤이라. 화각(畵閣)이
> 녕롱허여 문호(門戶) 엄숙허되 인젹도 업고 새 짐승도 보지 못훌너라.
> (活字本·崔忠傳)

이상의 묘사를 통하여 부인이 납치되어 간 곳은 이 세상이 아닌 또 다
른 세계인데, 바위틈으로 들어간다는 틀을 설정함으로써 聖과 俗의 경계

---

3) 위의 책, pp.398~399.

를 삼고 있다. 일반적으로 신성 공간의 구분은 울타리나 돌을 쌓고 줄을
침으로써 주위의 세속적 공간으로부터 분리시키는 것이다. 그래서 이 소
설에서도 바위 문은 聖과 俗의 경계가 되는 것이다. 문학에서 묘사되는
동굴은 동굴 자체의 일상적 의미를 넘어서 문학의 역동성을 구현하는 형
이상학적 모티프가 되기도 한다. 작가는 최치원을 이처럼 신성한 시공간
의 영역을 거쳐 출생케 함으로써 그의 신분이 신성한 자질을 갖게 하였
다.

다음, 그의 행위는 세속적이라기보다 비현실적 초월성을 띤다. 그가
버려졌을 때 선녀가 내려와 젖을 먹여서 길렀을 뿐 아니라 행위 하나하
나도 비일상적이다.

> 두어둘 지내매 그 아기 바희예로 올나 놀며 사쟝(沙場)에도 ᄂᆞ려 놀
> 며 두루긔여 돈니니 자취마다 글지되고 우는소리 글 을프는 소리 ᄀᆞ트
> 니. (活字本 · 崔忠傳)

도한 그의 행위는 초월적으로 묘사되기도 한다.

> 그 아희 나히 삼세(三歲)라 망경누(望景樓)에 이셔 셰월(歲月)을 보
> 내더니 하늘노셔 삼척철쟝(三尺鐵杖)을 주며 ᄯᅩ 하늘노셔 션관수십(仙
> 官數十)이 ᄂᆞ려와 미일(每日) 그 아희로 더부러 글과 온갖 신이(神異)ᄒᆞᆫ
> 일을 ᄀᆞ르치니 ᄒᆞᆫ ᄌᆞ(字)를 비우면 빅 ᄌᆞ(百字)를 통(通)허고 ᄒᆞᆫ 일을
> 비우면 능(能)히 빅(百)일을 아는지라 삼척철쟝(三尺鐵杖)으로 ᄯᅡᆼ을 ᄀᆞ
> 져 글쓰기를 시키매 철쟝(鐵杖)이 달핫더라 션관(仙官)들이 미일(每日)
> ᄃᆞ리고 글을 을프니 청아(淸雅) 헌 소리 구름ᄲᅡᄀᆡ 들니며 오식(五色) 구
> 름이 디(臺)우희 어리엿고 향(香)내 빅니(百里)에 ᄡᅩ이니 듯고 보는 재
> (者) ᄀᆡ특(奇特)이 너겨 칭찬(稱讚)허믈 마지 아니허더라 이쩍에 중원황
> 뎨후원(中原皇帝後園)에서 둘구경(求景) 허시더니 멀니셔 글 을프는 소

리 브람결에 홀연(忽然) 들니거늘. (活字本·崔忠傳)

그래서 그는 어른들도 해명하지 못하는 국가의 위기를 해결하고, 중국 사신들과의 대결에서 승리하며, 용왕의 초대를 받는 등 신이한 능력을 발휘한다. 마침내 그는 최후에 가야산으로 들어가 仙化한 것으로 끝맺는다. 이러한 죽음은 세속적 인간의 비극적 죽음이 아니라 신화적 인간의 초월적 죽음이다. 그의 죽음은 죽음으로 시간이 단절되는 것이 아니며 返本還元하는 永遠回歸의 시간이다. 그가 가야산으로 들어가는 것은 곧 신선이 되었음을 뜻한다. 산은 낙원에의 노스탈쟈 기능을 가지며 오늘날도 지리산 화개나 청학동을 비롯한 계룡산·가야산·마니산 등은 하늘과 땅이 만나는 신성 공간으로서 세계의 중심이라는 상징적 의미를 가지고 있다.

최치원이 가야산으로 들어간 행위는 세속적 시공간을 폐기하고 우주 창조의 태초의 때로 회귀한 것이다. 그리하여 영원히 재생하고자 하는 욕망을 표현한 것이다. 따라서 최치원은 신화적 原型意識을 표상하는 인물이며, 최치원으로 표상되는 인물의 상징적 의미는 천상적 상향성으로 비상하고자 하는 영원회귀의 흠모라 하겠다.

인간은 세속적 삶의 와중에서 필연적으로 전개되는 인간의 고뇌와 욕구를 반복하는 존재다. 최치원은 당나라로부터 귀국하였으나 그때는 어지러운 난세이므로 뜻을 펴지 못한 채 한탄하였다. 헌강왕 10년(884) 8월에 황제의 조서를 가지고 귀국하였을 때 왕이 등용하고자 했으나 조정에 시기하는 무리가 많아서 겨우 변방인 태산군의 태수가 되었다. 진성왕 7년(893) 2월에 時務十餘條를 올려 올이 阿飡을 삼았으나 역시 용납되지 못하자 난세를 한탄하며 다시 벼슬길에 나가지 않고 자연을 벗삼아 노닐며 풍월이나 읊는 것으로 세월을 보냈다. 그러나 소설에서는 이러한

인간적 고뇌를 극복하기 위하여 신화적 승천을 이용함으로써 선화하도
록 형상화시켰다.

> 최공이 나시(羅氏)더러 니르되 셰샹이라 허는 거슨 반복(反覆)을 즈
> 루허며 더러운 고디요 우리 오래 이실데 아니니 가스를 버리고 도라가리
> 라 허여 승샹에 친척을 불러 가스와 봉사(奉祀)를 맛치고 부체(夫妻) 당
> 하(堂下)에 느려서며 문득간데 업스니 브르보는 사롬들이 긔특이 녀기
> 더라. (活字本·崔忠傳)

이와 같이 주인공이 가야산에 들어가 선화했다고 결미를 맺음으로써
결국 〈崔致遠傳〉은 인간적 고뇌를 벗어나 낙원에서 영생을 획득하고자
하는 초월적 인간상을 그리고 있다 하겠다.

## 1.2 전우치

전우치가 태어날 때 태몽담에는 신화적 상징언어의 흔적이 나타나 있다.

> 소즈난 일광노 제즈읍더니 삼중법스를 뫼시고 서쳔 서역국의 가서 팔
> 만더중경을 비읍다가 즁노의 즁난훈 죄로 서가여래게읍서 옥황숭졔게
> 고훈와 인간의 적거흐라 흐옵시니 갈부을 모로올 춫… 부인은 어엿비 여
> 기쇼셔 (김동욱본·전우치전)

별이나 용, 천상의 선관·선녀가 옥황상제에게 득죄하고 이 세상에
귀양오는 적강 모티프는 신화의 망각된 언어 표현이다. 이러한 상징적
언어는 신화적 원형의식의 표출이며, 그가 세속의 능력을 초월하는 초월
적 인간이라는 상징이다. 태몽과 출생담에 이어서 앞으로 전개될 그의
초월적 인간상을 예고하는 대목을 보자.

　　그 아히 거동을 보니 골격이 비범ᄒ고 이가 바로 나되 다 각각 나지안
코 갈바즈 두룬닷 낫거놀 첨ᄉ 긔특이 여겨 일흠을 우치라ᄒ고 즈는 뇌
공(雷公)이라ᄒ다. 우치 나은 제 일삭만의 힝보을 능히 ᄒ고 오십일만의
언어을 능통ᄒ니 첨시보고 너무 영민숙성ᄒᄆ를 염려ᄒ더라 (김동욱본·
전우치젼)

　　이빨이 갈대로 얽어서 만든 바자처럼 성글게 났는데 한 달 만에 걷고
50일 만에 말을 했다는 것은 그가 비범한 인물임을 나타내는 말이다.
또 字를 雷公이라 한 것을 보면 〈西遊記〉에서도 손오공의 모습이 뇌공같
다고 하였는데, 이 점에서 전우치의 행위 또한 손오공과 흡사하리라는
것도 암시한다. 결국 이러한 예고대로 그의 행위는 일상을 뛰어 넘어 초
월적 인간상으로 부각되기에 이른다.

　　그러므로 그의 행위는 선관도 되고 보라매도 되는 자기 변신뿐만 아
니라 타인 변신·등운·분신 등의 도술을 자유자재로 행할 수 있다. 變
身은 再生의 하나며 재생은 永生을 가능케 하는 수단이다. 따라서 도술
이나 환술에 의한 변신은 영원으로 회귀를 희구하는 신화적 동경이다.
영생불멸은 어느 종교나 공통으로 가지는 사상이지만 특히 도교에서는
장생불사를 최고의 목표로 삼는다. 도교적 생사관은 장생불사 이외에도
생사일여·환생환멸·윤회전생 등의 다양한 모습으로 나타난다.[4]

　　이 중에서 〈田禹治傳〉을 통해 검증할 수 있는 생사관은 장생불사와
환생환멸이다. 장생불사는 신선이 됨으로써 가능하다. 신선의 종류는 天
上仙·地上仙·屍解仙·水仙·鬼仙 등으로 구별하는데[5] 앞의 최치원과
함께 전우치는 지상선의 범주에 든다. 지상선은 대개 명산에 노니는데

---

4）金容德,「古典小說에 나타난 道仙的 生死觀」,『人文論叢』제15집, 漢陽大 人文科
　　學大學, 1983.2.
5）李晬光,『芝峯類說』仙道條.

전우치는 서화담과 도술로 대결했으나 패하고 그를 따라 백두산에서 단
군으로부터 비롯되는 大倧神理를 窮究하기 위해 백두산(태백산)으로 입
산한다.

> 네 여러 가지 술법을 가지고 반드시 올흔 일을 위ᄒ여 힝ᄒ여 긔특ᄒ
> 나 사특흠은 맛춤내 정대흠이 아니오 지조는 반드시 웃길이 잇나니 오리
> 이로써 세상에 둔니면 필경 파측한 화를 닙을지라 일즉 광명흔 세상에
> 도라와 정대흔 도리롤 궁구흠이 올치 아니ᄒ뇨 내 이졔 태빅산에 대종신
> 리롤 붉히려 ᄒ노니 그디 ᄯᅩ흔 나롤 조침이 됴흘가 ᄒ노라 우치 왈 ᄀᄅ
> 치는 디로 ᄒ리이다 화담이 인ᄒ여 각각 집으로 도라와 약간ᄉ롤 분별흔
> 후 우치 화담을 뫼시고 태빅산 배달 밋헤 정사롤 얽고 임검으로 붓허 오
> 는 큰 리치롤 궁구ᄒ여 보빅로운 글을 만히지어 석실에 곰초니 그후 일
> 은 세상 사롭이 아지못ᄒ나 (신문관본 · 뎐우치젼)

전우치가 들어간 백두산은 우리 민족의 聖山으로 신선사상의 발상지
이기도 하다.[6) 작가는 이 소설에서 백두산 · 단군(임검) · 서화담으로 이
어지는 상징적 의미를 전우치에까지 계승시키려 하였다. 높은 산은 하늘
과 가까우므로 일반적으로 두 가지의 신성성을 부여받고 있다. 즉 하나
는 산이 초월성의 공간적 심볼리즘에 관여하고(높음 · 절정 · 지고) 또 하나
는 신들의 거주처가 된다. 모든 신화에는 성스런 산이 있게 마련이다.
解慕漱가 내려온 訖升骨城이나 謁平이 내려온 瓢嵓峯을 비롯한 신라의
6촌장이 내려온 곳도 모두 산이며 金首露가 내려온 곳도 龜旨峯이다.
산은 하늘과 땅이 만나는 지점으로 중심, 곧 세계의 지축이 지나가는 점
이며 성스러움을 낳는 지역으로 여겨졌다. 그것은 산의 '높음' · '至高'로
부터 연상되는 성스러움이 있기 때문이다. 높음 · 꼭대기 · 솟음은 초월

6) 金容德, 「檀君神話와 神仙思想의 淵源」, 『韓國民俗學』 제17집, 한국민속학회,
   1984.2.

자나 초인과 동일시 된다. 산에 들어감이나 산으로 오름은 세속적 공간으로부터 산의 속성인 성스러움으로의 이행이다. 죽음 또는 죽지 않고 최후에 입산한다는 것은 성스러움의 권역에 들어감으로써 세속적 인간 조건을 초극한다는 의미를 가진다. 전우치가 백두산에 들어가 신선이 되었다는 것은 단군이 산에 들어가 산신이 되었다는 것과 동일한 의미를 지닌다. 백두산에 들어감은 성스러운 권역에 들어감이며, 세속적 인간 조건을 초극하고 신성성을 획득한 초월적 인간상을 보여주는 일면이다.

〈田禹治傳〉에서 초월적 인간상을 보여주는 또 하나의 상징 언어는 도술·환술·둔갑술이다. 도술·환술·둔갑술은 도가의 사유 방법과 현실을 초월하고자 하는 신선 사상이 교착하여 만들어낸 도교 특유의 생사관이다. 고소설에는 도술·환술·둔갑술로 죽은 사람이 환생하기도 하고, 신선이 되기도 하며, 꽃이나 짐승 또는 물건이 사람으로 형태를 바꾸기도 한다. 이 소설에는 처음부터 끝까지 여러 가지 도술·환술·둔갑술이 다양하게 펼쳐진다. 소설의 서두에서부터 전우치는 선관으로 둔갑한다.

이 같이 세속적 인간으로는 불가능한 도술을 부려 변신할 수 있는 것은 초월적 능력의 결과다. 마찬가지로 관군이 그를 포박하였는데 알고 보니 '훈낫 장작나무'였거나, '병 속으로' 들어가거나, '우치 변하여 왕가' 되는 둔갑술과, 유생들의 下門을 없애고 眞言을 염하여 온갖 과실이 열리게 하거나, 청의동자에게 하늘로 올라가 蟠桃를 따오게 한 환술 등 일일이 예를 들 수 없을 만큼 많은 도술들은 그의 초월적인 능력의 소산이다.

그리하여 결말에서 전우치가 범속한 죽음을 보이지 않고 태백산으로 들어가 신선의 도를 닦았다고 한 것은 그의 초월적 인간상을 확고하게 하는 장면이다.

## 1.3 홍길동

〈洪吉童傳〉에서 이 소설의 모델이 되었다고 보는 吉同은 『조선왕조실록』의 기록에 의하면 잔인한 도적일 따름인데 세월이 흐르면서 민중 의식이 작용하여 의로운 도적이라는 설화로 탈바꿈이 되었다가 소설화되었다. 그러므로 소설에 그려진 吉童은 정사에 그려진 사실성과는 거리가 먼 초월성을 띠고 있는 것이다. 그는 태어날 때 이미 이러한 신성성을 띠게 될 것임을 예고한다.

> 션시에 공이 길동을 나을 쩌 일몽을 어드니 문득 텬상으로셔 뢰셩벽역이 진동ᄒ며 쳥룡이 슈염을 거스리고 공에게 향ᄒ야 달아 들거늘 놀나 씨다르니 남가일몽이라…그 둘붓터 틱긔 잇셔 십삭만에 일기 옥동을 싱ᄒ니 긔골이 비범ᄒ야 진짓 영웅호걸이라. (활자본·洪吉童傳)

그는 '총명이 과인'하여 스스로 주역을 읽고 깨달아 둔갑법을 행할 만큼 재주가 뛰어났다. 또 活貧黨 魁首가 되어 도술로써 탐관오리를 징계하고 白龍의 딸과 혼인한다. 백룡의 딸을 구하고 혼인하는 삽화는 地下國大賊除治說話의 흔적으로 그의 신이성을 돋보이게 하는 한편 이 소설의 분위기를 신화 시대로 끌어 올리는 역할을 한다. 그리고 그가 마침내 이상향인 硉島國의 왕이 되어 살다가 인생을 마치는데 최후의 장면에서 登仙하는 초월성을 보인다.

> 왕이 등극 숨십년에 년긔 칠슌이라 일일은 왕이 후원 영락뎐에 왼ᄭ 풍악을 ᄀᆞ초고 노리를 지어 부르니 ᄒᆞ얏스되 셰상ᄉᆞ롤 싱각ᄒ니 풀ᄭᆺ히 이슬ᄀᆞᆺ도다 백년을 순다ᄒᆞᄂ 이 ᄯᅩᄒᆫ 부운 ᄀᆞᆺ도다 귀쳔이 쩌 잇스미여 다시 보기 어렵도다 쇼년이 어뎨러니 빅발될 줄 어이 알니 ᄒ며 두 왕비

> 와 열락ㅎ더니 문득 오식 구름이 뎐각을 두르며 일위 로옹이 쳥려장을
> 집고 속발관을 쓰고 학창의를 입고 뎐상에 오르며 왈 그디 인간ᄌ미 엇
> 더ᄒ뇨 이데 우리 모되리라 ᄒ더니 문득 왕과 왕비간데 업논지라. (활자
> 본·洪吉童傳)

　여기서 길동의 전생 신분이 天上仙官이라는 것으로부터 죽음에 이르
러 문득 사라지는 결말은 고소설 주인공의 전형적인 모습이다. 이같이
주인공의 최후를 仙化시킨 것은 작가 허균의 道仙的 취향과 관련이 깊
다. 〈海東傳道錄〉에 의하면 허균은 몸소 鍊丹을 시도할 만큼 仙道에 관
심이 깊었다. 또 그의 문집에는 다섯 편의 전이 실려 전해지는데 〈南宮
先生傳〉이나 〈張山人傳〉·〈蔣生傳〉은 도선적 이인을 입전한 작품들이
다. 신선을 동경하였기에 그가 지은 전과 소설에 그러한 생각이 표출되
었던 것은 당연하다. 허균은 그의 혁신적 사상을 형상화시키기 위해 홍
길동 전설과 의적 설화로부터 이 소설의 소재를 취하고 초월적 인간상을
창출하였던 것이다.
　이상, 설화형 전기소설인 〈崔致遠傳〉, 〈田禹治傳〉, 〈洪吉童傳〉은 신화
적 시공간 의식이 아직도 강하게 남아 있는 작품들이다. 그러므로 이들
작품에서는 신화시대의 상징적 언어를 읽을 수 있다. 이러한 상징적 언
어를 통해서 최치원과 전우치가 초월적 인간상을 구현하고 있음을 발견
하였다. 다음은 신화적 시공간에서의 초월적 인간상과 대칭되는 세속화
된 시공간 배경 속에서의 비극적 인간상을 고찰하겠다.

## 2. 비극적 인간상

　전기소설 중에는 앞에서 살펴본 바와 같이 신성 사회의 초월적 인간

상을 만날 수 있는가 하면 세속 사회의 문화 의식이 소설 작품에 반영되고 있는 비극적 인간상도 만날 수 있다. 세속 사회의 문화 의식을 반영한 작품은 실기형 전기소설들인데 그 특징을 추출하면 다음과 같다.7)

첫째, 주인공의 출생에 따르는 종교적 경이성이나 신이성이 전혀 고려되고 있지 않을 뿐만 아니라 작품의 모티프나 구성에 천상적 의도와 배려가 나타나지 않는다.

둘째, 시공간 배경이 세속 사회의 물질적, 화폐경제적 가치관 및 사회 현상을 나타내고 있다.

셋째, 신이성·천상성보다 사실성·일상성이 존중되므로 주인공의 초월성·비범성이 제거되고 비극적 종말을 맞는다. 일반적으로 창작 고소설에서는 비극적·애상적 플롯은 잘 발견되지 않는다. 그러나 전기소설에서는 비극적·애상적 플롯의 비율이 상당히 높은데 이것도 전기소설 특징의 하나가 된다. 이제 작품을 통해 세속 사회의 비극적 인간상이 그려지는 모습을 살펴보겠다.

## 2.1 홍경래

〈辛未錄〉의 홍경래는 다만 현실적인 인물일 뿐 신성 사회적 작품의 초월적 주인공이 탄생할 때 나타나는 신이한 징후는 아예 작품에서 제거되고 없다. 소설의 서두는 현실적인 시간과 공간의 제시로 시작된다.

> 대청 가정 황제 즉위 십뉵년은 즉 아조 셩상 십이년이라. 이쩌 평안도
> 청북이 누년 겸지를 만나 스면이 싱업을 닐우지 못ᄒᄂᆞᆫ 지라…이쩌 농강
> 홍경닉와 가산 니희져와 락산 우군측이 셔로 모의ᄒᆞᆯ식 가산 다복동은 슈

---

7) 여기서 적용한 기준은 李相澤 교수의 「古代小說 世俗化 過程試論」, 『韓國古典小說의 探求』(서울 : 中央出版社, 1981.3)을 참고하여 추출하였다.

목이 무성ᄒ고 동학이 깁고 널비 가히 쳔만인을 용납홀 비라 (木版本·辛未錄)

　계속해서 전개되는 시공간 배경도 물질적·화폐경제적 가치관이 통용되는 사회다. 그가 난을 일으킨 시대적 배경은 여러 해 겹친 흉년으로 백성이 기갈을 견디지 못하고 인심이 크게 변하자 이 때를 타서 홍경래는 난을 일으켰다. 홍경래는 반군을 모을 때 '은졈을 비셜ᄒ여 역가ᄅᆞᆯ 후이쥰다'며 모여든 백성을 회유하여 일당으로 포섭하였다. 우선 굶주린 그들에게 '술을 준비ᄒ고 우양을 잡아 군스를 호궤ᄒ고' 거사하였다. 은광에서 품삯을 후하게 준다 하여 사람들이 몰려든 것은 바로 화폐경제적 사회 현상을 반영한 단면이다.

　다음 이 작품의 갈등 요인은 조정의 무능과 황해도 평안도 함경도 사람들의 등용 차별이라는 사회적 모순과 더불어 홍경래 개인의 야심이 작용한 결과다. 이러한 사회적 배경과 그의 포부가 소설에서도 서술되어 있다.

　　항상 스스로 탄식왈 남이 세상에 남애 맛당히 창싱을 건지고 절대훈 수업을 일우워 일흠을 후세에 전ᄒ고 공훈을 쳥ᄉᆞ에 빗낼지라 엇지 밥버레로 구구히 일싱을 허도ᄒ리오…사룸이 셩명을 하늘긔 받ᄌᆞ옴은 한가지어늘 세상에 쪄러지면서 반상의 문벌이 잇기도 이미 리치가 아니려든 하믈며 문무의 직분으로 벼술에 귀쳔이 잇고 디방의 남북으로 빅셩에 친소가 잇서 행여 영웅호걸 지스가 어느 틈에서라도 생겨날가 두려홈이라 우리 죠션의 용인ᄒᄂᆞᆫ 법되 엇더케 편벽ᄒ고 괴약훈 것을 보건대 경향을 분변ᄒ야 경상도와 전라도 사룸은 문무과에 오르면 간신히 옥당과 션젼관을 ᄒᄂᆞᆫ쟈이 그 몃몃치며 지어 황ᄒᆡ 평안 함경 삼도 스룸들은 문 불과 지평 장령이오 무 블과 슌문부쟝이라. (신문관본·홍경래실긔)

이 경우 주인공은 세계의 운명에 맡겨진 것이 아니고 자아의 생각을 바꿀 수 있을 만큼 의지력을 가지고 있으며, 자신이 직접 정하는 일이나 그 원인된 일에 대한 책임도 그만큼 커진다. 따라서 독자가 그의 파멸에서 느끼는 만족감은 분명하다. 비극적 주인공은 스스로 파멸을 초래하는 데 관여했을 뿐 아니라 그 결과 받게 되는 응분의 고통은 마땅한 것이다.

홍경래는 그가 저지른 사건에 대해 모든 책임을 져야하는 비극적 주인공이다. 그의 죽음은 그가 행한 행위와 사회적 여건으로 볼 때 당연한 귀결이다. 그는 유교적 윤리 규범에서 가장 터부시했던 왕권에 도전했으므로 그의 파멸은 당연한 응징으로 받아들여질 수밖에 없다. 유교적 충성을 신조로 알고 있던 조선조의 독자들은 거스를 수 없는 천명을 어긴 죄에 대한 벌이 당연하다고 생각하고, 도덕적 승리에 대한 일종의 쾌감을 느꼈을 것이다. 그리하여 대단원에서 홍경래는 세속적 시공간 위에서 비극적 최후를 마친다.

> 잇써 경늬 형세 위급ㅎ여 도망코져 ㅎ더니 옥지혁이 갈길을 막고 흔 창으로 경늬를 지르니 경늬 말게 쩌러지거눌 옥지혁이 그 머리를 버혀 들고 슌무영의 바치니 슌무즁군이 그머리를 함의 담아 경소로 보늬니라. (신문관본·홍경래실긔)

이상에서 살펴본 바와 같이 홍경래는 처음부터 초월성을 거의 찾아볼 수 없다. 그의 출생에 따르는 신이함도 없고 작품 전개 과정에서 도술이라거나 천우신조도 전혀 나타나지 않는다. 배경은 처음부터 현실적 시공간이다. 그러므로 소설의 결말에서 그의 인간상도 초월성을 띨 수 없으며 세속적 질서에 의한 비극적 인간상이 될 수밖에 없는 것이다. 그가 비참한 최후를 맞도록 한 것은 유교적 윤리관에 철저했던 당시의 독자들에게 설득력을 줄 뿐 아니라 비극적 최후로부터 비정한 쾌감을 맛보게 된다.

## 2.2 인현왕후

인현왕후의 출생에 따르는 신이성은 단순히 母夫人 宋氏가 "기이ㅎ신 신몽을 꾸시고" 낳았다 하여 신화 시대의 망각된 언어 현상이 개념적으로 짧게 기술되었을 뿐, 신성 사회의 작품처럼 천지신명에게 기자치성을 드리거나 기이한 신령스런 꿈에 대한 구체적인 내용, 이를테면 용이나 선관·선동·태양·꽃 등 상징적 물상이 제거되고 아주 간소화되어 있는 정도다.

다음 이 소설의 배경도 물론 지극히 현실적이고 세속화된 사회 현상을 보여준다. 즉, 장희빈과 그 오라비 희재가 무당과 술사를 돈으로 매수하여 신당을 배설한 뒤 왕후의 성씨와 생년일시를 祝辭函에 넣고 해골을 구하여 왕후가 거처하는 뒤뜰에 몰래 묻으며 저주하여 非命冤死케 하였던 것이다. 그리고 또한 갈등을 일으키는 요인도 장희빈과 숙종의 개인적 욕망으로부터 비롯된다. 왕과 장희빈의 욕망이 己巳換局과 甲戌獄事를 몰고 오고 왕후를 폐비시켜 비극적 최후를 맞도록 한다. 비극적 주인공은 본질적으로 선한 사람으로서 운명적 결함을 지닌 인물이기 쉽다. 이들은 '판단의 과오'나 '도덕적 허물' 때문에 비극적 파멸이나 불행에 빠진다.8) 이때의 카타르시스는 주인공의 수난에 대한 순수한 연민의 정이거나 정의감이며 정서적 해방감이 따르는 종류의 것이다.

인현왕후의 비극은 '도덕적 허물'로 인해서 비롯된다. 그녀가 아무리 뛰어난 효성과 엄숙한 예도를 갖추었다 하더라도 왕위를 이을 왕자를 생

---

8) 丘印煥, 『小說 쓰는 法』(서울 : 東園出版社, 1983.10), p.168.

산하지 못한 탓으로 후궁을 들이게 한 때부터 비극의 씨앗은 잉태되었다. 그리하여 장씨가 첫 왕자를 생산하면서부터 왕후의 자리를 빼앗으려는 음모가 꾸며지고, 왕후가 신생 왕자를 해치려 한다는 참소를 하여 인현왕후는 폐위되고 말았다. 결국 인현왕후가 폐위된 것은 왕자의 생산을 못함으로써 종묘사직을 잇게 할 의무를 다하지 못했다는 도덕적 허물로 인해서 온 결과다. 왕후가 폐위되어 겪는 갖은 고초에도 불구하고 왕후의 의연한 태도는 독자들에게 더 큰 감동을 준다. 작가는 그러한 덕행을 강조할 목적으로 왕후의 언행을 세세히 묘사하였다.

이 소설을 읽고 난 독자가 얻는 카타르시스는 윤리적 福善禍淫의 교훈 못지 않게 주인공의 수난으로부터 느끼는 순수한 연민의 정에 있다고 본다. 비록 왕후처럼 고귀한 처지는 아니라 하더라도 백성들 중에는 아이를 낳지 못하여 쫓겨나거나(七去之惡) 서러움 받는 처지에 있던 사람도 있었을 것이므로, 이 소설은 그러한 비극에 처한 불우한 사람들에게 동정을 받기에 충분하였을 것이다. 더구나 왕후의 죽음이 희빈 장씨의 저주에 있다고 강조함으로써 장씨에 대한 증오와 왕후에 대한 연민의 정을 극대화하였다. 호화로운 생애를 살다 간 여러 왕후들의 이야기보다 특히 비극적 생애를 살다 간 인현왕후의 이야기가 많은 독자를 확보할 수 있었던 것은 일반 고소설에서 맛볼 수 없는 비장한 미의식으로부터 느끼는 연민의 카타르시스 작용에 있다고 하겠다.

## 2.3 박태보

박태보의 경우 소설의 도입부에 흔히 묘사되는 출생에 따르는 신이성은 물론 출생담조차 제거되고 없다. 그리고 사건의 배경도 〈仁顯王后傳〉과 마찬가지로 세속적인 현실이다. 그리하여 그는 마침내 숭고하고도 비극적 최후를 맺게 된다. 그는 보통 사람으로서는 도저히 견딜 수 없을 만큼의 혹독한 고문을 받는다.

> 널 속에 쪄와 스감치 끼여지ᄂ 소래ᄂ니…달흔쇠 한 번 ᄂ무 우희 시험ᄒ니 문득 연긔 이러나고 벌건 기름이 쓸어 누린너 코를 질으더라. (필사본·문열공긔스)

> 기름과 피 끌코 힘줄이 ᄯᆞ러지고 쪄가 타서 형용이 극히 흉참ᄒ야 귀신의 모양이 된지라. (세창서관본·박틔보실긔)

다리가 부러지고 뼈가 타는 데도 의연한 그의 태도에는 그것만큼이나 고통스러움을 넘어선 숭고함이 있다. 그는 누가 알아주기를 원해서 고통을 받아들이며 죽음을 택한 것은 아니다. '있는 것이 아닌 있어야 할 것'을 위해서 죽음을 두려워하지 않는 그의 인간상은 도덕적 숭고함으로까지 승화되었다. '있어야 할 것' 다시 말해서 이상을 추구하되 이상이 위기에 부딪칠 때 숭고는 비장과 결합하여 심화된다. 따라서 이 소설에서는 숭고하고도 비장한 미적 쾌감을 주는 비극적 인간상을 만나게 된다.

## 2.4 임경업

비극적 인간상을 그리는 소설은 주로 실기형 전기소설인데 〈林慶業傳〉은 복합형 전기소설임에도 비극적 인간상을 그리고 있다. 이는 〈林慶業傳〉이 복합형 전기소설이면서도 설화보다 사실적 요소가 강하기 때문일 것이다. 따라서 그의 출생과 성장 과정은 지극히 세속적인 모습을 보인다. 그는 고귀한 혈통이 아닌 빈한한 농사꾼의 아들로 태어났으며, 태어날 때에도 신이한 이적이 일어나지 않았다. 오히려 유년시절은 부친을 일찍 여의고 홀어머니와 동생들까지 부양해야 하는 어려운 처지에 있었다.

그 다음에 계속되는 소설의 배경에서도 물질적 가치 체계가 지배하는 사회 현상을 그대로 보여준다. 즉 한글 필사 49장본에서는 그가 가난을 못 견디어 관가에 가서 쌀을 한 말 빌어오는 삽화가 나오기도 한다. 한글 판각본과 몇몇 필사본을 보면 다음과 같은 내용이 공통적으로 나온다.

> 이격에 경업의 동싱과 주손등이 그 부형의 힝젹을 디강 긔록ᄒ여 세상에 전ᄒ고 공명에 ᄯᅳᆺ이 업셔 슝님간에 드러 농업을 힘뼈 셰상을 이졋더라 (목판 27장본·님장군젼)

이처럼 후손이 농업에 힘쓰며 살았다는 세속적 경제 질서의 사회를 배경으로 하고 있다.

따라서 임경업의 최후도 결국은 숭고한 이상이 좌절되고 마침내 비장한 죽음을 맞는다. 영웅이 비장한 죽음을 맞는 미적 범주의 가장 전형적인 문학 형태는 전설이다. 아기장수 전설이나 장수힘내기 전설에서 주인공은 예기치 못한 실수나 어쩔 수 없는 사정으로 능력이나 뜻을 펴보지 못한 채 불행하게 죽는다. 그러한 영웅은 미천한 신분으로 태어나므로 고귀한 혈통의 후손이거나 하늘의 도움으로 태어나는 신화적 인물과는 다르다. 따라서 그러한 인물은 대개 민중의 영웅이며, 그의 불행은 민중의 불행이라는 의미도 된다. 영웅전설은 민중들의 입에서 입으로 전승되므로 영웅의 이루지 못한 비원은 민중의 좌절된 비원이며, 민중의 역사 창조의 의지가 좌절되었다는 의미도 된다. 그러므로 임경업에게서는 이러한 민중의 좌절된 의지가 응결된 인간상을 만나게 되는 것이다.

지금까지 비극적 인간상을 창출하고 있는 소설은 세속적 시공간 배경 위에서 전개됨을 확인하였다. 그러한 작품은 임경업을 제외하면 실기형

전기소설에 속하는 소설들로 사실에 충실하려 하기 때문에 설화적 요소
를 배제한 것으로 여겨진다. 따라서 이들의 작품에는 주인공의 출생에
대한 신이성이 제거되고 없으며, 사회적 배경은 물질 경제 가치를 존중
하는 세속사회이고, 갈등을 야기시키는 요인은 개인적 욕망에 있다. 그
리고 주인공들은 모두 비극적 최후를 맞는데, 이러한 비극적 최후로부터
독자들은 숭고하고도 비장한 미적 쾌감을 통해 카타르시스를 맛볼 수 있
었다고 본다.


## 3. 평범한 인간상


   지금까지 신화적 시공간 배경의 초월적 인간상과 세속적 시공간 배경
의 비극적 인간상을 제시하는 작품들을 검토하였다. 그런데 모든 작품들
이 이 두 유형의 극단에만 위치하는 것은 아니다. 두 극단 사이에서 어
느 편에 더 기우는가 하는 정도의 차이는 있을 수 있다. 다시 말하면 신
성 사회적 작품으로부터 세속 사회적 작품으로 옮겨가는 과정의 중간 층
위에 해당하는 작품군이 있을 수 있다는 말이다. 중간 층위를 설정함으
로써 보다 세분화된 창작성을 구명하는데 도움을 얻을 수 있다. 이 중간
층위에 자리하는 작품들은 앞의 두 극단적 유형들로부터 공통 인자 또는
어느 한 쪽의 특징이 더 많이 작용하는 경우를 말한다. 그러므로 자연히
여기에 해당하는 작품군은 설화형 전기소설과 실기형 전기소설을 절충
한 복합형 전기소설 작품들이 되겠는데, 어느 쪽의 특징을 더 수용하였
는가에 따라 친근의 관계를 고려해야 한다. 예를 들어 복합형 전기소설
중에서도 사실성이 강한 〈林慶業傳〉은 비극적 인간상을 浮彫하고 있는
가 하면 〈姜邯贊傳〉은 초월적 인간상에 근접하고 있다. 그 밖에 〈韓氏報

應錄〉, 〈尹知敬傳〉, 〈洪將軍傳〉, 〈乙支文德傳〉 같은 작품들은 일상적인 시공간 배경 위에서 평범한 인간상을 보여준다. 이제 중간층위에 있는 작품들을 통해 이들 작품의 특징을 살펴보겠다.

## 3.1 강감찬

강감찬의 출생에는 신성성의 흔적이 나타나 있다. 그를 잉태할 때 그의 아버지가 三更에 난간에 의지하고 있는데, 終南山이 입 속으로 들어오는 태몽을 꾸었다.

> 사몽비몽간에 종남산이 입속으로 드러오는지라. 황연히 놀나 깨다라서 가만이 싱각ᄒ되 옛스롭에 말이 하날에 잇스미 셩신이 되고 짜에 잇스미 물과 산이 되는지라 그윽ᄒ면 귀신이 되고 발그면 다시 스롭이 된다ᄒ였스니 이산은 경셩에 남산이오 그 우에 쳠셩더가 잇셔셔 셩신이 항상 조림ᄒ는 곳이라 (活字本·姜邯贊傳)

이 꿈에 의하면 감찬은 '하늘의 星辰→終南山→사람(邯贊)'이라는 신성성을 띤 인물이다. 이러한 신성성은 강감찬이 한양의 호환을 없애고(2회) 경주의 개구리 소리를 멈추게 하는(3회) 등의 능력을 발휘하는 것으로 자연스럽게 이어진다.

그러나 그 이후 소설의 절대량인 4회에서 9회까지에서 거란을 물리치는 장면은 모두 사실에 근거하여 전개하였다. 거란이 재차 내침하였을 때 예전에 호환을 물리치고 개구리 소리를 멈출 때처럼, 신이한 능력을 발휘하여 즉시 거란병을 물리치지 못하고 다만 왕에게 항복하지 못하도록 권고하는 데 그친다. 그 다음에 거란이 재침하였을 때에도 도술이나 신술을 베풀지 않고 직접 병졸을 훈련시키고 지휘하여 싸움으로 격퇴하

는 용감한 장수의 면모만을 보일 뿐 인물 전설에서 보여준 신이한 능력
은 결국 보여주지 못한다. 작가도 결말의 맨 끝에서 강감찬은 범상한 사
람에 지나지 않는다고 평하였다.

> 감찬은 텬셩이 말고 검박ᄒ야 산업을 경영치 아니ᄒ며 톄모는 범샹ᄒ
> 스롬에 넘치지 아니 ᄒ나 싁을 바르게 ᄒ고 죠졍의 셔셔 국가에 디칙을
> 결졍ᄒ미 방가에 쥬셕이 되엿더라. (고려강시즁젼 죵)

이처럼 강감찬의 출생과 첫벼슬 시절에는 설화에 근거하여 구성하였
으므로 초월적인 인간상을 보이고 있으나 주요 업적을 다룰 때는 역사에
의거하여 사실대로 서술하였으므로 세속적인 풍모를 드러내고 있다.

이상에서 복합형 전기소설인 〈姜邯贊傳〉은 신화적 언어와 세속적 언
어가 혼재하면서 초월적 인간상도 아니고, 그렇다고 세속적 인간상도 아
닌 평범하면서도 비범한 인간상을 그리고 있다고 하겠다.

## 3.2 한명회

먼저 한명회의 출생에도 신화적 언어의 상징적 표현이 미미하게나마
나타나 있다. 그의 어머니가 하루는 꿈을 꾸었는데 '금표옥디'를 쥔 남자
가 이 세상에 미진한 사업이 있어 의탁하고자 한다며 절하는 것이었다.
그 후 일곱 달 만에 아들을 낳았는데 보기가 괴상하여 모두들 妖孼을 낳
았다며 물에 띄워버리라 하였다. 이러한 출생 삽화는 신화적인 상징 언
어의 흔적으로 영웅의 출생에 따르는 기아모티프의 합리적 변형이다.

그리고 그의 몸에 검은 점 일곱이 북두칠성처럼 응하고, 붉은 점 셋이
삼태성처럼 응했다 함은 星宿思想의 반영이다. 고소설에서 주인공의 출
생에 성숙 하강 설화와 관련된 것은 성숙의 출현이나 이변이 인간사의

길흉을 예시해준다고 믿었던 신화 시대 상징 언어의 흔적이다. 옛 문학에 나타나는 성숙관은 천문학에서 보여주는 성숙의 정기를 바탕으로 한다. 『淮南子』의 '天文訓'에서는

> 천지의 집합된 기운은 음양이 되고, 음양의 순수한 기운은 사시가 되고, 사시의 넘쳐흐르는 기운은 만물이 되었다. 양을 쌓은 뜨거운 기운은 불을 만들고, 기의 정은 해가 되었으며, 음을 쌓은 찬 기운은 물이 되고, 수기는 달이 되었으며, 해와 달이 넘쳐 정이 된 것이 성신이다.9)

라 하였다. 한편 우리나라에서는 이러한 성숙관을 받아들여 매월당은 김시습은 이렇게 설명하고 있다.

> 기운 가운데서 빛나는 것은 양의의 정화이니 양의 정화를 얻은 것은 해이고 음의 정화를 얻은 것은 달이다. 해의 남은 빛이 나뉘어 별이 되므로 글자가 日과 生으로 되었고 辰은 해와 달이 만나는 차례니……10)

이러한 성숙사상은 도교에 습합되어 나타나는데 『玉鈐經』에 의하면 음양의 기를 받아 아기를 수태하였을 때 어느 별의 정기를 받았느냐에 따라 운명과 수명이 정해진다고 한다.11) 李圭景의 『五洲衍文長箋散稿』에도 별이 하강하여 인간이 되고 인간이 죽으면 올라가 다시 별이 된다는 전설을 기록하고 있다.12) 민간 설화에도 이러한 성숙사상은 잘 나타

---

9) "天地之襲精爲陰陽 陰陽之專精爲四時 四時之敎精爲萬物 積陽之熱氣生火 火氣之精者爲日 積陰之寒氣爲水 水氣之精者爲月 日月之淫爲精者爲星辰"『淮南子』天文訓.
10) "氣中之光耀兩儀之精華者也, 得陽之精華是日, 得陰之精華是月, 分日之餘光光爲星 故字從日從生, 辰者日月所會之次" 金時習『梅月堂集』天形編.
11) 葛洪,『抱朴子』對俗篇.
12) 李圭景,『五洲衍文長箋散稿』星化爲人人死爲星辨證說.

나 있다. 『삼국사기』의 김유신이나 『삼국유사』의 원효대사를 잉태할 때 어머니의 꿈에 流星이 품으로 드는 꿈을 꾸었고 강감찬은 文曲星이 떨어지면서 태어났다는 설화가 있음은 이미 보았다.

별이 인간으로 화한 설화를 수용한 대표적인 소설은 〈玉樓夢〉을 비롯하여 〈朴氏傳〉, 〈薛仁貴傳〉, 〈張伯傳〉, 〈劉忠烈傳〉, 〈柳文成傳〉, 〈淑香傳〉, 〈張國振傳〉, 〈金鈴傳〉, 〈張翼星傳〉 등이 있는데 이들 주인공은 별의 정기로 태어나게 된다.

한명회도 별의 정기로 태어났으므로 처음에는 괴상한 몰골을 하였으나, 이내 다른 소설의 주인공처럼 비범한 인물로 변한다. 그의 출생에 따르는 신화 시대의 초월적 인간상과는 달리 그 다음 제4회부터 제20회 결말까지는 그에 얽힌 사실을 토대로 과장 또는 허구화 하면서 소설을 전개하였을 뿐 신화적 시공간을 배경으로 하는 초월적 면모가 더 이상 드러나지는 않고 있다. 그리하여 결말에 가서는 천상으로 환원하는 것이 아니라 벼슬에서 물러나 한강 상류에 압구정을 짓고 세속적 인간으로서 평범한 죽음을 맞이할 뿐이다.

> 부인 홍씨와 아즈를 더리고 한가히 왕릭ᄒ야 엄자릉, 張志和의 짝이 되고즈하나 국시 다단홈으로 상이멀니 잇슴을 허락지 안이ᄒ시니 맛춤니 뜻과 갓지 못ᄒ고 빅슈지상이 국궁진퇴 ᄒ다가 여년을 맛치니 그뒤 세조 임의 승하ᄒ신지 오릭고 셩종대왕 시절이라 상이 슬허ᄒ심을 말지 안이ᄒ사 동원부귀의 장슈를 후히하사ᄒ시고 례장으로 션산에 안쟝케 ᄒ시니라. (活字本·姜邯贊傳)

결국 〈韓氏報應錄〉 전편을 통한 한명회의 인간상은 신화적 초월성을 띠거나 그렇다고 세속적 비극성을 띤 인물도 아닌 평범하되 다소 비범한 쪽의 인물로 부각되었다.

이상, 전기소설에서 창조되고 있는 인간상은 전기소설의 세 가지 유형(實記型·說話型·複合型)에 따라 다음과 같이 셋으로 나누어짐을 확인할 수 있다.

첫째, 신화적 시공간을 배경으로 하는 초월적 인간상이다. 이 유형의 소설은 〈崔致遠傳〉, 〈洪吉童傳〉, 〈田禹治傳〉 같은 설화에 의존하는 설화형 전기소설이었다.

둘째, 세속적 시공간을 배경으로 하는 비극적 인간상이다. 이 유형의 소설로는 〈仁顯王后傳〉, 〈朴泰輔傳〉, 〈辛未錄〉 등 실기형 전기소설과 복합형 전기소설 중에도 실기형 전기소설에 가까운 〈林慶業傳〉이 있다. 이들은 주인공의 비장하고 숭고한 죽음의 의미를 음미케 한다. 고소설은 대개의 경우 행복한 결말을 맺는 것이 일반이다. 그러나 전기소설에서 비극적 결말을 맺고 있는 소설의 비중이 큰 것은 사실성을 존중하려는 전기소설의 정신과 그로부터 역사적 감동을 불러일으키기 위함인 듯하다.

셋째, 신화적 시공간과 세속적 시공간의 중간 층위에서 활약하는 평범한 인간상을 부조하려는 소설군이 있다. 주로 복합형 전기소설에서 발견되는데 이 경우는 신성사회로부터 세속사회로 이행하는 과정의 시공간이 그 배경이 된다. 그러므로 신성적인 면과 세속적인 면을 공유한다.

# 제 5 장

# 전기소설의 창작 의식

전기소설의 작가는 현실 인식에 근거하여 역사적 사실로부터 삶의 현장을 재현시킴으로써 상황을 극복해 가는 인간상을 창조하거나, 과거의 사실을 변화시켜 있을 수 있는 역사와 인생을 창조함으로써 새로운 인생의 좌표를 제시하고자 한다. 전기소설은 이처럼 당대적 삶의 역사적 상황에 의거하여 선악의 생활 윤리를 구현하고, 또 민족이 처한 시대 사조를 비판하고 고발함으로써 그 상황을 극복할 수 있는 용기와 돌파구를 제시하기도 한다.

이러한 인식 구조 요소들은 소설이 형성되는 선행 조건이다. 그 요소들은 작가에게 수용되는 대상일 수도 있고, 그가 속해 있는 집단의 내적인 문제일 수도 있으며, 도도히 흐르는 사상의 물줄기일 수도 있다. 이

러한 요소들은 작가에게 직접 연관되거나 대상과의 상응 관계에서 이뤄
지는 요소로 나누어 생각할 수 있다. 여기서는 그러한 의식의 양상 중에
서도 전기소설에서 유달리 강하게 나타나는 英雄待望意識 對外自尊意識,
그리고 전기소설만의 것은 아니나 비교적 강하게 표출되고 있는 倫理規
範意識을 중심으로 살펴보고자 한다.


## 1. 영웅대망의식


### 1.1 서민적 영웅과 국가적 영웅


영웅은 보통 인물보다 뛰어난 능력을 가진 인물로서 집단적 문제를
해결하고, 집단의 삶을 위해 위대한 일을 수행하며, 집단의 존경을 받는
인물이다. 그리고 그의 영웅적 행위는 특수한 계층만을 위한 것이 아니
고 사회와 국가적 차원에서의 공헌이어야 한다. 영웅소설은 이러한 영웅
의 행위를 형상화한 작품을 뜻한다.[1]

이러한 영웅소설은 임진왜란과 병자호란을 치르고 나서 위대한 전공
을 세운 名將을 모델로 하여 쓰여 지기도 하고, 가공적 인물을 모델로
한 허구적인 영웅소설들도 나타났다.[2] 임진·병자란을 배경으로 쓰여진
영웅소설은 〈林慶業傳〉과 〈壬辰錄〉이 있으며, 허구적 인물을 주인공으
로 삼은 소설에 〈朴氏傳〉이 있다. 그러므로 임진·병자 두 난리가 영웅
소설 출현의 직접 동인이 될 수 있었던가 하는 문제는 중국 소설의 飜
案·飜譯 등 영향 관계 등도 고려해야 하기 때문에 성급한 결론을 내리

---

1) 徐大錫, 『군담소설의 구조와 배경』(서울 : 이화여대 출판부, 1985), p.12.
2) 金起東, 『韓國古典小說研究』(서울 : 敎學硏究社, 1979), p.298.

기에는 어려움이 있다. 그리고 굳이 전쟁을 통한 무용담만을 결구했다고
하여 모두 영웅소설이라 부를 수도 없다. 주인공이 전쟁을 통해 영웅적
활약을 전개하는 작품군은 오히려 군담소설이라 분류함이 타당하다.3)
영웅소설은 싸움보다 '영웅의 일생'이라는 작품의 서사구조에 의한 것이
며 군담이 아니면서 영웅소설에 해당되는 작품도 있을 수 있다.4)

따라서 여기에서 사용하는 영웅의 개념은 전쟁에서의 행위만을 지칭
하지 않는다. 홍길동이나 전우치와 같이 사회 제도의 모순과 부조리를
척결하여서 관리들의 부패와 학정에 시달리는 대다수 민중의 삶의 문제
를 해결해 주었다면, 그는 서민 계층에서 영웅이 될 수 있다. 국민은 국
가를 구성하는 요소이므로 국민의 고통을 해결해 주는 영웅은 국가적 영
웅의 의미로 확산된다. 결국 영웅의 유형은 대내적 영웅인 서민적 영웅
과 대외적 영웅인 국가적 영웅으로 나누어 생각할 수 있다. 이제 이러한
영웅이 소설에서는 각각 어떻게 형상화 되는가를 살펴보겠다.

먼저, 신분상의 문제에서 서민적 영웅은 서민과 꼭 같이 미천한 신분
으로 태어난다.

홍길동은 서민적 영웅이므로 그의 신분은 사회적으로 천대받는 서얼
출신이다. 〈壬辰錄〉의 김덕령이나 〈朴氏傳〉의 박씨 부인도 미천하거나
불쌍한 처지에서 태어난다. 이처럼 서민적 영웅은 그 출신이 미천하게
태어나 출중한 능력으로 인하여 신분 상승을 가져오게 한다. 이러한 작
품의 구성은 서민의 의식을 그대로 반영하고 있는 것이다. 〈崔致遠傳〉에
서 최치원은 일단 그의 신분이 천민이 아닌 재상의 후예로 소개된다.

> 녜 신나 시절 최츙이라 허는 명신 이시되 홍문거족이요 지죄 유여 허
> 나 늘토록 급뎨를 못허고 한스로 울울이 지내더니 맛츰 나라히 녜지상에

---

3) 徐大錫, 앞의 책, p.11.
4) 趙東一, 『韓國小說의 理論』(서울 : 지식산업사, 1979.5), p.272.

후예라 허여 문창녕을 흐이시니 (活字本·崔忠傳)

최치원의 아버지 최충이 문창 현령을 제수받는 발단부분이다. 그의 선대가 이런 명문거족이라면 그는 서민적 신분과 이질감을 주므로 서민적 영웅이 되기에는 부적합하다. 그렇다면 앞에서 말한 서민적 영웅의 신분이 천민이라는 논리에 모순된다. 그러나 〈崔致遠傳〉은 이런 모순으로부터 오히려 역설적으로 서민의 신분 상승 욕구를 표현하고 있다. 즉, 서민들은 최치원을 자기들의 입장과 동일화시키기 위해 그를 일단 귀족 신분으로부터 천민으로 격하시키고 있다.

최충이 깃거 아녀 의심허되 금뎨즈식이라 허고 관비를 명허여 갓다 버리라허니 관비 녕을 듯고 아기를 안고 밧그로 나가더니…… (활자본· 崔忠傳)

그의 버려짐은 고귀한 신분을 상실하는 의미를 가지며 棄兒 모티프의 신화적 原型意識을 보여주는 면이기도 하다. 신화에서 기아 모티프는 영웅의 고난을 초래하는 발단이며, 그것은 천상의 질서가 지상의 질서로 전이됨이다. 고난을 겪은 영웅이 마침내 지상 질서의 바탕인 백성들의 지지를 받고 제왕이 된다는 것은 나라의 근본이 백성들의 힘에 있음을 뜻한다. 이는 또한 백성의 지지를 얻은 자만이 참된 힘을 가진 지도자가 될 수 있다는 서민 의식의 반영이기도 하다. 〈崔致遠傳〉이 이러한 버려짐의 원형의식을 간직하고 있음은 서민들의 의식 속에 면면히 잠재하고 있는 신화적 원형의식의 발현이라 하겠다. 그리고 최치원은 버려진다는 모티프 외에 신분을 노비로 전락시킴으로써 더욱 확실한 신분 하강의 변화를 가져오게 만들고 있다.

네 일음이 무어시며 엇던 스롬의 즈식이며 어늬 쌍에서 사던다. 아희
엿즈오되 어려서 부모를 여회엿스오니 부모 성명 거쥬를 모르고 내 일음
이 쏘흔 업느이다. 승샹이 니르되 네 이미 내 죵이 되고자 허니 네 원대
루 허려니와 거울을 깨쓰려쓰니 일노써 일음을 지으리라 허시고 그 아희
일음을 파경뇌라 부르더라 (활자본·崔忠傳)


현재까지도 민간에 전승되어 오는 구전설화에는 이 破鏡奴 모티프가
설화의 핵심적 기능을 담당하고 있다. 그는 스스로 부모를 여의었다고
말하여 재상의 후예나 명문거족의 후예라는 신분과는 아무 관련 없는 천
민이라고 인식하고 있다. 처음부터 신분이 고귀한 가문의 출신이라면 신
분 상승이라는 문제는 거론될 수 없기 때문에 이렇게 허구화했을 것이
다.

신분 상승의 욕구가 오로지 서민들만의 의식이 아닌 인간의 보편적인
심리라고 말할 수도 있다. 그러나 〈崔致遠傳〉은 관과 집권 지배층에 대
한 피지배 서민 계층의 비판 의식이 작품의 저변에 깔린 갈등 구조로서
형상화되어 있으므로 서민 의식을 반영하고 있다고 볼 수 있는 것이
다.5) 처음부터 명문의 후예로 태어나 신분 상승의 변화가 없는 경우는
대개 귀족층의 문학이다. 설령 그것이 귀족층의 문학이라 보기가 어렵고
일반 백성의 생각을 나타낸 것이라 하더라도, 그것은 귀족 의식에 감염
되고 변질된 것이다. 귀족 출신을 주인공으로 하는 〈趙雄傳〉이나 〈劉忠
烈傳〉에서 자신을 조웅이나 유충렬과 동일시한 독자라면 그는 헛된 환
상 때문에 자기 현실을 바로 이해하기가 어렵다.6)

〈崔致遠傳〉과 아울러 신분상승의 의지가 작용했다고 보는 소설에 〈田

---

5) 成賢慶, 「崔孤雲傳硏究」, 『문리대학보』 제11집, 영남대, 1978.10.
6) 趙東一, 「전우치전의 정치의식」, 『국문학연구의 방향과 과제』(증보판, 서울 : 새문
   社, 1985).

禹治傳〉이 있다. 전우치의 신분도 소설에서는 미천한 관노 출신으로 제시된다.

> 인조디왕 직위 초의 강원도 원주 감영서 수난 혼 스람이 잇스되 성은
> 젼이오 명은 츙부니 근본이 세디 관노로서 형세 부요ᄒ더니 (金東旭本·
> 젼우치젼)

관노로 태어난 전우치는 그의 출중한 능력으로 마침내 燕나라 왕이 되었다. 그가 서민들의 고통을 모두 해결해 주고 드디어 왕의 신분이 된 사실을 바로 관노와 같은 천민들의 신분 상승 욕구를 반영한 결과인 것이다.

앞의 서민적 영웅과 달리 국가적 영웅은 신분이 처음부터 명문거족이거나 아예 문제시되지 않는다. 그리고 소설의 내용에서도 신분 상승을 위한 갈등이라거나 신분 문제는 중시되지 않는다. 대부분의 창작 영웅소설에서 주인공은 높은 가문의 후손이다.7) 주인공이 혁혁한 명문의 혈통을 이어받고 고귀하게 태어남으로써 신분상의 갈등을 일으킴없이 곧바로 벼슬을 받고 전쟁에 출전하거나, 현직에 있으므로 간신의 역모를 진압하는 영웅적 능력을 발휘할 수 있는 것이다. 전기소설에서도 민족적 영웅인 강감찬은 '디디 공후거족'의 후예로 태어났다. 민족적 영웅인 임경업의 경우 신분상의 문제를 구체적으로 언급하지는 않았으나 그가 과거에 장원할 수 있었던 것은 천민 출신이 아님을 묵시적으로 인정하고 있는 것이다.

---

7) 영웅소설 중 前職高官의 후손인 경우는 〈조웅전〉, 〈금방울전〉, 〈소대성전〉, 〈곽해룡전〉, 〈홍계월전〉, 〈장풍운전〉이 있으며 現職高官인 경우는 〈황운전〉, 〈이대봉전〉, 〈장백전〉, 〈유충렬전〉, 〈김진옥전〉, 〈장국진전〉 등이 있다.

무오년간의 경수의셔 별시롤 보인다 말을 듯고 경업이 노모긔 고ᄒ여
왈 경수의셔 과거롤 보인다 ᄒ니 요힝으로 참방이나 ᄇ라와 가고져 ᄒ오
니 원컨더 모친은 귀체 만안ᄒ쇼셔 사례ᄒ고 경수의 올나가 과거보미 장
원으 ᄲ이여 뎐젹 쥬부롤 명ᄒ시니 영광이 일시의 비ᄒ리 업ᄂ디라 (한
글필사 42장본·님경업젼)

그가 천민이었다면 과거시험에 나갈 자격이 없었을 것이고, 자격을
얻기까지는 투쟁이나 변칙적인 등용 방법이 적용되었을 것이다.

다음으로 서민적 영웅과 국가적 영웅의 행위는 대상이 누구며 각각
어떤 의미를 가지는가를 생각해보자. 우선 서민적 영웅의 행위는 서민들
의 욕망과 갈증을 풀어주는 역할을 한다.

그것은 첫째, 신분 제도의 제약을 타파하려는 욕구의 표현이다. 서민
의 영웅은 미천하게 태어난 천민 출신이지만 오히려 귀족층보다 뛰어난
능력이 있으므로 귀족층이 해결하지 못하는 문제를 해결하거나 귀족층
보다 더 큰 공을 세워 국가에서 벼슬을 받음으로써 신분 제도를 초월하
려는 서민의 의지가 반영되어 있음을 알 수 있다. 따라서 행위의 대상은
국내적 제도의 모순이거나 왕 또는 집권층이 된다. 〈崔致遠傳〉에서 최치
원은 관노의 신분으로서 집권층인 유학자들이 해결하지 못하는 문제를
해결한다. 전우치 또한 관군이 잡지 못하는 도적의 무리를 쳐서 없앤다.
이들은 뛰어난 능력으로 공을 세우고 나라에서 벼슬을 내리지 않을 수
없게 만들어, 신분 제도의 모순을 철폐해야 한다는 의지를 보여줌으로써
동일 계층의 사람들에게 일시나마 신분 상승의 욕구를 충족시켜 준다.
최치원·홍길동·전우치의 신분 상승, 즉 중국에까지 가서 과거에 급제
하거나 각노 벼슬을 받고 왕이 된 것은 비록 현실적으로 불가능하지만
그렇게 되기를 희구한 표현인 것이다.

둘째, 서민적 영웅은 지배층의 학정과 수탈로부터 해방시켜 주기를

갈망하는 표현이다. 홍길동이 활빈당을 조직하여 탐관오리를 규탄하고 빈민을 구제한 것처럼 전우치도 관폐를 꾸짖어 바로잡고 빈민을 구제하여 억울한 죄명으로 잡혀있는 백성을 풀어준다. 한 예를 보면,

이째 우치 그 들보롤 가져다가 이 나라 안에서는 처치ᄒ기가 난편ᄒ지라 그 길로 서공디방으로 향ᄒ여 몬저 들보 절반을 버혀 헷쳐 팔아 쌀 십만 석을 사고 다시 선척을 마련ᄒ야 난화 실녀 순풍으로 가져다가 십만빈호에 알마초분 급ᄒ여 당장 주려 죽음을 건지고 다시 이듬해 농량과 종즈롤 하게 ᄒ니 빅셩들은 희츌망외ᄒ여 다만 손들을 마조 잡고 여텬대 덕을 칭사ᄒ 쑌이오 관장들도 쏘ᄒ 긔가 막히고 어리둥절ᄒ야 엇지 ᄒ 곡절을 몰나ᄒ더라 (김동욱본·전우치젼)

또 억울한 누명을 쓰고 죽게 된 사람을 살려주기도 하였다.

빅발 로옹이 슬히 울거늘 우치 구름에 느려 그 우는 연고롤 무르니… 로옹이 울음을 그치고 답 왈 내 나이 칠십삼세에 다만 ᄒ낫 즈식이 있더니 이미ᄒ 일로 살인죄로 잡혀 죽게 되엿슴으로 셜워 우노라…조가는 형조판서 양문덕의 문긱이라 알음이 잇셔 싸져나오고 내 즈식은 살인 정범으로 문서롤 믄들어 옥중에 가두니 억울ᄒ므로 셜워 우노라 (김동욱본·전우치젼)

이 밖에도 억울한 누명을 쓴 서민을 구해 주고 오만한 유생들의 콧대를 꺾어 놓음으로써 조선조 사회에 횡행하던 지배층의 부조리한 일면을 고발한다. 힘 없는 백성의 편에서 그들을 구해준 전우치는 하늘과 같은 의미로 받아들여질 수밖에 없다. 〈崔致遠傳〉에서는 관리의 포탈과 같은 惡政 사례는 구체적으로 제시되지 않았으나 관의 수령인 그의 아버지가 아들을 내다버리게 하였을 때 시비와 관민 등 천한 계층의 사람들이 반

발한 것은 지배층에 대한 피지배층의 저항이라는 의미를 갖는다. 이러한 갈등 양상은 여러 측면에서 상징적으로 표현되는데, 세속적 권위의 상징인 임금·현령·남편과 대칭되는 백성·시비·부녀자와 같은 열등한 자들이 실질적으로는 유능하며 현명하다는 의식을 드러내고 있다.

이러한 논리는 강한 당나라와 약한 신라로 대칭되면서 확대 또는 축소된 의미로 발전되기도 한다. 나아가서 권위주의와 체면·형식을 숭상하는 유교주의의 굴레에서 벗어나지 못하는 유학자들을 풍자 비판한다고도 해석할 수 있다. 능력이 제대로 인정받지 못하는 이러한 倒錯된 사회 질서 속에서 최치원이 인정받을 수 있음은 곧 참된 가치를 인정받고자 한 서민 의식의 표현인 것이다. 따라서 서민들은 최치원의 본래적인 신분을 자기들과 같은 처지로 변질시켜 동일화한 다음 은유적으로 당시의 시대적 조류를 풍자하면서 그들의 욕구를 해소해 주는 매개자로 삼고 있다고 하겠다.

한편, 서민적 영웅과 달리 국가적 영웅은 그 행위의 대상이 국가 또는 민족이며 외적을 물리치거나 내란을 진압하여 민족적 긍지를 심어주고 국가에 대한 충성심을 다져준다는 의미를 갖는다. 이처럼 행위의 대상이 외적으로 설정된 소설은 〈姜邯贊傳〉, 〈林慶業傳〉인데, 이들은 전란을 통해 받은 상처를 아물게 하고 민족적 굴욕에 대한 雪憤意識을 나타낸다. 이런 보상 기능은 귀족 계층이나 서민층을 가릴 것 없이 두루 적용되므로, 국가적 영웅의 경우는 동시에 서민적 영웅이기도 한 것이다. 바로 최치원의 경우가 서민적 영웅임과 동시에 국가적 영웅이기도 한 이중적 성격을 지니는데, 보는 관점에 따라 지배층에 대한 비판에 초점을 두면 서민적 영웅이 되고, 중국에 대한 자존 의식에 시각을 맞추면 민족적 영웅으로 확산된다.

그런데 외침에 대한 민족적 영웅과 달리 내란에 대한 영웅은 가변성을 지닌다. 다시 말하면 외적을 막아내는 것은 무조건 영웅적 행위가 될 수 있으나, 내란의 경우는 서술자의 서술 관점에 따라 달라질 수 있는 것이다. 거기에는 내란의 성격도 관련되는데 홍경래난을 두고 서술자가 어떤 관점에서 다루는가 하는 시각에 따라 다르게 해석될 수 있다는 말이다. 현재 전하는 〈洪景來傳〉 가운데 난을 진압한 관군의 손으로 기록된 實史를 토대로 이루어진 〈辛未錄〉은 그의 不忠을 강조하고 관군과 의병의 奮忠을 부각시켰다. 그러므로 홍경래는 부정적으로 묘사될 수밖에 없다. 만일 〈辛未錄〉과는 서술 시각을 달리해서 이 소설이 지어졌다면, 거듭되는 흉년에도 불구하고 관의 苛斂誅求와 무능, 나아가서 임금의 부덕이 난의 원인이라고 보고 그의 행위를 긍정적으로 부각시켰을지도 모른다. 이때 작가는 홍경래의 영웅적 행위와 애석한 죽음을 미화시키는 방향으로 소설을 전개시켰을 것이다. 또 그의 행위가 서북지방 백성들의 차별에 대한 정당한 항거며 제도의 모순을 비판한 진보적 행위라고 보고 그런 관점에서 소설을 보다 허구화할 수도 있다. 이러한 관점 또는 시각에는 역사 의식이 작용하며, 역사 의식에 의거하여 인물이 재평가되고 허구화될 수 있는 가능성은 얼마든지 있을 수 있는 것이다. 허구화의 동기인 역사 의식은 현실 인식과 긴밀한 관계를 맺고 있다. 그러므로 전기소설이 출현하거나 널리 읽혔던 시대의 현실 상황은 영웅 출현의 기대심리와 연관시키면서 검토할 필요가 있다. 따라서 다음은 영웅전기소설이 어느 시대에  주로 출현하고 읽히는가 하는 문제를 생각해 보기로 한다.

## 1.2 영웅이 갈망되는 시대

전기소설이 출현하게 되는 시기를 주의 깊게 살펴보면 반드시 시대 상황과 결부되고 있음을 간파할 수 있다. 특히 국가와 민족이 위난에 처했을 때 역사 속에 사라져 간 영웅을 떠올리게 된다. 대표적인 예로 일제 침략기에 민족의 운명이 불투명했을 때 우리 민족이 겪은 가장 불행한 역사적 상황을 극복한 영웅전기가 많이 출판된 것은 고통스러운 과거를 통해 오늘의 역경을 극복하려는 의지의 표현이다. 병자호란을 극복한 민족의 영웅인 임경업이 제시되고 고구려의 웅혼한 기상을 떨친 연개소문이나 을지문덕이 제시됨은 현재의 상황을 극복하고자 한 의지가 무의식중에 작용하였을 것이다.

그런 의미에서 개화기는 매우 중요한 문학사적 의의를 갖는다. 이 시기는 이른바 구활자본 소설이 유행하던 시기이다. 구활자본은 전기소설 출현의 일대 전환점이다. 구활자본이란 1910년대 초기에 간행된 활자본 소설을 말한다. 그 때까지는 주로 筆寫本이나 板刻本이 유행하다가 새로운 활자에 의해 소설이 간행됨으로써 소설의 독자를 획기적으로 확대시키게 되었다. 30개에 가까운 출판사들이 앞을 다투어 고소설을 간행했다는 사실은8) 신소설과 함께 고소설에 대한 독자의 호응도 컸다는 반증이다. 이러한 소설은 1910년에서 1920년대에 가장 많이 나오고 심지어는 1950년대까지 세창서관에서 재판되어 나왔던 점으로 보아 고소설 독자가 이때까지 존속했다는 말이 된다.

그러면 이 시기에 왜 전기소설이 많이 간행되어 나왔는가 주목할 필요가 있다. 주지하다시피 1910년대는 침략주의에 대항한 민족의식이 팽배하던 시기이다. 1905년 제2차 한일협약 이후 항일운동은 각계각층에서 각양각색의 형태로 파급되었으니 영웅 전기소설의 출현도 이와 궤적을 같이 한다. 영웅 전기소설은 그러한 의식을 고취시키고 각성시키기에 적합한 양식이다. 이때의 영웅상은 고소설에서 흔히 볼 수 있었던 추상적인 出將入相型의 영웅과는 성격이 다르다. 이때의 영웅은 절실한 시대

---

8) 필자가 조사한 바로는 27개의 출판사에서 구활자본을 간행하고 있다.

적 민족적 요구에 의하여 구국 항쟁 의식을 고취시킬 수 있는 영웅이다.

당시의 대표적 전기 작가인 申采浩·朴殷植·張志淵 등은 외국 전기를 번역하거나 직접 영웅전기를 지음으로써 애국자가 나오기를 바라는 의도를 직접적으로 표현하기도 하였다.9) 신채호는 〈伊太利建國三傑傳〉에서 우리 민족은 영웅이 있음을 알지 못하고 以小大事와 腐儒蝦生을 숭상하여 신성한 역사를 더럽히고 영웅을 매몰하였음을 통탄한다. 그래서 "過去의 영웅을 寫ᄒᆞ야 未來의 영웅을 招ᄒᆞ노라"(乙支文德傳序)라며 을지문덕같은 영웅을 바로 알자고 외쳐, 구국의 영웅이 나오기를 바라는 뜻에서 〈乙支文德傳〉을 짓는다고 밝히고 있다. 한편 그는 소설의 효용성을 국민의 감화에 있다고 역설하면서 인심과 풍속을 파괴하는 음담과 崇佛乞福의 怪話小說을 一掃하고 俠情慷慨的 소설을 많이 짓고, 또 국민혼을 일깨우는 영웅 전기소설도 아울러 지을 것을 촉구하기도 한다.

> 小說은 國民의 羅針盤이라. 其說이 俚하고 其筆이 玅하여 目下識丁의 勞動者라도 小說을 能讀치 못할 者 無하며 又 嗜讀치 아니할 者 無하므로 小說이 國民을 强한 데로 導하면 國民이 强하며 小說이 國民을 弱한 데로 導하면 國民이 弱하며 正한데로 導하면 正하며 邪한데로 導하면 邪하나니.10)

그리하여 마침내 이러한 시대 사조의 영향을 입고 영웅 전기소설이 창작되기에 이른다.

우리의 전기소설은 〈林慶業傳〉, 〈崔孤雲傳〉 등 몇 작품을 제외하면 거의가 개화기에 창작되었다. 그러나 이들은 엄밀한 의미에서 신소설은

---

9) 여기서 말하는 위인 영웅전은 소설로 보기도 하나 필자는 조선조에 성행한 傳의 발전적 양상으로 파악하고자 한다. 김용덕, 「개화기 전기문학의 성격」, 『현대문학』, 1986년 1월호 참고.
10) 申采浩, 『丹齋申采浩全集』別集(서울 : 형설출판사, 1977), p.111.

아니라는 점에 주의를 기울일 필요가 있다. 이때 창작된 소설은 대개 실기형 전기소설인데 이들은 시대적 상황에 부응하는 위인들의 소설이 주류를 이루는 것이다. 따라서 이들 소설은 구성이 미숙하여 〈乙支文德傳〉같은 경우, 을지문덕의 공적보다 번창했던 고구려의 역사적 상황을 장황하게 서술하고 웅혼했던 고구려인의 기상을 찬양함으로써 민족 의식을 고취시키려 했던 창작 의도가 노출된다. 〈金應瑞實記〉에서도 김응서의 이야기보다 임진란의 전황과 의병항쟁을 그려 민족적 시련과 자주 의식을 강조함으로써 항일 의식을 일깨우고 있다.

이처럼 전기소설은 특수한 시대적 상황에 처해서 역사 의식이 고조되었을 때 많이 창작되고 읽혔음을 알 수 있다. 임진·병자의 전란을 치르고 난 전환기에 〈崔致遠傳〉, 〈田禹治傳〉, 〈林慶業傳〉이 나왔으며, 또한 왜정 때 많은 소설이 간행되고 특히 영웅 실기소설이 창작 또는 개작된 것은 같은 맥락에서 이해된다. 여기서 민족이 겪어야 했던 불행한 역사적 상황을 배경으로 재구성한 영웅 실기소설을 읽으려 한 독서 심리와 어려운 상황을 극복하려는 의지의 작용을 발견하게 된다. 이러한 독서 심리는 상황을 기피하는 것이 아니라 그 상황과 맞서서 그것을 넘어서려는 고난 극복의 의지가 강하게 작용한 결과다. 일제 침략기에 역사상의 영웅을 주인공으로 하는 영웅전기 및 전기소설이 많이 지어져서 간행되고 읽힌 이면에는 영웅상을 통해 민족혼을 일깨우는 한편 영웅이 출현하기를 갈망한 결과라 하겠다.


## 2. 대외자존의식

전기소설 중에 대외의식을 직접적으로 알아볼 수 있는 소설은 〈崔致

遠傳〉, 〈田禹治傳〉, 〈林慶業傳〉, 〈姜邯贊傳〉 등이다. 대부분의 일반소설은 중국에 대해서 尊華事大的인데 반하여 전기소설에서만이 중국에 대해 反尊華的 主體意識을 표명하고 있는 점이 특이하다. 尊華主意가 통념화 되었던 조선조에 反尊華的 의식이 전기소설을 통해 나타난 데는 그럴 만한 요인인 반드시 있을 것이다. 가정해 본다면 인물 그 자체의 의미와 시대적 상황, 그리고 독자들의 요구 같은 것들이 작가의 역사 의식에 작용했을 것으로 여겨진다. 이와 아울러 日本과 淸에 대해서도 우월감을 표명하고 있기는 마찬가지이다. 그러한 의식을 표출한 소설로는 〈姜邯贊傳〉, 〈林慶業傳〉 등이 있다. 이제 이러한 자존적 대외 의식이 왜 나타나고 있는가 하는 요인을 구체적으로 작품의 분석을 통해서 밝혀보기로 한다.

## 2.1 반존화적 사조의 대두

17세기는 임진왜란과 병자호란을 치르고 난 후로 사회에 많은 변화를 가져왔는데 역사 의식에 있어서도 보수적인 주자학자들 사이에서조차 강한 자주적 역사 의식을 가져왔다. 그리하여 17세기에서 18세기에 걸친 正統論에서는 사회 발전에 대응하는 일련의 사상 정립, 세계관의 확대에 따른 자주적인 국가 인식, 華夷觀에 입각한 가치관의 변천 등이 일어났다.11)

이때까지의 유학자들은 주자의 尊華攘夷 정신에 입각하여 중화를 높이고 스스로를 小中華라 하였다. 이는 중국의 아류며 종속자라는 사상에 지나지 못한다. 그러나 지금까지의 이러한 사상은 새로운 국제정세의 변

---

11) 李萬烈, 「17·8세기의 史書와 古代史 인식」, 『韓國史硏究』 第10輯, 韓國史硏究會, 1974.9.

동에 대응하는 현실적인 이념이 될 수 없었다. 다시 말하면, 새로운 국제 질서에 적응하여 민족의 활로를 적극적으로 개척하려는 전진적 의미를 갖는 것은 아니었다.

한 예로 효종 때 이러한 尊周大義를 내세운 유학자들의 北伐論만 하더라도 처음부터 그 실현성이 없었고, 다만 소수 집권층의 정책적 구호로써 국민의 민족적 적개심을 무마하면서 집권을 연장시키려는데 이용하였을 뿐이다.[12]

이러한 시대적 상황 속에서 전진적 역사 의식을 가지고 나온 것이 다름 아닌 道家이며, 17세기에 있어서 도가적 역사 의식의 성장이 가져온 결실이 『揆園史話』, 『海東傳道錄』, 『靑鶴集』, 『海東異蹟』과 같은 道家書이다. 도가 사학의 성장은 유가 사학의 수준을 높이어 尊華意識을 탈피하는 밑거름이 되었다.[13]

이 중에서 『揆園史話』는 도가적 역사 의식에 의해 쓰여진 대표적인 도가서다. 이 책을 지은 北崖老人은 그 서문에서,

> 우리나라의 옛 經史가 여러 번 兵火를 입어 흩어지고 없어진 바 되었다. 후세에 고루한 자가 漢籍에 빠져 周나라를 높이는 事大主義만 옳은 것이라 하였으니, 먼저 그 근본을 세울 줄 몰랐으며 내 나라를 빛낼 줄 몰랐다.[14]

라고 사대주의자들을 비판하고 있다. 이 비판은 바로 이 책을 저술하는 동기이며 기본 입장이 된다. 그래서 〈漫說篇〉에서는 이 시대의 위기를

---

12) 李佑成, 『韓國의 歷史像』(서울 : 창작과 비평사), p.275.
13) 韓永愚, 「17세기의 反尊華的 道家史學의 성장」, 『韓國의 歷史認識』(서울 : 창작과 비평사, 1984.5), p.304.
14) "我邦經史 屢經兵火散亡 殆盡 後世孤陋者 流溺於漢籍徒以 事大尊周爲義而 不知先立其本以光我國" 『揆園史話』 序文.

절실하게 통찰함으로써, 인식하고 그러한 위기를 초래한 정신문화적 병폐를 분석 진단하였다. 그런 다음 조국을 다시 부강하게 만들 수 있는 정신문화 혁명의 필요성과 그 방향까지 제시하고 있다. 특히 자기를 비하하고 繁文縟禮에 사로잡힌 주자학의 폐단을 무엇보다 통렬히 비판하였다. 저자는 단군의 국력과 문화가 중국을 압도하였음을 상기시키고, 단군의 가르침과 제천 행사가 우리나라 고유한 신앙이며 고유 풍습으로 전승되어 왔음도 민속과 언어를 통해 고증해 보이고 있다.

이 책의 밑바탕이 되는 책은 고려 말의 仙家인 李茗이 쓴 『震域遺記』인데, 이 『震域遺記』는 그 밖에도 『古朝鮮秘記』, 『三聖密記』, 『三韓拾遺記』 같은 秘記를 비롯하여 『魏書』, 『北史』 등 중국 측 문헌을 참고하고 있다. 특히 민간에 전승하는 각종 설화를 비롯한 민속 자료를 광범하게 수집하여 수록하였다. 이렇게 민간의 설화와 풍속 또는 산사 岩穴 속에 비장된 옛 문헌들을 바탕으로 재구성했으므로 민중의 의식을 잘 반영하고 있다.

한편 『靑鶴集』은 이보다 앞서 선조에서 인조시대에 걸쳐 활약한 仙家들의 사적과 일화를 기록하였다. 여기서 말하는 선가는 중국적 道家流와는 그 맥을 달리한다. 이른바 최치원이 말하는 우리나라 고유한 '玄妙之道'로서 국풍이며, 그 원류는 단군으로부터 유래한다.15) 『靑鶴集』에 소개되고 있는 道脈도 중국의 黃帝로부터 비롯되는 도맥과 별도로 고조선 桓因眞人을 祖宗으로 하는 독자적 도맥으로 소개하고 있다. 조선의 도맥을 소개하고 있는 것으로 『海東傳道錄』이 있다. 이 책은 인조 때 관동 지방에 떠돌던 중이 도적 토벌에 연루되어 조사받던 중 바랑 속에서 발견된 『海東傳道錄』이라 이름한 책인데, 이상하게 여긴 군수가 澤堂에게

---

15) 金容德, 「檀君神話와 神仙思想의 淵源」, 『韓國民俗學』 제17집, 한국민속학회, 1984.3.

보여주었고 택당이 세상에 전하였다 한다.16) 『海東傳道錄』의 전래담은 임병양난을 치르며 혼란한 시대 조류에 편승한 비기류가 유행하였음을 말해준다.

이러한 조선의 도선가들을 개인별로 집대성한 책이 『海東異蹟』이다. 『海東異蹟』에는 뜻을 펴보지 못하고 不遇落拓한 생애를 보낸 매월당이나 과거에 낙방한 南宮斗와 같은 班族, 재주가 있으되 인정받지 못한 尹君平 같은 中人, 그리고 초연한 태도로 세상을 관조한 徐花潭 같은 逸士들의 이야기를 모았다. 이들은 모두 자의건 타의건 간에 소외된 계층이며, 역시 전란으로부터 시달림을 받고 집권층으로부터 억눌려 살아온 서민 대중들과 함께 가까이에서 아픔을 같이 해 온 계층이다. 그러므로 그들은 서민 대중들에게 친근감을 주는 존재요, 꿈을 보상해 줄 수 있는 역할을 담당하기도 했을 것이다. 그들의 도술과 능력은 단순히 그들에게 국한되는 것이 아니라, 그들의 도술을 이야기하는 힘없는 서민들에게 환상 속에서 억눌림을 보상해 주는 기능을 갖는 것이다.

이러한 道仙書에 소개된 사람들은 우리나라 역대 隱逸高士들이 대부분이다. 『靑鶴集』에는 15, 16세기의 각종 士禍로부터 실세한 사람들의 이야기가 많다.

『靑鶴集』에서 임란 당시의 의병 활약을 특히 강조하여 소개한 것도 관군의 허약함과 집권층의 과오를 드러내 비판하려는 의식의 한 면으로 볼 수 있을 것이다. 여기에 등장하는 金蟬子 등 일곱 도인들은 공통적으로 명나라가 멸망하고 청나라가 새로 일어날 것을 예언하면서 중국에 의존하려는 집권층의 사대주의를 비판하고 있다. 『揆園史話』에서도 北伐

---

16) 『鶴山閑言』에도 『海東傳道錄』의 유래에 대한 이야기가 전한다. 필자가 채록한 설화에 澤堂 李植이 道僧으로부터 공부하고 깨우쳤다는 내용이 있는데 이는 澤堂이 이 방면에 관심을 가졌기 때문에 형성된 설화일 것이다. 졸저, 『불교이야기』(창작과 비평사, 1985).

을 지지하는 한편, 征漢論을 강력히 주장하고 있다. 여기서의 북벌론은
물론 尊明 事大主義 의식을 가진 사대부 유학자들의 명분론과는 다른 자
주적인 성질이다. 차라리 淸과 연합하여 漢을 정복하겠다고 기개를 토하
고 있는 것이다. 도선가들의 의식 속에는 淸에 대한 반감보다 오히려 漢
族과 倭에 대한 반감이 더 강렬히 표명되어 있다.

임진왜란을 통하여 명나라는 명목상 구원병으로 왔으면서 싸움다운
싸움은 하지도 못하고 오히려 횡포만 저질렀다. 그 횡포를 직접 당한 것
은 위정자나 사대부 계층이 아니라 일반 서민 대중이었다. 가는 곳마다
재물을 탈취하고 부녀자들을 겁탈했으며 갖은 악행을 저질렀다.『연려실
기술』이나 趙慶南의『난중잡록』 등에는 관군과 명군의 횡포에 대한 서
민들의 체험기록이 생생하게 남아 있다.『난중잡록』의 자료에는 李如松
이 군량과 말먹이를 대라고 독촉하였고,17) 민간에서는 왜적의 분탕질을
당하고 나중에는 탐관오리가 긁어먹고, 겸하여 흉년이 들고, 부역은 중
하여 굶어 죽는 자가 길에 깔렸다고 하였다.

> 민간에서는 곤궁하여 큰 소 값이 쌀되에 불과하고 세목 값이 몇 되에
> 차지 않고 의복과 기물은 팔리지도 않고 사람이 서로 잡아먹는 지경에
> 이르러 여자와 고아는 출입을 못하고 굶어 죽은 시체가 길에 깔렸으며
> 굶주린 백성들이 다투어 그 고기를 먹고 죽은 뼈를 짤라서 즙을 내어 삼
> 켰는데 사람의 고기를 먹은 자는 발길을 돌리기 전에 모두 죽었다. 슬프
> 도다. 처음에는 왜적의 분탕질을 당하고 나중에는 탐관오리가 긁어먹고
> 겸하여 흉년이 들고 부역은 중하여 이런 극도에 이르렀다.18)

---

17) "李如松 休軍西京 將迫都城 以粮草勅我國云…" 趙慶南,『亂中雜錄』癸巳年.
18) "民間困窮 大牛之價不過三斗米 細木之直未滿數升粟 衣服器物不得售與以至人相
殺食 女子孤兒不得出行 餓殍相枕於道路 飢民爭食其肉至剝死 死骨取汁咽下 食
人之肉者 不旋踵皆死 惜乎始以賊倭之焚蕩 終以掊克之割剝 兼以年凶役重至於此
極" 위의 책, 甲午年, 4月條.

『연려실기술』에도 배부른 명나라 군사와 기아로 죽어가는 우리 백성들의 참상을 대조시키고 있다.

굶주려서 죽은 시체가 서로 잇달았는데 굶주린 백성이 다투어 그 고기를 먹고 죽은 사람의 뼈를 벗겨서 즙을 내어 마시기도 하였는데 이들 또한 발길을 돌리기도 전에 모두 죽었다. 소와 말이 있는 자는 명나라 병사에게 팔았다. 이에 명나라 병사들이 하루에 수백 마리의 소를 도살하였으므로 사방 경내에 소·닭·개가 거의 없어졌다. 유정이 진휼하는 장소를 남원에 설치하였더니 굶주린 백성이 구름같이 모여들었는데 이에 힘입어 조금은 연명하였으나 그 뒤 모두 그 곁에서 죽었다. 명나라 사람 하나가 취하고 배불러서 길 가운데 토하자 굶주린 백성들이 머리를 맞대고 주어먹었는데 약한 자는 주어먹지 못하여 물러서서 울기만 하였다.[19]

朴亮漢의 『梅翁閑錄』에는 명나라 장수가 선조를 나무라는 내용을 소개하며 明軍을 唐軍, 唐將이라고 표현하고 있는데 이것은 명나라나 당나라가 다 같이 중원에 자리한 漢族이라는 데서 동일시한 표현이다.[20] 그들은 전란으로 시달림을 받고 집권층으로부터 억눌려 살아온 서민 대중들과 같은 처지였으므로 그들의 뛰어난 재주와 능력에 관한 이야기는 억눌린 서민 대중의 꿈을 보상해 주는 기능을 담당했다. 그러므로 점차 구전되면서 환상 속에서 비약하여 도술 설화로까지 발전하였다고 생각된다. 이러한 도술 설화는 어떤 기회에 문자로 정착되기도 하고 한편의 소

---

19) "餓莩相續 飢民爭食其肉 至剝死骨取汁咽下 亦不旋踵而皆斃 有牛馬者賣于明兵 明兵一日屠殺數百牛 故四境牛畜鷄犬殆盡 劉綎設賑南原 飢民雲集賴 而少延其後 盡死于其傍 一明人醉飽嘔于路中 飢民聯首拾吃 弱者未及却立呼泣" 李肯翊, 『燃藜室記述』 卷六十七 宣祖朝 〈亂中時事 摠錄〉.

20) "壬辰後 唐將無時請見 宣廟適晝寢起而出見, 唐將大不豫曰, 國五當此國薪嘗胆之日面有晝寢之痕 何以能克復" 朴亮漢 『梅翁閑錄』. 그 밖에 吳希文의 『瑣尾錄』에서도 明軍을 唐軍으로 표현하고 있다.

설로 탄생되기도 하였는데, 전기소설로서 대표적인 작품이 〈崔致遠傳〉과 〈田禹治傳〉이다. 이제 작품을 통해 이런 면모를 분석해 보기로 한다.

## 2.2 최치원전의 자존 의식

먼저 〈崔致遠傳〉에 나타난 자존 의식에 대해서는 여러 차례 언급된 바 있다.21) 일차적으로 이 작품을 읽고 나면 이러한 생각쯤은 누구나 쉽게 가질 수 있다. 그러나 왜 이처럼 反尊華的 자존 의식이 작품을 통해 나타나고 있는가에 대한 원인 규명은 없었다. 그러므로 본고에서는 역사적 상황과 최치원의 실사적 모습, 그리고 소설에 나타나고 있는 인물의 성격과 구성 요건들을 연관시켜 가면서 반존화적 역사 의식이 반영된 모습을 살피려 한다.

어떤 작품이 그 시대의 시대 의식을 반영한다면 그 소설이 창작된 시기를 밝히는 일이 선행되어야 한다. 그러나 대부분의 고소설들이 그러하듯 작품의 창작 연대는 정확히 알 수 없다. 다만 〈崔致遠傳〉의 이본 중에서 원본과 가장 가까운 고본으로 추정되는 한문본 〈崔文獻傳〉을 필사한 사람이 金集이라 밝혀짐에 따라 이 작품의 성립 연대를 추정할 뿐이다.22)

鄭炳昱 교수가 발굴하여 '愼獨齋手擇本傳奇集'이라 이름 붙인 이 傳奇集에는 〈萬福寺樗蒲記〉〈周生傳〉〈李生窺墻傳〉 등이 함께 합본된 것으로 〈玉慶龍傳〉의 끝 여백에,

---

21) 鄭炳昱 교수가 〈崔文獻傳〉을 발굴 소개하면서 民族意識의 精華로 본 이래 이 견해는 거듭 반복되어 주장되어 왔다.

22) 閔泳大 교수는 〈崔文獻傳〉을 가장 古本으로 추정하였다. 「崔忠傳異本研究」, 『韓南語文學』 第7·8輯, 韓南大國語國文學會, 1982.12, p.48.

여러 책을 살펴 번잡한 것을 줄이고 틀린 글자를 바로잡고 빠진 글자
는 보통한 후에야 문리가 통했다.(詳考諸書刪其繁亂改其誤字補闕字然後
文理接續.)

한 것으로 미루어 김집이 생존한 시대에 널리 읽혀졌을 것으로 여겨진
다. 김집은 선조 7년(서기 1574)에 태어나서 임진·병자의 난을 겪고 효
종 7年(1665)까지 살았으므로 이 소설은 17세기에 창작된 소설이라고
볼 수 있다.

〈崔致遠傳〉의 성립 시기를 17세기로 볼 때, 이 시기는 국내외적으로
격동기에 해당한다. 당쟁의 횡포와 전란의 상처를 겪으면서 시대적으로
위기를 절실하게 통찰한 일부 선각자들이 자주 의식에 눈을 뜨기 시작하
였다. 그들은 주자학적 존화사상에 입각한 正統論에서 벗어나 반존화적
자주정신으로 전환하면서 단군으로부터 이어져 내려온 神敎 또는 仙敎
로 일컬어지는 독자적 역사 의식을 가지려 하였다. 그들은 민족적 주체
성을 회복하려는 도선가를 중심으로 하는 국외자들이었다. 그들을 중심
으로 하는 도교적 선풍이 유행하고 이인 설화가 수집되기도 하였다. 이
러한 시대적 상황과 아울러 이 시기는 소설이 발흥하는 시기이기도 했
다. 허균이 〈洪吉童傳〉을 짓고, 또 이인 설화를 근거로 한 〈蔣生傳〉,
〈南宮先生傳〉, 〈張山人傳〉과 같은 한문 단편전들을 남긴 것도 이 무렵이
다. 〈崔致遠傳〉의 분위기로 볼 때에도 반존화적 자존 의식이 고조되고
선풍이 유행하던 이 무렵에 이러한 사실이 나타나고 있다는 사실은 오히
려 자연스런 귀추라 하겠다.

임란의 수모를 겪은 서민들과 이를 비판적으로 수용한 반존화적 도선
가들의 의식 속에서 중국을 통쾌하게 설욕하고 억눌린 감정을 정화하는
데 중원에서 글로 이름을 떨친 최치원의 사적은 좋은 소재가 되었을 것이
다. 그가 당나라에 가서 과거에 급제하고 신라의 명예를 드높인 역사

적 사실이 있으므로 독자들도 생소하게 느끼기보다 긍정적으로 수용할 수 있다. 또 최치원의 귀국 후의 행적은 소외된 계층인 도선가들의 은일적 사고 방식과 통했기 때문에 동정을 살만 했다.

최치원은 귀국하여 정읍 현감을 제수 받았는데 이는 중앙에 있는 집권층의 시기로 변방에 내몰린 것이며 선덕여왕에게 '時務十餘條'를 건의했으나 왕을 둘러싼 측근에 의해 그의 진출은 의도적으로 봉쇄되었다. 결국 그는 벼슬을 버리고 가야산에 은거하고 말았다. 소설에도 역사적 사실에 근거한 의식의 흔적이 나타나 있다.

> 최공이 나시더러 니르되 셰샹이라 하는 거슨 반복을 즈루허며 더러운 고디요 우리 오래 이실데 아니니 가스를 버리고 도라가리라 하여 승샹에 친척을 불너 가스와 봉스를 맛치고 부쳬 당하여 느려서며 문득 간데 업스니 ㅂ르보는 사롬들이 긔특이 너기더라. 최공이 그 안희를 드리고 가야산에 드러 간 후에 종젹을 모루더니 정덕 년간에… (활자본·崔忠傳)

> 치원이 분흐믈 이긔지 못하여 집에 도라와 가즁을 드리고 깁푼 산듕의셔 셰샹의 나오지 아니흐여 셰샹 사롬이 다 이르더 신션이 더어갓다 흐더라. 걋셜 치원이 본디 쳔상 사롬이라 인간의 젹하흐야 느려와 반싱을 지닌후 도로 신션이 되다. (한글필사 김동욱본·최치원전)

이러한 결말 처리는 자아와 세계의 대결에서 패배로 나타나는 전설적 특징을 벗어나지 못한다는 지적도 가능하다. 그러나 이 패배는 단순히 표면적인 패배가 아니라 정신적으로 승리한다는 역설적 대결 구조로 파악해야 할 듯하다. 작품상에서 그의 신분은 원래 天上仙官이라 설정하였으므로 그가 仙化하였다는 것은 천상으로의 복귀를 뜻한다. 이러한 처리는 세속에 연연하지 않은 仙家들의 사고 방식과도 일치한다. 한편 최치원의 실제 신분이 천민이 아니었음에도 불구하고 소설 속에서 破鏡奴의 신분으로 격하시킨 것도 이와 같은 처지에 있는 대다수 서민 독자들에게 더욱 강한 공감을 불러일으키는 작용을 했을 것이다. 그가 미천한 노예의 신분으로 名儒들이 알아내지 못하는 石函 속의 비밀을 풀어내는 것은 유학자들의 명분론에 대응하는 실질을 숭상하는 정신이며, 신분을 중시하는 봉건사회의 부조리를 꼬집고 능력을 존중해야 한다는 민중의 의식을 반영한 것이다.

> 승상이 딸에게 말하였다. "너는 어찌 이런 말을 함부로 하느냐? 만일 경노가 알아낼 능력이 있다면 일국의 명유들이 어찌 알아내지 못하고 나에게 맡겼겠느냐?" 딸이 대답하였다. "부엉이는 낮에는 보지 못해도 밤에는 잘 보고, 꾀꼬리는 밤에는 보지 못해도 낮에는 볼 수 있듯이 각각 다른 장점이 있는 것입니다. 경노가 비록 어리나 어찌 큰 재주가 있는 줄을 알겠습니까?" (한문필사본·崔致遠傳, 필자 번역)

이 말은 권위와 명분을 중시하는 유학자들을 비판하는 알레고리다. 임진란을 통해서 왜구로부터 갖은 수모를 당하고, 명나라로부터도 실질적인 도움보다는 피해만 받은 서민 계층이나 소외된 계층에게 집권층은 좋게 보일 리가 없다. 그러고도 명분론 때문에 다시 병자호란의 치욕을 당했으니 비판적인 세력은 구태의연한 유학자들과 중국에 대한 감정 또한 좋지 않았을 것이다. 따라서 자주적 의식을 가진 도선가들에게는 눈앞에서 벌어지고 있는 작태를 역으로 뒤집고 싶은 충동을 느끼지 않을 수 없으며, 이러한 생각은 하늘과 동격으로 여기는 천자를 굴복시키는 최치원을 창조해내기에 이르렀다고 여겨진다. 그리하여 간접적으로나마 사대주의자들을 각성시키고 울분을 풀 수도 있는 것이다. 그는 또 역사 속의 인물이므로 현재의 사실이 아니라는 변명의 여지도 남겨두고 있다.23) 결국 〈崔致遠傳〉은 이처럼 倒錯된 현실의 부조리를 질타하고, 명

분과 신분 대신 실질과 능력을 존중하는 사회가 이루어져야 한다는 현실
인식을 반영하고 있는 것이다. 그와 같은 의식은 그 동안 사대부들의 의
식 세계를 지배해 온 존화사대에 대한 반존화적 역사 의식에 기인한 것
임을 알 수 있다.

## 2.3 전우치전의 자존 의식

〈崔致遠傳〉과 아울러 〈田禹治傳〉도 도선적 소재를 통해 뒤얽힌 현실
의 부조리를 비판하면서 대외적인 자존 의식을 나타내었다. 두 소설의
이러한 공통적 성격에 비추어 볼 때 〈田禹治傳〉도 〈崔致遠傳〉과 향유 독
자층 및 작가의 성분이 유사했으리라 여겨진다. 16세기에 생존했던 인
물 전우치가 도선가들에게 계속적으로 관심의 대상이 되어오면서 설화
가 형성되고, 17세기를 중심으로 하는 주체적 도가사상이 일어나면서
〈田禹治傳〉은 형성되었다고 여겨진다.24) 〈田禹治傳〉이 17세기의 주체
적 도가사상과 관련하여 형성되었을 것이라고 믿어지는 근거를 이제 작
품을 통해 확인하고자 한다.

　먼저 이 소설은 민본적 평등 의식을 반영하고 있다. 이러한 민본 의식
은 사대론자들의 비주체성을 비판한 17세기의 자주적 역사 의식을 가진
도선가들의 선구적 의식과 상통한다. 임병양란을 통해 집권 사대부들이
역사를 담당할 능력이 없음이 드러나고 서민들의 자각 의식이 싹텄다.
이러한 의식은 임진란과 임란 직후인 광해조에 이르러 李夢鶴·徐羊甲
등 서얼 및 천민 출신들의 민란에서도 엿볼 수 있다. 이 당시 각도에서

---

23) 金起東, 『韓國古典 小說研究』(서울 : 敎學硏究社, 1983.2), p.278.
24) 趙東一 교수도 新文館本의 母本이 되는 筆寫本이 17세기에 形成되었을 것이라 보
　　았다. 「전우치전의 정치의식」, 『국문학연구의 방향과 과제』(서울 : 새문사, 1985),
　　p.265.

일어난 민란을 통해 당시의 사회가 얼마나 혼란했던가를 알 수 있다. 더욱이 탐관오리들의 착취가 겹쳐 서민들의 생활이 비참하였으므로 많은 백성들이 도적의 무리에 가담하여 반정부적 입장에 있었음을 알 수 있다.25) 또 趙慶南의 『亂中雜錄』 및 申炅의 『再造蕃邦志』와 朴東亮의 『寄齋雜記』에도 이러한 사회 현상이 나타난다.

전우치는 서민 대중의 입장에서 그들의 소원과 고통을 해결해 주는 정의의 화신으로, 또 지배층에 대한 비판의식을 대변하는 대변자로서 그들의 욕구를 충족시켜 주는 역할을 해내고 있다. 결국 이 소설은 서민들에게 예술적 代償滿足이라는 기능을 수행하고 있는 점이다. 프로이드(Freuid)는 현실과 환상의 두 극을 상정하고 예술은 환상의 한 형태라 보았다. 다시 말하면 현실과 대조되는 일종의 환상으로서 예술은 현실적으로 충족시킬 수 없는 욕구를 환상적으로 실현하는 대상만족의 역할을 맡게 된다는 것이다. 전우치가 벼슬아치를 징벌하고 굶주린 백성들에게 곡식과 종자를 나누어 주었다는 사실은 서민대중의 극도로 피폐한 생활상을 말한다. 벼슬아치들이 정권 다툼에만 눈이 어두워 백성들의 질곡은 모르므로 전우치는 결단하고 일어난 것이다. 그가 '백성으로서 몸을 삼으려' 했다 함은 곧, '나라는 빅성을 쑤리 삼고' 존립할 수 있다는 인식에 의한다. 그러므로 그의 행위는 곧 서민 대중이 나라의 주인임을 집권층에게 깨닫게 하려는데 있었다.

이번에 곡식을 난흠으로 혹 나롤 칭송흐는 듯흐나 이는 맞당치 아니
흠이라. 대개 나라는 백성을 쑤리삼고 부자는 빈민의 믄들어 줌이어늘,
이제 너희들이 량순흔 빅성과 충실한 일군으로 이러틋 참혹흔 디경에 니
르럿건만은, 벼슬흔 이 길을 트지 아니하고, 감열흔 이가 힘을 내고자
아니 흠이 과연 텬리에 어그러져 신인이 공분흐는 바이기로, 내 흐놀을

---

25) 李肯翊, 『燃藜室記述』 卷第十七, 宣祖租朝 古事本末.

대신 ᄒ여 이러뎌러ᄒ 방법으로, 이러뎌려ᄒᆞ얏슴이니, 너희들은 모름직
이 뜻을 깨다라 잠시 눔의게 맛겼던 것이 돌아 온 줄로만 알고, 눔의 힘
을 닙는 줄은 아지 말지어다. 더욱 자쳥ᄒᆞ야 심바람ᄒ 내야 무슴 공이
잇다 ᄒ리오. 이리말ᄒᄂ 나는 쳐스 뎐우치로다 ᄒᆞ얏더라 (김동욱본·젼
우치젼)

나아가서 그의 행위는 백성의 항변이며 부조리한 현실을 질타한다는
의미를 갖는다. 그가 도술을 부린 의도가 신문관본 〈뎐우치젼〉에는

　권세를 잡고 감열잇ᄂ 재 너모 빅셩을　못살게 굴기로 부득이 나라를
속임.

이라고 하였고, 마지막에서 徐花潭을 따라 산속으로 들어가 신선이 되었
다. 이는 집권층의 실정을 지적하고 깨우쳐서 민본 정치가 실현되기를
바란 도선가들의 의식과 일치함을 알 수 있다. 민본 의식이 굳이 도선가
들의 사상만은 아니겠으나, 도선가들의 신분이 중인 계층이거나 서얼 또
는 양반이라 하더라도 불우하여 뜻을 펴지 못하고 인정받지 못한 인물이
었으므로, 남보다 절실하게 평등 의식을 자각했음은 당연하다. 그들은
세상에서 뜻을 펼 수 없음을 절감하고 체제에 비판적인 태도로 일관하거
나, 아예 세속을 초월하고자 하는 욕구를 신선도에서 찾고 그에 심취했
다고 여겨진다. 그러므로 16,7세기의 격동기에 처해서 기존의 존화사대
주의에 불만을 품고 주체적 자존 의식을 찾고자 노력한 계층이 바로 이
들 도선가들이었다.
　〈田禹治傳〉의 이본은 두 계열이 있는데 국립도서관본·서울대본·구
활자본 계열에서는 전우치가 지배층에 항거하고 백성을 구제한 다음 서
화담을 따라가 선도를 닦는다는 내용이다. 그리고 그 활동무대는 국내에

국한된다. 그런데 다른 이본 계열인 羅孫本과 史在東本 계열에서는 의식에 다소 차이가 있다. 바탕에 역시 민본 의식이 깔려 있으면서도 그 활동무대가 중국에까지 확대되어 있다. 그리고 조선의 왕이 아닌 중국 천자에게 황금들보를 바치게 하며, 중국과 조선의 관계를 문제 의식으로 떠올리고 있다. 이 계열의 소설은 전통적으로 굳어져 내려오는 존화사대 의식을 과감히 파괴하고 있다. 그래서 전우치는 중국의 천자에게,

> 신은 진실노 조선국 사람이옵더니 디국이 미양 우리 조선을 업수이 여기민 불승분통ᄒ여 니지조를 비양ᄒ니 나를 각노 벼슬을 주시면 항복하려니와 만일 그러지 아니면 나를 잡지 못ᄒᆯ 것이요 장차 큰 환이 잇사오리다 (김동욱본 · 젼우치젼)

라고 경고하였다. 그러나 중국 조정에서는

> 조그만ᄒ 소인의게 속기도 분ᄒ옵거날 도로히 벼살을 주면 디국 위엄이 손상ᄒᆯ가 ᄒ나이다 (김동욱본 · 젼우치젼)

라고 황제에게 주청하였다. 이 주청의 내용에서 대국의 위엄을 내세운 것은 체면을 중시하는 명분론이며, 실질보다 명분을 숭상하는 조선조 신하들의 생각을 풍자했다고 보아도 무방하다. 황제가 드디어 신하들의 주청에 좇아 우치를 활로 쏘아 잡으라고 명하자, 우치가 대국(중국)의 가가호호마다 문 앞에,

> 조선 강원도 금강손의서 ᄉᆞ는 전중보의 아들 우치는 나희 십팔세의 디국을 일시일각의 친다 (김동욱본 · 젼우치젼)

고 방을 써 붙였다. 조선이 중국을 친다는 생각은 사대존화론자들에게는 꿈에도 생각하지 못할 일이다. 그러나 이 생각은 단군시대의 역사와 압록강 이북의 古土 수복을 주장한 주체적 역사 의식을 가진 도선가들에게는 대수로운 일이 아니다. 『揆園史話』의 저자 北崖老人은 존명사대론자들을 통렬히 비판하면서 淸과 연합하여 遼滿·幽營의 땅을 점거하고 동으로 倭를 정복하며 그런 다음에 조선의 강함을 다시 회복하고 漢의 오만을 꺾을 수 있다고 征漢論을 펴고 있는 것이다.26) 주체적 도선가들의 이 엄청난 발상은 〈田禹治傳〉의 작가 의식과 일맥상통하고 있는 것을 알 수 있다. 명이 온갖 방법을 동원하여 전우치를 죽이고자 하나 결국 전우치는 명나라 황제의 오만한 콧대를 꺾고 승리하였다. 전우치의 승리는 존화사대론자들에게 각성을 일깨워 주고, 임진왜란을 통해 오히려 명나라로부터 받은 횡포와 수모를 복수한다는 정신적 카타르시스의 효과를 준다.

한편, 이 소설은 중국의 콧대를 꺾는 데에 그치지 않고, 〈洪吉童傳〉처럼 대외로 진출하려는 기상까지 펼쳐 보이고 있다. 그는 명나라 황제를 희롱하고, 燕나라의 공주를 취하여 駙馬가 되며, 드디어 燕나라의 王이 되었다. 이러한 발상 또한 『揆園史話』에서 국내적 환경에 안주하지 않고 옛날 선조들이 차지했던 땅을 회복하겠다는 진취적 기상과 통한다. 이러한 진취적 기상은 〈洪吉童傳〉의 결말과 흡사하다.

따라서 〈田禹治傳〉의 출현 시기도 〈洪吉童傳〉이 출현한 시기와 거의 같은 무렵인 17세기로 단정해도 잘못된 판단은 아닐 듯하다. 특히 〈田禹治傳〉에서 명나라 황제를 굴복시킨다는 내용은 임진왜란을 치르면서 서민들이 피부로 겪은 명나라 군대의 횡포에 대한 반감이며 집권사대부들의 무조건적 사대주의에 대한 비판이다. 반존화적 역사 의식이 17세

---

26) 北崖老人, 「揆園史話」〈漫說〉.

기 주체적 도선가들에 의해 전개되었고, 〈田禹治傳〉 역시 주체적 도선가들의 취향과 세계에 어울리도록 구성되어 있는 것은 우연이 아니다.

이상에서 고소설의 대부분이 중국에 대해 우호적이고 사대적인 입장을 나타내는데 유달리 전기소설인 〈崔致遠傳〉과 〈田禹治傳〉은 반존화적 역사 의식을 표명하고 있는 독특한 작품이다. 또한 이 두 작품의 도선적인 분위기와 역사 의식을 고려할 때 두 작품의 작가층이나 독자층도 유사했으리라 짐작되며 창작된 시기도 거의 같은 무렵이 아닐까 하는 생각을 갖게 한다.

그 밖의 전기소설에서 자존적 대외 의식을 나타내고 있는 소설은 〈林慶業傳〉과 〈姜邯贊傳〉이 있다. 그런데 〈林慶業傳〉이 〈朴氏傳〉과 더불어 청나라에 대한 정신적 승리를 구현한 소설이라는 견해는 이미 잘 알려진 사실이다. 그러므로 이에 대한 재론은 피하거니와 특히 임경업이 가달의 항복을 받고 명나라를 도울 만큼 힘이 있음을 과시한 것은 다른 각도에서 자존 의식의 일단을 엿볼 수 있을 것이다. 그리고 이 소설은 排淸崇明이라는 의식이 작품의 전면에 흐르고 있어서 존화론자들의 의식을 벗어나지 못하는 한계성을 지니고 있기는 하다. 그러나 이 작품이 형성된 시기는 이미 명나라가 멸망하고 중원을 청나라가 차지하고 있었으므로 현재적 시대조류에 저항하려는 의식의 발산으로 볼 수 있을 것이다. 그리고 임경업의 역사적 행적이 친명적이었으므로 작가와 독자는 임의대로 사실을 뒤바꿀 수 없다는 제한이 가로놓여 있다. 명이 망하고 청이 중원을 차지한 주인이므로 존명의식은 한갓 역사의 회고일 뿐이며, 실상은 현재적 국제질서를 용납하지 않겠다는 자존 의식의 표현이라고 해석할 수도 있다는 말이다. 〈姜邯贊傳〉의 경우도 역시 대외 자존 의식을 강조한 소설이다. 작가는 고려가 걸안을 물리친 역사적 사실을 소재로 하면서 강감찬의 영웅상을 그리고자 노력했다. 현재 전하는 〈姜邯贊傳〉인

〈고려강시중전〉이 고본 그대로가 아니고 개화기에 창작되거나 개작된 것이라면 소설을 통해 우의하는 바는 다분히 의도된 상황의 알레고리 (alégorie)로 파악되며 당시의 시대적 특수성으로 보아 일본에 대한 우월 감으로 환치시켜 볼 수도 있을 것이다.

이상에서 전기소설 작품상에 나타나는 시대적 배경과 관련되어 있음을 알 수 있다. 전기소설 출현의 이상적인 시기는 역사적 힘이 가장 뚜렷하게 나타나는 시기로 새로운 문화와 전통 문화 또는 외세와 내적 자각 의식이 치열한 갈등에 놓이는 전쟁·혁명 전후와 같은 역사적 격동기라는 결론을 내릴 수 있을 듯하다. 이러한 전환기의 위난에 처한 국민에게 역사 의식의 눈을 뜨게 하고 용기를 북돋아주기 위해 소설의 주인공은 대개 민족의 영웅 속에서 등장시킬 수밖에 없었을 것이다. 일제 침략의 수난기에 영웅 전기소설이 대량으로 출판되거나 재창작된 사실이 이를 입증한다.


## 3. 윤리규범의식


조선조는 유교가 사회의 절대적인 지침이 되는 시기였다. 그러므로 사회의 윤리 의식이나 규범도 유교를 떠나서는 생각할 수 없었다. 소설에 반영된 유교의 주요 사상은 君子學의 勉勵, 人倫道德의 崇尙, 天命思想 등이었다. 유교사상 중에서도 특히 전기소설에 보편적으로 나타나는 사상은 충·효사상이다. 물론 작품의 개별적 성격에 따라 〈仁顯王后傳〉처럼 婦德을 강조하는 소설도 있을 수 있으나 그런 면은 특수한 상황이므로 여기서는 보편성의 원리에 입각하여 忠 사상과 孝 사상을 중심으로 살펴보겠다.

## 3.1 효 사상

작품 중에 구현된 효 사상의 대표적인 덕목은 조상 숭배와 立身揚名이다. 입신양명은 유교주의 尙名思想으로 가문을 빛내고 부모에 대해서 보은한다는 생각에서 나왔다. 그래서 『소학』에서는 "立身揚名以顯父母孝之終也"라고 가르치고 있다. 〈洪將軍傳〉에서는 도입부에서부터 입신양명이 당위적인 것으로 인식되고 있다.

> 무릇 스람이 만물보다 귀홈은 오륜이 잇슨 연고이라. 오륜의 희석은 긔왕 여러번 드럿는지라 다시 말흐지 아니흐여도 가히 알찌어니와 오륜의 뜻만 알고 몸으로 힝치못흐면 이른바 입으로 팔진미를 말흐고 먹어 맛을 보지 못홈과 일반이라. 오륜을 모로는 금슈도곤 나을 것이 무엇잇스릿고. 형뎨서로 의지흐야 범스를 진힝하되 구구흔 젹은 규모로 녹녹흔 무리를 짓지말고 활발용단흐야 츙의를 슝상흐면 즈연 입신량명흐야 국가의 동양이 되고 가셩을 빗닐 날이 잇슬리라 (활자본·洪將軍傳)

소설의 서두에서 洪允城의 아버지가 형제를 불러 훈계하는 것은 이 소설이 앞으로 전개될 내용과 깊은 관련이 있으며 시종일관하게 작품에 작용하는 윤리 의식이다. 이러한 입신양명의 실천 방법에는 여러 가지가 있으나 일찍 과거에 급제하여 出將入相함이 가장 소망스런 것이었다.

> 네 이제 그리 넉넉흐면 과거를 착실히 보아 만일 급제 곳 흐면 부모의게 영화를 뵈며 나라의 충신이 되어 일흠을 후세에 전흐라 (김동욱본·젼우치젼)

> 대장비 세상의 나서 문무겸전을 하야 들어오면 정승이 되고 나가면 장수되야 나라에 큰 공을 셰우는 것이 (세창서관본·최치원전)

> 장뷔 세상에 쳐호민 입신양명호여 이현부모호고 츙성을 다호야 임군
> 을 셤길지라 (목판 27장본·님장군젼)

한편, 祖先香火를 받드는 것도 입신양명 못지 않게 중요시되었다. 이
는 조상 숭배 사상의 하나인데 특히 不孝 三千 가지 중에 無後가 제일이
라는 생각은 가부장적 가족 제도와도 관련이 있다. 그래서 주인공의 출
생은 나이 많도록 자식을 두지 못하여 後嗣를 전하지 못할 것을 근심한
나머지 신이나 부처 또는 천지신명에게 기도하고 나이 많아서 얻은 아들
이라는 보편적인 틀이 있다.

〈姜邯贊傳〉에서 강감찬은 부모가 "다만 슬하에 일점 혈육이 업서 부부
서로 한탄하며" 비감해 하던 끝에 얻은 만득자였다. 아들을 낳지 못하는
것이 후사를 잇지 못하는 직접적인 원인이 되는데 아들을 낳지 못하는
책임은 여자에게 있고 아들을 낳지 못하면 칠거지악에 들었다. 〈仁顯王
后傳〉에서 인현왕후의 비극도 그 원인이 왕자를 생산하지 못해서 야기
된 것이다.

> 무진년 정월의 상의 츈취거의 삼십이 되시느 농장의 경스를 보시지
> 못호믈 근심호시눈지라 휘 깁히 염녀호스 일일은 종용이 상끠 고호스 어
> 진 후궁을 쌔 즈경보시믈 권호신디 상이 처음은 허치 아니하시더니 휘날
> 마다 권호여 일즈녀의 싱산을 기다리고 막즁 종스롤 경솔이 못홀 쥴노
> 간절이 알외니 정졍호신 덕과 유화호신 말삼이 혈심이라. 상이 감탄호시
> 고 죠졍의 후궁 간퇵호시눈 젼지를 나리시니… (가람본·인현셩모민시
> 덕힝녹)

여자는 자식을 낳지 못하면 첩을 들여서라도 후사를 잇게 하는 것이
도리였다. 祖先香火는 종족의 보존과 가문을 유지하는 생물학적 본능과
도 관련이 있다. 효의 근본인 조상을 섬기려면 가계를 이어나갈 남아를

낳아야 된다는 이러한 남아선호 사상은 오늘날까지 뿌리 깊게 전해지고 있다.

그 밖에도 일상적으로 부모를 봉양하거나 공경한다는 효친사상은 주제와 관련 없이 보편적인 의식으로 작품의 저변에 깔려 있다. 〈韓氏報應錄〉에서 한명회의 시조 威攘公의 부인 송씨는 처녀 때부터 효성이 지극하고, 두꺼비에게 밥을 먹여 준 적덕의 보응으로 죽음을 면하고 후손도 귀하게 된다는 내용이다. 한명회도 어렸을 적부터 효성이 지극하였음을 나타내는 다음과 같은 에피소드를 소개하고 있다. 즉 한명회는 조실부모하여 종조부 댁에서 자랐다. 그런데 어느 날 부친의 묘위에 있는 송아지를 활로 쏘아 죽인 일이 있다. 종조부가 불러 꾸짖었을 때 한명회의 대답을 보면

> 명회 복디 고왈 소손이 엇지 무단히 인민의 우마를 술상ㅎ오릿가. 어제 마춤 어버이 분묘 압으로 지나압더니 엇더호 소아지가 곱비를 쓴코 산상을 올나 사초를 네굽으로 헷치고 두 쌀로 비게질ㅎ야 봉분을 파괴ㅎ얏기로 분홈을 익의지 못ㅎ야 활로 쏘앗더니 그 소아지 더욱 날뛰며 분묘를 짓밧기로 련ㅎ야 쏘온 즉 그 소아지 술 스오기를 몸에 씌고 닷더니 필경 술지 못ㅎ얏난가 하나이다 (활자본·韓氏報應錄)

라고 대답했다. 이 대목은 그가 비록 나이 어리지만 선영을 위하는 효성이 지극하다는 사실을 통해 그의 사람됨이나 성품을 묘사하려는 부분이다. 등장 인물의 효·불효를 가지고 인물의 성격이나 사람됨을 효사하고 이해하려 한 것이 고소설 기법의 하나였음을 확인할 수 있다.

〈田禹治傳〉도 그 결말은 인륜도덕의 가장 기본이 되는 덕목인 효를 다하는 것으로 끝맺고 있다.

왕이 졔신을 명하여 부마를 훈연디장을 제수ᄒ니 우치 주왈 소신의 부모 조선국의 잇사오니 웃지 감당ᄒ리오릿가. 왕 왈 경의 부모를 뫼시 오라ᄒ니 우치 제장을 불러 왈 니 서간을 가지고 조선국의 나가서 디감 을 뫼셔오라 ᄒ니 제졸들이 위의 차려 발ᄒᆡᆼᄒ니라. 홍비리은 고금의 ᄉᆞ사라. 연왕이 뉵십오세예 흥하시니 우치 즉위훈 ᄉᆞ년의 아들 형뎨를 ᄂᆞ ᄒ니 점점 ᄌᆞ라 미일 일죽 인민 안보ᄒᆞᆯ 도리로 부왕의게 간ᄒ니 효성이 일국의 ᄌᆞᄌᆞᄒ더라 (김동욱본·견우치젼)

이상에서 전기소설을 통해 효의 윤리 의식이 작품 속에서 어떻게 반영되어 나타나고 있는가를 살펴보았다.

## 3.2 충 사상

고전소설의 일번적인 문학 의식이 권선징악에 있음은 주지의 사실이다. 전기소설도 권선징악의 범주를 벗어나지 않는다. 인륜 도덕인 부자간의 효와 부부간의 의리와 아울러 군신간의 충 사상은 가장 빈도수 높은 제재로 다루어지고 있다.

그 중에서도 충을 강조하고 주제 의식으로까지 발전시킨 전기소설은 〈朴泰輔傳〉, 〈辛未錄〉, 〈林慶業傳〉이 있고 〈田禹治傳〉에서도 盡忠報國의 의의를 일깨워 주고 있다. 그런데 〈朴泰輔傳〉, 〈辛未錄〉, 〈田禹治傳〉에서는 일반 고소설과는 달리 충을 인식하는 방법이 색다르다. 일반적으로 충·효·열과 같은 윤리 의식을 구현하고자 하는 작품에서는 주인공이 나라와 임금을 위해 이유를 물을 필요 없이 무조건적으로 외침하는 적 또는 내란을 일으키는 적과 싸워 이기고, 부모를 봉양하며 절의를 지키는 것으로 나타난다. 그러나 〈朴泰輔傳〉이나 〈辛未錄〉, 〈田禹治傳〉에서는 역설적으로 임금 또는 나라에 대해 비판적이고 오히려 저항함으로써 충 사상의 심층적 의미를 인식시키려 한다. 〈朴泰輔傳〉에서 작가는 박태보의 처절한 죽음을 통해 삶의 벼리인 의리의 소중함을 일깨워 주려 한다. 충은 군신간의 의리이다. 君臣有義는 3강의 첫째가는 덕목이며 봉건 왕조를 이끌어 온 기강이었다.

군신의 관계는 상하 관계이지만 그 의리는 하향 일변도의 일방적인 것만은 아니다. 그것은 上通下達할 수 있을 때에 완전하다. 임금이 옳지 못할 때 굽히지 않고 직간할 수 있음은 바로 이 의리가 상통하달할 수 있는 원리를 지닌 때문이다. 박태보가 임금에게 끝까지 굴하지 않고 항변한 것은 일방적이고 단말적인 상하관계가 아닌 상보적이고 우주적 상하관계에 입각한 의리에 따랐기 때문이다. 그의 죽음은 그러므로 무조건적인 복종과 살신으로 보여주는 충과는 차원이 다른 것이다. 박태보의 항변은 乾坤의 의리에 입각한 것이다. 박태보가 임금에게

> 뎐하 근리 주역을 강론ᄒ시니 건곤에 의리를 모로시ᄂ잇가 (필사본 · 문녈공긔스)

라고 추궁할 수 있는 것은 근시안적인 군신 관계를 초월하는 본원적인 천지의 의리에 의하기 때문이다. 이밖에도 충절과 의리를 언급한 대목이 거듭 나오는 것은 이를 강조하려는 작가의 의도를 분명히 하는 것이다.

충의 의식을 다룬 일반 소설에서는 주인공이 명문거족의 후예로 태어나서 외적을 물리치거나, 내란을 평정하여 전공을 세우고 그 공으로 부귀영화를 누리다가 죽어서, 전생 신분인 천상계의 선관이나 星精으로 복귀하거나 우연히 병을 얻어 병사함으로써 천수를 누리고 자연사하는 것으로 끝맺는다. 이들 허구적 창작 영웅소설과는 달리 〈朴泰輔傳〉, 〈林慶業傳〉 같은 영웅 전기소설에서는 천상의 순환 질서가 아닌 지상의 질서에 의한 사실적 죽음으로써 충의 역설적 의미를 강조하고 있는 점에서

공감의 폭을 달리한다. 독자들은 주인공의 비장한 죽음을 통하여 숭고한 감동을 체험할 수 있게 되는 것이다. 박태보는 불의에 항거하다가 처절하게 죽고 임경업 역시 간신의 모함으로 그 동안의 공과에도 아랑곳 없이 억울하게 죽는다.

이와 같이 충의 의미를 역설적으로 인식시키려는 면에서 〈辛未錄〉이나 〈田禹治傳〉도 유사하다. 〈辛未錄〉은 우선 주인공부터가 역설적으로 설정되어 있다. 〈辛未錄〉은 역사적 사실을 소재로 반역의 인물을 내세움으로써 천편일률적인 영웅소설의 틀에 박힌 구성과는 달리 신선한 감동을 주고 있다. 이처럼 반역의 인물을 소설화한 것은 정사에서 반역 열전을 두어 감계를 주려는 의도와도 상통한다. 〈田禹治傳〉도 충을 주제의식으로까지 확산시키지는 않았으나 작품의 저변에 흐르는 의식의 일단에는 진충보국이라는 윤리의 규범을 벗어나지 않는다. 이 소설도 역시 주인공이 왕권에 도전함으로써 심층적으로 충의 의미를 일깨우려는 역설적 구조를 드러낸다.

조선왕조 사회는 유교주의 사회며 유교 사회에서 왕권은 절대적이다. 그러나 이 왕권도 우주의 원리인 천명에 의하여 좌우된다고 여겼다. 천명은 천신·천의의 마땅히 행하여야 할 이치라는 의미이다.

〈田禹治傳〉에서 전우치가 임금을 만날 때마다 譏弄하는 것은 임금이 천명에 따라 정치를 잘하지 못한 데 대한 질책의 의미를 갖는다. 이때의 우치는 옥제(天帝)의 명을 전하는 仙官의 자격이며 백성의 신분으로 한 행위는 아니다. 황금들보를 바쳤을 때,

> 고려왕이 힘을 다ᄒ여 텬명을 순종홈이 정성이 지극훈지라 고려국이 우순풍조ᄒ고 국태민안ᄒ여 복죄무량ᄒ리니 상텬을 공경ᄒ여 덕을 닥고 지내라 (신문관본·뎐우치뎐)

대명천자난 드르라. 조와 기둥을 잘ㅎㅣ이시니 그 공이 즉지 아니ㅎㅣ기
로 황제의 수ㅎㅢㄴ을 도도와 심연식을 더하시고 삼티뉴경은 수ㅎㅢㄴ을 삼연식
을 더ㅎㅣ게 ㅎㅣ엿노라 (세창서관본 · 田禹治傳)

고 한 말 속에 그가 고려의 왕이건 중국의 천자건 간에 하늘의 떳떳한
법도를 따라야 한다는 절대적인 원리가 전제되어 있다. 그가 왕에게 황
금 대들보를 바치게 되고 관을 희롱하는 사건은 전제 왕권 사회에서는
감히 용납될 수 없는 일들이다.

그의 도술의 힘은 아무리 강한 왕권도 제어할 수 있지만 충이라는 절
대적 원리 앞에서는 용납되지 못한다. 그는 왕이 거짓으로나마 뉘우친다
며 방을 붙이자 통치 질서를 더 이상 거역하지 못하고 스스로 나타나서
벼슬을 받는다. 그가 벼슬을 받고 집권층에 가담하는 것은 벼슬아치들의
비방하고 골탕 먹인 그동안의 행위와 모순되는 듯하다. 그러나 이 소설
이 역설적 구조를 취하듯이 이것도 역설적 의미를 가진다. 즉 그가 선전
관이라는 벼슬을 함으로써 지배층의 부패한 내면을 파헤칠 뿐만 아니라,
공인된 입장에서 관폐를 바로 잡고 관리들의 방탕을 꾸짖으며, 무고한
백성들의 재물을 약탈하는 도적을 토벌한다는 차원 높은 진충보국이라
는 의미를 갖는다. 실지로 그는 함경도 가달산에서 반역한 엄준을 사로
잡아 이렇게 훈계한다.

네 지조와 용ㅁㅣㅇ이 잇거든 맛당이 진충보국ㅎㅕ여 후셰에 일흠을 젼ㅎㅕㅁ이
올커눌 감히 역심을 품고 산적이 되어 지물을 노략ㅎㅕ여 인민을 살해하니
맛당이 삼족을 멸홀지라 (신문관본 · 뎐우치젼)

위에서 보는 바와 같이 전우치는 벼슬이 탐이 나서 일시나마 벼슬을
받고 지배층에 가담한 것은 아니다. 진정 벼슬에 욕심이 있었다면 그의

능력에 걸맞지 않게 궁중에서 말이나 돌보는 司僕內乘과 같은 하잘 것
없는 벼슬을 받지는 않았을 것이다. 그가 이러한 司僕內乘이나 宣傳官
같은 하찮은 벼슬을 받은 것도 따지고 보면 그럴 만한 이유가 있다. 즉
이러한 시시한 벼슬아치들마저도 자기보다 하급관리를 '괴롭게 ᄒᆞᄂ' 처
사라거나 방탕에 젖은 '교만ᄒᆞᆫ 버릇'을 징계하고 백성들을 착취함을 폭로
하고자 해서이다. 그러니 더 큰 벼슬아치들은 말할 필요도 없다는 비약
의 뜻도 들어 있는 것이다. 따라서 그가 까닭 없이 백성의 처지를 망각
하고 지배층의 입장을 택하게 되었다는 견해와[27] 필자는 의견을 달리
한다. 작가의 의도는 전우치를 지배층에 두고자 한 것이 아니라 그를 통
해 오히려 지배층의 심층부에 들어가 그 치부를 폭로하고 무능을 비판하
고자 함에 있다고 하겠다.

　전우치의 지금까지의 행위와 도술이 일관성 있는 논리의 지배를 받으
며 비록 왕을 기만했다고 할지라도 천지간의 질서에 합당한 행위였으므
로 거시적으로 불충이 아니라는 의식은 다음에 이어지는 도술에서 입증
된다. 즉 그가 상사병이 든 한 남자를 위해 한 과부의 정절을 훼절시키
려 하자 강림도령이 나타나 꾸짖는다. 이때 전우치의 도술은 필부의 요
술에 지나지 않으며 강림도령의 도술은 더 강한 자의 더 강한 윤리라는
의미를 갖는다. 한 개인의 상사병 정도를 치료하는 선행은 말하자면 사
사롭고 비중이 가벼운 선행이만 정절을 지킨다는 것은 공적이며 유교사
회에서 절대적인 윤리규범이었다. 또 전우치가 서화담과의 도술시합에
서 지는 것도 도술을 옳게 쓰지 않고 사특하게 썼기 때문에 징계를 받는
다는 의미를 갖는다.

　이상에서 전기소설의 두드러진 문학 의식 중 인류의 기본 덕목이랄

---

27) 趙東一, 「전우치전의 정치의식」, 『국문학연구의 방향과 과제』(서울 : 새문사, 1985.
　　4), p.260.

수 있는 충효사상을 중심으로 살펴보았다. 이러한 유교적 윤리의식은 굳이 전기소설에만 나타나는 것은 아니다. 그러나 전기소설에서 일반소설보다 선명하고 신선한 감동을 주며 특히 충에 대한 의식을 역설적으로 인식시키려 하고 있음이 주목된다 하겠다.

# 결 론

　이 논문은 조선조 전기소설의 위상, 유형별 소설구성의 방법, 인간상의 창조, 소설의 창작의식 등을 살펴봄으로써 그 문학사적 의의를 밝히려고 하였다. 먼저 전기소설은 일대기적 구성형식, 주석적 서술상황, 교훈과 감계를 주려는 창작태도 등에서 전의 영향을 받고 있다. 역사소설과의 관계는 발생론적 입장에서 전기소설이 역사소설의 초기형태이다. 그리고 전기소설은 주인공이 역사상의 실존 인물이므로 事實性(史實性)과 虛構性이라는 서로 상반되는 듯한 모순을 지닌 양면성의 문학 양식이다. 그러나 그 모순은 서로 대립되는 관계가 아닌 상보적 관계에 있으며, 사실성과 허구성이 조화를 이루었을 때 얻어지는 상승효과도 그만큼 크다.

　다음 전기소설의 유형은 양면성을 조화시키는 방법에 따라 實記型·

說話型·複合型의 세 유형으로 나눌 수 있다.

실기형 전기소설인 〈仁顯王后傳〉은 己巳換局과 甲戌獄事라는 역사적 사건을 배경으로 왕비의 聖德을 기리고 장희빈의 不順悖惡을 드러내 교훈을 주려는 의도에서 주제의 일관성을 위해 감동적 소재를 취사선택하고 소설적 기교를 활용하여 지은 소설이다. 〈朴泰輔傳〉 역시 인현왕후의 폐출이 부당함을 직간하다가 친국을 당하고 죽기까지의 며칠 사이에 일어난 사실적 내용을 줄거리로 하는 소설이다. 〈辛未錄〉은 홍경래난의 진압 기록인 『西征日記』나 『陣中日記』의 기록이 그대로 옮겨지는 등 창작성이 의문시되는 소설이기도 하다. 이들 실기형 전기소설은 그 내용이 역사적 사실과 일치하며, 작가와 독자가 소설에 임하는 태도는 사실의 올바른 이해에 있었다. 이 소설의 구성은 순차적 시간의 흐름에 따라 사건이 전개되는 단선적 구성 형태를 취한다.

다음 설화형 전기소설인 〈洪吉童傳〉은 연산군 때의 도적 洪吉同의 이름을 빌었을 뿐 그 행위는 義賊으로 변모되어 있으며 소설의 내용도 주로 도술설화에 의존한다. 특히 이 작품은 전기소설의 효시를 이룬다는 면에서 문학사적 의의가 크다. 〈崔致遠傳〉은 그의 행적 가운데 入唐과 唐에서의 과거급제, 그리고 귀국 후 가야산 은거 사실이 실제와 같을 뿐이며, 그것도 사실 그대로가 아닌 허구와 설화에 의해 굴절되어 있다. 나머지 소설 전개의 내용은 모두 그의 초월성을 돋보이기 위해 설화를 소설화하고 있다. 〈田禹治傳〉도 소설을 구성하는 내용이 그의 실제 행적이라기보다 구전하는 설화를 모태로 전개되고 있다. 이상에서 설화형 전기소설은 소설의 내용이 사실보다 허구 또는 설화에 의존하며 형식도 소설자체의 인과율에 따른다. 그러므로 설화형 전기소설은 인물의 상징적 의미를 부각시키기에 좋으며 문학적 조작의 폭이 큰 소설이다.

끝으로 이 두 유형을 아우르는 복합형 전기소설인 〈林慶業傳〉은 소설

의 배경이 되는 병자호란이나 그 이전의 활동상이 비교적 사실에 근거한
다. 반면에 설화에 의존하는 대목은 그의 위용을 돋보이기 위한 寶劍說
話 정도며, 허구는 金自點과의 관계에서 집권층의 무능을 비판하는 민중
의 심리가 작용하여 굴절되고 있다. 〈姜邯贊傳〉 역시 그의 초인적 도술
설화와 『高麗史』 열전에 기록된 사실을 수용하여 엮은 소설이다. 〈韓氏
報應錄〉도 한명회를 주인공으로 하지만 그의 행적을 소개한다는 의미보
다 오히려 인과응보라는 불교적 사상을 배경으로 조상설화를 도입부에
수용하고 그 조상의 선행이 한명회에까지 미쳤다는 의미로 소설이 전개
된다.

이러한 세 유형에 따르는 인간상의 창조된 모습도 그 나름의 특징이
있음을 확인할 수 있다. 우선 설화형 전기소설은 설화에 주로 의지하므
로 그 시공간 배경은 신성성을 띠며 주인공은 초월적 능력을 갖는다. 최
치원의 신이한 탄생과 활약상 그리고 仙化했다는 언어의 상징적 의미로
부터 초월적 의미를 읽을 수 있으며, 전우치의 도술과 최후의 결말처리
에서도 꼭 같은 의미를 읽을 수 있다. 반면에 실기형 전기소설은 사실에
충실하려는 정신이 있으므로 일상적이고 세속적인 시공간이 배경이 되
며 인물의 행동도 현실적이다. 그리고 주인공의 최후가 비극적인 결말을
보이는데 이는 신성 사회가 세속화된 것처럼 인간상의 의미도 변질된 것
으로 보인다. 위의 두 유형 사이에 있는 복합형 전기소설에서는 인간상
도 평범한 모습을 보이는데 임경업만은 비극적 인간상을 보이고 있어서
주목된다. 이는 〈林慶業傳〉이 복합형이면서도 설화의 비중이 지극히 미
미하고 사실의 비중이 크며 허구라 하더라도 설화형 전기소설과 달리 시
공간 배경이 사실을 근거로 하기 때문인 것으로 여겨진다.

한편, 역사상의 수많은 인물들 가운데서 특수한 인물을 선택하여 주
인공으로 삼을 때는 그만한 이유가 있기 때문이다. 즉 작가는 현실의 역

사적 인식에 근거하여 과거의 사실로부터 삶의 현장을 재현시킴으로써 상황을 극복해 가는 인간상을 창조하거나, 새로운 인생의 좌표를 제시하고자 하는 충동이 작용했다고 보는 것이다. 그 결과가 소설에서 주제의식으로 형상화되어 나타나는데 조선조 전기소설에 표출되고 있는 의식의 양상은 당시의 불행한 시대적 상황에서 현실을 극복하고자 영웅 출현을 대망하는 의식이 표출되어 있다. 다음은 충·효·열 등 유교적 윤리 의식이 표출되어 있다. 특히 다른 소설과 달리 전기소설에서만 反尊華的 自尊意識이 반영되어 있는 것도 또 하나의 특징이다. 그 중에서도 〈崔致遠傳〉과 〈田禹治傳〉은 특히 자존 의식이 강하게 표출되고 있는데, 이 두 소설은 〈洪吉童傳〉과 함께 16·17세기에 대두된 道仙家들을 중심으로 하는 자존적 역사 의식에 눈뜬 계층에서 형성된 소설이라고 추정된다.

　이상에서 이 연구를 통하여 전기소설의 장르적 성격과 위치, 그리고 구조적 특징을 이해할 수 있었다. 특히 우리의 고전소설이 일대기적 전기형을 띠는 것은 전기소설의 영향이라는 점이 문학사적 의의로 지적될 수 있을 것이다.

제 3 부

전기관계 문헌자료

# 제 1 장

# 전기소설자료

## 1. 전의 개관

전은 한문학의 한 갈래로 한학자들 사이에 널리 유행하던 문체이다.
그러나 한편 傳은 記·錄·遺事·行狀·碑文 등과 함께 雜著篇에 수록
되어 詩나 文처럼 주류적인 갈래로 인식되지 못하였다. 그리고 소설과도
다르게 인식되었다. 유학자들은 소설을 이단이라 하여 그 가치를 인정치
않았다. 위정자와 도덕가들은 經學을 중시하는 한편 詞章文學은 경멸하
여 도덕의 末枝로 취급하였다. 이는 중국에서 소설을 小道라 하여 천시
하고 배척하였던 바를 쫓은 결과이다. 소설이 남녀간의 情事가 많아 비
도덕적이며, 공자의 '子不語怪力亂神'이란 말을 금과옥조로 여겨 소설의
傳奇性을 용납하지 않았고, 〈三國志演義〉 같은 소설은 正史와 혼동을 일
으키게 한다는 폐단도 지적되었다. 때문에 文集에 실을 수 있는 전은 허

구적 소설이 아닌 실존 인물의 생애를 기록하여 褒貶·載道·勸善懲惡·戒世懲人인 효용성을 최대한 살리려 하였다.

이러한 배경에서 출현한 초기의 전으로는 신라 시대에 〈殊異傳〉·〈賢首傳-唐大薦福寺故寺主 飜經大德法處 和尙傳〉·〈義湘傳〉·〈鷄林雜傳〉이 있다. 고려조에 와서 김부식의 『삼국사기』에 열전이 수록되어 전의 전범이 되고 있다. 그 외에 覺訓의 『海東高僧傳』이 전하고 고려 중기 이후 假傳이 유행한다. 이 가전은 전의 소설적 변용을 가능하게 한다. 작품에는 〈麴醇傳〉·〈孔方傳〉(林椿), 〈麴先生傳〉·〈淸江使者玄夫傳〉(李奎報), 〈竹夫人傳〉(李口), 〈丁侍者傳〉(釋息影庵), 〈楮生傳〉(李詹) 등이 있다. 그 외에 托傳(작가가 허구의 인물을 설정하여 寓意하는 전), 또는 私傳(작가 스스로의 자서전이나 가문 또는 친지의 家傳)이라 할 수 있는 전이 있다. 작품으로는 〈白雲居士傳〉·〈盧克淸傳〉(李奎報), 〈猊山隱者傳〉(崔瀣), 〈節婦曹氏傳〉(李穀), 〈宋氏傳〉·〈吳仝傳〉·〈朴氏傳〉·〈草溪鄭顯權傳〉·〈崔氏傳〉·〈白氏傳〉·〈鄭氏家傳〉(李穡), 〈草屋子傳〉·〈裵烈婦傳〉(李崇仁), 〈守禪傳〉(李詹) 등이 있다.

고려와 조선조에 걸쳐 활약한 사람의 문집에는 〈鄭沈傳〉(鄭道傳), 〈司宰少監朴强傳〉·〈優人敎子君萬傳〉·〈儒生裵尙謙傳〉(權近), 〈星主高氏家傳〉·〈烈婦崔氏傳〉(鄭以吾), 〈慵夫傳〉(成侃)이 있다. 이후의 문집에서 전은 수를 헤아릴 수 없을 만큼 많이 나타나며 소설로서의 전은 조선 후기에 들어 출현한다. 특히 조선 말기에 들어 구활자본 소설이 대량으로 간행되면서 전기소설과 실기류가 활자화되거나 새로이 창작된다.

우리 소설의 특징을 파악하기 위해서는 전에 대한 구체적인 연구가 있어야 한다. 따라서 먼저 전의 자료 정리부터 서둘러야 할 것이다. 그러나 산재하고 있는 자료를 모으는 일은 하루 아침에 이루어질 수 있는 일이 아니다. 따라서 이 조사는 1차적으로 만족할 수 없어 2,3차의 작업을 시도하여야 할 것으로 본다. 이번의 조사에서는 구활자본 전기소설을 중심으로 조사하는 데 역점을 두었다. 여기서 빠진 나머지 구활자본 전기소설은 다음 기회에 더 보완할 생각이다.


## 2. 전기소설자료

전기소설은 전의 문학적 변용을 거쳐 이루어진다. 그러한 과정을 거치는 동안 작가의 창작성이 작용하게 된다. 〈崔孤雲傳〉처럼 설화적 성격이 강한 소설도 있고 〈朴泰輔傳〉처럼 사실적 성격이 강한 소설도 있다. 또 〈林慶業傳〉처럼 사실과 설화가 복합적으로 구성된 소설도 있다. 전기소설의 이해에는 허구와 사실의 관계를 작가 또는 독자가 어떻게 인식하고 있는가 하는 문제에 접근하는 일이 관건이 되리라 본다. 그러면서 실존 인물과 사실이 어떻게 독자에게 체험되는가, 허구로 체험되는 사실과 주인공은 어떤 의미를 띄는가, 전기소설의 형성 배경, 역사 의식과 시대 상황, 그리고 문학과 윤리의 관계 등이 규명되어야 할 것이다. 그러나 본고는 문헌 자료 조사의 성격을 가지므로 이러한 문제는 다른 기회를 통하여 다루기로 한다.

전기소설은 대부분 신소설기에 구활자로 간행되었다. 그러므로 이 조사에서는 고전소설을 대상으로 하되 신소설기에 창작된 신소설과 실기류를 포함시켰다. 구활자본 소설은 신소설에서 현대소설로 이행하여 온 소설사의 발전 단계와는 관계없이 독자층을 형성하고 있었던 듯하다. 이러한 전기소설 중에서 목록은 확인하였으나 구해 볼 수 없었던 작품에는 〈곽재우전〉·〈권장군전〉 등이 있다. 이 조사는 먼저 서지적으로 간략하게 고찰하고 내용을 개괄하였다.

## ◆ 전기소설자료목록

| | | |
|---|---|---|
| ① 姜邯贊傳 | ② 金德齡傳 | ③ 金庾信傳 |
| ④ 金應瑞實記 | ⑤ 南怡將軍實記 | ⑥ 朴文秀傳 |
| ⑦ 朴泰輔傳 | ⑧ 生六臣傳 | ⑨ 四溟堂傳 |
| ⑩ 西山大師傳 | ⑪ 徐花潭傳 | ⑫ 世宗大王實記 |
| ⑬ 申叔舟夫人傳 | ⑭ 鰲城과 漢陰 | ⑮ 元斗杓實記 |
| ⑯ 尹知敬傳 | ⑰ 乙支文德傳 | ⑱ 李舜臣傳 |
| ⑲ 李太王實記 | ⑳ 仁祖大王實記 | ㉑ 仁顯王后傳 |
| ㉒ 林慶業傳 | ㉓ 田禹治傳 | ㉔ 鄭圃隱傳 |
| ㉕ 朝鮮太祖大王傳 | ㉖ 崔致遠傳 | ㉗ 韓氏報應錄 |
| ㉘ 洪景來實記 | ㉙ 洪吉童傳 | ㉚ 洪將軍傳 |

## ① 姜邯贊傳

### 1) 서지

이 작품은 1931년 朝鮮書館에서 간행한 것과 1924년 光東書局에서 간행한 것이 있다. 朝鮮書館의 것은 표제명이 〈高麗姜侍中傳〉이며, 光東書局의 것은 〈姜邯贊傳〉이다. 조선서관의 것은 총 45면, 1면 15행, 1행 34자 기준으로 되어 있으며 띄어쓰기가 되어 있고 16회의 장회체이다. 소장처는 국립도서관.

### 2) 개관

부친이 꿈을 꾸었는데 종남산이 입 속으로 들어오는 꿈을 꾸고 胎氣가 있어 열 달 만에 큰 별이 떨어지면서 태어났다. 키가 난쟁이 같고 기상이 매우 누추하였으나 총명하고 평생에 처음 보는 책이라도 한 번 눈에 지나면 암기하였다. 1회에서 3회까지는 백운대의 虎患을 물리치는 등 감찬의 신통술을 보여주고 있다. 契丹의 침략을 물리치고 나이 60에 벼슬을 그만두고 물러가니 安國功臣의 號를 下賜하였다. 별장에 머물던 중 송나라 사신이 와서 보고 文曲星이 여기 있다고 하며 돌아갔다. 81세에 병 없이 문곡성의 자리로 돌아갔다.

## ② 金德齡傳

### 1) 서지
이 작품은 1926년 德興書林에서 간행되었다. 제명은 〈忠勇將軍金德齡傳〉이
라 되어 있다. 서울대학 도서관 소장.

### 2) 개관
덕령은 어려서부터 기골이 비상하고 우는 소리가 크며 풍채가 늠름하였다. 모
친에 대한 효성도 지극하였으며 세상을 구할 큰 뜻을 품고 있었다. 선조 24년 왜
군이 내침하니 전답과 가옥을 팔아 군사를 모아 의병을 일으켰으며 허리에는 백
근이나 되는 철퇴를 차고 다녔다. 왕이 덕령의 起兵함을 보고 詔書를 내려 칭찬
하고 軍號를 忠勇이라 주었다. 가등청정이 덕령의 화상만 보고도 크게 놀라 경주
에서 철수하였다. 이때부터 왜군은 德齡이 온다는 소식만 듣고도 물러가니 싸우
지 않고 이기는 장군이었다. 이때 李夢鶴이 반란을 일으켜 金德齡·高彦百·郭
再祐·洪秀南 등과 공모하였다고 거짓 자백하니 德齡이 잡혀 억울하게 죽었다.
德齡이 죽자 백성들이 애도하였다. 영조 대왕 때 李廣德이 전라감사로 갔다가 德
齡의 무죄함을 조사하여 변명하니 조정에서 사당을 세워 제사하도록 하였다.

## ③ 金庾信傳

### 1) 서지
〈金庾信傳〉은 1926년 永昌書館에서 간행하였다. 체재는 총 110면, 1면 17
행, 1행 36자 기준으로 띄어쓰기가 되어 있다.

### 2) 개관
夫 舒現은 두 별이 북두칠성으로 응하여 精氣가 몸에 떨어지는 꿈을 꾸고, 母

는 한 동자가 금갑옷을 입고 冕旒冠을 쓰고 雲車를 타고 집으로 들어오는 꿈을 꾸고 잉태하여 스무 달만에 낳았다. 용모가 영특하여 어려서부터 四書三經을 한 번 들으면 외우게 되었다. 창생을 구제하고 국가를 편안히 할 뜻을 품고 中岳 석굴에 들어가 기도하니 백발 노인이 나타나 秘訣書와 天龍劍과 駿馬를 주어 武藝를 연습하고 天文地理에 통하게 되었다. 삼국 통일의 위업을 이루고 문무왕 14년에 죽었다. 삼국 통일을 이루는 대목은 『삼국사기』 金庾信傳과 일치한다.

### ④ 金應瑞實記

#### 1) 서지

〈金應瑞實記〉는 世昌書館에서 간행되었다. 표지에는 〈임진명장 김응서 실기 壬辰名將 金應瑞 實記〉라고 병기되어 있다. 총 61면, 1면 17행, 1행 31자씩 인쇄하였다.

#### 2) 개관

平安道 龍岡에서 태어났다. 임진란이 일어나 명나라에 구원병을 청하여 구원병과 함께 평양성을 공격하는데 다른 곳은 싸우다가 모두 물러갔으나 평양성의 서편을 공격하던 金應瑞는 홀로 물러가지 않고 싸웠다. 金應瑞가 평복 차림으로 성 안으로 들어가 성 주위를 맴도는데 桂月香을 만나서 왜장의 목을 베어오게 했다. 왜군이 물러가고 淸나라가 明나라를 쳐들어오니 명나라에서 구원병을 청하여, 姜弘立을 都元帥로, 金應瑞를 副元帥로 하여 원병을 보내었다. 姜弘立이 조정의 지시로 淸太祖에게 항복하니 金應瑞가 그 까닭을 몰라 姜弘立의 命을 거스리고 청나라를 계속 치자고 하였다. 姜弘立이 金應瑞를 淸太祖의 진중에 가두었다. 金應瑞는 갇혀 있는 동안 청나라 진중의 내정을 비밀리에 일기에 적어 조선으로 보내려다 姜弘立에 발각되어 淸太祖에게 고발하니 淸太祖가 金應瑞를 죽였다. 조정에서는 金應瑞를 伸寃하여 復官하고 襄毅公으로 追封하였다.

## ⑤ 南怡將軍實記

### 1) 서지

이 소설은 1926년 德興書林에서 간행하였다. 著作者는 張道斌이다. 따라서 이 소설의 문체는 물론 표기도 현대어 표기에 따르고 있다. 총 50면, 1면 13행, 1행 32자 기준으로 인쇄하였다. 모두 5회의 章回體이다.

### 2) 개관

母親은 太宗의 四女 貞善公主이다. 그러니까 太宗의 외손이다. 태어나면서부터 골격이 장대하여 이미 5,6세에 날랜 말을 타고 활을 쏘기 시작하였다. 14세에는 詩書百家를 다 통달하였으므로 공부는 여기서 마치고 말타기와 활쏘기에 더욱 힘써 兵法을 無所不通하였고 17세에 武科에 壯元하였다. 세조 13년 李施愛가 난을 일으켜 先鋒將이 되어 난을 평정하고 敵愾功臣이 되었으며 27세에 兵曹判書가 되었다. 南怡의 부인이 죽자 柳子光이 그의 딸을 南怡에게 시집 보내고자 하나 南怡가 거절하자 南怡의 공명을 시기하여 무고로 죽게 하였으니 28세 때였다. 睿宗이 南怡를 죽인 날 밤 꿈을 꾸니 南怡가 갑옷을 입고 말을 타고 손에 장검을 쥐고 대궐 문으로 들어오면서 '無罪無罪'하였다. 睿宗이 놀라 깨니 땀이 자리를 적시었다. 이때부터 睿宗이 병이 들어 마침내 죽었다.

## ⑥ 朴文秀傳

### 1) 서지

〈朴文秀傳〉은 京城書籍組合本이 있으나 내용상의 차이는 없다. 京城書籍組合本은 1926년에 간행되었다. 그리고 世昌書館本은 1955년에 간행된 것이다. 京城書籍組合本은 한글 옆에 한자를 並記하고 있는데 世昌書館本은 한자를 모두 없애고 한글 표기만으로 되어 있다. 서두가 "화설…"로 시작되고 띄어쓰기가 되지 않았다. 京城書籍本의 체재는 총 43면, 1면 13행, 1행 35자씩으로 모두 3회의 章回體로 되어 있다. 그러나 실제 朴文秀에 관한 이야기는 1회 뿐이고, 2회와 3

회는 전혀 다른 이야기를 첨가하였다. 世昌書館本은 題名을 〈어사 박문수전〉이라 하였고 한자를 없앤 관계로 총 30면으로 줄어들었다.

## 2) 개관

이인좌와 정희량이 난을 일으켜 英祖가 朴文秀를 명하여 난을 평정한 후 八道 暗行御史로 除授하였다. 이에 京畿·忠淸·慶尙道로 시작하여 守令方伯의 행정 득실을 일일이 수색한 후 全羅道로 들어갈 때 덕유산으로 들어가게 되었다. 구천동에 들어가 천동수라는 사람이 유안거의 아내와 며느리를 빼앗으려는 것을 구원해 주니 구천동 사람들은 神道를 믿게 되고 평화롭게 살았다. 이 사실을 알게 된 왕이 치하하여 정2품을 하사하였다. 이 소설은 구전하여 오던 짧은 설화를 권선을 염두에 두고 정리한 것에 불과하다.

## ⑦ 朴泰輔傳

### 1) 서지

(1) 朴翰林傳 : 金起東 교수가 편집한 筆寫本古典小說全集(亞細亞文化社)에 수록되어 있다. 체재는 총 76면, 1면 12행, 1행 17자 기준으로 한글 흘림체이다.

(2) 朴泰輔實記 : 1916년 德興書林에서 발행하였다. 체재는 총 91면, 1면 13행, 1행 35자 기준으로 띄어쓰기가 되어 있다. 이 작품과 〈朴翰林傳〉은 서로 내용이 약간 다르다.

### 2) 개관

여기서는 德興書林本 〈朴泰輔傳實記〉를 중심으로 내용을 요약한다. 公은 어려서부터 英慧하고 才行이 있어 효성이 지극하였다. 항상 검소한 것을 좋아하고 성격이 곧았으며, 크게 학문을 힘써 20세에 謁聖壯元하였다. 成均館典籍을 거쳐 禮曹佐郎 때 詩官으로 詩題를 잘못 냈다 하여 南人의 모함으로 宣川으로 유배되었다. 이듬해 풀렸으나 仁顯王后 廢位를 반대하는 상소를 올려 왕이 친히 鞠問

하였다. 왕의 앞에 나가서도 公은 굽히지 아니하였다. 결국 심한 고문으로 힘줄이 끊어지고 뼈가 타서 형용이 극히 흉참하였다. 절도로 귀양을 보내니 丈毒과 火毒이 심하여 도중에서 죽었다. 이 때 나이 36세였다. 왕이 후에 뉘우치고 復官職하고 旌門을 세워 忠功臣이라 하였다. 諡號를 文烈이라 내렸다.

### ⑧ 生六臣傳

#### 1) 서지

이 작품은 新舊書林에서 간행하였다. 刊記는 확인할 수 없으나 〈死六臣傳〉이 같은 新舊書林에서 1929년에 간행된 바 있다. 총 60면, 1면 13행, 1행 35자 기준으로 띄어쓰기가 시도되었다. 生六臣에 대해 설화를 중심으로 간단히 소개하고 있다.

#### 2) 개관

먼저 生六臣인 趙旅 · 元昊 · 金時習 · 李孟專 · 成聘壽 · 南孝溫을 들고, 시대 환경을 기술하였다. 그런 다음 한 사람씩 일생을 대강 기술하였다. 뒤에 부록으로 六宗英 곧 안평대군 · 금성대군 · 화의군 · 한남군 · 영풍대군 · 의안대군의 손자 이양 등의 傳을 실었다.

### ⑨ 四溟堂傳

#### 1) 서지

(1) 西山大師와 四溟堂 : 이 작품은 세창서관에서 간행하였다. 총 56면, 1면 16행, 1행 36자 기준으로 띄어쓰기가 되어 있다. 내용은 주로 四溟堂의 이야기가 중심이 되어 있다.

(2) 四溟堂傳 : 이 작품은 西山大師傳과 合本되어 榮華出版社에서 간행 되었다. 총 52면, 1면 16행, 1행 36자씩 인쇄되었다.

2) 개관

여기서는 榮華出版社本을 중심으로 내용을 요약한다.

四溟堂은 어려서부터 천성이 온순하고 聞一知十하는 총명을 지녔다. 13세에 七書를, 15세에 周易을 해득하니 神童이라 하였다. 鄕科에는 壯元하였으나 太平科에는 壯元을 못하고 進士에 들었다. 부모의 상을 당하여 과거를 볼 생각을 끊고 어린아이를 힘써 가르치고, 노래를 지어 농부들에게 부르게 하며 지냈다. 부인이 돌연 죽고 金參判 딸과 재혼하였는데 김부인이 아들을 낳고부터 前室 아들에 대해 냉대하기 시작하였다. 큰아들이 결혼하는 첫날밤 김부인이 큰아들을 죽였다. 새색시가 이 사실을 염탐하여 진사에게 알리니 이 사실을 안 진사가 김부인과 김부인이 낳은 아들을 집에 넣고 함께 불살라 버렸다. 그런 뒤 金剛山으로 들어가 表訓寺에서 西山大師의 제자가 되었다. 壬辰亂이 일어나니 西山大師가 각도에 흩어진 제자들에게 명하여 군사를 일으킬 때 四溟은 僧徒 칠백으로 江原道에서 일어났다. 宣祖께서 講和하고자 하여 四溟을 講和使로 日本에 보내니 일본에 가서 神通術을 보여 秀吉이 神人이라 하여 敬慕하였다. 四溟이 포로 5천 명을 송환하여 나오니 宣祖가 치하하여 四溟堂이라 號를 내렸다.

또한 世昌書館本에서는 부친이 40이 넘도록 슬하에 일점혈육이 없어 명산대찰에 불공을 드렸더니 꿈에 아미타불이 연꽃 한 송이를 주는 胎夢을 꾸고 낳았다. 두 살에 글자를 알고 네 살에 한 번 들으면 잊어버리지 않았다. 십 세 전에 四書五經을 다 읽고 諸子百家를 암독하는 문장이 되었다. 열여섯에 아들을 낳고 아내가 죽어 김좌림의 외손녀와 재혼했는데 김씨부인이 자기의 아들을 낳은 후 前室 아들을 미워하여 남편이 金剛山 유람을 간 사이에 홍역을 핑계로 죽여 없앴다. 楡岾寺에 머무는데 非夢似夢間에 아들이 비명에 죽는다고 슬피 우는 꿈을 꾸고 급히 집으로 돌아왔다. 김씨 부인의 죄를 밝혀서 재산을 이웃에게 나눠준 뒤 김씨를 묶어 집과 함께 불태워 죽인 후에 금강산으로 들어가 西山大師의 제자가 되었다. 王이 惟政을 通信使로 日本에 보내 갖가지 도술로 秀吉을 경복케 하고 포로 3천 명을 회환시켜 돌아왔다. 선조가 중추부사 벼슬을 내리고 법호를 사명당이라 내렸다. 80에 병없이 앉아서 仙化하였다. 일본에서도 四溟堂을 神人이라 하여 祠堂을 세우고 西山·四溟·靈圭大師를 위하여 제사를 지내고 있다.

## ⑩ 西山大師傳

### 1) 서지

이 소설은 1954년 榮華出版社에서 간행되었다. 겉표지는 〈四溟堂傳〉이라 되어 있으나 내용은 앞에 〈西山大師傳〉이 그 다음에 〈西山大師傳附錄〉이 그리고 끝에 〈四溟堂傳〉이 합본되어 있다. 〈西山大師傳附錄〉은 鰲城實記를 번역하였다고 하였는데 鰲城의 豫見에 관한 이야기를 모아 엮었다. 〈西山大師傳〉은 총 18면, 1면 16행, 1행 36자씩이다.

### 2) 개관

가계를 분명히 밝히지 않고 다만 宣祖大王 시절에 妙香山에 한 大師가 있으니 俗姓은 崔요 이름은 汝信이라고만 하였다. 태어난 지 겨우 5세에 天崩之痛을 만나 子子單身으로 의지할 곳이 없어 정처없이 유랑하다가 지리산 영원사 化主僧을 만나 그의 제자가 되어 입산수도하였다. 수도한 지 십 수 년에 八萬諸佛書와 天地無形의 도를 다 알게 되어 세상 구경을 하고자 日本 關西·關東을 遍踏하고 遼東·南京에 이르러 노자가 떨어졌는데 石崇에게 그림을 그려주니 銀子十萬金으로 치사하여 대사가 맡겨두고 떠났다. 呂子虎의 집에서 그 집 딸의 관상을 보니 貞敬夫人이 될 相이라서 一封書를 써 주며 옹색할 때에 石長子를 찾으라 하였다. 한편 呂子虎의 딸이 모친상을 당하여 장례를 치르고자 하니 돈이 없어 고심하던 중 서산대사가 옛날 써 주고 간 봉서를 石長子의 집에 보내니 즉시 대사가 보관했던 돈을 주고 呂子虎의 딸과 아들 石星으로 결혼시켰다. 石星이 兵府尙書가 되고 李恒福이 사신으로 갈 적에 대사가 一封書를 써주어 救援兵을 청하는 데 성공하게 하였다. 李如松의 트집을 대사가 일일이 해결하고 또 桂月香으로 하여금 왜장의 머리를 베어오게 하였다. 丁酉再亂이 일어나 李舜臣이 옥에 갇히자 대사가 柳成龍에게 李舜臣을 방면하도록 권하고 두 글귀를 李舜臣에게 써 주니 그것을 보고 깨달아 승전하였다. 晋州에서 論介가 적장과 빠져 죽은 것도 大師가 시킴이요 惟政이 일본에 가서 講和할 때도 대사가 멀리서 도술로써 구하였다.

## ⑪ 徐花潭傳

### 1) 서지

이 소설은 光東書局에서 1926년에 발행하였다. 표제명은 〈도술이 유명한 서화담 전〉이라고 되어 있다. 총 62면, 1면 16행, 1행 35자씩 호흡 단위로 띄어 썼다. 끝에 "화담선생의 이약이가 그 외에도 만치만은 이웃 친구에게 드른 바는 뿐이기에 그만 긋첫다가 이 단음에 쏘듯난대로 저술코저 하노라"라고 後記하였다.

### 2) 개관

花潭은 총명하여 어려서부터 글을 깨쳤다. 그러나 가난한 집에 태어나 고초를 당하던 중, 10여 세에 부모의 상을 당하여 아우를 데리고 친척들의 도움으로 연명하면서 밤낮을 가리지 않고 글 읽기만을 힘썼다. 하루는 집을 떠나 정처 없이 유람하다가 지리산 상상봉에서 전생 친구라는 仙官을 만나 道術書를 받는다. 20세에 결혼하였는데 初夜에 鬼哭聲을 듣고 살인당한 처녀의 冤魂을 만나 冤을 풀어 주었다. 아내가 배고픔을 호소하자 십만 냥을 빌어 소금을 매점매석하여 돈을 벌어 좋은 집을 지어 아내를 살게 하면서도 자기는 예전의 허름한 집에서 책만 읽으며 지냈다. 부인이 놀고먹기만 하니 몸이 비대하여 죽을 지경에 이르자 집과 돈을 가난한 사람에게 나누어 주고 예전처럼 잡곡밥과 나물국으로 연명하게 하여 낫게 하였다. 松都城中에 崔氏 효자가 侍墓길에 혼절하여 그 혼신이 花潭선생을 찾아가 살 수 있는 방법을 물으니 가르쳐 주어 살게 하였다. 화담의 아우와 매씨 아들이 얕은 도술로 자랑하자 꾸짖어 주고 다시는 도술을 못 쓰게 하였다. 이 때 松都의 一色기생이 만석이라는 중의 절조를 헐었으나 花潭의 절조는 헐지 못하였다. 화담의 제자 중에 許雲이라는 아이가 여자(변신한 여우)에 정신이 팔려 있음을 알고 그를 구해 주고 도술을 가르쳐 주었다. 부인이 도술을 보고자 하니 洞庭湖에 연잎으로 만든 배와 연 줄기를 가지고 만든 童子를 거느리고 거문고를 타며 노니는 장면을 보여주었다. 그런 다음 부인에게 천지만물과 인생백년이 모두 헛것임을 일깨워 준다.

## ⑫ 世宗大王實記

### 1) 서지

세창서관에서 발행하였다. 겉표지에는 〈歷史小說世宗大王實記〉라 되어 있고 속표지에는 '朝鮮諺文 創作하신 세종대왕실긔 附讓寧大君記'라고 되어 있다. 총 55면, 1면 13행, 1행 36자씩 띄어쓰기가 되어 있다.

### 2) 개관

이 실기는 전기를 쓰게 되는 취지와 서문이 앞에 있다. 世宗大王은 太祖의 五男인 太宗의 三子인데 長兄인 讓寧大君과 父王諸臣의 簡擇에 의하여 世子가 되어 왕위를 선위받았다. 元敬王后께서 世宗을 잉태할 때 北岳으로부터 큰 소가 태양을 머리에 이고 뛰어오는 것을 한 紅衣童子가 그 태양을 집어삼키고 왕비의 품으로 드는 꿈을 꾸고 태기가 있어 열 달 만에 낳았다. 어려서부터 학문을 좋아하여 글을 읽음에 百讀을 계산하면서 하고 左傳 · 楚辭를 百讀하고 文理를 스스로 해명하였다. 여러 방면에 걸쳐서 재주가 갖추어 정치 · 문학 · 법률로부터 천문 지리 · 역법 · 음악에 이르기까지 취미를 가지셨고 친히 발명하기도 하였다. 外治의 두드러진 업적은 海寇를 撫柔하고 女眞을 토벌하였다. 內政의 업적을 대강 들면 集賢殿의 설치와 학자의 우대를 들 수 있다. 그리고 한글의 창제와 樂律 · 曆象에 대한 정리, 기계의 제조 및 창설, 관측기 儀象에 대한 발명은 대왕의 업적이다. 특히 王道政治는 가장 두드러진 대왕의 큰 업적이다.

## ⑬ 申叔舟夫人傳

### 1) 서지

이 작품은 세창서관에서 간행한 신소설이다. 내용은 모두 여섯 장으로 되어 있는데 小題目을 붙이지 아니하고 번호만 붙였다. 총 24면, 1면 17행, 1행 35자 기준으로 되어 있다. 그리고 대화에는 따옴표(『　』)를 하였다. 뒤에 〈가실전〉을 합본하였다.

## 2) 개관

1장은 申叔舟가 퇴궐하여 괴로워하는 모습을 보고 尹氏는 남편이 端宗復位를 꾀하는 줄 알고 숭고한 죽음을 생각한다. 文章과 才藝가 탁월할 뿐 아니라 明나라, 日本·蒙古·女眞 말에까지 능통한 申叔舟를 世祖가 협박하니 여덟 아들과 아내를 생각하고 고민 끝에 승복하였다. 金礩에 의하여 端宗復位 음모가 탄로나 여섯 신하가 잡히어 옥에 갇히게 되었다. 申叔舟는 갈등으로 괴로워한다. 대궐에 들어간 남편이 大臣이 되어 나오자 부인이 분함을 이기지 못하여 남편의 얼굴에 침을 뱉고 대들보에 목을 걸고 죽었다.


## ⑭ 鰲城과 漢陰


## 1) 서지

〈鰲城과 漢陰〉은 세창서관에서 발행되었다. 대화를 구분하여 조판하였다. 총 64면, 1면 17행, 1행 35자씩 호흡 단위로 띄어썼다. 이 소설은 鰲城을 중심으로 전개하였다.


## 2) 개관

鰲城은 李參贊 夢亮의 아들이요 進士 禮臣의 손자이다. 그리고 漢陰은 경주 사람인데 知樞 民聖의 아들이요 燕山君時代에 몰려 죽은 左相 克均의 五世孫이다. 鰲城을 수태할 때는 三台星을 삼키고 여덟 달 만에 낳았다. 鰲城은 태어나서 몸이 연약하였으나 장난이 매우 심하였다. 장난이 심하여 모친이 고운사 주시 해월대사에게 딸려 보내 공부를 부탁하였다. 의성사에는 섣달 그믐날 밤이면 귀신이 사람을 하나씩 죽이므로 이날 밤은 중들이 모두 피난 가는데 恒福이 홀로 남아 귀신을 물리쳤다. 절에서 鰲城의 덕을 기념하여 비를 세웠다. 23세 되던 해에 李德馨을 만났다. 鰲城과 漢陰은 志氣相合하고 문장이 相敵하며 情意가 膠漆 같았다. 鰲城이 壬辰亂에 領議政까지 지내며 난리를 평정하는 공을 세우니 鰲城府院君을 봉하였다. 光海君의 覇道가 극에 달하자 상소하여도 소용이 없음을 알고 소사에 물러가 淸化眞人이라 칭하고 지냈다. 漢陰은 간신의 참소로 삭탈관직 되

었으나 시국의 분개함으로 밥도 먹지 않고 냉수만 마시다가 병이 되어 53세에
죽었다. 鰲城이 忘憂里 에 東岡精舍를 짓고 담박하게 일생을 보내던 중 60세에
북청으로 귀양 가게 되어 6개월 만에 죽었다. 光海君이 관직을 회복하고 복청과
포천에 사당을 지어 제사지내게 하였다.

### ⑮ 元斗杓實記

#### 1) 서지

이 작품은 세창서관본이 있다. 문체는 고소설 체와 같고 중간부분이 〈洪將軍
傳〉을 그대로 답습하고 있다. 총 50면, 1면 14행, 1행 36자 기준으로 띄어쓰기
가 되어 있다. 작가를 朴埈杓라 밝히고 있다.

#### 2) 개관

斗杓는 江原道 原州의 水使 裕男의 아들이다. 어려서부터 용감하여 5,6세에
귀신이 많다는 原州郡 神林에 놀러갔다가 당집을 부수고 혼자 자는데 밤중에 귀
신들이 와서 보고는 元政丞大監이 오셨다며 모두 도망갔다. 그 때부터 이곳에는
다시 귀신이 나타나지 않았다. 청년 시절에도 의협심이 강하였다. 서당 선생이
빚을 많이 져 빚 독촉하러 온 자가 오만하므로 두표가 한 대를 때리니 죽게 되어
살인죄로 옥중에 갇히게 되었다. 斗杓가 옥에서 탈출하여 양산으로 가던 중 慧明
이라는 중의 행패를 보고 그 중을 죽여 양산 군수 앞에 끌고가 자초지종을 말하
니 살인죄로 다스리지 않고 가까이 두고 지냈다. 하루는 억울하게 딸을 빼앗긴
노인을 만나 그 딸을 빼앗아간 李春三이라는 자를 죽이니 체포령이 내려 도망하
다가 노인의 도움으로 은신하던 중 영동 당숙의 집으로 피난처를 옮겼는데 당숙
의 후처가 공교롭게도 李春三의 딸이었다. 여기서 춘삼의 아들 운보를 살인하고
또 도망가서 木川 摩尼山으로 가서 숯을 구어 생계를 꾸리다가 입신하고자 서울
로 향하던 중 충주에서 관리에 체포되어 압송되었다. 압송 도중 銅雀津을 건널
때 물 속으로 뛰어들어 潛泳하여 가다 보니 鴨鷗亭까지 가게 되어 압구정의 마
루 밑에서 숨었다. 여기서 마침 仁祖反正을 모의하던 인사들이 모여 兵曹判書를

맡을 사람이 없음을 논의하고 있었다. 이 때 斗杓가 옷이 젖고 찢어져 벌거벗은 채 나타나며 兵曹判書 나간다 외치었다. 仁祖가 장대한 기상을 보고 어의를 벗어 입히며 兵曹判書를 시키기로 하였다. 擧事하는 날 도끼로 神武門을 패서 부수고 들어가 反正의 큰 공신이 되었다. 그 공으로 정사이등공신이 되어 평원부원군까지 오르고 효종 때에는 우의정과 좌의정에 이르렀다.


### ⑯ 尹知敬傳


#### 1) 서지

이 작품은 서울대 一蓑文庫와 金東旭 교수가 소장하고 있으며, 하버드대학에도 소장되어 있다고 한다. 책의 체재는 총98면, 1면 12행, 1행 18자 평균으로 되어 있고 궁체로 쓴 필사본이다.


#### 2) 개관

中宗期에 윤현이란 재상의 3남인 知敬이 16세에 과거를 보아 진사가 되어 구혼하는 사람이 구름처럼 모여들었다. 그 해 여름 전염병이 돌아 윤현이 아들 지경을 데리고 妹夫인 최참판의 집으로 가서 역질을 피하게 되었는데, 최공의 재취 소생인 연화와 인사를 하게 되자 서로 반하게 되었다. 지경이 부모에게 연화와 결혼시켜 줄 것을 간청했으나 최공은 知敬이 청루에 드나드는 일을 험잡아 거절하였다. 그러나 두 사람의 사랑은 점점 깊어만 가고 전염병도 수그러져서 지경이 떠나니 두 사람은 이별을 하게 되었다. 이별 후 연화는 상사병이 들고 부모에게 知敬과 결혼하겠다고 고백하여 마침내 이듬해 봄에 성례하기로 약속하였다. 知敬이 다시 廷試에 장원급제하니 朴嬪의 소생인 연성옹주의 부마로 尹知敬이 간택되어 입궐하라는 교지가 내렸다. 尹知敬은 부마로 간택됨이 부당함을 아뢰니 왕이 노하여 하옥시키도록 명하였다. 知敬은 왕의 뜻을 거스를 수 없어 옹주와 결혼하였으나 습졸하지 아니하고 오히려 밤마다 연화를 찾아가 취침하고 새벽에 돌아오다가 발각되었다. 옹주가 이 사실을 朴嬪에게 고하니 朴嬪이 최공을 불러 知敬을 오지 못하게 하라고 명한다. 최공은 연화가 죽었다고 거짓 부고를 내고 장사를 치렀다. 그러나 知敬은 삼년상을 치렀는데도 연화를 잊지 못하자 이를 본 최공의 손자가 연화의 숨어 있는 곳을 알려주고 감격적인 상봉을 하였다. 知敬은 이후로 조회에도 참여하지 않고 연화와 함께 있으니 왕이 의심하여 知敬을 찾아 보라 하여 환관 김송환을 보내어 데려오게 하니 왕을 욕하며 미친듯이 행동하였 다. 그러면서 남곤·심정 등이 조광조 등을 모해한 기묘사화의 흉계를 폭로하며 왕에게 나가 고하라 하였다. 왕은 知敬을 잡아들여 국문하고, 왕을 능욕하고 옹 주를 박대한 죄로 충청도 대흥으로 귀양 보내고 연화는 함경도 함흥으로 정배하 였다. 이듬해 東宮에 灼鼠之變과 假作人頭之變이 일어나 주모자인 朴嬪을 처형 하고 복성군과 옹주는 귀양 보내고 세자에게 윤지경의 保身之計를 칭찬하여 승 지를 제수하고 최씨는 정배를 풀게 한다. 中宗이 죽고 仁宗이 즉위하여 옹주의 무죄함을 인정하여 풀어주니 知敬이 옹주를 데려와 은근함이 극진하였다. 옹주도 원한을 풀고 최씨 또한 대접을 극진히 하니 비로소 화목한 가정을 이루고 살았 다.


## ⑰ 乙支文德傳


### 1) 서지

이 작품은 1929년에 발행된 博文書館本과 世昌書館本이 있다. 체재는 총 38 면, 1면 17행, 1행 35자씩으로 띄어쓰기가 되어 있지 않다. 1908년에 발행된 丹齋의 〈乙支文德傳〉과 張道斌의 〈乙支文德將軍傳〉과의 비교연구도 검토되어야 할 것이다.


### 2) 개관

高句麗 嬰陽王 때 平安道 龍岡郡 石靈山에서 태어났다. 어려서 생계가 곤란 하여 학교에 가서 공부하지 못하였다. 장성하여 날마다 사냥으로 울적한 심사를 위로하였는데 하루는 淸虛子라는 노인을 만나 스승으로 모시고 석굴에 들어가 창 쓰기와 활쏘기, 六韜三略과 모든 술법을 배웠다. 어느 날 노인이 문덕에게 일 러 몇 해 지나지 못하여 국가에 큰 난이 있을 것이니 세상에 나아가 겨레를 구하

라 하였다. 수나라에서 여러 차례 침략하니 乙支文德이 막아냈다. 수나라는 드디어 이 전쟁으로 망하고 乙支文德은 정사를 잘 다스려 만민을 편안하게 하였다. 고려 인종 때 후손 을지수가 묘청의 난을 평정하여 돈산군을 봉하니 후손이 성을 고쳐 돈씨가 되었다. 조선 인조 대왕 때 공덕을 사모하여 평양에 충무사를 세우고 해마다 제사하여 공의 향화를 영구히 받들게 하였다.

## ⑱ 李舜臣傳

### 1) 서지

〈李舜臣傳〉은 회동서관에서 발행하였다. 모두 12장으로 구성되었는데 총 38면, 1면 19행, 1행 32자 기준으로 띄어쓰기가 되어 있다. 1장에서 9장까지는 출생에서 죽음까지의 생애를 戰功을 중심으로 전개하고 있다.

### 2) 개관

李舜臣의 字는 汝諧, 先鄕은 德水이고 1545년 3월 8일 서울 乾川洞에서 출생하였다. 순신은 어려서부터 활을 가지고 다니며 장수 노릇을 하였다. 32세에 武年武科에 급제하고 함경도 동구비보 전관으로 부임하였다. 35세에 훈련원 봉사가 되어 서울로 와서 12월 충청병사의 군관이 되었으나 방에는 금침뿐이고 고향으로 올 때에는 남은 양식을 宮門으로 보낼 정도로 청렴하였다. 柳成龍의 천거로 전라도좌수사가 되어 일본의 내침이 있을 것을 확신하고 밤낮으로 병기를 보수하고 훈련을 강화하였다. 이 때 거북선을 만들어 전쟁을 승리로 이끌었다. 노량에서 싸우던 중 명나라 장수 진린을 구하려다 탄알에 맞았다. 舜臣은 자신이 죽었다는 말을 입 밖에 내지 말라 유언하고 54세에 죽었다. 10장은 전공 이외에 여러 가지 사적, 11장에서는 사후의 이야기가 기록되어 있다. 선조가 의정부 우의정을 추증하고 인조가 충무공이라는 시호를 내렸다. 전라좌수영에 忠愍祠를 세워 해마다 제사지내게 하였다. 경상전라 도처에서 백성들이 비를 세워 기념하였다. 12장은 후손에 대하여 적고 있다.

### ⑲ 李太王實記

#### 1) 서지

高宗皇帝의 실기인 〈李太王實記〉는 세창서관에서 간행하였다. 출간은 고종 승하 후에 민족 의식을 고취시키고자 하는 의도에서 쓰여졌다. 총 53면, 1면 17행, 1행 35자씩 인쇄하였다.

#### 2) 개관

李太王은 興宣君 李昰應의 제2자이다. 어려서 諱는 載晃이라 하다가 임금된 후에 熙라 하였다. 12세에 왕위에 오르니 흥선군으로 대원군을 봉사하여 섭정케 하였다. 대원군과 민비·고종을 중심으로 한 구한말의 정국을 소설의 줄거리로 전개하고 있다. 헤이그 밀사사건으로 이등박문이 항의하자 조정 대신들은 갈피를 잡지 못하고 황태자로 황제를 대리케 하는 섭정의 조칙을 내리게 하니 고종은 44년 재위기간을 마치고 왕위에서 물러났다. 황태자가 즉위하고 연호를 융희라 하였다. 고종을 태황폐하라 존숭하고 창덕궁으로 천어하게 하였다. 융희 4년 합방이 됨에 따라 폐하는 이왕 전하로, 태황제 폐하는 이태왕 전하라 폄하되었다. 고종은 기미년 1월 21일 이수 67세에 뇌일혈로 승하하였다.

### ⑳ 仁祖大王實記

#### 1) 서지

〈仁祖大王實記〉는 세창서관에서 간행되었다. 서두가 傳記의 일반 형식에서 벗어난다. 총 54면, 1면 17행, 1행 35자 기준으로 띄어쓰기가 호흡 단위로 되어 있다.

#### 2) 개관

宣祖의 다섯째 아들 定遠君이 16세에 아들을 낳으니 이 분이 仁祖大王이시다. 모부인이 잉태할 때 태양을 안는 꿈을 꾸었으니 태어날 때는 이상한 향기가 집안에 가득하였다. 아기가 점점 자라며 총명하고 엄숙하여 君王의 기상이 있었으므로 祖父인 宣祖가 綾陽君을 봉하여 슬하에 두고 글을 가르치니 하나를 들으면 열을 알았다. 光海君이 臨海君·永昌大君을 죽이고 포악이 날로 심해지자 定遠君은 화를 면하기 위해 칭병하고 누워 綾陽君에게도 주의하여 서로 상종하는 자가 없게 하여 간신들이 모함하지 못하였다. 光海君의 학정이 더욱 심해지자 申景禛·具宏·沈命世·崔鳴吉·張維·李貴·金瑬·李起築을 중심으로 綾陽君을 왕으로 추대하였다. 이항복, 이기축의 처, 최명길의 처, 정충신의 소실백주 등 綾陽君이 임금되리라는 것을 미리 안 설화를 차례로 소개하였다. 인조는 등극 후 죄인을 잡아 처치하고 죄 없이 귀양 간 사람을 풀게 하고 죽은 사람을 설화시키는 한편 백성에게 폐되는 일을 모두 혁파하였다. 이괄은 공이 많아 병조판서를 시키기로 예정하였다가 한성판윤이 되자 난을 일으키니 이를 구실로 청태종이 쳐들어 와 남한산성으로 피난하였다가 항복하였다. 세자가 볼모로 잡혀갔다가 오면서 벼루를 선물로 받아오고 대군은 포로 3천 명을 선물로 송환받아 오자 벼루를 세자에게 던져 세자가 맞아 죽게 되었다. 재위 27년 55세로 승하하였다.

## ㉑ 仁顯王后傳

1) 서지

(1) 인현왕후 덕힝록 : 柳龜相 교수 소장본으로 單卷縱書 반흘림체이다. 총 90면, 1면 11-12행, 1행 21-22자 내외로 韓紙에 筆寫되어 있다. 가장 고본으로 알려져 있다.

(2) 민중 덕힝록 : 서울대학교 규장각 소장 一簀本으로 單卷縱書 흘림체이다. 총 78면, 1면 9-12행, 1행 22-24자 내외로 글자체가 달라 두 사람이 필사한 것으로 보인다.

(3) 인현성모 민시덕힝록 : 서울대학교 규장각 가람문고 소장본으로 單卷縱書 宮體이다. 가장 아름다운 필치와 표준어로 쓰여져 있다. 총 130면, 1면 9행, 1행 22-24자 내외로 되어 있다. 英宗이 즉위하였다는 말이 나오는 것으로 미루어 영종 이후 필사된 것이다. 박문출판사와 을유문화사에서 간행한 바 있다.

(4) 인현왕후 셩덕현힝녹 : 국립도서관 소장본으로 單卷縱書 반흘림체이다. 총 168면, 1면 10행, 1행 19자 내외이다. 異本 가운데 분량이 가장 많고 내용이 가장 충실하다.

(5) 민중젼젼 : 安春根씨 소장본으로 單卷縱書 반흘림체이다. 총 81면, 1면 12행, 1행 22-24자 내외이며 장희빈의 신분과 후궁으로 들어오는 내력이 상세히 적혀 있는 점이 특징이다.

(6) 민즁쳔 : 丁奎福 교수 소장본으로 單卷縱書 반흘림체이다. 총 61면, 1면 11행, 1행 24-25자로 맨앞 6장 정도는 낡아서 해독할 수 없다.

2) 개관

여기서는 가람본을 중심으로 내용을 요약한다.

本은 驪興이며 父는 兵判判書 陽府院君 屯村이다. 母夫人이 기이한 神夢을 꾸고 탄생하였다. 탄생할 때 집 위에 瑞氣가 일어나고 産室에 향취가 擁室하였다. 어릴 적부터 자태가 비상하고 正大하였다. 일찍 부모를 여의고 계모로 조씨가 들어왔으나 지성으로 공양하고 外祖 同春 선생이 經學과 女行을 敎訓하였다. 仁敬王后가 승하하여 왕비로 책봉되었다. 대궐에 들어가서 왕을 받들어 내조를 다스림에 덕으로 인도하시었다. 宮人張氏를 禧嬪으로 봉하니 간교하고 민첩하여 왕이 총애하였다. 新生王子를 죽이려 한다고 장씨가 后를 참소하니 왕이 흑백을 가리지 못하고 후를 폐위시켰으며, 이를 간하는 40여 인이 귀양가게 되었다. 장씨가 의기양양하여 后를 죽이고자 하였다. 이에 왕이 그 흉모를 알고 后의 無罪함을 알아 전의 일을 뉘우치고 복위하였으나 后가 병이 들어 회복하지 못하고 승하하였다. 왕이 장씨에게 死藥을 내렸다. 왕이 后의 魂前에 친히 제문을 지어 제사하였다.

㉒ 林慶業傳

1) 서지

한글 板刻本

　(1) 님쟝군젼(한글판각 21장본) : 이 소설은 일본의 동양문고 소장본을 金東旭 교수가 古小說板刻本全集(影印) 第二集에 수록한 것이다. 판각된 간지를 丁亥孟冬이라 하였다. 판각된 것 중 가장 연도가 빠르다고 한다. 총 41면, 1면 15행, 1행 28-32자씩이다.

　(2) 님쟝군젼(한글판각 16장본) : 이 소설 역시 金東旭 교수가 古小說板刻本全集에 수록하였다. 총 31면, 1면 15행, 1행 22-26자씩이다. 14장까지는 다음에 소개될 20장본과 동일판을 썼고 나머지는 판도 다르고 내용도 다르다.

　(3) 님쟝군젼(한글판각 20장본) : 이 소설은 한국 교회사연구소 소장본으로 보존 상태가 양호하다. 내용은 27장본과 동일하고 字句도 거의 같다. 刊記는 庚寅早秋布洞重刊이라 되어 있다.

　(4) 님경업젼(한글판각 49장본) : 이 소설은 연세대학교 도서관 소장이다. 원래 49장본이었던 것으로 추정되나 현재 남아 있는 것은 41장이다. 33장에서 34장, 35장이 없고 36장으로 이어진다. 그러나 내용은 무리 없이 연결된다. 그리고 39장과 43장 사이에도 한 장이 빠져 있다. 이 전은 판형이 가지각색인데 빠진 부분은 후에 판을 새겨 삽입한 것으로 보인다. 5장까지는 각면 12행이고 나머지는 13행으로 되어 있다. 각행의 글자는 18자에서 30자까지의 자체가 다양하다. 끝에 "임경업젼을 언문으로 번역하여"라는 말이 있어 漢文本을 번역하였음을 알 수 있다.

　(5) 님쟝군젼(한글판각 27장본) : 이 소설은 翰林書館에서 大正 9년(1620년) 12월 30일 조선총독부 경무총감의 인가를 얻어 간행한 것이다. 총 53면, 1면 14행, 1행 23-25자씩이다. 刊記는 없고 華泉重刊이라고만 되어 있다. 그러므로 새 출판법에 의해 인쇄 일자와 발행인을 첨가하여 간행한 것으로 보인다. 金東旭 교수편 古小說全集 二卷에 수록되어 있다. 국립도서관 소장.

筆寫本

　(1) 임경업전(한글필사 36장본) : 이 소설의 내용은 27장본과 동일하고 字句도 거의 일치한다. 그러나 중간중간에 필사자가 자신의 감회를 적어 넣은 것이 다르다. 끝에도 필사자의 감회를 적은 후기가 있다. 필사 연대는 壬寅年으로 되

어 있다. 史在東 교수 소장.

　(2) 林慶業傳(한문필사 31장본) : 이 소설도 史在東 교수가 소장하고 있는 필사본으로 총 31면, 1면 10행, 1행 20-25자씩이다. 필사 내용은 한글판각 27장본과 거의 같다. 마지막에 경업의 죽은 후 청나라에서 경업을 죽이지 말라는 牌文을 사신을 통해 보내왔다는 내용이 더 들어 있다. 그리고 등장 인물의 이름이 조금씩 다르다. 후기에 金左點(金自點을 다르게 표기)에 대한 분노를 필사자가 덧붙였다.

　(3) 林忠臣傳(한문필사 46장본) : 이 소설은 다른 소설과 달리 〈林忠臣傳〉으로 제목이 붙어 있다. 총 46면, 1면 12행, 1행 24자씩이다. 내용은 한글본과 같고 서두와 마지막이 약간 다르다. 서두에 칼을 구하는 과정이 나오고 또 뱀 같기도 하고 용 같기도 한 괴물을 잡는 공력이 나와 있다. 그리고 끝에는 林慶業이 죽는 장면을 쓰지 못하고 金佐點의 소행이 미워서 붓을 그친다고 하였다. 국립도서관 소장.

　(4) 林將軍篇(한문필사 52장본) : 이 소설은 제명이 〈林將軍篇〉이라 되어 있다. 이 소설의 특징은 분량이 가장 많고 내용도 다른 傳과 다르다. 이 작품에는 序가 따로 있어 이 작품을 쓰게 된 동기를 말하고 있다. 시작은 임경업이 의주부윤으로 있을 때부터 이야기가 시작된다. 그리고 임경업이 청나라에 볼모로 잡혀갔다 오는 도중에 백이숙제 사당에서 제문을 짓는 등 여러가지 글이 삽입되어 있다. 총 52면, 1면 35-40자씩이다. 연세대학교 도서관소장.

　(5) 한글 구활자본 : 한글 구활자본은 1924년 신구서림에서 발행한 것이 있는데 김기현의 〈校注 林將軍傳〉(서울, 예그린출판사, 1975)에 의하면 1928년 태화서관에서 발행한 것과 1957년 세창서관에서 발행한 본이 片言隻句도 틀리지 않는다고 한 것으로 보아 같은 지형을 출판사의 판권만 바꾸어 붙인 것이라 보여진다. 이윤석의 조사에 의하면 1918년 以文當에서 발행한 〈림경업전〉의 목록은 확인하였다고 하였고 1916년 光明書舖에서 발행한 〈增修 林慶業傳實記〉와 1954년 東美書市本 〈林慶業實記〉가 있는 것으로 되어 있다.

2) 개관

여기서는 세창서관본의 내용을 개관하기로 한다.

임경업설화에서 보는 출생시의 神異한 이야기가 없다. 6세에 아이들과 놀면서 몸소 원수가 되어 호령하니 아이들이 거역하지 못하였다. 26세에 무과에 장원하였다. 호병이 국경을 침노하려 하자 장군으로 의주부윤을 제수하고 부원수겸 방어사를 배하여 호병을 막게 하였다. 호군이 임장군을 피하여 용골대 등으로 하여금 동해안 쪽으로 돌아 경성을 범하였다. 왕이 적장에게 항복하고 왕세자가 모두 볼모로 잡혀가게 되었다. 이 사실을 늦게 안 장군이 돌아가는 호군을 차단하고 쳤으나 용골대가 왕에게 조서를 내리게 하여 길을 트게 하였다. 호왕이 명나라를 치고 임장군을 죽이려고 조선에 원병을 청하면서 임장군을 보낼 것을 요구하니 임장군이 원병으로 가서 싸울 때 후방에서 오히려 호군을 쳐 호군을 많이 죽게 하였다. 호군이 이 사실을 간파하고 임장군을 죽이고자 사신과 함께 장군을 들여보내라 하니 김자점이 장군제거의 기회로 삼으려고 극력 주장하여 보내게 한다. 장군이 호국에 가면 죽을 줄 알고 도중에서 파수병을 죽이고 명나라로 가니 천자가 호위대장 겸 도원수를 제수하였다. 독보의 간계에 빠져 호왕에게 압송되어 갔으나 굴하지 않고 호통치니 그 위엄에 눌려서 오히려 세자를 돌려보내게 한다. 귀국 소식을 들은 김자점이 왕명을 위조하여 장군을 결박하여 가두고 이 사실을 숨겼다. 장군이 옥을 탈출하여 왕에게 김자점의 모해함을 아뢰니 자점을 가두라 하였다. 자점이 구화문 밖에 숨어 있다가 장군을 철편으로 쳐서 죽였다. 왕이 자점을 잡아들여 처형하고 장군의 장례를 대신의 예로 치르면서 친히 축문을 지어 치제하였다. 가자를 돋우어 숭정대부 의정부 좌찬성을 추증하였다. 시호를 충민이라 내리고 자손에게 벼슬을 주었으나 세 아들이 모두 받지 않고 충주 고향으로 돌아갔다. 사당을 짓게 하고 사시를 제향하게 하였다.


## ㉓ 田禹治傳


1) 서지

(1) 뎐우치전 : 서울대학교 奎章閣 소장, 한글필사본, 총 43면, 1면 14행, 1

행 14자 내외. 단권이며 卷末에 "세차임전 하스 월시즉하여 하오월초이일셔 ㅎ 나될지 추황추필오ᄌ낙셔ㅎ니…"라고 필사 연도를 밝혔다.

(2) 전우치전 : 金東旭 교수 소장, 한글필사본, 총 31면, 1면 12행, 1행 31자 내외의 단권이다. 卷末에 "이 칙 보신니 글시 황즙ㅎ오니 흉보지 말고 눌러보시옵 계미 경월 일 등셔라"라고 필사 연도를 밝혔다.

(3) 전우치전 : 史在東 교수 소장, 한글필사본, 金東旭本과 내용이 같다.

(4) 전우치전 : 朴順浩 교수 소장, 한글필사본, 총 121면, 1면 10행, 1행 23자 내외 김동욱 교수본과 내용이 유사하다.

(5) 뎐우치뎐 : 연세대학교 소장, 木版本으로 간기는 미상이다. 25.7x 17.5cm, 총 17장, 1장 15행, 1행 21자 내외 單卷縱書이다.

(6) 뎐우치전 : 파리 동양어학교 소장, 木版本으로 刊記는 미상이다. 총 22장, 1장 14행, 1행 22자 내외의 단권종서이다.

(7) 전우치전 : 世昌書館에서 발행된 구활자본이 있다. 총 32면, 1면 19행, 1행 35자 기준으로 띄어쓰기가 되어 있다. 이 소설의 간행연도는 1962년으로 되어 있으나 옛날 지형을 그대로 쓰고 있다. 초판은 1917년에 나온 것으로 조사되어 있다.

(8) 뎐우치뎐 : 新文館에서 1914년에 간행한 구활자본, 총 62면, 1면 11행, 1행 22-25자씩이다.

(9) 뎐우치뎐 : 永昌書館本, 1917년에 간행한 구활자본, 총 37면, 1면 11행, 1행 22-25자 내외.


2) 개관

〈田禹治傳〉은 전기소설의 일반적인 유형에서 벗어나 있어 매우 특이한 소설이다. 전기소설의 일반적 유형이 한 인물의 생애를 따라 연대기식으로 전개하고 있는데 이 소설은 설화식으로 구성하였다. 이는 이 소설의 도술에 중심을 두고 행동에 흥미를 부여하는 行動小說의 성격을 갖기 때문이다. 이 소설의 줄거리는 이본에 따라 차이가 있으나 세창서관본을 중심으로 요약하면 다음과 같다.

조선초 松京에 田禹治라는 선비가 있는데 일찍 높은 스승으로부터 도를 배워

오묘한 진리를 통하였으나 자취를 숨기고 지내므로 가까운 처지에 있는 사람도 모르고 지냈다. 남쪽에 흉년이 들어 부정과 부패가 만연하자 뜻을 결단하고 몸을 선관으로 변하여 집을 나섰다. 궁정에 들어가 옥황의 명령이라며 황금들보를 만들어 바치라 하고 그것으로 빈민을 구제하였다. 조정에서 우치를 잡으라는 체포령이 내렸으나 잡히지 않자 벼슬을 줄 것이라며 회유하였다. 우치는 구름을 타고 다니며 도술로써 억울한 백성들의 원한을 풀어주고 구제하여 주었다. 우치가 자현하니 벼슬을 내리고 가달산 도적을 토벌하는 공을 혼자 해냈다. 우치가 도술로써 황행하며 지나치게 백성들을 현혹하니 강림도령이 나타나 꾸짖는다. 이에 우치가 화담선생을 찾아가 스승으로 모시고 태백산 배달 밑에 청사를 얽고 임검으로부터 오는 큰 진리를 궁구하여 보배로운 글을 많이 지어 석실에 감추었다. 강원도에서는 양봉래라는 사람이 태백산에 들어갔다가 화담과 우치 두 사람을 만나 비서 몇 권을 얻어 가지고 공부하여 그 오묘한 뜻을 통하고 도통을 전하였으니 사람들이 신선의 도라 하였다.

## ㉔ 鄭圃隱傳

### 1) 서지

이 소설은 세창서관에서 발행하였는데 간행연도는 확인할 수 없다. 총 47면, 1면 17행, 1행 35자 기준으로 띄어쓰기를 하였다. 소설의 처음은 선죽교에 대한 설명과 〈포은선생전〉을 보다가 감동하여 언문으로 번역하여 부녀아동까지라도 선생의 충절을 알게 함이라는 작의를 밝히고 있다.

### 2) 개관

先生의 姓은 鄭氏요, 本은 延日이요, 이름은 夢周, 字는 達可, 別號는 圃隱이요, 고량은 경상도 永川이다. 父親은 日城府院君이요, 母親은 李氏이다. 부친이 하루는 대낮에 서재에서 있다가 꿈을 꾸었는데 주공으로부터 아들을 점지 받고 낳아서 이름을 夢周라 하였다. 몸에는 북두칠성과 삼태성이 있고 두 살에 말과 글을 통했다. 20세 되던 해 부친이 돌아가셔서 3년 시묘를 하는데 범이 감동하여 등에 태워다 주었다. 20세에 감시에 장원하였고 21세에는 책문시에 세 차례나 장원하였다. 모친이 돌아가셔서 3년 시묘를 하니 왕이 효자문과 비를 세웠다. 성균관 대사성이 되어 성균관을 중수하였고 각 지방에 학교를 설립하고 교사를 취택하여 학생을 교육하니 유생이 많이 나와 동방 性理學의 시조라고 일컫게 되었다. 명나라에 서장관으로 갔다가 돌아올 때 바다에서 풍랑을 만나 파선하여 3일 만에 한 섬에 닿았다. 그러나 먹을 것이 없어 하늘을 우러러 탄식할 뿐이었는데 한 백발노인이 나타나서 조상이라 이르고 며칠만 참으면 구제받으리라 일러주고 사라졌다. 13일 만에 구제받았는데 이로써 선생의 기질이 어떠함을 알 수 있다. 귀국하여 일본이 내침하니 일본에 가서 1년간 체류하면서 詩와 文으로 환대를 받고 귀국 시에는 포로를 회환시켜 왔다. 李成桂가 易姓革命을 일으켜 太宗이 회유하니 百死歌로 대답하였다. 운명 전날 꿈에 태어날 때 점지해 준 주인공이라는 분이 현몽하여 죽음을 예고하였다. 50세에 善竹橋에서 殉節하였다. 선생이 순절하던 날 밤, 대 한포기가 났으므로 善竹橋라 했는데 대는 며칠 후 없어지고 그 자리에 피 흔적이 있어 지금까지 없어지지 아니하고 완연하다. 해풍 땅에 장사지냈다가 15년 후 고향 영천으로 이장하는데 용인 땅에 이르러 영정이 날아가 멈추는 곳에 묘를 썼다.

## ㉕ 朝鮮太祖大王傳

### 1) 서지

이 소설은 1926년 德興書林에서 간행하였다. 저작자는 張道斌이다. 내용은 7장으로 구분하였고 총 36면, 1면 13행씩이다.

### 2) 槪觀

太祖의 姓은 李요, 諱는 成桂로 1335년 함경도 영흥군 흑서리에서 태어났다. 어려서부터 영특하고 위풍이 늠름하며 특히 말타기와 활을 잘 쏘았다. 석왕사에서 등에 서까래 세 개를 지고 가는 꿈을 꾸고 무학에게 해몽을 부탁하니 왕이 될 꿈이라 하였다. 홍건적·몽고·여진·왜적을 물리쳐 승리하니 천하의 인망이 태조에게 돌아왔다. 恭愍王이 죽고 우왕이 등극하며 崔瑩이 대신이 되어 보좌하더니 명나라를 칠 때 위화도에서 회군하여 崔瑩과 우왕을 죽이고 창왕을 세웠다. 태조가 대신이 되어 공양왕을 세웠다가 공양왕을 몰아내고 등극하여 5백년 왕업을 창업하였다. 그 후 서울을 옮기고 명나라와 화친하였다. 한씨 소생 여섯 아들이 아버지를 도와 나라를 세웠으나 왕위를 서로 쟁탈하려 하자 함흥으로 간 뒤 노하여 서울로 오지 않고 보내는 사신을 목 베어 죽였다. 태종이 아버지의 죽마고우 成石璘을 시켜 서울로 모셔왔다.

## ㉖ 崔致遠傳

### 1) 서지

지금까지 알려진 〈崔致遠傳〉은 모두 11종이다. 한글본과 필사본이 있는데 한문본은 5종으로 모두 필사이고 한글본은 7종으로 필사가 4종, 활자가 3종이 있다. 이를 차례로 검토하면 다음과 같다.

(1) 崔文獻傳 : 鄭炳昱 교수에 의하여 1955년에 소개 되었다. 〈萬福寺樗蒲記〉 등 19편이 함께 수록되어 있는 한문 필사본이다. 31x31cm에 73면에서 92면까지 열한 번째에 수록되어 있다.

(2) 崔孤雲傳 : 金東旭 교수에 의하여 소개된 한문 필사본으로 24장이다. 1면 10행, 1행 33자 내외이다.

(3) 崔孤雲傳 : 국립도서관에 소장되어 있는 한문 필사본이다. 체재는 33x22.2cm, 총 24면, 1면 10행, 1행 30-36자 내외이다. 〈紅白花傳〉과 합본되어 있다. 책이 낡아 판독이 어려운 부분도 있다.

(4) 崔孤雲傳 : 영남대학교 도서관 소장, 한문 필사본이다. 尹榮玉 교수에 의해 소개되었다. 총 24면, 1면 13행, 1행 26자로 되어 있다.

(5) 崔孤雲傳 : 金起東 교수 소장. 총 23면, 1면 10행, 1행 34자 내외이며, 필사본 古典小說全集(太學社)에 소개하였다.

(6) 崔忠傳 : 한글 활자본으로 1884년에 간행되었다. 체재는 25.3x18cm, 총 66면, 1면 10행, 1행 24자씩이다. 내용과 표기는 한글 필사본 최충전과 거

의 같다.

(7) 최치원전 : 한글 필사본으로 金東旭 교수 소장본이다. 총 79면, 1면 9행, 1행의 자수는 일정하지 않고 낙장과 오자 누락이 보이며 난필이어서 문맥이 잘 통하지 않는다.

(8) 崔高雲傳抄 : 한글 필사본으로 국립도서관 소장이다. 20x20.4cm, 총 75면, 1면 10-18행, 1행 10-20자로 필사 연대는 표지에 '갑자정월상한'으로 되어 있고 끝에는 '갑ᄌ원월슌감일시셔'라 되어 있다. 내용은 최충전과 처음 부분만 차이가 있을 뿐 뒤로 가면서 일치한다. 작품명이 〈崔高雲傳抄〉라 하여 '孤'자가 '高'로 오기되어 있다.

(9) 崔忠傳 : 한글 필사본으로 예루살렘 히브리대학 도서관 소장본을 민영대 교수가 한남어문학 7·8호에 논문과 함께 부록으로 소개하였다. 체재는 24x 16.5, 총 86면, 1면 9행, 1행 18-22자 정도이다. 내용은 1893년 간행된 활자 본과 같다.

(10) 崔孤雲傳 : 1926년 회동서관과 세창서관에서 간행한 활자본이다. 세창 서관의 것은 총 62면, 1면 19행, 1행 36자 기준으로 띄어쓰기가 되어 있다. 표기는 현대어 표기에 가깝고 대화체로 되어 있다. 대화의 첫 글자를 괄호 속에 넣었다.


2) 개관

이상의 이본 중 세창서관본을 중심으로 그 내용을 개관하기로 한다.

고운은 어머니가 잉태한 지 수 삭 만에 금돼지에게 붙들려 갔다 온 후 십 삭이 지나 출생하였다. 돼지의 혈육이라 하여 바닷가에 버리나 선녀가 구하여 섬에서 양육하였다. 섬에서 독학을 하였는데 7세에 이미 대두할 사람이 없었다. 당나라 에서 신라의 인재유무를 살피고자 하여 사신을 보냈는데 도중에서 치원을 만나 시로써 화답하고는 간담이 서늘하여 돌아갔다. 이번에는 계란이 든 석함을 보내 그 속에 든 물건을 알아맞히게 하였는데 그것도 致遠이 알아맞혀 신라가 화를 면 했다. 이로 인하여 치원이 당나라로 불려가게 되었는데 입당하던 중 용왕의 조치 를 받아 용궁에 가서 대접을 받고 이무기의 안내를 받아 나와 다시 가던 중 한발

이 심한 섬사람들에게 이무기를 시켜 비를 내리게 하여 백성을 구제하였다. 당에
당도하여서도 여러 번 신통력을 보였다. 과거에 장원 급제하여 黃巢의 亂을 평정
하였다. 간신배들의 참소로 귀양 가게 되었는데 眞德女王에게 時務十八條를 지
어 바치니 아손벼슬을 내렸다. 장차 신라가 망하고 왕씨 천하가 될 줄 알고 벼슬
을 사양하고 처자를 데리고 가야산에 들어가 신선이 되었다.

## ㉗ 韓氏報應傳

### 1) 서지

이 소설은 1918년에 五車書廠에서 상하 2권으로 간행되었다. 총 173면, 1면
17행, 1행 35자씩 모두 20회의 회장체로 되어 있다. 韓氏報應傳의 광고난에 보
면 "朝鮮古代英雄洪將軍傳, 韓氏報應錄兩種小說, 李海朝氏가 特別編輯ᄒ고"라
고 하여 전래하던 것을 고본을 李海朝가 개작한 소설임을 알 수 있다.

### 2) 개관

이 소설은 朝明澮를 주인공으로 하는 전기소설이다.

고려 초에 청주 蜿蚰里에 사는 송씨 성을 가진 처녀가 홀어머니를 지성으로
봉양하며 부엌에 나타난 두꺼비에게 7,8년 동안 밥을 주어 키웠다. 그런데 그 마
을에서는 해마다 천 년 묵은 지네에게 처녀를 제물로 바쳐 부락제를 지내지 않으
면 흉년이 들므로 이 소문을 들은 송처녀가 어머니를 위해 천금을 받고 제물이
되기를 결심했다. 그날 밤 굴 속에 앉아 있는데, 두꺼비가 나타나 옆에 앉아 있
다가 지네와 싸워서 지네를 죽이고 두꺼비도 죽었다. 이튿날 시체를 치우기 위해
이진사집의 머슴 韓蘭이 들어왔다가 처녀가 죽지 않고 기절만 한 것을 발견하고
자기 집으로 데리고 와서 살려 결혼하게 되었다. 한란이 하루는 시장에 다녀오다
가 여러 사람이 잡아먹으려는 신룡을 살려주고 그 보응으로 주인 없는 모래땅을
갈아 농사를 지어 부자가 되었다. 이후 백제의 甄萱의 공격을 받은 王建에게 곡
식을 싣고 가서 도와 승리하게 한 공으로 大匡門下大尉襄公에 봉해지고 한씨 문
중이 크게 번성하게 되었다.

韓明澮는 위양공의 후손으로 일찍이 부모를 여의고 종조부를 따라 안동에 살면서 사냥갔다가 도적 오운림의 처와 내통하고 오운림이 한명회의 담대한 행동에 감동하여 수표를 써 주고 헤어졌다. 明澮는 백운암에 가서 독서하다가 權擥을 만나고 그가 수양대군에게 韓明澮를 천거하여 세조의 왕위 찬탈에 협조한 공으로 이조판서가 되었다. 그는 또 삼도체찰사가 되어 도적을 토벌하고 오대산 적멸보궁에서 자객으로부터 세조를 구하기도 한다. 그 후 그는 영의정에 올라 부귀와 공명을 떨치고 일생을 마친다.

### ㉘ 洪景來實記

1) 서지

洪景來를 주인공으로 하는 소설은 木版本 〈辛未錄〉과 구활자본 〈洪景來實記〉 2종이 있다.

(1) 辛未錄 : 辛未錄은 木版本으로 1861년에 간행된 이래 여러 차례 重刊되었다. 單卷 32장, 1장 12행, 1행 18-23자씩이다.

(2) 洪景來實記 : 세창서관본. 이 소설은 구활자본으로 총 81면, 1면 17행, 1행 35자씩이다.

(3) 홍경릭실긔 : 신문관본. 이 소설은 1918년 7월 7일에 간행되었다. 총 158면, 1면 13행, 1행 36자 내외로 띄어쓰기를 하였다.

2) 개관

개관은 세창서관본을 중심으로 살펴본다. 가계에 해당되는 부분은 생략되어 있다. 출생과 성장에 관한 이야기도 구체적으로 나타나지 않는다. 홍경래는 위인이 활달하고 신장이 구척이며 재주가 비상하고 활쏘기와 말달리기를 좋아하며 천문지리 육도삼략에 무불통지였다. 세상을 구제하려 난을 일으켰다. 조정에서 난을 진압하고자 군사를 출정케 하니 홍경래가 산으로 들어갔다가 정주성에서 대적하였다. 그러나 관군의 끈질긴 공격과 오랜 전투로 병사가 상하고 군량이 떨어져 성이 무너져 잡혔다. 경래는 압송되어 멀리 귀양 가게 되었다.

## ㉙ 洪吉童傳

### 1) 서지

(1) 翰南本 : 翰南書林에서 1905년 간행된 木版本으로 총 24면, 1면 14행, 1행 20-23자 내외다.

(2) 漁青橋本 : 한남본을 모본으로 한 것이며 총 23면, 1면 15행, 1행 22-24자 내외로 한남본의 내용을 그대로 옮기면서 빠진 곳도 있고 고어는 현대어로 바꾸어 표기한 곳도 있다.

(3) 完板本 : 총 36면, 1면 15행, 1행 23-36자 내외로 서체는 18장까지는 楷書體로 19장 이하는 半草書體로 되어 있다. 京板本인 翰南本이나 漁青橋本보다 철자법이 불규칙하며 誤字도 많이 발견된다.

(4) 安城本 : 총 19면, 1면 14행, 1행 22-25자 내외다. 그런데 제1장과 제2장은 글자의 모양과 體裁가 翰南本과 꼭 같으므로 復刊한 듯하다. 15장 이하는 매면 16행, 1행 29-32자 내외며 필체는 半草書體이다.

(5) 活字本 : 구활자본은 德興書林, 翰南書館, 世昌書館, 文言社, 六造社, 體和出版社 등에서 간행되었으나 그 내용이 모두 동일하며 면수가 다르게 조판되어 있다. 그 중 1914년 德興書林에서 간행된 〈홍길동전〉은 上·下篇으로 나뉘어 있고 모두 37면, 1면 15행, 1행 35자씩이다.

### 필사본

(1) 李家源本 : 이가원 교수가 소장한 필사본은 "계ᄉ졍월월일 취산칠십ᄉ세옹이 셔ᄒ니 몽농이 긔젼ᄒ다."라는 후기가 있다. 이 필사본은 모두 21면이며, 1면 12-16행으로 불규칙하게 난필로 필사되어 있다. 이 필사본의 대본은 '漁青橋本'임을 알 수 있다.

(2) 朴順浩本 : 박순호 교수가 소장한 필사본은 〈홍길동전이라〉라고 제목을 붙이고 있다. 총 141면, 1면 9행, 1행 19자 내외의 난필이다.

2) 개관

길동은 세종 때(이 소설에서는 홍길동이 세종 때에 태어난 것으로 설정되어 있다), 서울에서 홍정승의 賤婢 춘섬의 아들로 태어났다. 그러나 천비소생이어서 呼父呼兄을 못하게 하며 구박과 학대를 받았다. 그러나 그는 비범한 위인이어서 병서과 도술에 관한 서적을 정독한 끝에 도술을 체득하여 도적의 괴수가 되어 不義의 재물을 탈취하여 가난한 사람에게 나누어 주었다. 그는 활빈당을 조직하여 도술로써 팔도의 수령들을 희롱하니 나라에서 체포령이 내렸으나 초인적인 둔갑술로 잡히지 않았다. 조정에서는 하는 수 없이 그에게 병조판서를 제수하여 회유하기로 하니 길동은 병조판서를 받았으나 이내 사직하고 南京으로 향하다가 산수가 수려한 碑島國을 발견하고 왕이 되었다. 그 때 부친이 죽었다는 부음을 듣고 삼년상을 마치고 다시 율도국으로 들어가 이상적인 국가를 건설하였다.

## ㉚ **洪將軍傳**

1) 서지

이 소설은 洪允成을 주인공으로 하는 傳記小說인데, 1918년 五車書廠에서 간행하였다. 著作者는 「至急廣告」에 "朝鮮古代 英雄 洪 將軍傳, 韓氏報應錄 兩種小說을 著作 大家李海朝氏가 編輯하고…"라 하였다. 모두 18회의 章回體로 80면, 1면 17행, 1행 35자씩이다.

2) 개관

父는 忠淸道 懷仁의 豚世眞人이라는 처사이다. 洪允成은 키가 9척으로 용맹이 있고 의기당당하였다. 힘이 세고 술을 좋아하여 아무도 대적하지 못하였다. 윤성을 捕討軍官으로 임명하여 도적을 잡게 하였다. 형수 설씨가 太萬石이라는 富者와 通情하고 형을 살해하였다. 형의 원수를 갚고자 太萬石을 살인하고 자현하니 감사도 윤성의 지난 공적을 인정하여 죽이지 못하고 양산으로 유배를 보냈다. 유배 가서 淸月이라는 중의 행패를 보고 중을 살인하였으나 군수가 오히려 칭찬하였다. 그리고 어느날 주점에서 불쌍한 부녀를 도와주려다 술집 주인을 살인하였다. 윤성이 이번에는 불리함을 알고 피신하였다. 황간에 사는 당숙의 집으로 피신하였는데 공교롭게도 당숙의 후처로 들어온 당숙모가 太萬石의 누이였다. 윤성이 탈출하여 영동 마리산에 숨어서 숯을 구워 팔며 지내다가 호랑이에게 물려가던 모란이라는 기생을 구해 주고 혼례를 치러 부부가 되었다. 국가에 경사가 연하여 육법 죄인까지 모두 赦典을 내리니 윤성도 자유의 몸이 되었다. 홍윤성은 입신할 기틀을 찾고 자경성으로 가서 한명회와 수양대군을 만나 세조가 보위에 오른 뒤 그 공으로 병조판서를 제수 받았다. 우의정, 좌의정을 거쳐 병으로 세상을 떠나니 왕이 장비를 후히 내리시고 호를 威平公이라 내렸다.

# 제 2 장

# 역사문헌자료

## Ⅰ. 傳記集類

### 1. 高麗名臣傳

南公轍(1760〔영조26〕~1840〔헌종5〕) 저, 6책, 韓裝 목활자본. 33x21, 1822 (순조22)

고려의 諸臣 洪儒 등 244인, 道學 鄭夢周 1인, 死節 河拱辰 등 7인, 死事 申崇謙 등 6인, 孝子 文忠 등 17인, 烈女 俞氏 등 12인, 逸民 南乙珍 등 25인의 행적 및 대학생·무신·판사 등의 전기를 수록.

### 2. 高麗史 列傳

鄭麟趾等撰, 139권 100책, 印本, 1451(文宗1). 고려 34왕 475년간의 正

史, 이 중에 열전은 50권으로 后妃傳 등 13부류로 나누어 수록하였다.

　1) 后妃傳〔왕비의 전기〕 : 29왕비 125명 수록.

　2) 宗室傳〔역대왕의 왕자 전기〕 : 21왕의 왕자 101명 가운데 왕위에 오르지 않은 74명 수록

　3) 公主傳 : 23왕의 공주 71명 수록.

　4) 諸臣傳 : 열전 제5부터 제33까지 29권으로 고려사 열전의 중심을 이룸. 시대순으로 340명이 立傳되고 178명이 附傳으로 달려 있다. 도합 518명의 전기를 수록.

　5) 良吏傳〔外官으로 外治에 치적이 있는 인물의 전기〕 : 庚碩 등 5인.

　6) 忠義傳〔忠臣義士의 전기〕 洪灌 등 6인, 이후 동일.

　7) 孝友傳 : 立傳 16인 附傳 1인 도합 17인을 수록.

　8) 烈女傳 : 12傳 14인.

　9) 方技傳〔技藝所持者의 전기〕 : 金謂磾 등 5인.

　10) 宦者傳〔宦官의 열전〕 : 14인 수록.

　11) 酷吏傳 : 宋吉儒·沈于慶 2인.

　12) 嬖幸傳〔국왕이 아첨하여 총애받은 신하의 열전〕 : 立傳 35 附傳 25 도합 60인 수록.

　13) 姦臣傳 : 立傳 24인 附傳 2인 도합 26인 수록.

　14) 叛逆傳 : 立傳 39인 附傳 11인 도합 50인 수록.


　1908년 일본국서간행회에서 상·중·하 3권으로 간행했고, 1955년 연세대학교 동방학연구소에서 상·중·하 3권을 영인 발간한 바 있으며, 1972년 아세아문화사에서 상·중·하 3권으로 영인하였다. 1971년 동아대학교 고전연구실에서 역주본〔10책, 색인 1책, 이중 열전 8~10책〕을 간행한 것이 있다.[1]

---

1) 邊太燮, 〈고려사 열전의 분석〉(≪高麗史의 硏究≫, 三英社 1982) 참조.

## 3. 高麗人物列傳

李民樹編譯, 1책, 문고판, 255면, 1976. 서울 서문당, 서문문고 237. ≪고려사≫ 열전 80권 속에 있는 인물 중에서 가장 널리 알려져 있는 인물 崔承老・徐熙 등 34인을 발췌, 번역 수록.

## 4. 高麗・朝鮮의 高僧 11人

신구문화사편, 1책, 문고판, 314면, 1976. 서울 신구문화사, 신구문고 40.
1) 고려시대 : 道詵・諦觀・義天・普照・一然・懶翁.
2) 조선시대 : 無學・普雨・休靜
3) 한말 : 方漢巖・宋滿空.

## 5. 高麗・朝鮮初期의 學者 9人

신구문화사편, 1책, 문고판, 236면, 1974. 서울 신구문화사, 신구문고 14. 고려~조선초기의 학자 9인을 선정하여 서술하였음.
1) 고려시대 : 崔沖・金富軾・安珦・李穡・吉再・鄭夢周.
2) 조선초기 : 權近・成三問・徐敬德.

## 6. 古典文學의 大家 13人

신구문화사편, 1책, 문고판, 302면, 1974. 서울 신구문화사, 신구문고 17. 崔致遠・鄭澈・金萬重 등 고전문학자 13인의 전기. 연보를 부록으로 붙임.
1) 한문학 : 崔致遠・鄭知常・李奎報・李齊賢・徐居正・金笠・金允植 등 7인.
2) 국문학 : 均如・金時習・鄭澈・許筠・尹善道・金萬重 등 6인을 수록.

## 7. 國朝人物考

편저자미상, 3책 66권 및 속편, 필사본, 제1책(1권~21권, 1154면)·제2책
(22권~48권, 1563면)·제3책(49권~66권, 1393면). 1978 서울대 출판부에
서 奎章閣本을 底本으로 하여 영인본출간. 조선시대의 인물 2,065명의 墓誌
銘·墓碣銘·墓表·碣銘·行狀·遺事·傳·謚狀·文集序·旌閭碑 중 가장 충
실한 것 하나씩 골라서 편집하였음. 安鍾和의 ≪國朝人物志≫ 등에 영향 줌.[2]
國朝人物志
安鍾和編著, 3冊 4x6版, 印本, 1909.

## 8. 葵史

大邱儒林編, 2책, 국판, 130장, 1858(철종9), 기미(1858) 冬季達西(대구)
精舍開刊.
역대 庶葵들의 사실과 章奏 등을 여러 문헌에서 채집하여 보기에 편리하도록
편집한 것으로, 권말에 〈葵史賢人錄〉이라 하여 고려의 鄭文培에서 18세기의 인
물 李德懋에 이르기까지 60여 명의 약전을 수록, 庶孼出身 명사들의 행적을 보
기에 편리하도록 간추려 編述하였다. 1968년에 이화여자대학교 사학연구소에서
영인 간행한 바 있다.

## 9. 그 山河 그 人傑

宋志英著, 1책, 4·6판, 328면, 1979. 서울 배영사, 한국사에 있어서 인물
과 유서 깊은 유적지를 소개한 저서.

---

2) 서울대 출판부의 영인본의 ≪國朝人物志≫ 解題 참조.

## 10. 近代化의 先覺者 9人

신구문화사편, 1책, 문고판, 224면, 1976. 서울 신구문화사, 신구문고 45.
兪吉濬·徐載弼·申采浩 등 근대화의 선각자 9인을 선정하여 서술.
1) 개화 : 吳慶錫·兪吉濬·徐載弼.
2) 언론 : 張志淵·梁起鐸·安在鴻.
3) 학술 : 申采浩·李能和·崔南善.

## 11. 近代韓國奇人傳

林鍾國·朴魯埻共著, 3책, 4·6판, 1969. 서울 상문당.
韓龍雲·李商在·安昌浩·李箱·權悳奎·尹心悳·申采浩·黃錫禹·洪蘭坡
〔상권〕, 金九·鄭寅普·吳相淳·羅雲奎·朴晶鉉·羅薰錫·卞榮晚·金東仁·張
徹壽·洪思容〔중권〕, 安昌男·趙炳玉·金素月·金明淳·卞榮魯·廉想涉·朴敬
元·裴龜子·具滋均·李相佰·李仲燮〔하권〕 등 30인 수록.

## 12. 基督教의 傳道者 6人

신구문화사편, 1책, 문고판, 212면, 1976. 서울 신구문화사, 신구문고 41.
1) 천주교 : 丁夏祥·金大建·李承薰.
2) 신교 : 李樹庭·吉善宙·金敎臣.

## 13. 騎驢隨筆

宋相燾著, 1책, 국판, 440면, 1971. 국사편찬위원회, 한국사료총서 2.
대한제국 말기부터 해방 당시까지의 항일애국지사 240인의 사적을 수록한 것.
1866년(고종3) 丙寅洋擾에 강화에서 순절한 李是遠의 사적으로부터 시작하여
1932년 상해에서 폭탄을 던진 尹奉吉 등 세상에 드러난 큰 사건은 물론, 드러나

지 아니한 지방의 소규모 애국운동도 수록하였으며, 특히 한말 의병의 활동 상황에 대하여는 귀중한 자료를 제공해 준다.[3]

## 14. 大韓偉人傳

張道斌著, 1책, 국판, 628면, 1947. 서울 국사원.

한국 역사상의 위인 8인의 사상과 업적을 기술한 책. 전체를 9권으로 나누어 권1. 廣開土大王傳, 2. 乙支文德將軍傳, 3. 渤海太祖傳, 4. 元曉大師傳, 5. 高麗太祖傳, 6. 姜邯贊將軍傳, 7. 世宗大王傳, 8. 李舜臣將軍傳 등 8편의 전기를 싣고 제9권에는 〈한국의 사상사와 사상가〉라는 논문을 수록하였다. 아세아문화사의 영인본(3책, 1981)이 있다.[4]

## 15. 屠倭實記

嚴恒燮著, 1책, 국판, 119면, 1946. 서울 경성일보사. 일제하 독립쟁취를 위해 해외에서 신명을 바친 安重根·李奉昌·金九·尹奉吉·崔興植·柳相根義士들의 투쟁기를 기술한 책.

## 16. 獨立運動家 30人傳

李民樹著, 1책, 문고판, 256면, 1975. 서울 서문당, 서문문고 196.

독립운동가인  崔益鉉·柳麟錫·郭鍾錫·李商在·李儁·朴殷植·李康秊·孫秉熙·徐載弼·洪範圖·李東寧·李始榮·李相卨·李東輝·盧伯麟·李承晩·金九·金東三·安昌浩·韓龍雲·安重根·申圭植·申采浩·金奎植·曺晩植·池靑天·金佐鎭·李範奭·柳寬順·尹奉吉 등의 전기.

---

3) 국사편찬위원회간본 해제 참조.
4) 아세아문화사본의 해제 참조.

## 17. 獨立運動의 星座 10人

신구문화사편, 1책, 문고판, 232면, 1975. 서울 신구문화사, 신구문고 44.
金佐鎭·安昌浩·李承晚 등 독립운동가 10인을 무력항쟁·사회와 교육운동·
정치운동으로 나누어 서술.

## 18. 武士英雄傳

玄燻著, 1책, 4·6판, 189면, 11953. 서울 왕문사.
무사도의 변천과 무사미담을 기술한 책. 제3편 무사미담에서 한국사상의 名將
의 행적을 시대순으로 기술하였다.
　1) 삼국시대 : 高朱蒙·溫達·蓋蘇文·階伯·張保皐.
　2) 고려시대 : 康兆·楊規·金慶孫·金允侯·鄭仲夫·崔瑩·李成桂.
　3. 이조시대 : 崔潤德·李浣·朴義.

## 19. 民族代表 33人

吳在植編著, 1책, 국판, 283면, 1959. 서울 동방문화사.

## 20. 朴殷植全集

朴殷植著, 3책, 크라운판, 1975. 서울 단국대학교출판부.
白巖 朴殷植의 문집. 이 문집 중에 〈夢拜金太祖〉·〈淵蓋蘇文傳〉·〈金庾信
傳〉·〈金忠善傳〉·〈庾黔弼傳〉·〈金堅益傳〉·〈休靜大師傳〉·〈鄭鳳壽傳〉·〈朴大
德傳〉·〈韓禹臣傳〉·〈金方慶傳〉·〈羅彦述傳〉·〈金景瑞將軍傳〉·〈崔孝一傳〉·
〈林仲樑傳〉·〈金時習傳〉·〈李應擧傳〉·〈金德中傳〉·〈李舜臣傳〉·〈安重根傳〉
(이상 중권)이 수록되어 있다.

## 21. 三國史記 列傳

金富軾撰, 50권 1책, 印本, 1145년(고려 인종23), 삼국의 正史를 비롯하여 삼국의 역사를 本紀·年表·志·列傳으로 나누어 편술. 이 중 열전이 10권(제 41~50권)이다. 立傳 52인 附傳 34인 도합 86인의 열전.5)

## 22. 三國遺事

一然撰, 5권 1책, 印本, 고려 충렬왕 7년(1281), 원본은 현존하지 않고 1512(중종7)에 재간한 것이 전해오고 있다. 삼국의 연표를 앞에 싣고 紀異·興法·義解·神呪·感通·避隱·孝善의 항목으로 나누어 편술하였다.6)

## 23. 三國의 高僧 8人

신구문화사편, 1책, 문고판, 215면, 1976. 서울 신구문화사, 신구문고 39.
1) 국내활동 : 異次頓·圓光·慈藏·元曉·義湘.
2) 국외활동 : 僧郎·圓測·慧超.

## 24. 水軍名將傳

海軍本部政訓監室編, 1책, 4·6판, 362면, 1962. 서울 해군본부정훈감실. 역대 수군명장들의 활약상을 시대순으로 기술.
　1) 삼국시대 : 昔于老·異斯夫·金仁問·張保皐.
　2) 고려시대 : 王建·姜民瞻·金方慶·韓希愈·崔瑩·鄭地·朴葳.
　3) 이조시대 : 李從茂·李舜臣·鄭運·魚泳潭·李億祺·李雲龍·柳珩을 收錄.

---

5) 申瀅植,〈三國史記列傳의 分析〉(≪韓國史論叢≫ 3, 1978) 참조.
6) ≪增補三國遺事≫(民衆書館本, 1946)의 崔南善의 解題 참조.

## 25. 殉國先烈全書

趙靈巖著, 1책, 4·6배판, 1009면, 1965. 서울 협동출판사.

항일 순국한 독립지사들의 행적과 그 공덕을 기린 책. 75인의 독립지사를 총 72편에 나누어 서술.

## 26. 殉國革命家列傳

李石薰著, 1책, 국판, 218면, 1947. 서울 조선출판사.

항일 순국한 16인 애국지사들의 혈투 행적을 서술.

## 27. 丹齋申采浩全集(改訂版)

申采浩著, 5책, 1977. 단재신채호선생기념사업회, 형설출판사.

단재 신채호의 문집. 이 문집 속에 〈李舜臣傳〉·〈乙支文德〉·〈東國巨傑崔都統傳〉이 수록되어 있다.

## 28. 歷代人物韓國史

신화출판사편, 8책, 크라운판, 1979. 서울 신화출판사.

역대 인물들의 생애와 업적을 고찰 소개한 편저. 모두 8편으로 나누어 수록. 매권 서두에 시대배경과 특성을 서술하고 권말마다 당시대 인물을 중심으로 한 한국인론과 현대적 관점에서의 명저 해제, 그리고 그 시대의 인물 연표를 정리하여 3頁 23人 381面을 붙였다.

제1책 민족서사시의 주인공들편 등 3첩 26인 405면.

제2책 신라의 통일교향악편 등 4첩 26인 394면.

제3책 고려사회의 고민편 등 3첩 21인 394면.

제4책 혁명과 반혁명편 등 3첩 22인 386면.

제5책 학문과 예술편 등 3혈 23인 390면.
제6책 실학의 성좌편 등 2혈 23인 393면.
제7책 위항의 예술가편 등 3혈 20인 397면.
제8책 독립운동의 기수들편

## 29. 歷代護國僧將

尹禪曉著, 1책, 국판, 382면, 382면, 1979. 서울 한진출판사.
한국역사상의 호국 승장 22인의 행적을 시대별로 논술. 제1부 삼국시대편. 제2부 고려시대편 2인. 제3부 조선시대편 13인.

## 30. 歷史의 故鄉

일요시문사편, 2책, 4·6배판, 1978. 서울 일요신문사, 한국사상 중요인물의 생애와 업적을 소개한 傳記集.
1) 호국의 맥박 : 文武王 등 22인.
2) 역사의 고향(Ⅰ) : 張保皐 등 36인.
3) 역사의 고향(Ⅱ) : 義天 등 11인.
4) 사상의 고향 : 李珥 등 24인.
5) 여명의 빛 : 吳慶錫 등 24인.

## 31. 歷史의 人物

日新閣編, 10책 , 크라운판, 1979. 서울 일신각, 도서명은 다르나 내용은 ≪한국인물대계≫(10책)와 대체로 동일.

## 32. 韋庵文庫

張志淵著, 1책, 국판, 566면, 1971. 국사편찬위원회, 한국사료총서 4.
　을사조약 체결 당시 〈是日也放聲大哭〉으로서 널리 세상에 알려져 있는 황성신
문사 사장 韋庵 張志淵의 유고집. 이 문집 중에 〈李儁傳〉·〈申烈婦傳〉·〈雲淵子
傳〉 등이 수록되어 있다.

## 33. 音樂·演藝의 名人 8人

신구문화사편, 1책, 문고판, 217면, 1975. 서울 신구문화사, 신구문고 42.
1) 음악가 : 于勒·朴堧·洪蘭坡.
2) 판소리 : 申在孝·李東伯.
3) 연예가 : 金水山·羅雲奎·朴勝喜.

## 34. 의사와 열사

金龍國著, 1책, 크라운판, 355면, 서울 1980. 민족문화협회, 민족운동총서
5.
　한말 이래의 의사와 열사들의 항일투쟁 활동을 고찰한 저서. 부록3 인물 약전
편에 姜宇奎 등 26인을 수록.

## 35. 李朝名人列傳

李家源著, 1책, 국판, 950면, 1965. 서울 을유문화사.
　고려말에서 한말까지의 인물 1669인을 연대순으로 열기한 책.

## 36. 里鄕見聞錄

劉在建(1793~1880) 편저, 1책, 사본, 245장, 1862.

이 책은 兼山 劉在建이 조선조 이래 하층계급 출신으로서 각 방면에 뛰어난 인물들의 행적을 모아 編述한 것이다. 총 10권으로서 1권 學行, 2권 忠孝, 3권 智謀, 4권 烈女, 5·6·7권 文學, 8권 書畵, 9권 雜藝, 10권 僧侶 및 道流의 順으로 분류하였다. 自著인 ≪兼山筆記≫ 이외에는 모두 旣成書의 所載를 인용·수집한 것인데 인용 서목이 52종에 달한다. 수록된 인물은 모두 248혈에 308인. 1974년에 ≪壺山外記≫와 합본으로 아세아문화사에서 영인 간행된 바 있고 삼성문화문고 144 ≪壺山外史·里鄕見聞錄≫(南晩星譯)으로 발췌 역간된 것이 있다.[7]

## 37. 人物로 본 韓國古代史

千寬宇著, 1책, 4·6판, 424면, 1983. 서울 정음문화사.

한국 고대사의 흐름을, 檀君·朝鮮候·王調·朱蒙·首露·近肖古·談德(廣開土王)·高雲·王仁·異次頓·三麥宗(眞興王)·乙支文德·金庾信·元曉·大祚榮·金大城·弓福(張保皐)·崔致遠·弓裔 등을 중심으로 서술, 이해하려고 한 史書.

## 38. 人物로 본 韓國史

李宗馥編, 1책, 4·6판. 285면, 서울 1973. 중앙일보사, ≪월간중앙≫ 1973年 1월호 부록.

한국사의 흐름을 이해하기 위해 중요한 인물을 시대별로 좌담회를 통하여 選定·서술하였음.

---

[7] 亞細亞文化社本의 解題 참조.

1) 고조선에서 통일신라까지 27인.

2) 고려시대 21인.

3) 조선시대 58인.

4) 고종병자 이후 25인. 끝에 "좌담에 제시되었던 인물일람"을 붙였음.


## 39. 人物韓國史

人物韓國史編纂會編, 5책, 국판, 1965. 서울 박우사.

제1책, 고대, 창업의 거상 편 18인 476면.

제2책, 고려, 풍운의 군웅 편 19인 518면.

제3책, 이조, 영광의 성좌 편 25인 574면.

제4책, 이조, 시련의 대열 편 20인 530면.

제1책, 근대, 개화의 선구 편 28인 525면.


## 40. 逸士遺事

張志淵著, 1책, 국판, 234면, 1922. 서울 회동서관.

지체가 낮거나 벼슬을 못하여 생전에 빛을 보지 못하고 사후에도 정사에 이름을 남기지 못한 인물 297명을 골라 그 생애와 업적을 간략하게 소개한 인물 전기집. 수록된 인물은 대부분 조선시대의 인물들이나 간혹 고려시대 또는 그 이전의 인물, 그리고 연대 미상의 인물들도 수록하고 있다. 수록 인물들의 성분은 선비·學者·畵家·文人·孝子·烈女 등 각 방면에 걸쳐 있는데 대개 정사에서 볼 수 없는 야인들이다. 전체를 6권으로 나누어 1권에 金汝峻 등 11인, 2권에 金弘道 등 52인, 3권에 林熙之 등 69인, 4권에 安龍福 등 33인, 5권에 金翠梅 등 43인, 6권에 許氏蘭雪 등 37인을 수록하였음.[8]

---

8) ≪韓國奇人列傳≫(乙酉文庫) 19 참조.

## 41. 朝鮮獨立殉國烈士傳

朴泰遠著, 1책, 4·6판, 서울 유문각.
항일 순국한 독립열사 閔泳煥·李儁·安重根·李在明의 약전.

## 42. 朝鮮名婦傳

張道斌著, 1책, 4·6판, 28면, 1925. 서울 고려관.
삼국시대부터 조선조 시대까지의 名婦 10인의 전기. 女傑 召西奴·良妻 關英·賢母 萬明·女政治家 善德女王·愛國婦人 智照·信女 薛氏·烈女 都彌夫人·孝女 知恩·女流詩人 許蘭雪軒·女畵伯 申師任堂 등을 수록.

## 43. 朝鮮名人傳

조선일보사출판부편, 3책, 국판, 1939. 서울 조선일보사.
고대에서 조선 후기의 名人의 行蹟과 思想을 論述.
제1책 乙巴素 등 28인 344면.
제2책 永樂大王 등 31인 357면.
제3책 義天 등 41인 414면.

## 44. 朝鮮名人典

申甲植編著, 1책, 국판, 897면, 1965. 서울 문호사, 2,400인 수록.

## 45. 朝鮮武士英雄傳

安自山著, 1책, 4·6판, 189면, 서울 명성출판사, 1947. 성문당 재판.

한국 무예의 기원과 무사도에 대하여 기술하고 高朱蒙 등 53인 무인의 행적을 약술. 1974년 정음사에서 정음문고 13(216面)으로 출판.

## 46. 朝鮮書畫家列傳

吉田英三郎著, 1책, 4·6판, 214면, 1915. 서울 경성일보사, 畫家와 名筆 500名의 小傳.

## 47. 朝鮮實學의 開拓者 10人

신구문화사편, 1책, 문고판, 266면, 1974. 서울 신구문화사, 신구문고 16. 柳馨遠·朴趾源·丁若鏞 등 조선실학의 개척자 10인을 선정하여 편술하고, 각인의 연보를 수록.
  1) 重農學派 : 柳馨遠·李瀷·丁若鏞.
  2) 北學派 : 洪大容·朴齊家·朴趾源.
  3) 實學思想의 展開 : 安鼎福·徐有榘·金正喜·崔漢綺.

## 48. 朝鮮偉人傳

조선위인전편찬회편, 1책, 4·6판, 142면, 1948. 서울 계림사.
  英主·忠臣·名將·碩學·名婦 등 偉人의 행적을 기술, 乙支文德 등 16인 수록.

## 49. 朝鮮의 儒學者 8人

신구문화사편, 1책, 문고판, 238면, 1974. 서울 신구문화사, 신구문고 15.
  李滉·李珥·宋時烈 등 조선시대의 유학자 8명을 선정하여 편술한 책. 李滉·李珥·姜沆·尹鑴·宋時烈·鄭齊斗·李恒老·郭鍾錫과 각인의 연보.

## 50. 朝鮮人物誌

文一平著, 1책, 4·6판, 149면, 1949. 서울 정음사.

조선시대의 정치가·명승·화가·기인의 약전. 鄭道傳 등 정치가 18인, 無學 등 名僧 12인, 安堅 등 畵家 14인과 한국사상의 奇人 蓋蘇文 등 13인을 수록. 본래 ≪湖巖全集≫에 수록된 〈漢陽朝의 政治家 群像〉, 〈近代名僧小列傳〉, 〈李朝畵家誌〉를 한데 모아 펴낸 것이다.

## 51. 朝鮮之偉人

金起田編, 1책, 4·6판, 282면, 1922. 서울 개벽사. 1921년 ≪개벽≫ 5월호 부록. 率居·崔致遠·崔冲·文益漸·徐敬德·李滉·李珥·李舜臣·崔濟愚·兪吉濬의 전기.

## 52. 韓國近代詩人硏究

金澤東著, 1책, 국판, 274면, 1974. 서울 일조각.

1910년에서 20년대 초에 걸쳐 활동한 시인에 대한 문학사적 연구. 崔承九·韓龍雲·南宮璧·洪思容·李相和·李章熙 등을 수록.

## 53. 韓國近代人物百人選

신동아편집실, 1책, 4·6판, 326면, 1970. 서울 동아일보사, ≪신동아≫ 1970년 1월호 부록.

1876년의 개항 전후해서부터 활약한 근대사의 주요인물 100인을 선정·편술한 것. 끝에 "후보인명록"를 붙였음.

## 54. 韓國近世偉人傳

吳在植編, 1책, 국판, 213면, 1958. 서울 행정신문사출판국.

근대사상의 인물 17인을 선정하여 그 업적을 약술. 孫秉熙·金佐鎭·李商在·李昇薰·韓龍雲·安昌浩·金九·宋鎭宇·李始榮·申翼熙·金性洙·曺晚植·李承晚·李起鵬·張勉·金炳魯를 수록.

## 55. 韓國企業家史

趙璣濬著, 1책, 국판, 408면, 1973. 서울 박영사.

李容翊·李昇薰 등 한국근대사상의 기업가 17인의 행적을 근대 기업의 발달사적 측면에서 기술.

## 56. 韓國奇人列傳

金英一編譯, 1책, 문고판, 308면, 1969. 서울 을유문화사, 을유문고 19.

張志淵의 ≪逸士遺事≫에 수록되어 있는 인물(297인) 중에서 129인을 간추려 국역한 것이다. 1. 忠義武俠篇 6인, 2. 氣節篇 6인, 3. 游俠篇 2인, 4. 顯官顯士篇 6인, 5. 詩人文士篇 27인, 6. 女流文人篇 4인, 7. 書畵家篇 16인, 8. 歌客篇 6인, 9. 棋客篇 3인, 10. 名醫篇 6인, 11. 仙術篇 6인, 12. 孝子孝女篇 11인, 13. 孝婦烈女篇 12인, 14. 賢母賢婦篇 2인, 15. 義妓絶技篇 7인, 16. 貞節篇 4인, 17. 其他逸話篇 5인을 수록.

## 57. 韓國名人小傳

李家源著, 1책, 4·6판, 247면, 1975. 서울 일지사.

한국역사상의 명인 41인의 행적을 소개·서술, 圃隱 鄭夢周 등 9인의 評傳과 薛聰 등 32인의 紀蹟篇으로 엮었음.

## 58. 韓國名人列傳

李民樹編譯, 1책, 문고판, 254면, 1980. 서울 삼성미술문화재단출판부, 삼성문화문고 140.

≪삼국사기≫ 열전과 ≪고려사≫ 열전, 그리고 신채호의 ≪조선상고사≫ 중에서 널리 알려진 인물 29명을 간추려 번역 출판한 것이다. 1. 삼국시대 18인, 2. 고려시대 11인을 수록.

## 59. 韓國殉敎者列傳

朴安植編, 1책, 4 · 6판, 396면, 1974. 서울 성음사.

한국에 있어서 기독교전래 이후 金範禹 등 40여 명의 순교자 전기집, 부록으로 한국순교사 연표 · 천주교순교자 · 참고문헌을 수록.

## 60. 韓國歷代高僧傳

金東華著, 1책, 문고판, 318면, 1973. 서울 삼성미술문화재단출판부, 삼성문화문고 38.

역대의 고승 44인을 선정하여 시대 순으로 평찬 · 서술하였다.

1) 고구려시대 : 順道 등 6인.
2) 백제시대 : 謙益 등 4인.
3) 신라통일이전시대 : 異次頓 등 9인.
4) 신라통일후전시대 : 義寂 등 7인.
5) 고려시대 : 均如 등 11인.
6) 조선시대 : 無學 등 7인.

## 61. 韓國歷代敎育名家列傳

朴尙萬著, 1책, 국판, 431면, 1971. 서울 한국자유교육협회.

한국역사상의 교육가 名人인 薛聰 등 44인을 선정하여 생애와 교육적 업적에 대해 논술한 책.

## 62. 韓國歷代名將

李世圭編, 1책, 4·6배판, 234면, 1969. 서울 삼국문화사.

한국역대의 명장 및 의병장 92인의 전기집. 제1편 삼국시대 11인, 제2편 고려시대 14인, 제3편 이조시대 45인, 제4편 한말 22인, 부록으로 〈李忠武公考〉와 역대 명장 시문을 붙였다.

## 63. 韓國歷代名將傳

金宗文編, 1책, 국판, 431면, 1955. 서울 국방부정훈국.

한국역대 명장 34인의 행적과 전공에 대하여 서술한 책.

제일편 삼국시대 : 金庾信 등 12인.

제이편 고려시대 : 王建 등 12인.

제삼편 이조시대 : 金宗瑞 등 10인.

## 64. 韓國英雄名人傳

咸敦盒編, 1책, 국판, 228면, 1958. 서울 대문사.

역대 영웅들의 업적을 시대별로 서술한 책. 高句麗·百濟·新羅·北朝·高麗·李朝·現代 부분으로 나누어, 정치·경제·문화·외교·교육 등 전반에 걸쳐 기술. 始祖를 위시하여 名將·英君·勇將·名僧·奇士·忠臣·名相·義士 등으로 분류.

## 65. 韓國偉人列傳

金鍵編著, 1책, 국판, 161면, 1954. 부산 해군본부정훈감실.

　역사상의 위인 13인을 선정, 그 행적을 시대순으로 역사적 배경과 아울러 서술. 乙支文德 · 金庾信 · 元曉 · 慧超 · 崔致遠 · 王建 · 金富軾 · 義天 · 鄭夢周 · 李成桂 · 世宗大王 · 李舜臣 · 李栗谷을 수록.

## 66. 韓國의 名家

金德亨編, 1책, 국판, 613면, 1976. 서울 일지사.

　한국근대사 1백 년간의 주역 101인을 선정하여 서술한 인물평전. 1972. 11~1974.11에 걸쳐 ≪주간조선≫에 연재했던 것을 단행본으로 펴낸 것.

## 67. 韓國의 思想家 12人

현암사편, 1책, 4 · 6판, 466면, 1975. 현암사.

　한국의 대표적 사상가 12인에 대한 연구. 元曉 · 一然 · 徐敬德 · 李滉 · 李珥 · 許筠 · 朴趾源 · 丁若鏞 · 崔濟愚 · 安昌浩 · 韓龍雲 · 申采浩.

## 68. 韓國의 人間像

신구문화사편, 6책, 국판, 1965. 서울 신구문화사.

제1책, 왕가 정치가편 32인 548면.

제2책, 군인 혁명가편 30인 577면.

제3책, 종교가 사회봉사자편 35인 483면.

제4책, 학자편 31인 549면.

제5책, 문학예술가편 39인 601면.

제6책, 근대선각자편 30인 530면.

부록으로 연보가 있음.

## 69. 韓國의 風土와 人物

金和鎭著, 1책, 문고판, 312면, 1973. 서울 을유문화사, 을유문고 113.
8도의 각 도별 풍토와 인물, 야사·일화 등을 모아 엮은 책.

## 70. 韓國人物大系

한국인물대계편찬원회편, 10책, 국판, 1972. 서울 박우사.
역대 인물들의 생애와 업적을 고찰·소개한 편저. 한국사상의 주요인물을 연대·분야별로 조화, 9구분하여 수록하고 매 책 卷首마다 시대 배경을 서술하고 매 卷末에는 후보 인물을 약술하였다. 제10책은 역사·인물·한국민족의 이해를 위한 각 논문과 공동연구로서 〈한국인의 생애와 지혜〉를 수록하였다.
　제1책(삼국~통일신라) 민족창세기의 거보편 등 6혈 40인 505면.
　제2책(고려시대) 정치와 문물의 안정편 등 6혈 37인 508면.
　제3책(조선시대①) 새 왕조의 창업과 용상편 등 6혈 30인 502면.
　제4책(조선시대②) 시대의 혼탁과 극복편 등 5혈 31인 501면.
　제5책(조선시대③) 문예부흥의 역사편 등 5혈 32인 502면.
　제6책(개항~한말) 왕조의 종언과 진통편 등 6혈 34인 505면.
　제7책(일제침략하①) 독립정신의 초석편 등 6혈 38인 500면.
　제8책(일제침략하②) 광복전선의 사령탑편 등 5혈 36인 499면.
　제9책(일제침략~해방전후) 민주공화국의 길 편 등 5혈 39인 510면.
　도서명은 다르나 내용이 같은 것으로 ≪한국인물오천년≫(10책 일신각, 1978)·≪역사의 인물≫(10책, 일신각, 1979)·≪한국인물사≫(10책, 신정사, 1980)·≪실록전기 한국인물전집≫(10책, 삼조각, 1977)이 있음.

## 71. 韓國人物史

신정사편, 10책, 크라운판, 1980. 서울 신정사.
도서명은 틀리지만 내용은 ≪한국인물대계≫(10책, 1972)와 동일.

## 72. 韓國人物五千年

일신각편, 10책, 크라운판, 서울 일신각.
도서명은 틀리지만 내용은 ≪한국인물대계≫(10책, 1972)와 동일.

## 73. 韓末激動期의 主役 8人

신구문화사편, 1책, 문고판, 234면, 1975. 서울 신구문화사, 신구문고 43.
한말 격동기에 활약한 주요인물 8명을 선정하여 서술하였다.
1. 정치·개화편 : 朴珪壽·劉大致·金玉均·金弘集.
2. 순국편 : 閔泳煥·李儁·安重根.
3. 민족에의 반적 : 李完用.

## 74. 抗日殉國義烈士傳

吳在植編述, 1책, 국판, 366면, 1958. 서울 행정신문사출판국.
항일 순국한 李漢應 등 의사·열사 18인의 전기집.

## 75. 抗日義兵將列傳

金義煥著, 1책, 문고판, 246면, 1975. 서울 정음사, 정음문고 91.
한말의 의병활동 기간을 4구분하고 각 기간을 대표할 수 있는 의병장 19인의 향일 의병장 전기.

## 76. 海東高僧傳

覺訓撰, 2권 1책, 사본 31장, 1215(고려 고종2).

한국 최고의 승려전기. 전질 중 2권만 발견 소개되고 나머지는 逸失, 1권에
順道·亡名·義淵·曇始·摩羅難陀·阿道·玄彰·法空·法雲의, 2권에 覺德·
智明·圓光·安含·阿難耶跋摩·慧業·慧輪·玄恪·玄遊·玄大梵의 전기가 수
록되어 있다. 을유문화사의 국역본(을유문고 161, 여병훈 역, 1975, p.182)이
있다.

## 77. 海東名臣傳

金堉著, 9권 9책, 1649(인조27)

역대 명신의 약전을 모아 기록한 책. 고대부터 인조 때까지의 문무신 301인을
선정, 그들의 소전·사적 및 언행 등을 기술하였다. 신라 2인, 고려 3인, 이조
296인을 수록, 1914년, 조선고서간행회에서 간행하였고 발췌 국역본 ≪해동명
신전≫(윤재영역, 1973. 한국자유교육협회)이 있다.

## 78. 海東名將傳

洪良浩著, 3책, 목활자본, 1816(순조16) 간. 1907년 塔印社에서 동국 명장
전(168면)으로 재간.

삼국시대부터 조선조 인조대까지의 가장 걸출했던 명장의 전기를 엮은 책. 1
권에 金庾信·張保皐 등 11인, 2권에 吳延寵 등 7인, 3권에 金方慶 등 7인, 4
권에 崔瑩 등 7인, 5권에 郭再祐 등 6인, 6권에 李廷馣 등 8인을 수록하였다.
박영사의 번역본(李種學 역, 1974)이 있다.

## 79. 海鶴遺書

李沂著, 1책, 국판, 216面, 1971. 국사편찬위원회, 한국사료총서 3.
　한말의 애국계몽 운동가인 海鶴 李沂의 문집. 이 문집 중에 〈金奉學傳〉·〈宋
秉璿傳〉·〈崔益鉉傳〉·〈李祖默傳〉 등이 수록되어 있다.

## 80. 湖南節義士

金正祥著, 2책, 국판, 459면·181면, 1955. 광주 청자문화사, 1961 재판.
　호남지방의 애국의거 및 충절을 지킨 애국 인사들의 약전.

## 81. 壺山外記

趙熙龍(1797~?)편저, 1책, 사본 41장, 1844(헌종10)간.
　조선 후기의 시인이며 화가·명필인 又峰〔또는 壺山·丹老〕趙熙龍이 주로
미천한 계층 출신의 인물을 대상으로 하여, 학행이 탁월한 사람·문장가·시인·
서예가·화가·의약·卜巫·음률 등에 뛰어난 자 39편 41인을 선정하여 그 인
물과 사적을 〈金神仙傳〉·〈金壽彭傳〉·〈崔北傳〉 등의 전기체로 기술하고 그 끝
에 자신의 논평인 찬을 붙인 책. 1974년에 ≪里鄕見聞錄≫과 합본으로 아세아
문화사에서 영인·발행된 바 있고, 삼성문화사문고 144 ≪壺山外史·里鄕見聞
錄≫(南晩星譯)으로 발췌 譯刊한 것이 있음.9)

## 82. 熙朝軼事

李慶民編著, 1책, 영인본 88장, 1866(고종3)간.
　學行·名節과 기타 전할 만한 善과 藝에 대한 것으로서, 이를 闡揚하기 위해

---

9) 亞細亞文化社本의 解題 및 ≪朝鮮圖書解題≫ p.276 참조.

제가의 기록·잡저에서 자료를 소집하여 주로 孝友·忠義之士의 전기를 쓰고, 다음으로 文學·書畵·琴碁·醫卜 및 정절을 지킨 여인에 이르기까지 그 실적을 적어 풍속 교화에 이바지하려고 편찬한 책.

## 83. 文獻所在傳資料集

金均泰編著, 10책, 1986. 서울 계명문화사.

신라 이후에 나온 문집에 소재한 전을 모은 책. 즉 신라의 崔致遠 이후 255명의 〈傳〉 작가를 시대 순으로 배열하였다. 이로써 전문학 연구의 실증적 검토가 용이하게 되었다. 崔致遠으로부터 19세기 말엽까지에 걸친 인물을 시대별·문집별로 수록했는데 권1부터 권8까지는 개인문집에 있는 〈傳〉을 정리했고 권9는 名將·名臣만을, 그리고 권10은 僧侶만을 수록했다. 여기에 정리되어 수록된 개인 문집이 280여(Vol.1~Vol.8)에 다룬 인물이 800여 명이다. 그리고 名臣·名將(Vol.9) 150여 명이고, 僧侶(Vol.10)가 220여 명, 그러니 이 책에 수록된 인물은 1200명에 달한다. 물론 여기에는 중첩된 것도 있으나 이는 〈傳〉 작가의 개성적인 작품으로 볼 때엔 한결같이 독립된 인물로 볼 수 있다. 이와 같은 숫자는 표현은 쉬우나 직접 작품별·인물별로 분류 정리한다는 것은 쉬운 일이 아니다.

그리고 편저자는 색인에 작자의 해설을 상세하게 했고 작품에 등장하는 주인공의 신분까지 밝히고 또 그 〈傳〉의 양식적인 분류까지 하는 노고를 아끼지 않았다. 뿐만 아니라 세밀한 목록·색인까지 친절하게 해서 자료집으로서의 이용자 편의를 완벽하게 해 놓았다.

## II. 個人傳記物

1) 姜邯贊, 姜邯贊傳, 張道斌著, 1책, 국판, 33면, 1926, 고려관.
2) 姜振遠, 姜振遠義兵將略傳, 민족문화협회편, 1981, 횃불사.
3) 姜弘立, 姜弘立將軍, 姜熙英著, 1책, 크라운판, 357면, 1981, 야실사.
4) 郭再祐, 紅衣將軍郭忘憂堂, 곽망우당기념사업회.
5) 吉善宙, 靈溪 吉善宙, 길진경, 1책, 크라운판, 399면, 1980, 종로서적출판부.
6) 金敎臣, 金敎臣특집, 나라사랑 제17집, 1974, 외솔회.
7) 金　九, a. 白凡逸志(金九自敍傳), 金九著, 1책, 국판, 378면, 1947, 서울 광명출판사.

   b. 金九先生血鬪史, 嚴恒燮著, 1책, 국판, 119면, 1947, 국제문화협회.

   c. 人間金九, 吳蘇白著, 1책, 1949, 국제문예사.

   d. 白凡金九, 蘇于鎭, 1책, 404면, 1972, 서울 태극출판사.

   e. 金九, 宋建鎬著, 1책, 크라운판, 366면, 1980, 한길사.

8) 金奎植, 金奎植의 生涯, 李庭植著, 1책, 문고판, 240면, 1974, 신구문화사 신구문고 13.
9) 金大建, a. 首善鐸德 金大建, 黑川末尾著, 1책, 1942.

   b. 聖雄金大建傳, 金九鼎, 492면, 1962, 경향잡지사.

10) 金瑪利亞, 金마리아傳, 金永三著, 1책, 4·6판, 388면, 1965, 서울 중앙문화사.
11) 金相玉, 金相玉烈士抗日鬪爭實記, 김상옥열사기념사업협회편, 1책, 4·6판, 258면, 同 協會. 附, 李儁·姜宇奎·安重根義士傳.
12) 金性洙, 仁村 金性洙傳, 隣村紀念會編, 1책, 802면, 1976, 동 기념회.
13) 金素月, 素月正傳, 金永三著, 305면, 1961, 성문각.
14) 金　湜, 金文毅公實記, 金周龍著, 1책, 4·6판, 94면, 1969, 淸風金氏文毅公波宗中.

15) 金玉均, a. 金玉均詳傳, 松本正純著, 1894.

       b. 金玉均, 葛生東介著, 1916, 동경 민우사.

       c. 金玉均傳, 菊池謙襄著, 1944, 경응출판사.

       d. 金玉均傳記, 民泰瑗著, 4 · 6판, 165면, 1969, 을유문화사, 을유문고 10.

       e. 古筠金玉均, 黃文秀著, 1책, 361면, 1972, 태극출판사.

16) 金庾信, a. 興武王三韓傳, 金在鴻編, 1책, 국판, 143면, 1921.

       b. 角干先生實記, 朴斗抱譯, 1책, 문고판, 264면, 1971, 을유문화사, 을유문고 86.

17) 金 堉, 金潛谷公實記, 金周龍著, 1책, 4 · 6판, 152면, 1976, 淸風金氏文毅公派宗中.

18) 金應河, 忠烈錄, 忠武公金應河將軍紀念事業會編, 2책, 1977, 동 기념사업회.

19) 金佐鎭, a. 金佐鎭將軍傳, 徐廷杜著, 1책, 1948, 을유문화사.

       b. 白冶 金佐鎭, 尹炳奭著, 1책, 1972, 태극출판사.

20) 金昌淑, a. 心山金昌淑先生鬪爭史, 心山紀念事業準備委員會編, 1책, 4 · 6판, 355면, 1966, 태을출판사.

       b. 金昌淑, 심산사상연구회편, 1책, 크라운판, 300면, 1981, 한길사.

21) 羅錫疇, 義士羅錫疇傳, 鄭時遇著, 1책, 1947.

22) 羅蕙錫, 羅蕙錫一代記, 李龜烈著, 1책, 293면, 1974, 동화출판사.

23) 南宮檍, a. 翰西 南宮檍先生의 生涯, 김세한저, 1책, 국판, 366면, 1960, 한서남궁억선생기념사업회.

       b. 翰西南宮檍先生특집, 나라사랑 제11집, 1973, 외솔회.

24) 東明王, 東明王實記, 張道斌, 1책, 국판, 50면, 1921, 한성도서주식회사.

25) 明成皇后, a. 女王閔妃, 細井肇著, 1책, 4 · 6판, 375면, 1931, 동경 월단사.

       b. 차라리 閔妃를 변호함, 李兌榮著, 1981, 인물연구소.

26) 閔泳煥, 愛國者 閔忠正公, 趙容萬著, 1책, 4 · 6판, 103면, 1947, 서울 국

제문화협회.

27) 朴殷植, a. 朴殷植, 李萬烈著, 1책, 크라운판, 362면, 1980, 한길사.

   b. 白巖朴殷植先生특집, 나라사랑 제8집, 1972, 외솔회.

28) 徐載弼, a. 徐載弼博士自敍傳, 金道泰著, 1책, 국판, 269면, 1948, 서울 乙酉文化社, 乙酉文庫 99.

   b. 宋齊徐載弼, 宋建鎬, 1972, 태극출판사.

29) 世 宗, a. 世宗大王傳記, 金道泰著, 1책, 4·6판, 196면, 1956, 서울 교양문고간행회.

   b. 세종대왕전기, 洪以燮著, 1책, 국대판, 275면, 1971, 서울 세종대왕기념사업회.

30) 孫秉熙, a. 義菴孫秉熙先生傳記, 의암손병희선생기념사업회편, 1책, 국판, 527면, 1967, 서울 대한교과서주식회사.

   b. 義菴孫秉熙, 李光淳著, 1책, 388면, 1972, 태극출판사.

   c. 義菴孫秉熙先生특집, 나라사랑 제7집, 1972, 외솔회.

31) 宋鎭禹, 古下宋鎭禹先生傳, 古下宋鎭禹先生紀念事業會編, 1책, 국판, 339면, 서울 동아일보사출판국.

32) 宋千欽, 勇加宋千欽義士實記, 선열기념사업회편, 1책, 국판, 292면, 1966, 선열기념사업회.

33) 申伯雨, 畊夫申伯雨, 경부신백우선생기념사업회편, 1책, 국판, 584면, 1973, 대한공론사.

34) 申師任堂, a. 신사임당의 생애와 예술, 李殷相著, 1책, 국판, 322면, 1962, 성문각.

   b. 申師任堂의 生涯와 敎訓, 孫仁銖著, 1책, 234면, 1976, 박영사, 박영문고 120.

35) 申翼熙, a. 申翼熙先生의 一代記, 金夕影著, 1책, 4·6판, 125면, 1956, 早稻田大學同窓會出版部.

   b. 申翼熙, 新聞學會編, 1책, 4·6판, 134면, 1956, 서울 신문학회.

   c. 海公申翼熙, 申昌鉉著, 1책, 398면, 1972, 태극출판사.

36) 申采浩, a. 丹齋申采浩, 崔洪奎著, 1책, 4·6판, 434면, 1979, 태극출판
　　　　　　　사.

　　　　　　b. 申采浩, 安秉植著, 1책, 크라운판, 242면, 1979, 한길사.

　　　　　　c. 丹齋申采浩傳記, 任重彬著, 1책, 문고版, 262면, 1980, 단재신
　　　　　　　채호선생추모사업회.

　　　　　　d. 丹齋申采浩先生특집, 나라사랑 제3집, 1971, 외솔회.

37) 安龍福, a. 安龍福將軍略傳, 金義煥著, 1책, 국판, 30면, 1966, 부산안용
　　　　　　　복장군기념사업회.

　　　　　　b. 安龍福將軍, 金義煥著, 1책, 국판, 378면, 1967, 부산안용복장
　　　　　　　군기념사업회.

38) 安益泰, a. 나의 남편 安益泰, 로리타安 지음, 張鮮影譯, 문고판, 266면,
　　　　　　　1974, 신구문화사, 신구문고 12.

　　　　　　b. 愛國歌와 安益泰, 金景來著, 1972, 태극출판사. 1978, 성광문
　　　　　　　화사.

39) 安重根, a. 安重根血鬪記, 李全著, 1책, 4·6판, 98면, 1949, 서울 연천중
　　　　　　　학교기성회.

　　　　　　b. 安重根義士傳記, 安鶴植著, 1책, 국판, 443면, 1963, 光州海東
　　　　　　　文化社.

　　　　　　c. 安重根, 劉庚煥著, 1책, 410면, 1972, 태극출판사.

40) 安昌浩, a. 島山安昌浩, 도산안창호선생기념사업회편, 1책, 4·6판, 284
　　　　　　　면, 1947, 동 기념사업회.

　　　　　　b. 島山安昌浩, 田榮澤著, 60면, 1967, 기독교계몽협회.

　　　　　　c. 島山安昌浩, 安秉煜著, 1972, 錦文社.

　　　　　　d. 島山安昌浩, 張利郁著, 1책, 494면, 1972, 태극출판사.

　　　　　　e. 島山安昌浩, 李光洙著, 1책, 301면, 1973, 대성문화사.

　　　　　　f. 島山의 人格과 生涯, 張利郁著, 1책, 126면, 1973, 서울 대성
　　　　　　　출판사.

　　　　　　g. 安島山傳, 朱耀翰著, 1책, 402면, 1975, 삼중당.

41) 呂運亨, 夢陽呂運亨, 呂運弘著, 1책, 378면, 1967, 청하각.

42) 淵蓋蘇文, 蓋蘇文, 張道斌著, 1책, 국판, 36면, 1925, 고려관.

43) 王　仁, 博士王仁, 金昌洙著, 1책, 360면, 1975, 창명사.

44) 元　曉, 元曉, 金大隱外著, 1책, 국판, 453면, 1980, 삼장원.

45) 柳寬順, 柳寬順傳, 田榮澤著, 1책, 4·6판, 91면, 1948, 서울 수선사.

46) 惟　政, a. 四溟大師, 김종현·이종익 공저, 1책, 문고판, 572면, 1963, 법
　　　　　　　　통사, 삼성문화문고 63.

　　　　　　b. 護國大聖四溟大師, 東國大佛敎文化硏究所編, 1971, 동국대불
　　　　　　　　교문화연구소.

　　　　　　c. 四溟堂實記, 申鶴祥著, 1982, 기린원.

47) 尹　瓘, 文肅公尹瓘將軍, 任重彬著, 1책, 크라운판, 463면, 1980, 인물연
　　　　　　구소.

48) 尹奉吉, a. 千秋義烈尹奉吉, 任重彬著, 1책, 482면, 1975, 인물연구소.

　　　　　　b. 尹奉吉一代記, 尹南儀著, 1책, 문고판, 202면, 1975, 정음사,
　　　　　　　　정음문고 76.

　　　　　　c. 尹奉吉傳, 李民樹著, 1책, 문고판, 318면, 1976, 서문당, 서문
　　　　　　　　문고 205.

49) 尹致昊, a. 佐翁尹致昊先生略傳, 金永義著, 1책, 국판, 258면, 1934, 서울
　　　　　　　　기독교조선감리회총리원.

　　　　　　b. 佐翁尹致昊傳, 金乙漢著, 1책, 227면.

50) 乙支文德, a. 乙支文德, 申采浩著, 1908, 광학서포.

　　　　　　　b. 乙支文德傳, 張道斌著, 1책, 국판, 50면, 1925, 고려관.

　　　　　　　c. 乙支文德, 申采浩著, 정필선역, 1책, 4·6판, 111면, 1955,
　　　　　　　　　단재유고출판회.

51) 李　甲, 秋汀李甲, 주요한저, 1책, 4·6판, 90면, 1964, 서울 대성문화사.

52) 李光洙, 春園李光洙, 朴啓周·郭鶴松 공저, 1962, 삼세당.

53) 李圭完, 李圭完翁百年史, 批判新聞社編, 1책, 4·6판, 259면, 1958, 비판
　　　　　　신문사출판국.

54) 李누갈다, 李누갈다傳, 柳洪烈著, 1책, 1955, 서울 갑진문화사.

55) 李東寧, 先驅者李東寧一代記, 金錫營著, 1책, 4·6판, 386면, 1979, 을유

문화사.

56) 李之蘭, 靑海伯李之蘭, 靑海伯史記編纂委員會編, 1책, 국판, 238면, 1975, 동 편찬회.

57) 李 蘗, 曠菴李蘗, 金玉姬著, 1979, 카톨릭출판사.

58) 李相卨, 海牙密使溥齋李相卨先生略史草案, 溥齋李相卨先生紀念事業期成會編, 1책, 4·6판, 79면.

59) 李商在, a. 月南李商在, 李時玩編, 1책, 국판, 108면, 1926, 서울 중앙서관.

  b. 月南李先生實記, 金迫東著, 1책, 국판, 194면, 1927, 서울 월남이선생실기출판소.

  c. 月南李商在先生略傳, 公報室編, 1책, 국판, 193면, 1956, 공보실.

  d. 月南李商在一代記, 金乙漢著, 1976, 정음사.

  e. 月南李商在, 全澤鳧著, 1977, 韓國신학연구소, 神學思想文庫 8.

  f. 月南李商在先生특집, 나라사랑 제9집, 1972, 외솔회.

60) 李 穡, 牧隱李穡先生略傳, 李勳求著, 4·6판, 131면, 1958, 규장사.

61) 李舜臣, a. 李忠武公一代記, 李殷相著, 1책, 국판, 120면, 1946, 한국도서출판관.

  b. 聖雄李舜臣, 李允宰著, 1946, 통문관.

  c. 李忠武公, 震檀學會編, 1책, 262면, 1950, 서울 동연사.

  d. 민족의 태양, 李忠武公紀念事業會編, 1책, 국판, 298면, 1951, 부산 교문사.

  e. 忠武公讀本, 震檀學會編, 1책, 국판, 84면, 1955, 서울 충무공기념사업회.

  f. 민족의 등불 忠武公李舜臣, 海軍忠武公硏究委員會編, 4·6판, 457면, 1968, 鎭海 同 硏究委員會.

  g. 성웅이순신, 이은상저, 국판, 378면, 1969, 서울 횃불사.

  h. 人間李舜臣傳, 金義煥著, 1972, 연문출판사.

i. 聖雄李舜臣, 강철원저, 420면, 1972, 오류출판사.

j. 聖雄李舜臣, 李殷相著, 1975, 삼중당.

k. 忠武公의 生涯와 思想, 李殷相著, 270面, 1975, 삼성문화재단, 삼성문고 63.

l. 忠武公李舜臣, 趙成都著, 1976, 동원사.

m. 聖雄李舜臣, 崔仁旭著, 을유문고 37.

n. 충무공이순신, 조성도지음, 1973, 한국자유교육협회.

62) 이승만, a. 리승만박사전, 로버트 F.올리버저, 박마리아역, 1책, 국판, 627면, 1956, 합동도서주식회사.

b. 우리리승만, 박성하저, 1책, 4·6판, 257면, 1956, 서울 명세당.

c. 人間李承晩, 李元淳著, 411면, 신태양사.

d. 雩南李承晩, 許政著, 420면, 1972, 태극출판사.

63) 李昇薰, a. 南岡李昇薰傳, 金道泰著, 1책, 4·6판, 350면, 1950, 서울 교문사.

b. 南岡李昇薰, 金基錫著, 354면, 1964, 현대교육총서출판사.

c. 南岡李昇薰先生특집, 나라사랑 제12집, 1973, 외솔회.

64) 李容九, 李容九의 生涯, 大東國男著, 1책, 4·6판, 166면, 1960, 동경 시사통신사.

65) 李允宰, 李允宰특집, 나라사랑 제13집, 1973, 외솔회.

66) 李垠(英親王), a. 人間李垠, 金乙漢著, 1971, 한국일보사.

b. 英親王李垠, 白南喆著, 1책, 국판, 446면, 1980, 수성문화사.

67) 李 珥, a. 栗谷先生傳, 柳子厚著, 4·6판, 266면, 1947, 서울 동방문화사.

b. 栗谷의 生涯와 思想, 李丙薰著, 1책, 266면, 1973, 서문당, 서문문고 93.

c. 율곡선생, 김병오 지음, 237면, 1973, 한국자유교육협회.

68) 李 瀷, 星湖李瀷硏究, 韓㳓劤著, 크라운판, 219면, 1980, 서울대출판부.

69) 李貞愛, 우리친구 李貞愛, 고이정애여사전기편찬위편, 1책, 국판, 176면, 1959, 이대출판부.

70) 李鍾岩, 義烈團副將李鍾岩傳, 이종범저, 국판, 295면, 1970, 서울광복회.

71) 李漢應, 殉國烈士 李漢應先生遺事, 孫世昌編, 1책, 국판, 184면, 1957, 대구 문예홍보사.

72) 李衡祥, 甁窩李衡祥硏究, 權寧徹著, 1978, 한국연구원.

73) 李鴻來, 李鴻來義士小傳, 沈玄著, 4·6판, 181면, 1979, 청림각.

74) 李　滉, a. 李退溪, 阿部世雄著, 1책, 4·6판, 288면, 1944, 동경 문교서원.

　　　　　　b. 退溪의 生涯와 學問, 李相殷著, 286면, 1973, 서문당, 서문문고 83.

　　　　　　c. 退溪의 生涯와 思想, 柳正東著, 문고판, 324면, 1974, 박영사, 박영문고 22.

75) 林慶業, 忠愍公林將軍要覽, 충민공임경업장군기념사업회편, 1977, 동 기념사업회.

76) 林龍相, 中虎林龍相義士傳記, 孫世昌著, 1책, 국판, 380면, 1969, 서울 선열기념사업회.

77) 張德秀, 雲山張德秀, 李敦南著, 크라운판, 429면, 1981, 동아일보사.

78) 張志淵, 韋庵張志淵先生특집, 나라사랑 제5집, 1971, 외솔회.

79) 張鎭弘, 殉國義士張鎭弘先生遺事, 장진홍의사기념사업회편, 1책, 1955, 동 기념사업회.

80) 全琫準, a. 녹두장군全琫準, 金龍德·金義煥·崔東煙 공저, 국판, 404면, 1973, 동학출판사.

　　　　　　b. 全琫準傳記, 金義煥著, 1974, 정음사.

　　　　　　c. 綠豆全琫準특집, 나라사랑 제15집, 1974, 외솔회.

　　　　　　d. 全琫準의 生涯와 思想, 申福龍著, 1982, 양영각.

81) 鄭起龍, a. 名將鄭起龍, 鄭乙炳著, 4·6판, 363面, 1978, 지소림.

　　　　　　b. 鄭起龍將軍實記, 嚴基杓著, 311면, 장문사.

82) 鄭忠信, 忠武公鄭忠信, 충무공정충신장군기념사업회편, 1978, 태광문화

사.

83) 趙光祖, 趙靜庵의 생애와 사상, 姜周鎭著, 244면, 1979, 박영사, 박영문고
    205.

84) 趙東植, 春江趙東植先生傳記, 춘강조동식선생기념사업회편, 크라운판, 647
    면, 1979, 동 기념사업회.

85) 曺晩植, a. 古堂曺晩植, 고당전평양지간행회편, 1책, 국판, 277면, 1966,
    서울 평남민보사.

    b. 古堂曺晩植, 韓根祖著, 404면, 1972, 태극출판사.

86) 周時經, a. 周時經傳, 金世漢著, 文庫版, 216면, 1974, 정음사, 정음문고
    36.

    b. 周時經硏究, 金敏洙著, 1977, 탑출판사.

    c. 周時經先生특집, 나라사랑 제4집, 1971, 외솔회.

87) 崔光玉, 崔光玉略傳, 崔以權著, 菊版, 150면, 1977, 동아출판사.

88) 崔南善, a. 六堂硏究, 洪一植著, 1959, 일신사.

    b. 六堂崔南善, 趙容萬著, 491면, 1964, 삼중당.

89) 崔時亨, 海月崔時亨, 崔東煐著, 414면, 1972, 태극출판사.

90) 崔益鉉, 勉庵崔益鉉先生특집, 나라사랑 제6집, 1972, 외솔회.

91) 최전능, 최전능목사전기, 박용규 지음, 183면, 1968, 백합사.

92) 崔鉉培, 외솔최현배선생특집, 나라사랑 제1집, 1971, 외솔회.

93) 韓圭卨, 參政大臣江石韓圭卨先生小傳, 黃沔根著, 1책, 국판, 100면, 1971,
    한국자료문화연구소.

94) 韓龍雲, a. 韓龍雲硏究, 朴魯埻·印權煥 共著, 1960, 통문관.

    b. 韓龍雲一代記, 任重彬著, 1974, 정음사.

    c. 萬海韓龍雲, 任重彬著, 434면, 1972, 태극출판사.

    d. 韓龍雲, 安秉植著, 크라운판, 308면, 1979, 한길사.

    e. 萬海韓龍雲특집, 나라사랑 제2집, 1971, 외솔회.

95) 洪景來, a. 洪景來傳, 李明善著, 1책, 4·6판, 132면, 1947, 조선금융조
    합연합회.

    b. 洪景來, 趙鏞薰著, 1949, 정음사.

96) 休　靜, a. 西山大師, 徐景保著, 1959, 해동불교역경원.

　　　　　b. 西山大師의 생애와 사상, 金煐泰著, 문고판, 266면, 1975, 박
　　　　　영사, 박영문고 55.

97) 興宣大院君, a. 大院君傳, 山中峰雄著, 1894, 박문관.

　　　　　b. 大院君傳, 菊池謙讓著, 1책, 국판, 345면, 1910, 동경 일
　　　　　한서방.

# Ⅲ. 人物別 出典 索引

※ 凡例

1, 2, 3…의 숫자는 傳記集類의 번호 /  ①②③…의 숫자는 個人傳記物의 번호

宋文胄 1, 2.
宋邦英 2.
宋秉璿 13, 79.
宋秉朝 8.
宋 玢 2.
宋尚敏 8.
宋錫夏 31, 70.
宋時烈 30, 31, 39, 43, 49, 50, 61,
　68, 70, 82.
宋彦琦 1, 2.
宋翼弼 8, 31, 61, 70.
宋麟壽 77.
宋 詝 2.
宋浚吉 61.
宋鎭禹 31, 53, 54, 66, 70.
宋天逢 2.
宋千欽
宋學善 74.
宋學天 36.
宋翰弼 8.
宋希甲 8.
首 路 37.
守 眉 50.
順 道 22, 60, 76.
僧 朗 23, 31, 38, 60, 68, 70.
勝 詮 22.
申景禛 45.
申景濬 31, 43, 68, 70.
申光洙 57.
申君平 2.
申圭植 13, 16, 17, 31, 53, 66, 68,

　70.
辛 旽 2, 28, 31, 39, 68, 70.
申乭石 31, 70, 75.
申斗柄 40, 56, 81.
申 砬 7, 30, 62, 63, 68.
愼 懋 8.
申師任堂 28, 31, 38, 39, 42, 43, 48,
　50, 57, 68, 70. a, b.
申小鳳 2.
申 淑 1, 2.
申叔舟 7, 28, 31, 50, 70.
申崇謙 2, 70.
愼安之 1, 2.
申烈婦 32.
辛 裔 2.
申元弼 2.
申 緯 31, 43, 57, 68, 70.
申維翰 8.
申潤福 28, 31, 70.
申翼熙 31, 53, 54, 66, 70. a, b, c.
申在孝 28, 31, 33, 38, 39, 68, 70.
申 照 29.
申采浩 10, 11, 16, 28, 30, 31, 38,
　53, 66, 67, 68, 70. a, b, c, d.
申 青 2.
神 行 60.
申 檍 62.
申興雨 31, 70.
辛喜秀 8.
實 兮 21.

梁憲洙 62.

魚無迹 8.

魚叔權 8.

魚泳潭 24, 62.

魚允中 31, 53, 70.

魚在淵 62.

嚴啓興 40, 56, 81.

嚴守安 2.

嚴烈婦 81.

嚴漢明 36, 40, 56.

呂運亨 13, 17, 31, 66, 68, 70.

淵蓋蘇文 18, 20, 21, 28, 31, 38, 39,
　43, 45, 50, 62, 63, 64, 68, 70.

燕山君 31, 68, 70.

燕烏郎 22.

連　紅 36, 40, 56.

裂　起 21.

廉想涉 11, 31, 66, 70.

廉承益 2.

廉時道 36.

廉信若 2.

廉悌臣 1, 2, 31.

廉興邦 2.

靈　圭 29, 50, 62.

榮　儀 2.

英　祖 39.

吳慶錫 10, 30, 31, 38, 66, 68, 70.

吳兢善 53, 66.

吳東振 25, 53, 66, 70, 74.

吳命恒 62.

吳思忠 2.

吳相淳 11, 68.

吳世才 1, 2, 3.

吳世昌 66.

吳延寵 1, 2, 64.

伍允孚 2.

吳仁澤 2.

吳　潛 2.

吳昌烈 40, 56, 81.

吳　詷 2.

溫　達 18, 21, 30, 38, 45, 58, 62, 63,
　64, 68.

溫　祚 64.

王可道 2.

王　康 2.

王　建 14, 24, 28, 31, 38, 39, 43, 45,
　62, 63, 64, 65, 68, 70.

王　規 2, 45.

王　珪 2.

王山岳 43, 64, 70.

王三錫 2.

王錫輔 40, 56.

王錫中 40, 56.

王世慶 2.

王順式 1, 2.

王式廉 1, 2, 45.

王安德 2.

王淮紹 2.

王儒字之 1, 2.

王　仁 28, 31, 37, 38, 70.

王　調 37.

王寵之 2.

## 參考文獻

▶▶▶ 資料


景印古小說板刻本全集, 연세대 인문과학연구소, 1973.
葵園史話, 北崖老人, 아세아문화사, 1976.
譯註高麗史, 동아대 고전연구실, 1971.
古典小說全集, 인천대 고전문학연구소, 1983.
關西平亂錄, 趙鍾永.
舊活字小說叢書, 민족문화사, 1983.
均如傳, 赫連挺.
丹齋 申采浩全集, 형설출판사, 1979.
大東奇聞, 姜斅錫, 명문당, 1982.
大東野乘, 민족문화추진위원회, 1982.
大東稗林, 국학자료원, 1983.
大韓偉人傳(上·下), 아세아문화사, 1981.
東國李相國集, 李奎報, 민족문화추진위원회, 1975.
東史綱目, 安鼎福, 경인문화사, 1979.
麗韓傳奇, 李家源, 우일출판사, 1981.
問菴文藁, 柳本學.
文集所載傳資料集, 계명문화사, 1986.
朴殷植全集, 단국대 동양학연구소, 1975.8.
補閑集, 崔滋.
三國史記, 金富軾.
三國遺事, 一然.
西征日記, 方禹鼎, 탐구당, 1971.
惺所覆瓿稿, 許筠, 대동문화사, 1961.

星湖僿說, 李瀷, 경인문화사.

旬五志, 洪萬宗, 태학사, 1980.

承政院日記, 국사편찬위원회, 1982.

新增東國輿地勝覽, 민족문화추진위원회.

與猶堂全書, 丁若鏞, 경인문화사, 1969.

練藜室記述, 李肯翊, 민족문화추진위원회, 1976.

往五天竺國傳, 慧超.

李朝漢文短篇集, 李佑成, 林熒澤(編譯), 일조각, 1982.

逸士遺事, 張志淵, 태학사, 1969.

林忠敏公實記, 朝鮮光文會重刊, 1913.

雜同散異, 安鼎福, 아세아문화사, 1981.

定齋集, 朴泰輔.

朝鮮王朝實錄, 탐구당, 1972.

芝峯類說, 李晬光, 경인문화사, 1970.

陣中日記, 국사편찬위원회, 탐구당, 1971.

靑莊館全集, 李德懋, 문헌편찬위원회, 1961.

孤雲先生全集, 崔濬玉(編譯), 보연각, 1982.

崔文昌侯集, 성균관대 대동문화연구원, 1982.

太平廣記, 李昉(編), 계명사, 1982.

破閑集, 李仁老, 고려대 민족문화연구소, 1975.

筆寫本古典小說全集, 李起東(編), 아세아문화사, 1980.

荷塘集, 權斗寅, 서울대 도서관.

韓國古典小說叢書, 李起東(編), 태학사, 1983.

韓國口碑文學大系, 韓國精神文化硏究院, 1981~1985.

韓國文獻說話全集, 동국대 한국문학연구소, 1981.

韓國漢文小說全集, 林明德(編), 한국정신문화연구원, 1986.

韓國史, 震檀學會, 乙酉文化社, 1962.

한국사, 국사편찬위원회, 탐구당, 1977.

韓國傳記文獻全集, 태학사, 1982.

海東高僧傳, 覺訓.

海東異蹟, 洪萬宗, 태학사, 1980.
活字本古典小說全集, 동국대 한국문학연구소, 1976.


▶▶▶ **著 書**


고전문학연구회편, 古典小說의 硏究와 方向, 새문사, 1985.
구인환, 소설 쓰는 법, 동원출판사, 1983.
국어국문학회편, 古典小說硏究, 정음사, 1979.
권영민, 한국현대소설사연구, 민음사, 1984.
金光淳, 天君小說 硏究, 형설출판사, 1982.
金起東, 韓國古典小說硏究, 교학연구사, 1983.
______, 李朝時代 小說論, 정연사, 1959.
金基鉉, 校註 林將軍傳, 예그린출판사, 1975.
金烈圭, 韓國民俗과 文學硏究, 일조각, 1971.
金台俊, 朝鮮小說史, 學藝社, 1939.
金鉉龍, 韓中小說의 比較文學的硏究, 일조각, 1976.
大谷森繁, 朝鮮後期小說 讀者硏究, 고려대 민족문화연구소, 1985.
文璇奎, 韓國漢文學, 이우출판사, 1980.
朴箕錫, 朴趾源文學硏究, 삼지원, 1984.
朴晟義, 韓國古代小說史, 일신사, 1958.
徐大錫, 군담소설의 구조와 배경, 이대출판부, 1985.
蘇在英, 古小說通論, 이우출판사, 1983.
______, 壬丙兩亂과 文學意識, 한국연구원, 1980.
孫晉泰, 朝鮮民族說話의 硏究, 을유문화사, 1950.
宋百憲, 韓國近代歷史小說硏究, 삼지원, 1985.
申東旭(外), 文藝批評論, 고려원, 1984.
申瀅植, 三國史記硏究, 일조각, 1981.
윤명구, 신문학과 시대의식, 새문사, 1981.
李家源, 燕巖小說硏究, 을유문화사, 1984.

______, 韓國漢文學史, 民衆書館, 1972.

李慶善, 三國志演義의 比較文學的 硏究, 일지사, 1976.

______, 임진록・박씨전(註), 정음사, 1962.

______, 韓國比較文學論考, 일조각, 1976.

李秉岐・白鐵, 國文學全史, 신구문화사, 1968.

이봉채, 소설구조론, 새문사, 1983.

李相澤, 韓國小說의 探究, 중앙출판사, 1981.

李相澤・成賢慶(編), 한국고전소설연구, 새문사, 1983.

李樹鳳, 家門小說硏究, 형설출판사, 1982.

李佑成, 韓國의 歷史像, 창작과 비평사, 1976.

李佑成・姜萬吉, 韓國의 歷史認識, 창작과 비평사, 1976.

이윤석, 임경업전연구, 정음사, 1985.

______, 韓國短篇小說硏究, 일조각.

이재선, 개화기의 우국문학, 신구문화사, 1979.

李廷卓, 韓國寓話文學硏究, 이우출판사, 1982.

李鍾殷, 韓國詩歌上의 道敎思想硏究, 보성문화사, 1978.

______(譯), 李能和, 朝鮮道敎史, 보성문화사, 1977.

______(譯), 海東傳道錄, 靑鶴集, 보성문화사, 1986.

______(外), 韓國文學의 道敎的 照明, 보성문화사, 1986.

임동권, 한국의 민담, 서문당, 1975.

張德順, 國文學通論, 신구문화사, 1963.

______, 韓國說話文學硏究, 서울대출판부, 1970.

______, 韓國文學史, 신구문화사, 1977.

______, 說話文學槪論, 이우출판사, 1980.

鄭炳昱, 韓國古典의 再認識, 홍성사, 1979.

鄭鉒東, 古代小說論, 형설출판사, 1975.

曺南鉉, 小說原論, 고려원, 1983.

趙東一, 韓國小說의 理論, 지식산업사, 1979.

______, 國文學硏究의 方向과 課題, 새문사, 1981.

趙潤齊, 韓國文學史, 탐구당, 1968.

曺喜雄, 朝鮮後期文獻說話의 研究, 형설출판사, 1982.

車河淳, 歷史와 文學, 홍성사, 1981.

崔來沃, 韓國口碑傳說의 研究, 일조각, 1981.

崔三龍, 韓國初期小說의 道化思想, 형설출판사, 1982.

崔常壽, 韓國民間傳說集, 통문관, 1984.

崔昌祿, 韓國小說의 文體論的 研究, 형설출판사, 1981.

홍일식, 개화기의 문학사상연구, 열화당, 1982.

黃浿江, 朝鮮王朝小說研究, 단국대출판부, 증보5판, 1986.

______, 韓國敍事文學研究, 단국대출판부, 1982.


►►► **論文篇**


高柄翊, 三國史記에 있어서 歷史敍述, 金載元博士 回甲論叢.

金光淳, 韓國擬人文學의 史的 系譜와 性格, 語文學 제16~17호, 1967.5~1967.12.

金均泰, 傳의 장르적 考察, 雨田辛鎬烈先生古稀紀念論叢, 창작과 비평사, 1983.

金起東, 洪吉童傳의 素材論, 李丙疇先生周甲紀念論叢, 이우출판사, 1981.

______, 洪吉童은 實存人物, 小說文學 70, 소설문학사, 1981.

金東旭, 洪吉童의 國內的 溯源, 李崇寧博士頌壽紀念論叢, 을유문화사, 1968.

金炳旭, 洪吉童傳의 傳記的 類型, 許筠의 문학과 문학사상, 새문사, 1981.

金容德, 古典小說에 나타난 道仙的 生死觀, 人文論叢 5집, 한양대 문과대, 1983.

______, 檀君神話와 神仙思想의 淵源, 韓國民俗學 제17집, 한국민속학회, 1984.

______, 韓國傳記小說考, 한국학논집 제5집, 한양대 한국학연구소, 1984.

______, 韓國傳記關係文獻資料調查, 한국학논집 제6집, 한양대 한국학연구소, 1984.

______, 文集所載傳의 一考察, 한국학논집 제8집, 1985.

______, 開化期 傳記文學의 性格, 현대문학 373호, 1986.1.

______, 傳記小說의 位相, 임동권교수회갑기념논문집, 1986.

金用淑, 仁顯王后作家考, 이조 여류 문학 및 궁중풍속의 연구, 숙명여대출판부,
        1970.

金一烈, 洪吉童傳과 田禹治傳의 比較, 語文學 30, 한국어문학회, 1974.

金章東, 朝鮮朝歷史小說硏究, 漢陽大 博士學位論文, 1985.

金惠淑, 傳·書事(記事)·野談의 대비적 고찰, 판소리·古典文學硏究, 아세아문화사, 1983.

閔丙德, 洪吉童傳의 讀者意識, 藏菴池憲英先生華甲紀念論叢, 호서문화사, 1971.

閔泳大, 崔忠傳異本硏究, 韓南語文學 7·8집, 한남대 국어국문학회, 1982.

朴堯順, 인현왕후전연구, 숭전어문학 제1집, 숭전대 국어국문학과, 1972.

史在東, 朴氏傳의 形成過程, 池憲英先生古稀紀念論叢, 홍문각, 1980.

薛盛璟, 崔致遠傳 硏究, 연세어문학 제5집, 연세대 국어국문학과, 1974.

성기옥, 傳의 장르적 검토, 울산어문논집 제1집, 울산대 국문과, 1984.

成賢慶, 崔孤雲傳 硏究, 文理大學報 제11집, 영남대, 1978.

申基亨, 假傳體文學論考, 국어국문학 제15,18집, 국어국문학회, 1956.12

申采浩, 朝鮮上古史, 申采浩全集, 형설출판사.

安秉卨, 假傳에 대한 異見散考, 明知語文學 제7집, 명지대 국문과, 1975.

_____, 假傳에 대한 異見續攷, 明知語文學 제8집, 명지대 국문과, 1976.

_____, 傳의 文學的 變容, 韓國學論集 제2집, 국민대 한국학연구소, 1979.

禹快濟, 舊活字本 古代小說의 출판 및 연구현황 검토, 고전소설 연구의 방향, 새문사, 1985.

元義範, 往五天竺國傳解題, 韓國의 古典百選, 신동아 1969. 1월호 부록.

尹在根, 田禹治傳說과 田禹治傳, 고려대 석사학위논문, 1982.

李慶善, 임경업의 인물·유적·전설의 조사연구, 한양대논문집 제13집, 1975.

_____, 朴殷植의 歷史傳記小說, 韓國學論集 제8집, 한양대 한국학연구소, 1985.

李能雨, 洪吉童傳과 許筠과의 관계, 국어국문학 42·43호, 국어국문학회, 1968.

李萬烈, 17·18세기의 史書와 古代史 認識, 한국사연구 제10집, 한국사연구회, 1974.

李相信, 역사와 문학과의 관계, 문학과 역사, 민음사, 1982.

李相澤, 壬丙兩亂과 斥外小說, 한국고전과 민족사상, 신구문화사, 1974.

李源周, 古典小說讀者의 性向, 韓國學論集 제2집, 계명대 한국학연구소, 1975.

李鍾殷, 韓國小說上의 道敎思想硏究, 한국학논집 제4집, 한양대 한국학연구소, 1983.

林哲鎬, 壬亂說話考 I, 국어국문학 제89호, 1983.

林熒澤, 朴燕巖의 友情論과 倫理意識의 方向, 한국한문학 제1집, 1976.

張德順, 古典小說에 나타난 對外感情, 東亞文化, 서울대, 1965.

______, 최치원과 설화문학, 아카데미논총 4, 세계평화교수 아카데미, 11976.

鄭炳昱, 崔文獻傳紹介, 국문학산고, 신구문화사, 1959.

鄭奭鍾, 洪景來亂, 창작과 비평 통권25호, 1972, 가을.

趙東一, 전우치전의 정치의식, 국문학연구의 방향과 과제, 새문사, 1985.

曺壽鶴, 假傳의 編綴性, 嶺南語文學, 영남대 국문과, 1974.

조태영, 傳樣式의 發展樣相에 관한 연구, 서울대 석사학위논문, 1983.

______, 假傳體小說考, 중국어문학 제4집, 영남중국어문학회, 1982.

韓永愚, 17세기의 反尊華的 道家史學의 성장, 한국의 역사인식, 창작과 비평사,
　　　　1984.

黃浿江, 許生傳小考, 국어국문학 62·63합병호, 국어국문학회, 1973.


►►► **飜譯·外國著書**

김영민(역), 메조리 몰튼, 소설의 分析, 東泉社, 1985.

김윤식(역), 르네 지라르, 小說의 理論, 三英社, 1978.

박덕은(편역), 소설의 이론, 새문사, 1984.

崔信浩(역), 劉勰(저), 文心雕龍, 玄岩社, 1978.

안삼환(역), Franz K. Stanzel(저), 소설 형성의 기본유형, 탐구당, 1982.

李恩奉(역), M. Eliade, 종교 형태론, 형설출판사, 1982.

이경식(역), Alan Shelston, 傳記文學, 서울대출판부, 1979.

李錫鎬(역주), 春秋左傳, 서울, 平凡社, 1979.

정진홍(역), M. Eliade, 우주와 역사, 현대사상사, 1982.

崔翔圭(역), 現代小說의 理論, 大邦出版社, 1984.

姚鼐, 古文辭類纂評註.

范浚, 心箴.

徐師曾, 文體明辨序說, 臺北, 長安出版社.

吳訥, 文章辨體序說, 臺北, 長安出版社.

王元, 傳記學, 臺灣, 牧童出版社.

章學成, 文辭通義, 臺北, 華世出版社.

曾國潘, 經史百家雜鈔序例.

陳寅恪, 元白詩箋證稿.

Lukács Georg, The Historical Novel, Penguin Books, 1969.

Edwin Muir, The Structure of the Novel, New York, 1962.

E. M. Foster, Aspects of the Novel, New York and London, 1955.

Avrom Fleishman, The English Historical Novel, John Hopking Press, Poltimre & London, 1971.

Leo Lewenttal, Literature & the Image of Man, The Beacon Press Boston, 1966.

# ▌ 찾아보기

## ㄱ

저 • 자 • 소 • 개

## 김 용 덕

문학박사
한양대학교 교수, 문과대학장, 학생처장, 사회교육원장
한국언어문화학회 회장, 비교민속학회 회장

▶ 주요저서
민속문화대사전
한국의 풍속사
한국민속의 이해(공저)
현대와 전통문화
효봉스님 일대기 외 논저 50여 편



### 전기문학의 이해

| | |
|---|---|
| 초판 인쇄 | 2006년 12월 20일 |
| 초판 발행 | 2006년 12월 30일 |

| | |
|---|---|
| 지 은 이 | 김용덕 |
| 펴 낸 이 | 이대현 |
| 책임편집 | 이태곤 |
| 편    집 | 권분옥 · 박소정 · 이소희 · 김주헌 |
| 제    작 | 안현진 |
| 펴 낸 곳 | 도서출판 **역락** / 서울 성동구 성수2가3동 301-80 (주)지시코별관 3층(우133-835) |
| 전    화 | 3409-2058(대표) 3409-2060(편집부) FAX 3409-2059 |
| 이 메 일 | youkrack@hanmail.net |
| 홈페이지 | www.youkrack.com |
| 등    록 | 1999년 4월 19일 제303-2002-000014호 |

| | |
|---|---|
| 정    가 | 22,000원 |
| I S B N | 89-5556-538-0  93810 |

* 잘못된 책은 교환해 드립니다.